U0130957

new epoch
grand
vision
&

中國不高興

大時代、大目標及中國的內憂外患

challenges
for china

宋曉軍　　王小東　　黃紀蘇　　宋強　　劉仰│著

目　錄

第三部分　放下小菩薩　塑偉大之目標

第一部分

中國爲什麼不高興

◆宋強

/ / / / ▬▬ ▬ ▬ / / ▮ **一、必須正視的「內政憤懣」** ▬▬ ▮ / / ▮ ▮ ▬ ▬ / / ▮

情感共振點出了問題

　　2007 年冬天，我在北京電視台參加一次研討會，這時北京市正在醞釀一個大工程，為紀念改革開放 30 周年製作一個大型專題片《北京記憶》。我接了這個活兒，以後的好幾個月裡大家一起策劃，在磕磕碰碰中把這部片子的撰稿完成了。這個專題，說白了，就是關於一個國家和她的首都夢想與實現的「豪情闡述＋盛世抒情」──這個東西，不管你怎麼去設置一些複調，一些舒緩的、親民的「夕照街」式唱晚，不管你怎麼編排得溫馨收斂克制，肯定不能迴避那種咋咋呼呼的「平安大道」「鳥巢飛躍」的大風景大揮寫。一句話，你要寫一部正在實現巨大擴容的時代進程的讚美詩。

　　那次會上，忘了是哪位說了這樣一句話：要認真想一想，30 周年的紀念和 1998 年 20 周年的紀念應該有什麼不同。

　　參加這個研討會的有著名的馬未都老師、北京大學中文系張頤武教授、《大國崛起》的總編導任學安和《復活的軍團》總編導金鐵木。會上大家都提了很好的意見，比如講：反映成就是必須的，但是，能不能層面再豐富一些，不再僅僅把興奮點著眼在「變化」上面？我們是否還要扣著「變化」來煽情？除了展示「變化」和時空落差、「財富史」的夢想工廠，我們還能不能說點別的？

　　當場我就覺得這話說得太好了！

　　30年和20年都搞紀念，但30年比照20年，我們真的要體現出新意，這還真不僅僅是技術層面上的需要。20年和30年，從欣然隆慶盛世，到現在的強化了一些焦灼，多了一些反思，我們應該捫心自問，難道只是跟心緒變化的不同有關係？

　　我想說的第一個題義：我們的憂慮就在於情感共振點出了問題。像《咱們老百姓今兒真高興》這類東西臭了大街，策劃人和寫歌的並不冤。許多策劃人就是愛犯這樣的毛病，一個點子，也不管是否符合實際情況，自己在那兒越想越興奮，「小圈子激動」，合理性都是自己想出來的。很多失敗的策劃，就是犯了這個錯誤，把自己小圈子衝動當成別人也一準兒有的情緒。

　　那次會上，我也說了這樣一些話：寫30年的歷程，政績肯定是要反映的，「成功學」的魂兒一定要有的，但張揚昂揚情緒和展望未來的時候，還是要考慮到不同人的情緒。如果像慣常的思路，一味讚美成功人士，一味不加克制地渲染對資本家的豔羨，按照「財富史」的套路來比之興之，那我們做出來的片子將是一個有肉沒骨的東西。

　　說得更不好聽一點兒，這就是一個勢利眼的東西。

　　當然，一個片子的承載量是有限的，但至少可以稍微有些創意，一窩蜂去踩「悅賓飯店」，去磕「傻子瓜子」，甚至於，還像過去那樣，去給可口可樂、肯德基做免費宣傳，對開放的理解都浮於這些，那我們未免太菲薄了一點！

　　物理意義上的擴張和增量，怎麼去誇耀都不過分，但是，如果總是擺脫不了這樣一個套路，喋喋不休地告訴人民：哪些大工程誕生了，蓋了哪些大房子，如果總是跳不出「劃時代的」「改寫歷史」「讓我們見證今天」這樣的表述，我自己會不會捏著自己的鼻子，暗歎我的俗氣？而在很多大型直播當中，你會看到，很多主持人講出來的（實際上是文案告訴他們的）淨是這些把「咋呼」當詩意的東西。一次，兩次，你說

「我們正在見證歷史」「這是改寫……的一天」，可以，而且這種表述確實依託了某種時空優勢；但是總把這種感覺無休止強化，過了頭，就是幻覺，依仗今天的優勢對歷史賣俏，不地道，賣弄過了，是禁不起推敲的。

　　可惜這個話題沒有怎麼展開來說，但是卻有一種激活的功能，「說點別的……」在我腦子裡閃了一下。2008 年初，我開始設計這個編年體 30 年的時候，似有感應，不可遏止地迷戀上了 70 年代末 80 年代初北京城的時代風景——地震棚，那個時候是知青大返城的年代，北京居民的窘迫家居，居然因為地震的「恩惠」得到「改善」。地震棚，注定不會進入北京民居史的記載。我設計了地震棚作為一個時代緩慢開始的意象。編導照著「地震棚往事」拍著拍著，地就搖了，本來是帶著一種「得了便宜賣乖」的心理憶苦思甜，結果「往事」變成了現實……這一段審片的時候給刪了，可能他們覺得這種「呼應」寫法，不太好把握火候。我在想，大概寫文章的人都在一種怪怪的思維上遊走，所以當 2008 年大地震來臨時，我寧願以己推人，認定發表「天譴論」的朱學勤就是文人式的神叨叨，不曉得如何克制自己的孤憤，以至於走了火，而已。

　　「國運」這個字眼，我們是不怎麼常用的，因為既然說到「運」，就有否和泰的區分。把「運」掛在嘴上，有點唯心，給人一種不吉祥的暗示。國家的走勢什麼時候也像田園經濟那樣看天吃飯了？但是你沉下來想一想，說「運」還是有道理的，要不國歌怎麼唱「中華民族到了最危險的時候」？

　　2008 年，確實是一個非凡的年代，神奇得讓最有想像功夫的人都沒有心思另編故事了。比較繞口的說法，這一年想來什麼就來什麼（別誤會，這不單是指人心險惡），反過來，你不想來什麼，也有不想來的上來湊趣。按照晚會台詞的說法：這一年，崇高的感情和激憤的情緒交織；這一年，愁苦和歡樂同時。在專題片製作的期間，我在電視台的「編導人員公約」上簽字，大意是：不得擅自參加災區報導，不得參加抵制家樂福等等活動或者發表相關言論。以前，在我的寫作中，沒有一部作品像這個時間傳記那樣命運多舛，受到形勢干擾如此之頻繁。其間的情緒起伏，忽嗔忽怒忽悲忽喜，感覺是被劇場裡的急峻氣氛追迫著，寫著寫著就疑心自己落伍了。

　　這一年真是光怪陸離，值得我們停下來掂量掂量。

　　十多年前我們寫《中國可以說不》，質問過某些「公共知識分子」（那時候這個詞

還沒有被炮製出來）一個問題：為什麼越是國內形勢好一點，你們就越要潑冷水啊？什麼「投降興趣」，什麼「維持會理論」，什麼從春秋戰國和克里特文明解讀出「分裂比統一好」，還有什麼「寧做苟活的亡國奴，不做餓死的中國鬼」。當時看不起這幫臭知識分子：誰把你們家孩子扔井裡了，你們那麼多的切齒仇怨？都是中國人你裝什麼孫子？但十年間仔細想想，也心平氣和了。憤懣，其實也是一種需求，哪怕你把它貶低為「消費需求」，它也自有其深刻的由來。本土憤懣成氣候，情感共振不是那麼和諧了，你就要剖析解決，不能老是抱怨有人不圖感恩、不知好歹、不識大體。

大概也能感覺到逆反心理的存在，官方社論也說：「一個國家的發展，只有從世界和時代的坐標上去認識，才能準確把握；一個社會的變革，只有源於人民群眾的共同呼聲，才有生機活力。」我對這段話的解讀，還是有一些對民心浮躁的吞吞吐吐的抱怨。但這個社論的意思確實不壞，比方說，做一個電視節目，要提高收視率，一定要找到情感共振點，共振點出了問題，你不能上來第一反應就是觀眾品味低。現在，國家社會的情感共振點確實有問題存在，你不能還是老一套，還拿上世紀80年代的俏皮話「端起碗吃肉，放下筷子罵娘」來嘻皮笑臉回應。思想政治工作不能再這麼做了。

情感共振點出了問題，就要建立共識，再困難都要努力去建立。國運多艱，切莫失去張致。內政的憤懣並不可怕，我仍然以樂觀主義的態度看待前途，每件事中有盈有虧，有實也有虛。如果我們從盈中看虧、實中探虛，找到一條避虛防虧的路子，即使未如人願，我們的情緒也不會跌落到谷底。歸攏人心就有希望。

還是少一些萬金油式的「明白人」為好

我個人的感覺，改革開放30周年的紀念，總體不是太高調的，是比較克制的。這就證明現在的領導人沉穩，心中有數。舉辦奧運會就是一個盛典，就是改革開放成果的現場總結，沒有必要一輪一輪「火樹銀花不夜天」。從宣傳策略來說，這裡面有一個張弛有度的問題，還有一個不能迴避的，你強化了這個30年，那麼60年大慶，你又要整出一個什麼調子？在60年和30年的調子裡，又要體現什麼不同的側重？並非我不懂一個時期有一個時期的中心任務，而是擔心帶著各種特定情緒的人借勢上架，形

成對撞，大家又來一次吵架。而且現在形勢確實有點紊亂，我們近年來感到的困惑是，不論是局部危機還是總體性危機，給人的感覺都是坐等而來的。處理起來急急惶惶，有點捉襟見肘。早些年，北京下雨，水排不出去，哎喲，你看那個亂勁兒喲，城市系統差點癱了。這一兩年問題更多，發生了群體事件，領導批示說「……是第一位的」，三鹿奶粉禍國殃民，又表態「……是第一位的」，什麼都是第一位的，什麼都成了「重中之重」，一句老話：多中心就等於沒中心。不是亂了張致嗎？銀行先是提高利率，不到兩個月馬上要刺激，嘩嘩往下降，這不是看天吃飯嗎？聽一個老同志說，中央開會的時候，開始的議題和會議結束的決議完全不一樣，大呼隆、大拐彎。這些智囊是幹什麼吃的？連我這種「領導學」「管理學」的外行都看得著急。這不像我做電視那樣被牽著鼻子走嗎？這是怎麼了啊？

說到「中國不高興」，不能迴避的是我們普遍能感到的內政的憤懣，說出這一點來，並沒有什麼不好。

然而，為什麼我要對一切高歌猛進的表演表示低調？是因為我看到大多數的「睿智」表演體現出的情緒和無意中露出的那種獰笑，看不到那種出於真正摯愛我們這個國家，摯愛我們這個民族的本能的質樸情懷，沒有因為摯愛而體現出的憂傷。如果說稍微優秀一點的中國人都靠著抖機靈打發日子，所有人表現出來的就是「其實我是明白人」，而做明白人的動機，就是不管將來怎麼樣，都能站在一個最有利的位置上。大家都去這麼自以為是，那麼這個國家怎麼辦？

在一個小範圍聚會裡，我聽到宋曉軍講述他在哈爾濱工程大學的所見所聞，他描述的那些沒沒無聞的人，那些為了我們這個國家不受人欺負而辛勤工作的人，他的描繪，令人想起了一部正在消失的民族傳奇——「哈軍工」的昨日故事，想到《神火》，想到《暗算》裡 701 單位的畫面。那些寂寞的英雄，並不拒斥布爾喬亞的青年男女，他們所肩負的，就是讓中國走出「不高興」的陰霾，他們為此是付出了代價的，但是相信沒有一種代價會比起現今當下，范跑跑和《色‧戒》所引起的歡呼，會讓他們更加痛心。

由此想到的是另一番圖景：借民眾對內政狀況的正當的憤懣，讓那些自我作踐的民族觀、價值觀重新抬頭的頹廢的舞蹈？難道我們真的到了一個可以離地飛升的時代了嗎？世界上還有哪個國家的「風流人物」，像我們這樣不知羞恥地玩「超越」，「超

越」得一切底線都可以不要，一切可能的認同與共識都可以消解？世界上哪個國家的智識人士，敢於以霸權大國的「第五縱隊」的姿態來猖猖於大庭廣眾（而且根本不打算掩飾這一點！起碼甘願做第五縱隊不以為恥，是一個心理現實）？所以，講到「中國不高興」的林林總總，必須要道破這一可悲的心理現實。

最近的某一天，聽到作家薩蘇講他的父親——新中國第一代電腦專家，正在被癌症折磨的現狀（他父親所在的那個專家組，所有的人因高危工作環境而患上肝癌並先後辭世）。在這裡，我引用薩蘇獻給父親的一段話：

> 我們這一代很多人走向天涯，無法再做一個好的兒子或者女兒；……用中國人特有的堅韌和悟性，來完成別人視作畏途的工作，一如世界每個角落我們的同齡人在做的一樣；不過為國家的每一點進步而欣喜，為它的每一點痛苦而憂傷，一如每一個眷戀那片土地的人一樣。我們做好自己的工作，平實地做人，我們維護自己心中的那一份榮譽。

「為國家的每一點進步而欣喜，為它的每一點痛苦而憂傷，一如每一個眷戀那片土地的人一樣。」——在善變者的眼裡，這是多麼迂腐的感情啊！但是，說出這一點關於「國家認同」的話，就真的那麼令人難堪嗎？

我有一個70後的朋友，對時局的看法是悲觀的，他的歷史觀點和我大不一樣，但他的話充滿「一損俱損」的憂慮，和流行的賣弄高超的冷峭形成對比，我覺得他的感受是可貴而孤獨的，但未必孤立：

> 為「反」而「反」一定是不對的，但情況確實是，民眾的被剝奪感並非沒有來由。官員的傲慢和不敬崗，又加劇了這一矛盾。
>
> 也許已經錯過了從政府到民間建立基本共識的時機。改革，是建立在共識基礎上的。而劇烈的社會震盪，傷害每一個人。怎麼辦？

「劇烈的社會震盪，傷害每一個人。怎麼辦？」這裡，至少把「建立共識」作為了一種希望，這裡沒有幸災樂禍的看熱鬧，沒有「食肉寢皮」的切齒咬齧。我理解他的

憤懣，憤懣在我們這個時代是一種普遍的感情。我更看重的是，他這話透發出我們時代稀缺的品質，就是虔誠敦厚，「位卑未敢忘憂國」。

很不幸，憂國憂民現在大概成爲所有「明白人」拿來恣意嘲弄的古舊價值了。

也許我的感受又忍不住顯出迂闊，不符合現在的趣味。但是偏要迂闊下去，想找到一種喪失已久的崇高感。這就是我經歷了 2008 年的悲喜之後說出來的話——

除了叨叨「變化」之外，我們能不能找到一種不變的東西？我們能否找到一種更恆久的價值？

基於這樣的拷問，把 2008 年 4 月風起雲湧的新愛國主義（青年學生對奧運火炬傳遞受阻的反彈）納入到中華民族獨立自由解放的大歷史來看待，我覺得並不高估。這種情緒反應是自發自動的，在這個淡漠政治的時代，表達強大的抗議訊息（無論內政外交都是），充滿魅力的行動政治，完全應該得到正當的評置（而不應是白岩松們自以爲是的抖機靈），完全有理由載入現代中國人精神歷史的史冊，以及中華民族復興歷史的史冊。

這就讓我想起曾經做出的某個判斷：中國人喜歡在一些次要的問題上饒舌，但面臨重要事實時，他們的態度往往是簡潔而深刻的。

「內修人權，外爭族權」這句話眞的是非常中的。所以老話重提，還是要建立共識。

需要關心的是：這種共識和認同，是否正被不加克制的「本土憤懣」吞噬？我在電視節目研討會上問過：咱們過去興盛了多年的的「審醜」時髦，是不是該到谷底了？本土憤懣與「審醜」浪潮聯結，就像大江健三郎先生說的：製造的是廉價的恐懼和絕望。我們能不能起碼從個人勵志的角度，去警惕這種心理的瘟疫？

需要追問的是：能否找到一種能維繫我們的情感，探尋我們國家和社會中成員之間一種富有意義的關係？

◆宋曉軍

二、事情正在起變化：
2008 年西方的「天鵝絨」試探中國的「鐵手套」

「小字輩」不高興，後果很嚴重

中國和西方之間的關係，原來可能有很多東西比較模糊，用學者的話說就是所謂的結構性矛盾，這一切矛盾在 2008 年逐漸開始清晰了。汶川大地震之前的奧運會火炬海外傳遞事件，引起了國內外很多階層的關注。它最不確定的是，沒有人想到在 2008 年中國年輕人的表現會如此勇猛果斷，具有行動魄力，有知識、有文化的年輕人能夠做出如此迅速的反應。是什麼讓他們迸發出了瞬間凝聚的力量？這個問題是非常值得關注的。

這個標誌性的事件，就是奧運會火炬傳遞所導致的中國年輕人的反彈，包括抵制家樂福等。應該看到，「火炬一代」的行動不是當年義和團式的，年輕人是根據自己的知識結構理解中國歷史和現實來做出反應的。雖然現在的評估還不可能太精

準，但這是西方在改革開放 30 年來第一次看見中國年輕人的反彈。

也許在西方人士看來，一個奧運火炬傳遞算不了什麼，實質上並沒有侵佔中國太大的利益，因此這種反彈讓西方立即表現出了驚訝的姿態。

這次年輕人在各個城市抵制家樂福的一個特點，就是馬上付諸行動，立即以行動跟西方對抗，而且目標選得很準，誰搞我厲害我收拾誰。如果沒有這次行動，很難說會有中國政府在 2009 年達沃斯世界經濟論壇上採取的冷落法國的舉動。這種以年輕人的反應為主題的具有統計意義的價值選擇，對中國外交政策所起的推動作用，是不是一種在全球化背景下的「中國特色」產品呢？我個人理解是這樣的。特別是在最近這 20 年，中國從某種意義上說，一直在為國外打工，用自己的血汗錢供養西方國家過著奢侈的生活，可以說這種物質文化的形成和積累，是中國年輕人在情感上受到羞辱後做出反應的一種條件和催化劑。

從某種意義上說，這是一個給中國上層調整的機會。否則，奧運會很可能會變成一場中國與西方之間「廝殺」的戰場，而在這個戰場上中國的年輕人的表現，將會成為中國歷史上更難以抹去的一頁。

美國這一次確實是比較蔫，奧運會開幕的 2008 年 8 月 8 日，俄喬戰爭打響了，美國至少在 5 天內無法判斷俄軍會不會打到喬治亞首都第比利斯，在這種情況下只好在奧運會上鳴鑼收兵了，沒有在奧運會後跟中國過不去。鬧得最厲害的是法國，中國年輕人馬上以行動抵制了具有商業象徵意義的家樂福，非常直接。當時我寫了一篇部落格，把 1935 年「一二·九」學生運動時的《大眾生活》雜誌封面貼上去了，封面反映的是中國面臨全面戰爭威脅前夕，青年學生最大的一次反彈的情景。

這種看似有些激進的行動，背後的驅動力是什麼呢？半年多後，經濟危機發生了，中國人辛辛苦苦 30 年、甚至 60 年積累下來的財富如此容易受到外部環境變化的影響，這是不是一種新的「戰爭威脅」呢？我感覺，這是一種年輕人面對西方可能再次對中國盤剝的預警式的反彈。因此，我們有足夠的理由認為，火炬事件後的年輕人反彈成為了中國與西方關係具有里程碑意義的標誌。這件事好像沒有 1999 年中國大使館被炸時那麼激烈，可如果反退到 1999 年，要是能有 2008 年這種反彈的能量，那會是一個多麼驚人的程度！

　　從 1999 年到 2008 年，這是一個動態的文化變遷過程。這期間有兩個軍事上的事件：一是 1999 年的「炸館」；二是 2001 年的「南海撞機」。這兩件事情當時主流媒體並沒有大幅報導，但卻成了網路上年輕人主要討論的話題。網上的話題，實際上為 2008 年的反彈完成了一次文化蓄能，只是沒有人察覺這種具有統計意義的文化蓄能。因此反彈出來時，中國人沒有料到，西方人也沒有料到。它的意義並不只是西方欺負了中國，中國年輕人為了一時的尊嚴反彈一下，而是從 90 年代到現在一直積累的東西突然爆發出來了。毫無疑問，那些把「顏色革命」玩得十分熟練的西方人在琢磨這個事，在做大量的統計工作。因為資本主義擴張的矛盾要通過各種方式，包括產業轉移、金融工具和針對後發國家年輕人的「顏色革命」，來維持它的優勢。不論是利用中國的市場也好，利用現代化進程的欲望也好，總之，西方需要對中國進行一種符合他們利益最大化的塑造，但是 2008 年的這個突然爆發，使他們發現，把中國塑造成他們理想中的模式有了一個巨大障礙。這一點隨著中國與西方結構性矛盾的顯現，就成了非常關鍵的因素了。

　　2008 年年輕人的反彈，實際上蘊含了 1840 年鴉片戰爭以來歷代中國人的文化積累。為什麼是 1840 年以來的文化積累，積累到了這一代人遇到了這樣偶然的事件，迸發出這種劇烈的能量呢？它的統計意義在哪兒？在我看來，它跟 1999 年「炸館」之後個別大學生上街遊行有非常大的區別，它的號召力量、組織力量和響應程度遠遠超過了 1999 年那一次，換句話說，這是一個標誌性的轉折。我總感覺這次年輕人反彈的背後，有一種他們是在為自己的未來爭取的動力，也就是說，他們感覺到了如果再這麼對西方軟下去，他們自己的未來將被閹割和剝奪，這可以說是他們第一次將個人的未來與國家的未來聯繫在一起的一次迸發。當一個國家的年輕人發現自己的命運與國家的命運是同生共進，並以一種激烈的方式表達時，這很難說不是一個時代轉換的信號。

　　另外，對於精英層來說有壓力的，就是汶川地震後逼著富人捐款的問題。有一些年輕人跟我講：我把自己工資的 1/3 都捐出來了，我排了兩個小時隊獻血，我就是要他們捐這麼多錢，我就認準逼捐是對的。逼「高尚」，有人指責這是「綁架」，就綁架了！怎麼著！年輕人說：我高尚，你今天也必須高尚。王石為什麼栽了這麼一個大跟頭，就是對這個東西不敏感、沒認識。總的來說，精英受感動了。地震後大家齊心協

力，做得不錯，領導人表現得更不錯。現在的關鍵是你高尚了，你原來沒高尚的帳被翻出來了。

這種強壓是一種積極現象。

所有成年人都沒有想到，原來認為是半吸毒狀態沉迷於網路的 80 後忽然高尚了一把。很多人在這種情況下，包括明星都高尚了。這個年輕人階層形成的政治壓力不能忽視，因為他們的行為體現了中國未來發展的動向。從文化意義上看，這種「高尚」是從底層年輕人甚至海外、邊緣的年輕人開始向上、向中心蔓延的。

地震之後我碰到劉歡，跟他一塊聊天，他剛從美國回來為四川地震捐款，但當時中央電視台接受捐款不能刷卡，必須是現鈔。後來劉歡就急了，都下午 3 點了，還有兩個小時，到哪兒弄去啊？沒辦法，助手說去招商銀行，劉歡一起去了。本來一下提 50 萬現金確實是違反規定，要預約的，後來招商銀行認出了劉歡，又聽說急著為地震捐款，銀行工作人員立刻把 50 萬現金給提出來了。後來我們在電視上看到劉歡一個大口袋，往捐款箱裡裝。這些微小的細節，雖然是一種小小的高尚，但體現出來的就是一種文化蔓延的結果。當時有一些明星沒捐多，被人罵，要麼當時不知道一定要現金，不是太小氣，要麼就是來不及了。

我們可以看到，整個社會在年輕人保衛奧運火炬時突發的高尚帶動下，形成了一個「場」。很多人投資的是金錢，回報的是與年輕人一起「高尚」了一把。這讓人看到了，即便在高度商業化的社會裡，來自底層的壓力還是可以產生「高尚」壓力的。可以這麼說，如果沒有之前年輕人保衛奧運火炬的高尚行為，後來汶川地震時那種「全民高尚」不會來得那麼快、那麼猛烈。從軍事角度看，這就是一種動員與組織能力。其實西方一直在那兒嚷嚷「中國軍事威脅論」，這一次我想他們才真正感受到了什麼是威脅。前不久，美國太平洋司令部司令來中國訪問，去國防大學時，中國軍官為他介紹中國軍事的基本情況，當時我一個朋友在場，他說，只有當介紹到中國的戰時兵員動員能力是 1.3 億人時，美國太平洋司令的表情才微微變化了一下，而說到其他東西時，他一點反應都沒有。

民間的力量，情緒的燃點，對內政外患都是一種強壓。

當然不能說民間高尚整個社會就全部高尚了，反覆地這麼逼，最後就有可能實現社會總體高尚化，因為外部施加了壓力，並且逐漸強大，民間就反彈。最典型的就是

抗議火炬傳遞在法國受阻這件事了。攔火炬這個事，你警察不管巴黎市，那我就堵家樂福，咱不管堵家樂福對還是錯，是否符合國家的政策，這確實是最直接的反應，行動主義式的反應，而且外交部發言人也沒有說不對。

我們的財富： 1840 年以來的歷史痛苦

隨著金融危機的爆發，中國產業結構被迫調整，中國與西方的結構性矛盾會越來越多地讓年輕人「不高興」，而這種「不高興」的催逼，就會產生高尚，高尚的東西多了自然就會尋找大目標。火炬事件最大的標誌，就是中國產生大目標的土壤出現了。也就是說，當一個國家的年輕人在審視自己未來的同時，發現與國家發展的大目標有某種關聯時，離大目標的形成就不遠了。

冷戰之後，西方的擴張模式我們已經很清楚了，用理念傳播去顛覆後發國家自然形成的制度，或者用精確打擊的方式去摧毀這個制度，進而完成它的擴張模式。當然它的擴張模式也發生了變化，也就是所謂的後現代的方式。

從歷史發展的角度來看，最關鍵的就是，先發資本主義國家原來是通過一種大規模的戰爭，來清除資本主義發展的障礙，也就是過剩的產品和人員，第一次世界大戰和第二次世界大戰基本都是這樣。後來，核武器這種無差別殺傷的武器問世，把它原來解決資本主義經濟危機的戰爭模式給凍結了。

一方面是蘇聯社會主義模式的興起，西方要調整勞工福利，與蘇聯進行意識形態博弈；另一方面就是通過顏色革命或者精確打擊的方式，去摧毀作為障礙的制度和他們不喜歡的領導集團，去摧毀一種看似抽象的制度化的東西，這種東西在冷戰後體現得特別明顯。當然，這背後主要還是粉碎一些國家的工業化成果，美國的方式就是利用金融衍生工具和產業轉移。與金融工具和產業轉移相配合的，是對一些國家的捧殺，比如中國，就是最明顯的例子。美國在經濟上捧中國，讓你壓低加工貿易的勞工工資，向他們供應廉價日用商品，維持他們研發、演練金融工具的經濟環境，同時拿著金融工具賺來的錢維持著手中劍的優勢，比如彈道導彈防禦系統。這次金融危機大家看出來了，特別是年輕人，終於發現被人家賣了還替人家數錢的狀況，在我們身上

殘酷地發生了。這可以說是 2008 年度年輕人不高興的重要原因之一。

西方這種清除障礙的方式是有先例的，而且在清除別人的時候，我們有些中國人還跟著歡呼。米洛謝維奇也好，海珊也好，無論說他是專制也好，獨裁也好，都無所謂，它的制度是很完整的，很有秩序的，它自己在運轉。西方要麼用顏色革命的方式，要麼用精確打擊的方式，要麼兩種手段都動用，比較典型的是南斯拉夫，南斯拉夫是通過什麼方式呢？是先打後解除。先打，打得差不多，然後一個顏色革命把你甩掉，就是雙重使用。1999 年的時候美國先用精確打擊摧毀南斯拉夫，然後在 2000 年又玩了一次顏色革命，把米洛謝維奇甩到了海牙法庭，這可以說是最成功的版本。美國沒有必要摧毀你太多的工業資源，因爲它下一步還要完成產業轉移。產業轉移之後，那麼我下一步怎麼玩呢？下一步就是金融工具，通過金融工具來吸取你工業製造業的利潤。如果你的制度和領導層還要阻礙我的擴張模式，我就用精確打擊或者顏色革命幹掉你，然後扶植一個精英層，讓你來給我做產業轉移的基地，同時給我的金融工具搭建一個吸取利潤的階梯。

這是後現代資本主義的玩法，是西方玩的一個非常標準的模式，它的手段就是你阻礙我，我就搞掉你。當然，美國最害怕的還是核武器，爲什麼他們對伊朗、北韓核問題那麼重視？如果說當年南斯拉夫有核武器的話，那結果就可能不一樣了。現在印度和巴基斯坦因爲印度的恐怖襲擊可能鬧僵了，這兩家都有核武器，特別是巴基斯坦是穆斯林國家唯一擁有核武器的，金融危機在這裡會不會成爲引發世界大戰的導火線？這是非常值得關注的。

從中國人的角度去看，西方對付中國，無非就兩點：第一就是用彈道導彈防禦系統遲滯你手中的核武器，防止你跟他拚命；第二就是金融工具，整個操控你。當然，金融工具操控你的前提是你對他開放產業轉移的通道。當年我們沒有 1929 年時蘇聯那樣的機會，借助西方大規模的經濟危機，低價買那麼多技術、設備，雇用那麼多西方工程技術人員。我們要實現現代化，只好充當人家產業轉移的基地，所謂「用市場換技術」。但是，應該說我們在決定這樣做時並沒有精打細算，也不可能有設計精細的戰略指向：總有一天我要超過你的「大目標」。這一點，無論是德國、日本還是當年的蘇聯，都做得比我們好。雖然他們在趕超先發工業化國家時，犯了很多的錯誤，付出了

巨大的代價，但是這並不能說明後來的後發國家，特別是像中國這樣的大國就只能給人家當附庸。

好在我們有 1840 年以來的歷史痛苦，讓我們在 1949 年後快速搞出了「兩彈一星」，而且在人家對我們產業轉移的同時用金融工具吸我們利潤的時候，核武器這個東西沒有被粉碎。這一點，對中國非常重要。

對遲滯大國的核武器這一方面，在 2008 年 8 月 8 日發生的喬俄衝突是一個標誌性的事件。原來美俄在核力量上本來是基本平衡的，但美國霸王硬上弓，非要在東歐建立反導系統，要在俄羅斯洲際導彈的起飛段攔截人家，最終破壞這種冷戰期間雙方用錢夯出來的所謂「恐怖平衡」，所以俄羅斯只能想盡一切辦法用反擊的方式維持平衡，維持雙方平等的地位。這一點，隨著美俄兩國的戰略博弈越來越明顯，在軍事上的爭鬥一定會像連續劇一樣上演，這讓中國年輕人看得很清楚，而他們自然會思考俄羅斯為什麼要這麼做。

俄羅斯完成了工業化，並且在冷戰期間積累了大量的軍事技術資源，所以西方的戰略是全面粉碎，通過彈道導彈防禦系統在北約範圍內把你圍住，使得你的核武器這個看家本事失去效能，最後達到你不能使的程度。因為按照美俄的談判，雙方的核彈頭要裁減到 1700 ～ 2200 枚，然後再談，將核彈頭降到 1000 枚。俄羅斯說我們可以不幹，但是不幹，美國也有招兒：別的地方我就制裁你，我就折騰你，一折騰你，老百姓就煩你，煩你你就得下台。當年俄羅斯軍官為什麼稱戈巴契夫為「導彈脫衣舞總統」，把葉爾欽稱為「用核安全換酒喝」的總統，就是指俄羅斯當時在西方的各種壓力下主動銷毀了一萬多枚核彈頭。你不銷毀不行，我有別的辦法，斷糧斷水，讓你吃不上喝不上，在你的內部支持反對力量，反正讓你不舒服，讓你的民眾不舒服，讓你的政權失去合法性。但問題是，這次美國的野心太大了，明明自己十幾萬軍隊陷在了伊拉克和阿富汗，還要在東歐部署彈道導彈防禦系統。2008 年諾貝爾經濟學獲獎者保羅·克魯格曼新出了一本書《美國怎麼了？》，裡面說得很明白，就是布希政府的政治不正確，利用「9·11」滿足了石油和軍工利益集團的需求，根本沒有把打擊恐怖主義和經濟發展結合起來綜合考慮。但是，布希政府的新保守主義精英們，在俄喬衝突上暴露了美國真正的「大目標」，這讓俄羅斯這種有過「大目標」的國家後背發涼。應該說，這是布希政府的「大目標」把俄羅斯逼上了一條探索「大目標」的道路。而從

俄羅斯的資源來看，它不在軍事上回到蘇聯時代是不可能的。看看最近俄羅斯拚命試射洲際導彈、在冷戰後首次派軍艦訪問拉丁美洲，這都有前蘇聯的影子。

撕掉西方的面紗，打通「不高興」之脈

2003 年 5 月，一直在前蘇聯被禁止的英國披頭四樂隊到了俄羅斯的紅場開了演唱會，本來規定是 2 萬張票，結果 12 萬俄羅斯年輕人擁擠在了紅場狂歡，而最讓年輕人激動的是樂隊主唱保羅‧麥卡尼演唱的他在 1968 年創作的《回到蘇聯》。從網上的錄像上看，全場瘋狂的俄羅斯年輕人在他演唱時，揮舞著前蘇聯的鐮刀一斧頭國旗，高聲喊叫，而當時普亭就在場。他隨後在俄羅斯紅場閱兵時，把走在最前面的打的旗子又換成了當年蘇聯軍隊插上德國議會大廈上的那面旗子。這個細節，充分說明俄羅斯在西方的壓力下，運用新的軟實力在年輕人當中建立「大目標」的操作。

從軍事角度看大國間的博弈，是中國重新建立商戰「大目標」的一個非常重要的視角。事實上，目前美國和日本在西太平洋加緊部署「宙斯盾」反導驅逐艦（美國 18 艘、日本 5 艘），同時美日雙方準備共同開發的射程 500 公里的攔截彈，正是未來要對中國洲際導彈在起飛段就進行攔截的。可是像這種關係到未來國家安全的重大動向，似乎只能在軍事論壇和少數軍事期刊裡討論，只有喜歡軍事的年輕人會看到，而在學術界很多人都不把這種威脅作為邊界條件來研究中國未來發展的問題，只是一味地談經濟，而談經濟的背後就是利益至上的邏輯和個人主義文化，因此在主流的政治生態中，缺乏「大目標」就是自然而然的了。

現在金融工具玩砸了，讓民眾看出了一些東西。西方產業轉移在金融工具之前，有一部分比較實體的東西，就是所謂的「世界工廠」，讓中國生產低端的東西，然後在中東和中亞控制石油。同時，在你變成「世界工廠」後，粉碎你自主工業的那部分。

粉碎你自主工業的辦法，首先是扶持你的加工業，利用你的廉價勞動力和廉價土地資源來扶持你的低端產業，然後用金融工具來碾碎你的高端自主工業，這是對付中國的辦法。通過金融工具，讓你吃金融威而鋼和金融催情藥，使得你的大量資本不能投入自主工業，一方面進入金融這個賭場讓他們抽走，另一方面通過出口換匯變成他

們的債券。現在的結果是他們把金融工具玩砸了，民工返鄉潮出來了，中國股市也砸了，這就給我們的因保護奧運火炬而誕生的「中國四月青年」，在5個月後又上了一堂活生生的西方模式教育課。原來讓自己不高興的東西，先是一種大感覺，可是為什麼不高興呢？這一回，一下子突然打通了，想明白了。2008年真是太神奇了，看看在金融危機爆發後，年輕人關於中國要不要購買美國債券救美國經濟這件事上的反彈，實際上跟火炬的事情接上了。

有意思的是，金融危機爆發後，美國決定向台灣出售65億美元左右的武器，當時網上年輕人都反對購買美國債券。雖然有些學者從經濟學和現實主義的視角看，認為年輕人是意氣用事，但是當時他們也不敢公開出來講，官方至少當時也馬上否認再次購買美國債券的事情。

其實這裡隱含著一個潛在的邏輯，就是大人沒有把事情做好，結果大人要用小孩的未來為自己的疏忽買單的問題。而一旦小孩看清了這一點，問題就出來了。在金融危機後，很多政府官員忙著討論如何到華爾街挖「金融人才」的時候，網上的年輕人卻在熱烈討論甘肅星火機床公司用200萬歐元收購法國索瑪數控機床公司81%股份的事情，他們深知要單獨購買五軸數控機床技術對於中國來說是多麼難。這對中國突破薄壁結構、形狀複雜的航空、潛艇發動機加工技術等瓶頸意義十分重大。有意思的是，這些年輕人幾個月前可能就是在網上號召抵制家樂福的年輕人，如果他們是有些知識精英所說的義和團和紅衛兵，那他們應該凡是法國的東西就都應該砸了啊。可見，事情並不是上一代人憑藉自己的歷史記憶想像的那麼簡單。

2008年，在俄喬戰爭爆發期間，我曾經就俄羅斯80後的狀況寫下這樣的話：

「儘管蘇聯解體後的這一代俄羅斯年輕人對國家的歷史還缺乏深入的瞭解，但他們中的許多人都在童年中曾有過相似的苦澀記憶——1991年蘇聯的解體讓他們的祖父母和父母失去了一生的積蓄。這些年輕人既不是上世紀90年代中期動盪的前蘇聯迷失的一代，也不是俄羅斯作家維克多・佩列文筆下預言的前蘇聯解體後精神空虛、消費至上的『百事可樂一代』。這些伴隨著網路以及嘻哈歌曲成長起來的俄羅斯年輕一代完全成了普亭對外強硬政策的堅定支持者，但是他們拋棄了那種公文式的說教語言。對於這些精力充沛的年輕人來說，說唱樂、健身操、新奇的夏令營以及先進的電腦實驗室

更有吸引力。」

　　全世界都聽到了，俄羅斯的青少年一代唱起這樣的歌：

15 年前，當我們的國家毀於一旦

他們嘲笑我們

我們的父母失去了一生的積蓄

沒有退休金

沒有未來

但是，現在我們重新站起來了

現在，我們要行動，我們將會更加堅強

因為我們的祖輩曾經在戰爭期間流血犧牲保衛祖國！

　　2008 年，我們的領導人也開始在人民英雄紀念碑前獻花了。可在此前一年，在人民英雄紀念碑前脫褲子的電影《色‧戒》居然可以上演，這說明我們的高層也有所變化，這種變化與外部環境和內部條件都有關係。

◆王小東

三、缺乏外部選擇壓，中國不高興的癥結

耳光能把我們摑醒嗎

　　2008 年中國的幾件事情使我們形成了對世界形勢的展望，有兩件事給我印象特別深刻。這兩件事，一個是中國三鹿奶粉問題，另一個就是美國金融危機。這兩件事幾乎在同一時間發生，並不是危言聳聽，都很具有象徵意義和代表性。三鹿奶粉無論如何都可以說是一個代表性的事件，體現了中國這個社會或者是文明現在所遭遇的巨大問題。不僅僅是三鹿奶粉，幾乎所有的奶粉都出現了問題；不僅僅是奶粉，而是幾乎所有的食品都出了問題。到了 21 世紀，我們有這麼龐大的政府機構，而且人家都說我們是一個威權主義國家，是一個可以令行禁止的國家，竟然不能及時處理這樣的問題。這反映的是中國文明的衰退和崩潰，而美國的金融危機則反映的是美國社會的衰退和崩潰。我覺得這都是明顯的預兆。

　　我們的一些文化保守主義者總是在講：我們領導層、我們精英層如何如何好，靠他們就行了。三鹿奶粉事件就是在這個時候毫不留情地打了他們一個耳光，用事實告訴人們，他們過於樂觀了。

　　應該說，中國的精英，在世界上肯定不算最不稱職的。有朋友去東南亞，約好了見面時間，人家經常會晚五六個小時才來。一位朋友跟我說過，他去印度訪問，印度人問：你們修高速公路怎麼那麼快，你們的基礎設施建設太棒了、太快了。朋友回答說：我們基礎設施建設貪污很厲害，很多工程款被貪污掉了。印度人問：大概貪污了多少？我的朋友也不是這方面的專家，他大概估摸著說：5% 吧（我們的基礎設施建設工程款基數大，5% 當然是很大的數額）。印度人笑了：你們太廉潔了，我們是反過來，95% 被貪污了。（我想這也只是個估摸，只是表示很多而已。）朋友很奇怪：95% 被貪污了，那這工程還能幹嗎？印度人回答：我們有轍兒，不是有民主嗎？用民主程序把這個工程給攪黃了，不修了，95% 拿走，5% 攪黃這個工程。我講這個插曲可絕不是反對民主，但民主作為一個工具，確實也得看是誰用。

　　實事求是地說，跟某些第三世界國家比的話，我們國家的精英層還算是好的。從這個角度講，中國還行。但是我認為，像我們這麼大一個民族，13 億人在這個世界自立，在能源危機日益嚴重的情況下，不能以這樣的低標準要求自己。坦率地說，將來一旦出現爭奪能源或者其他自然資源的局面的話，那些民族的下場是非常悲慘的。我們要比他們強得多才行，我們必須是世界上最好的才行！

　　外部大的打擊恐怕不會等太久就來了。這個大的打擊是對我們人類而言，就是石油等自然資源的枯竭。

　　美國人斯蒂芬・李柏和格倫・斯特拉西寫了一本書《即將來臨的經濟崩潰》。這本書講，現在很多人在扯淡，說什麼現在世界上的重大問題是環境問題、氣候變暖等等，純粹是胡扯，連他 17 歲的兒子都看出來了，這些問題都是胡扯，真正的問題是自然資源的枯竭。現在地球上的石油，恐怕不夠把世界變暖多少了，也就再用個二三十年吧，這還得以人類對石油的消費不是特別快速的增加為前提。那麼有沒有替代的辦法呢？其實現在根本看不出來。這本書說：有一些人很樂觀，只要石油價格上去，我們就會把油給找出來。這是胡說八道，事實上這些年基本上沒有發現太大的油田，而

找石油的科技水平卻越來越高，花費越來越大，這恰恰就證明石油在地殼裡越來越難找了，真的是沒有了。科技那麼高，花那麼多錢去找，你怎麼還找不到呢？過去可不是花這麼多錢去找的，過去的科技水平比現在低多了石油都能找到。所以說，再找到大量的石油資源幾乎沒有可能性。

另一方面，中國和印度這些國家，要大量使用石油，而且增加的速度非常快，這是誰也攔不住的。再說，憑什麼攔住我們用？中國有一些環保主義者，包括一些文化保守主義者，說中國應該節約，應該天人合一（辟穀好不好啊？），把石油省下來。這個觀點看似高明，其實是站著說話不腰疼，實踐上也是極其有害的。

第一，這沒有什麼可行性。說這樣話的人自己都住著大房子，開著車呢。他們自己不身體力行，減少石油的消費，要我們減少，非常的虛偽。最虛偽的就是美國的前副總統高爾，他的房子一個月用一萬多度電，竟然因為環保拿了諾貝爾獎。環保主義者這德行還真不少，所以宣傳環保，不管是西方的宣傳還是中國的宣傳，往往都是扯淡，人性如此，收不住。

剛才講的是全人類角度，再來看第二點。從中國人角度來講的話，我們省下來有用嗎？我們省下來的能源不是被西方人消耗掉了嗎？在今天這樣的世界格局之下，誰先省誰先死！也就是說，誰想節約能源消費的話，肯定先從地球上被淘汰掉了，因為你不發展了，不發展就要落後，落後就會被別人淘汰掉。在這個格局之下，人類不大可能通過節流的方式來解決自己的能源問題。開源呢，找替代性能源？我覺得像煤炭、天然氣、油砂什麼的沒必要再講，那些化石燃料最多延長一點時間。核能也不行，《即將來臨的經濟崩潰》裡就講，如果我們全力發展核電站的話，鈾在6～30年之內就會被用光。真正可持續的應該是可再生能源。但是，可再生能源現在的情況非常不樂觀。水力，人類大規模開發利用有幾十年了，也發展得差不多了。還有生物質能（人類最早利用的其實就是生物質能：砍樹），這幾年發展生物質能，搞得糧食價格暴漲，發達國家把玉米燒了開汽車，發展中國家的人就得餓死。將來有沒有可能突破？比如說在海裡用海藻生產生物質能什麼的，我們現在還不知道其前景如何。風力稍微有點希望，但是占的比例也不高。如果真的準備依靠風能，需要現在就拚命造風能發電機了。前段時間國內有人開始大面積忽悠太陽能電池板能解決問題。我查了一下資料，這個希望非常渺茫，現在技術上還看不到突破。根據美國能源部的資料，到

2030 年，太陽能電池板發電最多占到美國能源使用的 1%，這是來不及的。就算按照那些忽悠人的說法，把塔克拉瑪干沙漠全覆蓋了，把亞利桑那州沙漠全覆蓋了，這個施工量得有多大？施工的當中又要消費多少能源？全都是問題。爲什麼中國一幫人出來忽悠太陽能電池板可以解決世界能源問題？說穿了，是因爲有不少中國企業上了大量生產技術水平並不高的太陽能光伏電池板，所以要大造輿論，就是這麼回事。

如果能源問題就是解決不了，怎麼辦？沒辦法，文明只能退回去，現在的複雜文明維持不下去，就退回到簡單文明去。這也是《即將來臨的經濟崩潰》一書中的觀點。

中國人最不習慣「文明退回去」這個觀念。因爲自有文字歷史記載以來，中國文明基本上沒有大的倒退。當然，在每次改朝換代的時候，往往都有人口的銳減，文明的相對簡單化，但與世界其他地方相比，還都只能算是小的倒退。我們近現代 100 多年也可以算小的倒退，但如果是以文明史的尺度來看，還是算不上倒退。但就整個人類來說，不要說倒退，文明滅絕了的事也不少，歐洲就有大的倒退。根據一些西方學者的講法，在羅馬帝國崩潰之後，歐洲經過一千年以上的時間才恢復到羅馬帝國當時的水平。中世紀的歐洲文明是非常簡單的，根據基佐（就是《共產黨宣言》裡面挨罵的那個基佐，他是個歷史學家，也是個政治家）講的《歐洲文明史》，當時歐洲的社會基本狀態，大致就是領主的幾口人之家，外帶幾個僕人、一些農奴及依附的少數自由民等等，這就是一個政治單位了，非常簡單，生產力極其低下，生活極其艱苦。我們知道羅馬人愛洗澡，澡堂子修得很漂亮，可中世紀直到近代，歐洲人是不洗澡的，法國國王半年才洗一回澡。所以，文明是可以退回去的。文明也會滅絕。比如說由於能源的耗盡，文明滅絕了，這不是什麼非常罕見的事，復活節島的文明據說就這麼滅絕了。

復活節島文明怎麼滅絕的？復活節島上的統治階級形成了一種傳統，就是比誰的石像造得更大，造得越大就越能凸顯首領的崇高地位。問題來了，要把石像立起來需要用繩子拉，而繩子是用樹皮做的。結果 300 年中，爲了拉石像把樹砍光了。砍光了樹木，他們就失去了眾多的食物來源，也沒法造獨木舟了，不能去深海打魚了。我們可以把樹看作是島上的能源，能源耗竭完，文明也就滅絕了。

總之，文明是可以滅絕或倒退的，比如歐洲，還有樓蘭、北印度文明等，沒什麼稀奇的，只不過中國人不習慣而已。歐洲人比中國人習慣多了。

「現在很爽」是自欺欺人

為什麼我老責備文化保守主義、政治保守主義那一套呢？因為他們的意思就是「現在就很好，現在挺爽」。問題是不但現在很多人沒爽，而且還越來越不爽。

我們能明顯看到，把經濟放開一點，中國的人才在經濟領域就能馳騁，能夠發揮自己的才能。但是，不是所有的人都適合經商，比如說，有一些人適合從政，有一些人適合搞學術，有一些人適合搞文化、搞娛樂或者搞傳媒，在這些領域如果沒有民主，不准競爭，安分止爭，誰也不會服氣。大家明著看一群笨蛋在那個位置上坐著，卻不能跟他們競爭。有那麼多人明明比他們強一萬倍，卻不能發揮自己的才能，大家心裡能好受嗎？

奧運會之後的三鹿奶粉事件對中國人的愛國心打擊非常大。上級領導最喜歡的是「鳥巢一代」，既愛國又聽話，「火炬一代」（其實和「鳥巢一代」是一代人，但不一定是同一群體）可能不夠聽話，不夠馴服。三鹿奶粉事件一出來，民意擺動非常大，「火炬一代」中的很多人就反彈了，很氣憤，說：「我們三四個月前上街很傻。」這件事充分反映出現階段的精英腐敗，給中華民族凝聚力帶來巨大的問題。

「神七」上天，歡呼的非常多，中國人的愛國心算是扳回一點，但是三鹿奶粉事件的打擊已經大到「神七」無法沖喜的地步。三鹿奶粉事件出來之後，再說批評外國人，包括批評日本人，年輕人馬上不接受了，說「你先看自個兒吧，做得那麼糟糕」。對日本人也不批評了，甚至不容許別人表達可能是對日本人的批評。我在網上看到一個帖子，說到一個日本街頭現象。不少遊客喜歡在日本街頭照相，所以很多日本女孩子就成群結夥打扮得特別妖豔，在街頭擺出姿勢讓大家照。這是人類的一種表現欲望，說這個事的人並沒有批評日本，只是說日本的一個逸聞。標題用了「震驚」的字眼，也無非是當今「標題黨」的風習（但還算不上是標題黨），可馬上就有人上來罵，他們說日本人這有什麼錯呀，你憑什麼罵日本呀！逆向種族主義情緒馬上就來了。我長期搞民意調查工作，2008年民意的一波三折，確實讓我們不得不面對這樣的問題：「不高興」是可以轉變的。同樣是「火炬一代」，先前維護了我們的國家，轉過來他照樣可以不維護你。

年輕人在火炬事件中高尚了一把，他們要求精英至少也同樣高尚一把。年輕人說：我們愛國了，政府是否也該做得好一點？

但無論如何，今天80後比老幾代人愛國得多。他們可能在私德方面有很多缺點，但是在愛國問題上，在民族凝聚力問題上，80後比70後強，70後比60後強，60後比50後、40後強，體現了一個單調上升規律。這個規律一直要推到20後才不適用。因為20後是受過外國人傷害的，經歷過抗日戰爭。80後由於沒有歷史負擔，他們的成長過程比較好，沒有遭受過父輩、祖輩的苦難。但是他們的愛國情緒被三鹿奶粉事件所體現的精英不高尚和腐朽當頭一棒，而且這一棒子打得不輕。青年人熱血沸騰了一把，最後卻讓你打了一悶棍。

缺乏外部選擇壓，大家都會完蛋

問題的根由在哪裡？且讓我把話題談開一些，說一下為什麼中國非得出現「高尚集團」、建立「高尚社會」不可了。

其實用社會生物學來解釋人類現象和歷史現象非常有效。愛德華‧威爾遜所著的《社會生物學：新的綜合》裡有一段話：「可以毫不誇張地說，社會學及其他社會科學以及人文學科，是等待融入現代綜合論的最後的生物學分支。」口氣大了點，但我認為事實很有可能真的是這樣。

一個物種，如果沒有外界環境對它的壓力，絕對會退化。比如說，我們知道有很多穴居動物的眼睛是瞎的。牠們的祖先原先在地面上生活時是可以看得見的，那為什麼眼睛會瞎掉呢？很簡單的道理，到了地底下以後，眼睛用不著了，也就是說，地底下的環境對牠的視力是沒有選擇壓的。在地面上的時候，牠視力如果不好，就可能抓不到吃的東西，就可能被別人吃掉，到了地下用不到眼睛了，視力好不好沒有關係。而管視力的基因在遺傳複製中會產生複製錯誤，沒有選擇壓了，就淘汰不掉錯誤，管眼睛的基因就變成隨機亂碼了，所以眼睛就瞎掉了。

這個道理對應到人類社會對不對呢？其實也對。現在的人類相對於其他物種幾乎沒有選擇壓，其他動物威脅不到人類。那麼人類群體互相之間有沒有選擇壓呢？現在

最起碼對於核大國也沒有。要論述人類群體相互之間的選擇壓問題，就用得上社會生物學裡面的一個分層選擇理論了。這個理論主要是什麼意思呢？它是說：如果一個群體，沒有外部的壓力，就是沒有外部選擇壓，內部會出現一個什麼情況呢？一定是裡面最虛偽、最不誠信、最損人利己和最不道德的人過得最好！因為他們的成本最低。這樣，無論是通過遺傳，還是通過對於成功者的模仿，最後你會發覺，壞的稟性迅速瀰漫到整個社會，這個社會全是最壞的人，沒有一個好人，沒有一個有誠信的，沒有一個利他主義者，沒有一個高尚品德的人，一個都沒有，就像經濟學中的劣幣驅逐良幣一樣。那麼，為什麼我們會看到在人類社會當中，還是有一些好人，有一些講誠信的人，有一些為其他人做事的人，有一些帶領大家向著共同的目標走的人，為什麼有這樣的人呢？那是因為有外部高一個層次的群體選擇壓。在外部群體選擇壓存在的情況下，如果一個群體的內部全部變成了壞人的話，這個群體就會整個就被淘汰掉。由於這種分層選擇的存在，所以我們才看到我們社會當中有好人，有英雄，有好的領袖。這個思想達爾文就有，我認為這符合我們觀察到的社會現象。

實際上，其他的一些思想家也有類似想法。比如說湯恩比的「挑戰—應戰」論，甚至更早的孟子講的「無敵國外患者，國恆亡」，也是這個意思。但是社會生物學表達的邏輯線條更明晰。

盛極必衰，強大到沒有選擇壓的時候，衰退、腐朽就開始了。有人說我們中國人這個德行那個德行，有些德行確實不怎麼樣，其病根就是在這裡：古代中國非常強大，在很長歷史當中，外部選擇壓很弱，於是越混越衰朽，這是很自然的。美國現在也是這樣的情況，剛混了兩百多年，就混到了中國混了兩千多年才達到的地步，比中國還快。

這個世界的強國自從打過兩次大戰以後，沒有了選擇壓。有了核武器，互相之間不敢打，選擇壓弱了。冷戰之後，更是幾乎沒有選擇壓了，美國人福山高興得忘乎所以，說「歷史終結」了。

今天中國怎麼樣？別看中國好像如有些人說的顯得病快快的，其實在外界也沒有多少選擇壓。中國也是核國家，中國再怎麼不靈，別人也不敢揍，美國人不敢來直接揍你。所以社會上很多人自我感覺很好，感覺可以混啊。在這樣的情況下，就不可避免地會衰退。美國和中國都是一樣，一定會衰退。

宋曉軍講中國人可能需要再打一次敗仗，就是這個意思，這就是引入外部選擇壓。在壓力下自己更新，在壓力下淘汰掉內部的腐敗部分，或者腐敗的群體被整個淘汰掉。美國也存在這個問題，所以我們說它老是主動地製造敵人。

其實，這根本不是中華民族的劣根性問題，全世界人類都一樣，美國絕對不像中國逆向種族主義精英們講的那樣有道德，比如說華爾街，按美國人的話說，就是那幾隻「肥貓」把全美國老百姓搶光了。很多美國退休老人衣食無著，不知道怎麼辦，存的錢全都沒了。

我講美國在衰朽，國內一些人又躥上來了，他們講美國如何如何強大，今天的金融危機根本算不了什麼，美國很快可以恢復，等等。這些人很愚昧。我講美國在衰朽，著眼點根本就不僅僅是美國今天的金融危機，金融危機僅僅是一個可以拿來說事的現象而已。我們要有穿透歷史文明的大眼光，社會生物學還真就可以幫助我們具有這樣的穿透歷史文明的大眼光。但我在前面把社會生物學結合人類歷史來分析，是我自己的觀點。社會生物學家們談這些的篇幅往往很少，就很少的那麼一點點，所謂的西方「政治正確性」就容不下了，所以我估計他們也是不敢談。我談的這些，錯了，責任全是我自己的；對了，功勞我也有一點。

如果一個社會永遠沒有選擇壓，當然是一件好事，可以說，那就是人間天堂了。問題是現在沒有，你麻痺了，懶惰了，最後一下子強壓來了，你就完蛋了。自然資源的危機早晚會來，如今經濟蕭條所帶來的資源降價是暫時的，中國人的「不高興」只是一個開頭，這還不僅僅是直覺了，已經有很多人看到了這種前景。

◆黃紀蘇

四、2008，神鬼莫測

猛回頭：能否走出渾渾噩噩

　　2008 年給人的感覺是鬼神莫測，太戲劇性了，讓各種預報名譽掃地。社會處於常態的情況下，很多事情是容易預料的。當變量太多，以往經驗所提供的套路派不上用場時，也許就說明又到了未定之天。從國內說，毛澤東時代 30 年，改革開放又 30 年，解決了老問題，積累了新問題，完成了輪迴，該翻篇了。國際上，火燒了，樓垮了，資本主義體系從上世紀 70 年代末開始的相對穩定發展似乎要結束了。真夠有趣的，樊綱他們剛剛舉杯慶祝中國「並軌」，世界就又「出軌」了。在一個劇變時期，理性要挺身而出，但理論要適可而止。那麼多似是而非、似有還無的東西在動、在變，一切都沒固定，沒水落石出。這不是你條分縷析所能擺佈清楚的──說得太頭頭是道的事兒往往不是那麼回事。我們就把自己看到的、聽到的講出

來，能上升到理性最好，一時半會上不去，也沒關係，就說說感覺也無妨——「空氣在顫抖，好像天空在燃燒」，關鍵要眞誠。我的感覺是，新世紀沒準從 2008 年開始。

這兩年不少人都在議論，說中華民族需要有股力量出來高尚一把，使因循苟且的惡性循環轉變爲奮發蹈屬的良性循環。這讓我想起曾看過的一段水牛跟獅子的視頻，很有意思。一大群牛發現了獅子，掉頭逃命，獅子追上去撲住了一頭小水牛。牛群兵潰如山倒已經跑出一段距離，聽見小水牛哀鳴不已就放慢了腳步，但一個個都是欲救不敢，欲逃又不忍。這時候一隻水牛奮蹄衝了出去，雖說是草食動物，但那麼大的體量再加那犄角，還有後面黑壓壓的開始跟進的牛群，獅子也忱了，扔下小牛溜了。人類社會也是一樣，關鍵時刻要有某種力量出來打破平衡，啓動新機。30 年來人人爲己的文化和體制，其能量差不多快耗盡了。精英階層日漸腐朽，勢不可擋的腐朽。上世紀 90 年代以來，一個金錢，一個官位，把精英捆得跟大閘蟹似的。本來這兩樣東西也構成了社會的動力，想圖財想當官不能說不算抱負，但他們缺少更宏遠的抱負。精英階層的抱負應當比老百姓的大，應能把老百姓的個人小抱負組織起來彙聚成一個民族奔向宏偉未來的大抱負，不然要你們幹嘛？但你看那些經濟精英，除了名車就是豪宅，有點錢就泡腳泡妞泡賭場；政治精英在升官圖上馬走日象飛田，成天測量上級領導黑白眼珠的比例；知識精英左手抱官右手摟錢，嘴裡喋喋不休，你都不知道他說什麼。太沒氣象了！他們如今有名有利有官有位有房有車，要什麼有什麼，人生目標全實現了，只想在安樂窩裡維持現狀、醉生夢死，誰也沒心氣兒爲整個民族打算，整頓內部，把一身的毛病好好治治，強健了肌體，去迎接世界歷史更新、更大的挑戰。中國幾千年，讀書人經常扮演啓動基金的角色，但這些年的讀書人快被各種科研基金和紅包壓垮了，誰還願意當啓動基金呢？而到了 2008 年，忽然躥出來一幫 80 後，二話不說當了啓動基金，這的確讓人對前途感到一點樂觀，原來還以爲這幫孩子就知道亂花父母錢呢。

反正時代走到了這麼一個關口，需要思前想後了。未來看不清楚的時候，大家就會回頭打量歷史。中國的歷史說簡單也簡單，分兩段就行。1840 年以前中國屬於自己的歷史，自居一隅，自成一格，自行其是；1840 年開始，中國史併入世界史，中國解散了自己的東亞宗藩體系，加入了以西歐北美爲核心的資本主義世界體系。這前一半歷史裡的中國跟後一半歷史裡的中國，內外形勢和基本任務全然不同。

前一半的外部壓力基本來自北方游牧民族。從文明形態來說，打獵的跟種地的不在一個層次上，北方的馬上民族雖然攻入中原好幾次，但最終都被漢族文化同化得幾乎無影無蹤。後一半的外部壓力來自工業文明的西方，面對比你發達得多的科學技術工業，「用夏變夷」的老路走不通了。這一次西方文化對中國的滲透要比西天佛教那次全面、深刻得多。儘管如此，中國畢竟是站立了五千年、有韌性有後勁的大文明，徹底「脫胎換骨」是不可能的。所以一方面，你能把女真化成華夏，但你沒法把西方化成華夏；另一方面，新加坡能把自己化成西方，中國沒法把自己化成西方，因為你不夠小也不夠弱。這是基本形勢，這個基本形勢決定了近代中國的基本任務，那就是學習人家，強健自己，繼往開來。

「繼往開來」，我的理解就是：屬於五千年，承認170年，中國本位，容納萬流。五千年是一筆豐富寶貴的資產，不能隨便扔了。至於170年，你愛也好恨也好，它也沒白過。中華民族因為它倒下，也因為它新生，我們由皇帝的臣民變為現代社會的公民，這是多開心的一件事啊！

既然是進入了世界歷史，既然是在世界叢林裡跟工業文明的西方周旋，您缺的就得補，差的就得改。科學、技術這些真不用多討論了，別聽西方的「楊朱」也就是福柯他們碎嘴嘮叨，您就督著兒子閨女玩命學吧。至於人文社會方面，先秦諸子說到了的，您抄下來貼牆上；沒說到的，您也不妨參考參考五洲四海的明白人。

中國還要往前走，恐怕基本任務要有所擴大。因為我們今天跟100年前不在一個樓層上，擴大成什麼呢？王小東用了一個詞叫「天命所歸」，這詞兒好，毛澤東原來說的「中國要對人類有較大貢獻」，應該也是這意思吧。中國就是要有世界眼光，有人類抱負。現在學者給自己報課題，廠家給自己報項目，全都一副老虎吃天、崩爆米花的架式，可一到中華民族的百年大計、千年偉業，一個個比著低聲細語，生怕吵了外國友人的午休。其實以中國的人口規模、歷史規模和文明規模，我們只要繼續生存，就必然要參與創造世界歷史，我們面前只有兩條路：或壓垮這個世界，或再造這個世界。這是個比近代基本任務還要大得多的工程，應該有個時間表或路線圖，哪怕是草圖。同時，我們也要分出近期任務和長期任務。我原先用過一個比方，如果把世界資本主義體系比作一個拳壇的話，我們近期中期目標就是打倒拳王，終極目標是打碎拳壇。終極目標當然不在我們眼前，但應該在我們心裡。不妨把未來的理想社會當個存

錢罐，平時有點社會實驗、人生探索什麼的，就當毛票鋼鏰塞進去慢慢積累吧。這些我多年前在《高高低低話平等》裡都談過。有了這一路排下去的大任務大目標，一個民族就有事幹了，就不至於醉生夢死、行屍走肉了。

照目前這種政治經濟格局，中國一路走下去，把經濟繼續做大，做得超過美國，可能性有沒有呢？我們不敢說一定沒有，但也不好說肯定就有，因爲各種內、外、心、境的變量太多了，總之這的確是個問題。咱們經過 30 年發展，有了不小的成就，但要理性看待，不能自我膨脹。張五常說：可不是嘛，你們的制度可不就是有史以來最好的制度嘛！但也應該看到，河北礦就炸了，三鹿事就發了，深圳那個「怪叔叔」把官僚的臉都丟盡了！這些事哪件也不偶然，都有著極高的代表性和極強的標誌性，一拽一長串，一揭一大片。目前這個機制不是沒問題，而是有問題，有大問題。精英層能否帶領我們民族再上一個台階，確實堪憂。

民主何能　民主何為　民主何德　民主何苦

2008 年先鬧火炬，再鬧地震。自由派先是「天譴」，在群眾那兒碰了一鼻子灰，趕緊改口說「普世」。有人力挺，有人痛批，還挺熱鬧的。自由派玩概念遊戲，說你們看啊，汶川大地震咱們中國人表現得好不好？好吧。爲啥好？因爲尊重了生命，落實了普世價值。普世價值從哪兒來知道不？從西邊。——馬列主義英特納雄耐爾也從西邊來的沒錯吧！西邊好東西多啦，民主也是好東西，咱再來一個要不要？其實自由派你就直接說我們想要民主不就完了麼，兜那圈子幹嘛？——沒華盛頓、傑佛遜中國人還不會做好人好事了？自由落體運動公式確確實實普世，但國會山它還眞沒那麼普世。沒那麼普世只要你覺得值得也不妨引進、推廣，牛仔褲不也從無到有，差不多一人一條了麼。反對的那方又是老套子：馬克思一八三幾年怎麼說的，四幾年怎麼說的，五幾年怎麼說的。更年期似的拿出「階級性」來碎嘴嘮叨——中國都「階級」成這樣了，他們的「階級」理論卻一直在犄角旮旯閒著，這回總算派上用場了，夠無趣的。

我們對民主既沒必要紅著眼圈迷信它，也沒必要閉著眼睛否認它，而應該存一種實事求是的態度，持一種爲中華民族整體利益著想的立場。不妨從功用、能力和價值

三個角度來說說民主。先說功用吧。「民主」當然就是人民做主，老百姓當家。當家做主有開心的一面，也有麻煩的一面。但有一條民主可以絕對地保證：是好是歹都是人民自己選的，出了事賴不著別人。還有一條可以相對地保證：既然是人民自己選出來的，討好人民、給人民辦事的動力一般會大於不由人民選出來的。當然了，像耶穌、佛陀那類悲天憫人的情懷另有出處，人民打他他也要給人民辦事的，可能會因此機會少些。社會現狀與民主功用之間的關係，也許要比我們想像的複雜不少。人類社會各種變量亂作一團，政治經濟運行的情況是無數社會歷史因素錯綜糾纏、複雜互動的結果，塞翁失馬、淮橘過江，同樣的東西，換個時候挪個地方就完全不那麼回事了。因此各種民主理論和反民主理論都要在人類社會的變局面前儘量謙虛一點。

民主由於其開放的參與空間尤其是輿論空間，會呈現動盪不安的特點。這可能是優點，也可能是缺點，要看擺在什麼環境裡面。在中國近代危機火燒眉毛的時候，七嘴八舌肯定是較差的選擇。即便是到了上個世紀的 70 年代末，它也不是多好的選擇，因為經「文革」十年折騰，人心思定——現在有人埋怨當時憲法取消了「四大」，可老百姓當時真的無所謂，我們不妨平下心回憶一下。今天 30 年過去了，距離 80 年代末的風波也已經 20 年了，國家承平日久，您還是年年歲歲「穩定壓倒一切」，還用過多的限令三步一崗五步一哨來一味抑制民主的監督功能，這就不對了。民主社會一般小震不斷，大震不見，洩洪道天天細水長流。而我們的特點是平時捂著蓋著，因為體積大，容易將就，東邊不行靠西邊，南邊缺點兒北邊補，但結果矛盾會越積越多。大家夥比潛水員還能憋氣，一憋就是好多年，到了實在憋不住的時候就是土崩魚爛。我們不妨回頭看看：前 30 年的問題和情緒一直捂到 1976 年，1976 年這一反彈把中國彈哪兒去了？30 年還沒彈完啊！後 30 年當然也取得了巨大的成就，但同樣問題也夠個兒的，矛盾和不滿也積累了不少。幸虧這些年由於網路，有了真正來自民間的監督和表達。要說民主，這也是民主。民主的功能就是社會自我反思、自我糾正。民間參政議政，沒有這個網路根本無法想像。要沒有這樣的參政議政幫著行洪，憋成潰壩不是不可能的。

今天的思想文化管理群體，比例越來越大的是所謂「技術官僚」。「技術官僚」的特點是理性、事務主義，自己沒意識形態，沒立場，沒激情。還別說私下，就是在最基層的會上，提起路線政策，他們全是一臉的不屑，心裡沒一點認同——當然也說不

上多反對。這樣一種「消極行政」，你能指望他有多大效率呢？這批「技術官僚」還有一個特點，那就是「技術」含量太低。你看有些人，《色‧戒》火爆那會兒，愣看不出那是部什麼片子，爭論從民間爆發，鬧得不可收拾，這才啟動「反應機制」。後來宋祖德說了某位著名導演，他們又猴急麻花跳出來「清理」門戶，口口聲聲說人家「誹謗」。人家萬一說的要是屬實怎麼辦，你的臉找好地方放了沒有？這麼笨手笨腳，這麼低下的行政能力，卻來管理文化藝術這些精密儀器。其實也真不能過多責怪那些具體的官員，根本的問題是，應該明白一個再簡單不過的道理：管不了的您別管，用有限的精力去幹能幹的事情。

今天因為缺少當年的危機，普遍現象都是得過且過混日子，完全沒有居安思危、未雨綢繆的精氣神兒。看歷史，「蓋在殷憂必竭誠以待下，既得志則縱情以傲物」真是普遍規律。打天下時九死一生啥毛病都沒有，有了也趕緊改；得了天下無憂無慮啥毛病都來了。你看從八旗到太平軍到湘軍到淮軍到北洋新軍到國民革命軍到八路軍解放軍，生生死死的多快呀。中國革命80多年了，當年的共產黨人真是豪傑啊。熊蕾她爸熊向暉埋伏在胡宗南身邊當間諜，不是沒人看出來，有人看出來了，說這小子這麼廉潔清正有作為，太像共產黨了，趕緊抓起來吧！——就衝著一條，你說這共產黨能不得天下麼？當年秋收起義一路丟盔卸甲，三灣改編完了，一二百人由毛澤東一瘸一拐領著奔了井岡山，靠著這股精氣神兒也就20來年工夫就拿下了全中國。你再看今天這一個個跑官買官賣官，腐朽成那樣，如果沒有一套振奮他們的辦法，整個社會是會快馬加鞭老朽下去的。咱不說遠的，就說2008年初的冰雪災害，反應遲鈍；「3‧14」關鍵的頭兩天都不會動了；火炬若不是國內外「四月青年」衝冠一怒，變壞事為好事，真不知怎麼收場呢。接著就是後面的潰壩、瞞報、毒牛奶、毒雞蛋。大家會問，「官」不就是「管」麼？今天吃的哪樣沒毒？毒了我們這麼多年，你們都管什麼去了？還讓廣大消費者「提高鑑別能力」，我們家裡有化驗室麼？這樣僵化的體制應付中小型危機還湊合，碰到大型危機就令人擔憂了，所以這個體制必須改造。中國近代以來，國家要危了，精英們就精神抖擻，有模有樣。日子剛好一點，就成群結隊地醉生夢死。可悲的是，這類鬆懈和墮落的現象，嚴重壓制了民族的創造力和想像力。中國的精英應該是幹嘛的？應該不但帶領人民從死地裡爬出來，還要去攀登世界歷史的高峰。

對於社會和社會的管理者，言論和媒體的繼續發展可能起到一種作用：平添日常

的內部（國內）壓力。說白了，天天有人罵你數落你揭發你，你行為做事就會像點樣，就能夠保持警醒，不鬆懈，不腐朽，不然就只能等著外國入侵或地震山搖才能振奮一回精神。這日常的壓力從哪兒來？來源當然不止一端，教化也可以是而且也應當是一個。我看電視裡英模報告會上也是滿場的官員一個個聽得也直抹淚。但社會主義、人道主義以及優秀的傳統價值觀已被整垮了好幾十年，重新修理、改造、樹立起來，可不是短期內能辦到的事。要靠文化教育，但也別陷於文化決定論，如果你藥方開的盡是唱歌背詩開講用會，那就是誤國誤民了。不能光靠這些，還要在制度上解決民主監督的問題。當然，也別以為有了民主制度就什麼都有了。凡事過猶不及，一年到頭罷工遊行，社會也搞不好。另外，在體制內部做些制度改良，當然也不失為一種辦法。這些年日益強化的「問責制」就屬於這種思路。問責制本身，我挺懷疑它的效果。效果好點的其實大都引入了外部的偶然壓力，說到底是這樣一個因果鏈：出問題——媒體曝光——公眾義憤——高層震怒——勒令解決。問題是，靠媒體曝光、公眾義憤、驚動高層這還具有普遍意義麼？——絕大多數問題是沒有機會上媒體成熱點的。不借助外部壓力，僅靠內部舉報，這個制度就很難啟動，啟動也都是為些不疼不癢的事。面對事故災難，基層普遍的瞞報封口說明問責制已經無能為力了。當然，多設一些相對獨立、彼此外在的機構，也多少能形成一些相對外來的壓力。其實老說的「部門利益」，其中便包含了這樣的壓力，這有點像《南方週末》兔子不吃窩邊草，專找廣東省外的時弊針砭一樣。基於部門獨立性的監管歷史久遠，什麼御史、廷尉、大理寺都是，但局限性也都不小，否則用不著再疊床架屋，設東廠西廠，組織中統藍衣社了。毛澤東解放後也一直想找到合適的壓力源，先找民主黨派監督共產黨，「四清」時又用體制內這部分監督那部分，末了實在沒轍了便發動群眾。今天的吏治跟前幾十年有霄壤之隔，少數貪官奸商地痞流氓成群結夥，同流合污，也都夠「江湖」夠「山寨」的了。所以，完全在體制內部想主意，恐怕不會有什麼太大的結果。應根據中國的具體問題，穩妥而堅定地加強民主的監督機制，對整個管理體制造成外在壓力——只要有利於我們，別說從西方人那兒了，就是從飛禽走獸那兒該引進也得引進。西方最近的金融危機，又一次暴露了資本主義和西方文化的深刻弊端。但我們這兒也別趁機把人家什麼都否了——他們能領導世界幾百年，自有其長處，科學、工業、社會主義、民主，這些都是西方對人類的偉大貢獻，是否定不了的。總之，對於中國的未

來，民主是能有所貢獻的。民主的內容很多，對於現在的中國，訊息的披露如果能夠更公開透明一點，以加大民主監督的力量，我覺得肯定是一件好事。除了少數幾個人，大家眼下未必對照搬西方的制度有多大興趣。但你要保證——還要有實在的辦法保證你的保證——民主的監督。光來一句「我們說話從來是算數的」早沒用了，因爲歷史證明，這些空話套話是常常不算數的。

說到效用，我們確實也要看到，民主在一些方面可能是非常低效甚至是負效的。議會討論提案，本來是君子動嘴不動手，但台灣的「立法院」不但動嘴說，還動嘴咬，這還不夠，還要動腳踢，高跟鞋都踢飛了。當年季辛吉在埃及、以色列之間搞斡旋時就感慨：以色列辦事怎麼那麼難啊，政府議會討論來討論去就是沒個結果；還是埃及好，總統一聲令下，誰不聽斃誰！大家老說中國這個體制太「首長意志」了，其實在瑞金的時候也是沒完沒了地討論表決，白軍都快到村口了，這邊還統計票數呢。那年頭的效率不像今天，沒效率就是沒命呀，所以趕緊改成「民主集中制」了。這一改，挺順的，順著順著就順不回去了，這真是一種悖論。也是啊，用不著民主，經濟增長率、外匯儲備什麼的不也都世界第一了麼？所以代價問題的確是一個嚴肅的問題。其實解決起來也不難，你抓緊著點，一步一步放開，用鋼鏰毛票攢出一民主來，別用摸六合彩的方式，冷不丁的一下子讓人不是瘋就是傻。但您如果非但不放開，反而一步一步收緊——覺得不收白不收，收了也沒人敢管——那麼積累若干年下來，矛盾的雙方就都沒機會了。

以上說的都是功用和效率。其實民主還有一個價值問題，這是必須面對的問題。現在一些朋友一提民主就會說我們古時候就靠明君賢相，不習慣民主這玩意。但問題是，這170年沒白過啊，這麼多年的現代化運動，城市化、工業化、教育普及、通信便捷，這都跟古時候不一樣啦，老百姓的價值觀也不一樣啦。民主已經越來越成爲一種價值了，大家越來越認爲這是我的權利，生來就該有的權利。憑什麼我自己的事我插不上嘴，老得你當官的給我做主？古代老百姓的確不這麼想，村口貼的告示駢四驪六，他看不懂就知道佩服，他會想我算啥玩意呀？現代的老百姓一個一個讀書上網、真假學位證書一摞一摞的什麼都懂，他會想你算啥玩意呀？這是現代化造就的基本社會現實，你必須要面對，早晚要面對。

民主之所以能成爲價值，原因之一就在於越來越多的人具備了民主的能力，上面

說了，是現代化培養了這種能力。晚清民初的時候政治家說「民智未開」，這東西搞不成。如今100年過去了，民智還沒開麼？有能力就有欲望。晚清時代就那麼幾個人認字，民主的欲望加起來也就相當於一火力發電廠。今天恨不得一人一部落格，民主的欲望加起來沒準夠一火山了。你看現在有點事網路上就狂風暴雨似的，顯然是膨脹的民主能力和欲望在尋找釋放的出口。那種「從前試過這玩意，沒戲」的說法是不負責任的，袁世凱、曹錕那會兒沒戲不證明今天也沒戲，您的日曆忘翻篇了。

對於普通老百姓，民主自由如今也是非常切身的利益。有些官員本來不學無術，但胡作非為，不受法制規範，巨大的公權力為他們的撒野犯渾保駕護航。有些單位裡，老實巴交的群眾想「一刀一刀切了領導」的狠話，我都親耳聽到過一些。老百姓需要「民主」「自由」來限制一些官員過分的權力。那種認為民主自由不關老百姓的事、老百姓就關心豬肉幾塊錢一斤的觀點，並不符合今天的實際。很多人堅信，一搞民主，肯定是有錢人的天下了，前門放狼，後門進虎。這樣說當然有經驗上的根據，但尼泊爾「窮黨」、查維慈、內賈德不也都靠民主上去的麼？所以天下的事沒那麼絕對。另外，你可以說美國民主是假的——其實不可能都是假的——但我們就不能來點真的麼？現在有些學者可以一人同時三個觀點：一說中國太特殊，民主不能急；二說天下壓根就沒民主這回事；三說其實我們現在已經挺民主的了。三個說法各自都有一定道理，但三個蛐蛐放一罐兒裡只能掐得一個不剩。你不號稱信仰社會主義麼？平等可是社會主義的題中之義，民主可是平等的題中之義呀。

社會主體的崛起與未來的希望

說到民主，我們還應該看看中國現今幾種基本力量的相互關係。這幾種力量就是政府、資本和百姓。在這個三角關係中，應該說政府目前是比較吃香的。左右都跟它拉關係，爭取它的支持，這也可以理解。從博弈的角度說，社會中是應該多些主體，彼此牽制。小國在兩極世界就比單極世界活得好些。現在一些房地產商動不動就雇幫黑社會打手來實現超額利潤，那被打的只好撥打110找警察找政府。改革開放以來，政府之外多了個市場或資本，這的確不光為有錢人，也為許多底層普通民眾提供了發

展的機會。但牽制是雙向的，我們在看到資本牽制國家的同時，不要忽視政府對資本的平衡作用。

政府可能有很大問題，需要規範、改造甚至削弱，但它在理論上還是一個獨立於各方而代表全體的力量，可以起到抑強扶弱、平衡各方利益的作用。別小看這「理論」，有它跟沒它是很不一樣的。政府或官僚當然也追求自身的利益，對此不是不能限制（德國、香港都限制得不錯）。應該強化政府的超然地位，約束它的自身利益，切斷它跟資本的強強聯合——本來就是強勢，你再助一臂之力，別人還活不活了？至於資本這一塊，資本家的利益當然也是利益，當然要有發言權，但國家社會不能由他們來領導，因為他們「理論」上都不能超越自身利益，天然就是自私自利。我曾經讀過一篇被稱為「資產階級宣言」的文章，印象非常深。不能照顧最大多數人利益的集團能讓大家高興嗎？理論上超然的力量，或許還有可能改造成實際上也超然的力量；理論上壓根就自顧自的集團，你根據什麼讓他學雷鋒呢？所以對資本或「工商集團」的指望也別太大了。

其實老百姓一沒權，二沒錢，手裡什麼牌都沒有，想從資本和國家的對立中收漁翁之利，道理上並非不可能，但現實中的空間不是很大，要是人家光勾結不鬥爭——鄉政府和開發商手拉手欺負你呢？弱小的民眾在兩個大塊頭的對峙中討生活，代價也不小，依草附木的日子終非長久之計。他需要增強體力，獲得更大發言權。老百姓必須成長為一支讓人家也來送禮、也來拉攏的力量。要做到這一點，他非得有點本錢不可。這本錢的來源無外乎選票、工會、網路之類，而這些都需要一個更開放的政治平台為前提。這一點中國資產階級的喉舌是承認的，他們原來主張民主比誰都歡，這幾年看看南美、中東有點犯怵，又給民主設這樣那樣的條條框框——一不能「民粹主義」了，二不能「極端民族主義」了。我頭兩年說他們的民主是「褲腰民主」，要不小於二尺四，這樣他們進得去，還不能大於二尺五，那樣「暴民」也混進去了。作為社會輿論力量，知識分子應該為培育和扶植民眾的民主能力有所貢獻，這樣才有可能形成真正多元的民間社會及其價值（現在那幫人嚷嚷的「民間」，走近了一看全是民營企業家，也太裝蒜了），在資本—國家格局之外培育新的力量。西方國家在公民社會方面取得了一些進展，值得參考。麥當勞顧客吃漢堡吃出半個耗子，結果法院罰了上千萬，這說明資本不能一手遮天。這方面，應該說民主體制提供了必要但不是充分的條件。

一人一票的實質是政治權力上的反集中反壟斷，否則天下則全由有錢有勢的拍板說了算。反的方法和效果盡可以討論，但反了就比不反好，大方向是正確的。「虛偽」二字概括不了民主體制的全部實際，那麼高的遺產稅難道不近乎社會革命麼？

再回到一開頭說的「高尚」，說的「偉大社會」，就年輕人的狀態而言，應該說是不保準兒但也還有希望。為什麼說不保準兒呢？因為年輕人所受的教育，從家庭到學校到社會，基本上就沒高尚這東西，電視裡就差辦二奶大講堂了。聽友人徐浩淵女士說，前年冬天，中、美兩國組織了一次電視優秀中學生對決，雙方各自出席 60 名代表，在一項選擇中，每人需要從權力、財富、真理、智慧、美麗中五選二。結果是：美國孩子 60 人統統選擇「真理與智慧」；中國孩子除一女生選擇「財富與美麗」外，其餘 59 名統統選了「權力與財富」。這個調查雖然存在方法上的問題，但大致結果是差不多的。這是一方面。但物極必反，「下半身」了這麼多年，也該變變了，而且也確實發生了變化，「四月青年」就說明了這種變化。搞搖滾的侯牧人是我好朋友，中國搖滾人這二三十年給人總的印象就是一「綠林」，老侯也不例外，你聽他那會兒唱紅色搖滾，真差不離把嗓子唱嘴外邊去了。汶川地震時，一天晚上到他們家聊天，老侯跟我說，他現在有種感覺，那些不三不四小情小調的東西是不是該唱完了。他說起他的女兒——他女兒是四中的高材生，那會兒看不上北大清華，考了香港中文大學，原準備做世界公民。汶川地震後，女兒跟他說：有些「大詞兒」原來聽著蒼白無力，今天聽了令人心動。這句話讓我們做父輩的聽了一震，有種強烈的預感：社會心理、社會文化大的歷史轉折可能已經開始了。

◆劉仰

五、回望2008：我們不需要短暫的亮光

2008 年似乎很平常地就過去了。這一年因為發生了太多的事情，似乎過得非常快。但也因為發生了太多的事情，令人難忘而迷惑。用一句話來形容 2008 年有點難，因為 2008 年，中國和世界都呈現了非常複雜的面孔，所有人都面臨沒有先例的選擇。

對於中國人來說，2008 年確實有一些高興的事情，比方說奧運會。中國第一次作為東道主舉辦奧運會，辦得很成功，拿到了金牌數的第一。然而，這一份高興的象徵意義大於實際價值，要真正把這份高興變成長久的喜悅和自信，中國還需要更加實際的態度和成果。但是，即便中國人這次如此難得的高興，有人也不願讓我們太平。從西藏的騷亂，到奧運火炬全球傳遞時的搗亂；從某些歐洲國家在西藏問題上挑釁中國，到東突分子在新疆製造的流血暴力事件……很顯然，這個世界上就是有一些人見不得中國人高興，不管出於怎樣的心理，讓中國

人難受，是他們的目的。我們應該怎麼辦？只有把自己的事情做得更好，讓他們的希望落空。比如說「神七」宇航員的出艙，比如說中國海軍史無前例地遠航亞丁灣，中國人更需要這些實實在在的事情，讓我們未來的高興有更加堅實牢固的基礎。

　　然而，2008年還是有很多事情令人不快。例如周老虎事件，已經成為所有人的笑柄，依然不知羞恥地上演著鬧劇；例如三聚氰胺事件，金錢與道德的較量，以這種方式顯示出結局，無論怎樣破產或賠償，都是令人不高興的。而且，在接連發生的多起礦難事件中，人們看到，金錢藐視生命的現象並沒有因為三鹿的破產而終結；發生於貴州甕安的群體性事件，發生於昆明的公交車爆炸案，一個北京青年殺害數名警察的殘忍，一些地方城管的所作所為遭人抨擊等等，不管最後的結局如何，都顯示出某些積壓的社會矛盾沒有完全得到緩解；股市的低迷，房價的鬥法，某個首富因操縱股市被逮捕，某個與房地產有關的官員因天價菸、天價手錶而被解職等，既揭示了利益集團玩弄公眾利益的公開秘密，也讓人看到貧富差距的加大，在當前已經成為最突出的社會問題；學生殺害教師，大學教師的學術腐敗，專家被質疑當漢奸，一方面讓人們看到知識分子令人堪憂的素質和良心，另一方面也提醒人們關注當今商品經濟社會中，知識分子與大眾的關係以及生存方式；新疆、西藏、台灣的一系列事件，讓中國人看到，作為中國核心利益的國家主權依然在遭受挑戰；……這樣一份2008年各種事件的名單，還可以羅列得更長，這些都是讓我們高興不起來的事實。

　　跳開中國，看看世界，從美國次貸危機到全球經濟危機，從喬治亞到美俄較量，從印度到巴基斯坦，從以色列到中東，2008年發生的這一切，人們已經看到了此起彼伏的硝煙和止不住的鮮血，這會是2009年甚至更長一段時間的預告嗎？在這些衝突的背後，發源於美國的次貸危機已經形成洶湧的世界性經濟危機，全球各國政府聯手救市也沒有多大的起色，反而暴露出越來越多的問題。小國冰島破產了，這樣的命運會落到大國美利堅頭上嗎？一個黑人當選美國總統，其歷史性、標誌性的意義，也被金融危機所沖淡；中國持續多年的經濟高速增長，也因此受到嚴重影響。而這場經濟危機對於中國更大的問題在於：當我們全力以赴學習西方的時候，西方發達社會終於暴露出嚴重而深刻的內在危機，我們怎麼辦？是繼續照樣學，還是在借鑒的基礎上自我創造？中國思想界、理論界的失語，不知道是醒悟中的沉思還是等待美國榜樣復甦後捲土重來。然而，「百年一遇」這樣的詞彙，已經提醒人們，即便度過危機，世界也

不會像以前一樣了。那些曾經被視爲金科玉律的東西，眞的還有機會東山再起嗎？在這種擔憂和疑問中，誰還能高興起來？

2008 年的中國，確實還有值得眞正高興的閃耀。從年初南方的冰災，到四川汶川特大地震，大自然在 2008 年給了中國一連串巨大考驗。在嚴峻的考驗面前，中國人沒有丟臉。全體中國人萬眾一心、眾志成城，人們的善良和關愛由衷地迸發，人性的光輝不僅令世界驚歎，也感天動地。這是中國的希望，這是中國人千百年來不曾消失的美好的精神。只要這種精神在，我們還會害怕困難嗎？但是，在巨大的災難面前，我們既看到了中國人的美好，也看到了范跑跑之類的存在。回顧中國近代歷史，30 年來中國的變遷雖然令人讚歎，卻還有無數的事情等著我們中國人。我們需要一件件地做起來，需要從每一個人一點點地做起來。與成績和美麗相比，無能和腐敗還在侵蝕著社會，每一個中國人多麼希望腐敗的消失，哪怕少一點，再少一點。我們需要無憂無慮、長期持久的高興，而不是短暫的亮光。

◆王小東

六、該由西方正視中國「不高興」了

西方人的自以為是，是被我們慣出來的

　　2008 年與西藏「3‧14」有密切關係的奧運火炬傳遞受阻事件，中國年輕人所表現出來的巨大反彈，包括抵制家樂福等，是在很長時間的積累之後，作為一個標誌性的事件，深刻地體現了中國年輕的一代跟西方人的關係變化了。這個事件發生了以後，澳大利亞一個認識我已十幾年的外交官來找我。她也很擔憂：事情怎麼弄成這樣，中國人跟西方人翻臉了？她問我：這件事的最重要意義在哪兒？我說：我坦率地告訴你，這件事的最重要意義就是西方人跟中國年輕一代搞壞了關係。對於我們中國可能不利，但是對於西方更不利。她說：你作為知識分子應該出來做調解的工作。我說：這個工作必須是雙方做，我一個人做不了，你們也要做才行。

　　在這件事上，確實有一些外國人沒有醒悟過來，他們沒有

真正理解中西關係的力量對比正在發生變化。

有一部分人意識到了這種變化，而且意識到了變化的不可逆，但是也有一部分人沒有意識到。他們還以爲他們能居高臨下來指揮中國——當然這也是中國精英們給慣的。對於中國年輕人的群情激憤，有一個在中國工作的美國人給中國人提出了很詳細的18條建議。他在開頭還說：我特別怕我說出來有教訓人的意思。但是，實際上他說出來的確實都是教訓人的。比如說第一條，如果你們看到西方媒體的報導歪曲事實，你應該給欄目的編輯寫一封有禮貌的信，指出問題所在，用邏輯支撐你的觀點，要文明、體面地表達你的觀點，寫信是個好方法，而且你的信可以免費發表出來讓更多的人看到。其他幾條大致都是這個意思：不要跟西方人爭吵，而是要努力爭取西方人的好感，讓他們能夠接受中國人。我說：這個美國人首先就搞錯了現實的力量對比。我承認我們還需要爭取你們的接受，但是你們要不要爭取我們的接受？現在的事情不是漢人跟西藏人打了架，到你西方人那裡去請你們當裁判當法官的。我們用不著什麼事都要爭取你們的接受。你那些東西我接受不接受還是一回事呢！我說：你們這麼理解問題，就全錯了。

在中國工作的美國人尤其感覺良好，比在美國工作的美國人感覺好得多，因爲國內有一群圍著他拍馬屁的中國人。所以他才覺得：我可以教訓你們，你看你們這幫傻冒，你們不知道怎麼做才能取得我們的好感！我說：去你的，我們憑什麼非要取得你們的好感？你們好好考慮考慮取得我們的好感吧！現在的力量對比，已經不是我們需要單方面取得你們好感的時代了，你懂不懂？將來我們力量更大了，你要不取得我們的好感，我們就揍你。

坦率地說，這個美國人是個有代表性的傻冒，是一個因爲在中國工作被中國精英捧壞的傻冒。其他一些西方人比他聰明，我剛才說到的澳大利亞外交官，中文說得跟中國人一樣好，她就比較明白這個道理。

有人說中國人都是麵瓜。其實，中國人麵瓜是在國內怕警察；現在的年輕人在國外都敢揍外國人了，憑什麼說是麵瓜？

在中國，如果不是警察護著外國人，外國人在中國耍橫，不打死他們才怪。後來我跟好幾個西方外交官、記者說過：你們好好跟你們的公民說，奧運會期間你們的公民千萬別鬧事，萬一中國警察罩不住，你就死在這兒了，不值。那個澳大利亞外交官

就說了，我們特擔心這個事，我們在外交部網站上都說了，警告我們的國民了，千萬不能弄事，到時候被打死了我們沒轍。到頭來還是死了一個美國人，但不是為這事，是冤死的，沒幹啥事就被殺了。

實際上，中國的精英和官員沒有認識到這股力量。那些被中國人慣壞了的外國人也沒有認識到這股力量，但有些外國人看到了這股力量，所以那個以色列殘疾運動員罵了中國之後，以色列總統趕緊出來道歉。

中國這幾年的飛速發展，已經讓他們意識到他們在很多方面趕不上中國或者中國早晚有一天會趕上他們，在物質層面、在生產層面、在現代化技術層面上很多的東西，他們已經意識到沒法再跟中國較量。因為幾百年來，西方文明一直認為自己代表了人類的進步，包括「文明終結論」也一樣，到頭來再沒別的東西，只剩最後一點道德優勢，說你們中國欺負西藏人吧，欺負少數民族吧。拿最後一點道德優勢想挽回面子，給中國找點麻煩。這是某些挑頭人士的內在心理，其實卻幹了很自相矛盾的事，你這麼幹，等於承認文化多元化，不一樣的文化都應該有權利存在，那憑什麼非要說整個中國文化都不好，非得搞跟美國歐洲一模一樣的普世價值？這兩個東西是自相矛盾的。在西藏問題上，中國老百姓尤其是很多年輕人看明白了他的雙重標準是怎麼用的，這個對很多年輕人確實是一個很好的教育。

關於西藏：甭跟他們玩考據！ 1959 年拿下的又怎樣？

關於西藏是不是自古以來就是中國的領土，到底是元朝還是清朝，還是 1959 年？西方人硬說是 1959 年。我就西藏問題答西方記者的談話裡說：要說事實，至少清朝應該是沒有爭議的，但是，我也可以明告訴你們這些西方人，就是 1959 年又怎麼樣？你有種你過來打，你廢什麼話？如果他們自己回去好好琢磨琢磨這個道理，對他們有好處。中國政府，還有學者，跟他們爭到底是哪年是對的，一定要爭。但是中國民間要告訴外國人，1989 年、1999 年占的又怎麼樣？有本事你來搶。我的原話是這樣說的：

退一萬步講，就算藏獨和西方一些人能夠證明在 1959 年之前中國對西藏只有宗主權而無主權，又怎麼樣呢？中國絕大多數人能夠接受西藏的獨立嗎？還是不能。我可以告訴西方人，中國絕大多數人的看法，就是在網上廣泛流傳的那段由留學加拿大的 21 歲中國青年所做的視頻《西藏過去現在未來永遠是中國一部分》裡面的那樣：如果西方人從美洲、大洋洲、非洲、亞洲等所有地方都捲鋪蓋撤回歐洲，我們也從西藏撤出來，否則，就不要跟我們談這個問題。從道義上講，我們中國絕大多數人的看法就是如此。從實力政治的角度講，美國佔領了阿富汗、伊拉克，支解了南斯拉夫，那麼今天，美國做好了支解中國的準備嗎？藏獨和疆獨，還有一些中國的知識分子，確實指望著美國人來支解中國。但美國人做好這個準備了嗎？美國人願意為了西藏而與中國這個核大國一戰嗎？至少從美國人的言論來看，美國似乎還沒有做好這樣的準備。那麼，西方人對於西藏主權問題的質疑在絕大多數中國人心目中引起的只能是厭惡和不屑。

中國一些知識分子，比如王力雄，還有一個說法，說過去可以搶，現在不可以搶。這是誰定的？美國在名義上沒有吞併國土，但事實上行的是滅國之戰，又有誰吭氣了？其實，就像網上的憤青說的那樣，要是你們從澳洲、南北美洲、非洲、亞洲全捲了鋪蓋，我們就從西藏捲鋪蓋。咱們要是講道德，你們就全滾回歐洲老家去。我們道德上沒有虧欠！這就是中國年輕人的回答，民間的回答。

俄羅斯在南奧塞提亞獨立問題上就是這麼回答的。你說什麼國際法，去你的吧，我就打壓，我就承認南奧塞提亞獨立了，你有脾氣沒脾氣？

是到了西方也來考慮一下中國人的情緒的時候了，現在欠缺的，不是我們「主動」——這方面工作我們做得不少了，而是西方端正態度的問題。在那次訪談中，我這樣說過：

今天的世界，早已不是 19 世紀和 20 世紀上半葉的世界了。在西藏問題上，中國人不認為西方人有資格來充當裁判官，中國人在 2008 年 4 月所做的，本來就不是乞求西方人接受中國人的觀點或接受中國人，而是向西方人

表達中國人對他們的不滿乃至憤怒，表示中國人不接受西方人在西藏問題上的觀點和行為。至於西方人對此是否會像那位好心的美國人所擔心的那樣，認為中國「既不開化又粗魯無禮」，對於今天的中國來說並沒有那麼重要。

從 19 世紀下半葉到 20 世紀上半葉的一個多世紀中，中國人不得不十分在意西方人怎麼想，他們是否接受中國，而西方人則不必考慮中國人的感受，不必瞭解中國人怎麼想。西方人和不少中國人都已經習慣了這樣一種關係（所以那位好心的美國人才一開口就要求中國人要讓西方人感覺舒服，而忘記了被激怒了的中國人也有可能並不想讓西方人感覺舒服——他甚至都忘記了，美國的國父們當時也沒有給英王寫一封禮貌的信，用禮貌來博取英國人的好感，而是拿起了武器）。然而，這樣一種關係是不平等的，因而也是不道德、非正義的。即使我們不談道德和正義，僅僅是從實力的角度說，這樣一種關係也早已不符合中國與西方的實力對比。今天的西方和中國，必須處在一個更平等的關係之上，如果說中國人應該努力爭取西方人的接受，那麼，西方人也需要爭取中國人的接受。如果今天仍佔據實力最強地位的西方人和擁有 13 億人口、實力正在迅速增長的中國人不能互相接受對方的存在——即使這種存在並不能讓另一方十分滿意，那麼，高興的只能是蟑螂，而人類的前景則會非常可悲。這一點，很多西方人似乎並沒有明白和適應，有些崇洋媚外的中國人似乎也沒有明白和適應。然而，為了人類能有一個日子過得比較好的未來，西方人和中國人都必須明白和適應這一點。

要讓對方接受，就有必要瞭解一點對方的想法。從中國這方面來說，在過去的一個多世紀中，除了少數年份，中國人都在努力學習西方，努力瞭解西方人的想法，希望自己能夠獲得西方人的首肯，什麼事情都強調「要與國際接軌」。即使這樣，也許中國人對西方還是不夠瞭解，但無論如何我們是努力去做了。我認為中國人對於西方的瞭解至少不像西方人對於中國的瞭解那麼離譜。我們從旅美電影女演員陳沖發表在《華盛頓郵報》上的文章得知，某些美國政客居然聲稱：對火炬接力的抗議會「為舊金山民眾提供一個一生中難得的機會來幫助 13 億中國人獲得自由和權利」。陳沖寫道：「再沒有比這樣的說法離事實更遠的了。」我的印象是西方人當中這類離譜的說法很多，

很流行。我確實感到，西方人，包括他們之中的漢學家、新聞記者，乃至在中國學習和工作的人，也許被那些因爲有求於他們而向他們獻媚的中國人慣壞了，他們對於中國人的想法太不瞭解了。這種不瞭解無論是出於他們自己的傲慢，還是出於包圍著他們、向他們獻媚的中國人的欺騙，都是危險的，對於中國人和西方人都是不幸的。現在，確實輪到了西方人做出一點主動的努力，多多少少瞭解一點中國人的想法的時候了。

我就是想幫助西方人多多少少瞭解一點中國的一般人——當然主要就是漢人了——對於西藏問題的一些看法，以及由西藏問題而導致的對西方人的看法。當然，有些人會質疑我憑什麼說這些看法就是中國一般人的看法——我沒有做民意調查，我的這篇文章也不是學術性的。但即使我做了嚴格的隨機抽樣的民意調查，寫成學術形式的文章，同樣的質疑還會存在。但我想，2008 年三四月份所發生的事情本身就是我在下面將介紹的那些觀點是中國一般人的觀點的最好證據。據說，2008 年三四月份發生的事情使得不少西方人很「震驚」。其實，如果他們對於中國人的想法有更多一點的瞭解，就不會感到「震驚」了。

其實中國的小資們挺喜歡西藏文化，當然包括我這個不算小資的，我也喜歡。外國電視台到我家裡來錄影，我就讓他們看我的佛像，我告訴他們，我的佛像中只有一尊是漢傳佛像，其餘都是藏傳佛像。我給他們講漢傳佛像和藏傳佛像的區別。漢族人喜歡西藏文化的很多了。漢族人是把西藏人作爲兄弟對待的，是很愛護他們的，絕沒有敵視他們、迫害他們的心思。我說：你們西方人最好懂得這一點，也別聽西藏人當中的少數人誤導你們。

道德？你西方人甭跟我講道德！就像網上那個年輕人所說的：你從世界各大洲除了歐洲都捲了鋪蓋，你就有道德了。

◆宋強

七、警惕余世存式的知識精英主導
////////////////////// 一個國家的精神品質 ////////////////////////

回到常態：道德上沒有誰比誰更優越

　　2006 年我們曾經策劃過一個圖書選題，名叫「駐京辦」，不是後來出來的那個特別火的《駐京辦主任》，爲什麼這個選題我們準備得非常早，卻失敗了呢？因爲我們這位作者朋友的寫法和思維是非常不對的，寫法不對，會造成一個非常好的選題白糟蹋了，東北話說：瞎了。那個小說有很多令我們困惑的地方，這裡就舉一個例子，小說一上來就出來一個級別很高的官員，表面挺廉潔，卻有十個大小老婆。我們跟作者溝通，說現實中有妻妾成群的案例，但是這不是一個生活的常態，這也不是一個常態人物，按照術語的講法，「這一個」沒操持好。小說好比一道菜，你上來這麼加佐料，讀者肯定會對你的功力不信任。總之，小說靠這個來呼隆，不是一個好的走法（地攤文學這麼表現倒可以）。在常態中揭示非常，揭示非常之所以

然，這才是社會小說寫人狀物的合理路徑，也體現令人信服的功力。

我引這個頭的意思是，我們的思維品質，不應該被獵奇文學的套路所左右，雖然生活時時在模仿藝術，雖然我們在當下看到的荒誕，不比荒誕劇更遜色。我們也可以因為失望盡可能嘲諷，盡可能展現我們「消解」的功夫，我們可以以辛辣的口吻評置八方神聖，然而「消解」了以後怎麼辦？就如李澤厚所追問的：「解構之後總得有所建構吧？不能僅僅剩下一個沒有任何意義的『自我』『當下』吧？文學是最自由的領域，它可以走極端，往解構方面走，但是在倫理學以及整個社會建設方面，就不能只講解構，不講建構。如果把一切意義都解構了，把人類生存的普遍性原則都解構了，那社會還怎麼生存發展？」

我經常和朋友們交流這樣的問題，中國是一個窮國，中國人的生活質量比西方人差得遠，中國人的人生困頓嚴重得多，現代化進程還有待普濟，有待完成。然而為什麼偏偏是一些中國人，最愛顯露出一副超級嬉皮士和後工業棄兒的樣子？為什麼偏偏輪到某些中國人，對什麼都不在乎，把缺乏敬畏當作瀟灑、當作人格強大？我所知道的美國人，那麼單純地愛慕著自己的戰鬥英雄和國家的圖符，那麼傻裡傻氣地愛戴自己的體育英雄，按照我們的標準看，他們哪是洋人啊？個個土鼈，整個一個幼兒園嘛！我所看到的日本人，交際語言不像中國人那樣富有文學潛力，更缺乏我們所說的「職場智慧」。他們確實「小」啊，一望就看到底啊，愣頭愣腦，個個都像「新來的」。且不說韓國人在亞洲金融危機的時候排隊貢獻金銀首飾的表現，韓國人會這樣由衷地讚美自己的祖國：「我們國家山清水秀，四季分明，比起那些連水都喝不上的國家來，我們生活在多麼好的國土上啊！」──這類語言，在我們的語言系統前面，多麼「老帽」啊！為什麼偏偏是我們，顯得那麼不純樸，應景催情的修辭手段這樣發達，在很多很容易解決的基本概念上，卻永遠是反向思維？為什麼偏偏是我們在這裡作態撒嬌？

我們時代的流行口號是「讓生活更精采」，誰也不會去拒斥精采，我理解的精采，並非咋咋呼呼的「秀」，它存在於大量的日常性規律和穩定心理掌控的情緒節奏當中。這就是我說的「沉默的大多數」具有的品質。這些年我一直在琢磨「沉默的大多數」這個詞，我個人的理解，「沉默的大多數」，並非單指人群，也不能簡單理解為選票民主中暫時未顯露的民意，「沉默的大多數」可能還是一個心理上的概念，如：個人內心中沉睡的感情，也許是更接近真相的感情──至少是作為落點和支架的正常感情。

一個人變得憤慨而無理的時候，他距離他個人的真相是很遠的；大多數時間我們是依託正常的感情來判斷事物，說白了，就是理性——雖然現在，「理性」這個詞兒被上流社會的時髦人物們糟蹋得不成樣子。

越是在訊息的迷霧中，越發顯示出達到真相的常態路徑的可貴。寄希望於「沉默的大多數」，首要的意思，就是十多年前在「說不」一書裡講過的話：中國人的「沉默的大多數」在領略熱鬧場面後，正在為追求個人幸福而勞作著，而這恰恰是構成偉大國家基礎的原動力。我還說過這樣的話：「是到了重估我們勞動成果的價值的時候了。是到了正確估量我們勞動成果的價值從而正確估量我們國家價值的時候了。」「需要滌清瀰漫在我們周圍的普遍的怨恨情緒，以痛楚後的清醒來審視中國社會中的不公正、愚昧、瘋狂和欺詐。」一切負面的因素，其實在豐富著我們的感情，激勵我們趨善避惡，而不是導向失敗主義。其次我認為，「沉默的大多數」是一種思維方式，就是此時，此刻，現今，現地，讓飛越的情感落地，就是我們以常態心看社會，以常態心看人，甚至以常態心看待我們的敵人，這就不容易了。當年分析李登輝，我們就儘量先去接近他的世界。道理很簡單，假如上來就公告李登輝心理扭曲，這也未必公允，他走過的道路，可能是一代求索真理的知識分子的必由之路。他和司馬遼太郎描述「二二八」血腥之夜的驚悸心情，也是厭惡黑暗的中國人的共同心情。所幸這段話出版社沒有給刪掉。台灣人告訴我，這樣的表述，至少比「把李登輝掃進歷史的垃圾堆」那樣的時評容易讓人認真對待。當然，我舉這個例子，還不是單說宣傳的可信度的問題，極端並非常態，人不能老靠激越的感情活著。汶川大地震之後，我一個哥們兒化了點緣，到都江堰一所學校去捐。殊不知人家學校不太領情，他憤怒，開始「籲天」，罵人家利用愛心牟利。我趕快告訴他你別再發簡訊散帖子了，別再搞興奮點喚起網民興奮至死了好不好！你不能指望人家老是在悽慘的心情裡任由擺弄，今天我們為死者哭泣，明天一切還是要繼續，人家還不是要為自己的單位經營，要算計下面的日子怎麼過，你不能因為人家遭災了可憐了，就剝奪人家從長計議的權利。況且還不說你也有圖謀在裡面，你就更沒有必要這麼理直氣壯，認定了自己道德上比人優越。這事兒後來我問了當地一個副縣長，說很多單位拿錢，指名道姓就是捐那一兩家學校，當地民政部門只好搞個排名，誰捐得多，誰拿這個冠名。雖說變了味兒，但也可恕。要以常態心來看這個事，你要拿這個製造興奮點，就未免太不通人情了。這個就是自

以爲是的憤懣主義。

查遍百度，找不到「憤懣主義」這個詞。但這個詞大概也不是我生造的，忘了出處，但確實是一個很強大的心理現實。何謂自以爲是的「憤懣主義」？就是爲找興奮點而「義憤」，如今，興奮點帶出的言論盛筵花團錦簇，時時刻刻觸摸到的日常生活中的「憤懣主義」，是一種時髦。但是不斷堆砌群體感情的興奮點，引導憤怒的撕擄和咆哮，製造廉價的恐懼和絕望，這種情感又和娛樂消費有什麼區別？

憤懣主義與失敗主義是攣生兄弟

也許在庸庸碌碌的生活現狀中，憤懣作爲一種個性，自有它正義的依託，自有它的特殊的感染力，網路文化、酒局文化和無厘頭文化，造就出了非常多的可愛的事物和可愛的人物，可是任其氾濫，也造就了爲「反」而「反」的文化標籤，造就了薩哈夫式的民間語言大師，造就了嫻熟的批評和圍繞這種言論的狂歡，供我們消費，供我們打發時間；但如果永遠不打算把憤怒號列車駛向另一個軌道的話，我們就離失敗主義不遠了！

到了 2009 年，施虐性的語言、暴力語言也許會進入「審醜疲勞」階段，因爲表演得太過餘了，抖機靈抖過頭了，不給人希望的指向，爲「反」而「反」，必將會遭到厭棄，因爲它不符合人們正常的感情。我已經從日常細節中看到對憤懣的逆反，一位女士跟我說了這樣的話，我覺得很入理。她說：常聽某些人談某些事，聽了一整天我心情都不好，因爲覺得他們特別獵奇，總愛把一系列的黑的、假的、醜的、無望的綴在一起講，憤恨切齒，「撕著烏賊下酒」，做革命黨狀。其實不能解決問題的絲毫，徒增鬱悶。他們也會講得很精采，諷刺的才華很高，我承認一開始聽了後情緒挺激越，但時間一長，覺得自己的負面情感也多了起來。很迷茫……這位女士表示不再參加這種「話局」了。

憤懣主義，普遍的實際效果，就是僅僅教誨人怎麼去絕望，去助長懷疑和不信任的氣氛；憤懣主義表面上做出一副佔據了道德制高點的樣子，其實細分析一下，這一點也是大成問題的，甚至從一般社交意義上說，他也是缺乏友善的。因爲憤懣的勁頭

兒上來，人的狀態是賴了吧唧的，認定了自己的訊息是最充足的，智力是最卓越的，認定了所有持有不同反應態度的人都是愚民。因此，即使造成了不愉快，他也不會去省察究竟爲什麼。

也難怪，憤懣主義的表徵就是以對立態度活著，永遠顯得清醒而對立，清醒而偏執，我 2003 年在《新週刊》上說的一種精神現狀，「清醒到了偏執的程度」，把形而上的孤憤演變成豐富多彩的現場秀，對一個個現實問題，總會有些奇談怪論。

奧運會期間，傳說有外國人要在某些場合預謀打藏獨旗幟，我們議論這件事。

一位朋友說：要被我撞見，我肯定抽他。

憤懣派朋友打斷他：你憑什麼抽人家？啊？

兩個人吵起來了。

我跟憤懣派朋友講道理：你動不動玩「棒喝」的心態是成問題的（憤懣派總愛棒喝，就是自以爲隨時承載著催別人猛醒的使命，別人都是奴化教育下的侏儒，唯有他見識高過眾人）。我倒問問你：憑什麼不能抽？有意識地冒犯別人，一準兒就是找抽的。肆無忌憚羞辱我們，就該抽！

憤懣派朋友回答：羞辱了誰？這個國家？這個國家是誰的？你的？我的？

「這個國家是誰的」「但是這個國家愛我嗎」這一類乍看有力的反詰，永遠是憤懣派的法寶。它的有害性已經不需要從邏輯上辨析，這麼些年，「逢中必反」在思考層面上幾乎沒有任何進步，它存在的理由，引起喝采的可能性，都是我們可以想見的：體制的不爭，怪現象的層出，丟人現眼表演不斷，都會給「逢中必反」的老貨色「青春勃發」提供新依據、新理由。但是憤懣派想沒想過，自己有可能陷入悖論，在鞭笞醜惡的同時，有可能把自己也變得醜惡無比呢？

這絕不是危言聳聽。

余世存的文字凸顯中國部分知識精英的自虐心態

永遠「清醒」而對立的「本土憤懣」，熱中於以憤懣製造絕望，拆穿了，就是把一切值得憤恨的對象，把一切譴責的議題，引導向「逢中必反」的決然對立，對立了又

看不到他滿意的效果，於是乎虛無主義，於是乎惡念膨脹。這不是什麼新鮮玩意兒，不過是上世紀80年代的自虐史觀在借著其他的殼延續著而已。

在余世存那裡，在以「佈道」之殼施行對種族、對社會的自我咬齧——

生為一個中國人，實在太慘了。如同太湖邊七歲的中國男孩劉輝看著自己的妹妹落水死亡所說的：「活著那麼苦，拉她幹什麼？」如同××筆下的朋友：「於是他掩面痛哭，他搖著我的肩膀哭喊著質問——這就是我們留給孩子們的一個國家嗎？」（余世存《成人之美》）

不明就裡的人，會為這樣淚水盈盈的抒情觸動，多麼傑出的悲情表演啊，多麼崇高的情懷啊！最有煽情效果的畫面這麼一剪貼，知識精英的聖潔偉岸高大和這個國家的污穢卑劣渺小昭然如此了！

儘管為戲劇化效果而喝采吧！

可是這種招數，和另外一種「底層智慧」有什麼區別呢？生命的原動力，驅使我們欣欣然於這樣的「童話」，而對自己通體的骯髒不能覺察。這個廣泛流傳的「童話」就是：蛔蟲在肛門口對牠的後代實行「愛國教育」。「本土憤懣」憤懣到了這個程度，居然有人喝采，從這個意義上說，余世存對蟲豸的想像，倒是符合他那個圈子的中國子民的真實狀態。

最野蠻的種族主義分子炮製出的下流文字，就這樣在興而未艾的國民劣根性討伐中借屍還魂，「弱者、愚笨者的繁殖都是最快的」——這就是邪惡的憤懣主義對中國民族品質和民族現實的最終診斷：

中國人作為一個種族經過數千年的發展，在近代以來確實是在一種德性的陷落過程中，它的智力和道義水準不再上乘，它既非優秀又非高尚。從生物學的角度看，弱者、愚笨者的繁殖都是最快的，它們合群稱大，以量的優勢取代品質，個體的存在在種群的存在面前忽略不計。中國人口這麼多，像棉田裡的蚜蟲，像垃圾堆上的蒼蠅，像污水坑中的蚊子，是最小最沒有抵抗力的、也是繁殖最快的種群。（余世存《成人之美》）

表面上看起來，這是一個極端的案例，然而，所有的看似怪誕的情緒的源頭就在此。憤懣主義愛好者如果嫌自己的辱罵修辭欠火勢的話，盡可以從這樣的「天厭中國」的決裂中找到共鳴，並獲得醍醐灌頂的快感。看到這樣的文字，想著他那異常的亢奮，忽然聯想到朱蘇進早期小說《第三隻眼》中那個在廣播裡搞「心戰」的窺視愛好者，他如此洋洋得意，把髒的、醜的、惡的一一展列，意圖讓一個陣營崩潰，殊不知在興奮之中袒露了自己的惡、險、穢，讓人把他看低。孔子說的，少正卯「行僻而堅」「記醜而博」，大概就是中國文獻最早關於變態的揭露。讓惡念擠對著自己迸發出這些文字，不去抑制自己啃指甲的衝動，把歪曲和侮辱當成詩性（或許他認為還有「神性」，不過走偏了，神叨叨的，看著像人民聖殿教的語言），早些年火旺的書《中國「左」禍》，引用了一個外國評論家的話，大意是，有缺陷的文字會潛伏著不祥的命運，這話很妙。我借來這個說法，我認為文字的生態會流露出某種秘密，特別是一個人有一半可能非人的秘密，比起非人之畜類更不如的是，他要跟自己過不去的變態心理。至少我從余世存先生的文字中領教到了此言非虛——

作為世界知識下的地方知識，中國知識也是最為錯亂，充滿罪性，人類知識含量最為低下。經過了當代中國生存的原始積累和現代積累，絕大多數中國成年公民都犯有這樣那樣的罪錯，但他們不經修省、懊悔，反而主動被動地做了專制大家長懷抱裡的類人孩，求取或暫時分享了中國發展和全球化經濟的紅利，變本加厲地加入了中國繁榮或崛起一類的合唱。……導致大陸中國上干天和，下遭人譴，生態、世態、心態污染而匱乏，使得真正的孩子們，那些有機會蒙面的網民或實名的青年學生，發出了青春本能即注定多為狼狗們的聲音。（余世存《成人之美》）

一個有數千年文明的種群，在近代以來淪為畜群，淪為病夫弱民，淪為流氓無賴，這還不是最悲慘的。最悲慘的，在於它無力正當地分享文明，無意服務於國際社會，而以自身內部的整肅、殺戮、剝削、壓榨、污染為生存手段，如此釀成的中國劫使得其中的每一個中國人在劫難逃。今天，在自然環

境的崩潰性災難中，中國人又在收穫更大更長遠的劫數報復。這一中國劫甚
至跟次法西斯主義的卑怯一起，污染了文明和國際社會。（同上）

這是知識界頒給「漢語貢獻獎」的傑出人物對中國面貌的描繪。羅森堡對波蘭人
的詛咒都不曾切齒如此之極，所不同的是法西斯理論家所攻擊的是別的民族，余世存
詆毀的是他自己的民族。

憤懣不合作主義者歷代有之，甚至說了：魯迅在某種意義上，是一座偉大的憤懣
象徵。然而魯迅會寫信給一位懷才不遇的書生，勸告他：你們現在的所作所為，「有
悖於中國人的道德」。對於滑向「別處」的當代憤懣不合作主義，則可以這樣評判：有
悖於人的道德。

而這裡更加非同尋常的是，一般的當代憤懣主義，基本上只是拿我們的傳統、歷
史、體制施虐。而像這樣的怨恨的劍鋒直指80後，可謂是把失敗主義推向極致。他都
不要青年了，沒心思去爭取青年了，不是失敗主義的極致還是什麼？

「賤民的時髦」

咬齧，仇恨，卑劣的衝動，可恥的抽搐，這種陰冷的景觀，負面的情緒，難道應
該支配我們的情感嗎？你別以為跳跟著咒罵的，一定就是悲情使然、可貴的文人孤獨
感使然，我看到的，是押寶，是押仇恨勢力的寶，是借助仇恨的能量抖摟自己的私
貨。因為仇恨，是有天然的「場能」的。

然而陳永苗說得好：「仇恨不可能成為一個民族國家的共同情感，如果是那樣就
意味著內戰，應該從這樣的狀態走出，讓自己成熟起來，讓自己長滿鬍子。超越仇恨
理性起來，超越仇恨是不把仇恨，而把理性當作政治抗爭的基礎，政治決斷不能基於
仇恨的激情，而應該基於理性，否則沖天怨氣都達不到目標，相反還壞了大事。這是
一個政治成熟的擔當，雖然這高於常人。……是要喚起全體普遍認可的訴求背後的
愛，而不是擴大仇恨。」

若干年前，我也寫過這樣的話：問題就在這兒——某些在國內、在海外把自己打

扮成「爲民請命」的代表的書生，披著僞善的民生主義和自由主義的包裝，在這種合法性的外衣後面，拋出他們對現代中國歷史的基本估計：不講道理，不修仁愛，對人類文明基本上沒有什麼貢獻！一句話，百年慘無人道的中國歷史罪孽深重，叫別人滅了去也沒有什麼可惜。

我並沒有把憤懣主義一棒子打死，我想還是得重複這樣的觀點：必須承認沒有一個人爲做一個20世紀的中國人而感到特別慶幸。在這個世紀裡的很長時間，我們走了許多彎路、歧路。由這種沉重的歷史而生出的憤懣之情是可以理解的，甚至是必要的，因爲我們必須求索。然而求索的目的是什麼，是渲染仇恨嗎？是讓我們看不到希望嗎？是徹頭徹尾的失敗主義嗎？爲了顯示一種學理上的新穎，把整個民族的歷史和美感抹殺得一文不值，把我們民族刻畫得卑鄙而渺小。我們的民族現實被描繪得如此卑鄙而渺小，並以此爲出發點判斷我們的國情，形成一部分人最基本的世界觀，成爲部分中國人永久性記憶和常識的一部分，一種比較普遍的深蘊於我們心理中的幾乎約定俗成的心理現實，幾乎成爲我們基本知識的一部分。這裡面有一個聲音在說話：我們民族的歷史是一部晦氣重重的歷史，幾代人都像傻逼似的活著，我們多冤哪，所以我們有理由不愛這個國，我們有選擇離棄她的自由。

我們的歷史悲情，就這麼延續下來。至少證明了，這麼一個龐大的國家，一個龐大的知識集團，在精神構建方面，在自覺不自覺地渙散著某種熱情。而讓人最爲失望的是，在觀念交鋒方面，我們只看到「非此即彼」的兩端，而很少那種沉穩的中間值。大家的思維沒有明顯的進步，因爲知識精英們的興趣，總是把一個國家劃分成對立著的兩方面。這還不是競選政治裡的常態的對峙，也並非人們標榜的「多元」，往狠裡說，是武俠小說的殺伐。我們時代的普遍的、蘊含在日常經驗裡的悲劇，我在後面還會講到。

2009年是建國60周年。60年，30年，在一個時間走廊裡，儘管遭受了挫折，國家的存量是一順兒碼下來的，就是央視播的《復興之路》唄。2006年張小波和我接受《南華早報》採訪，關於毛澤東去世30周年的感想，我們認爲毛澤東時代中國在國家獨立、社會革命（包括婦女解放）、工業革命和國家基礎建設方面是有貢獻的。首先最大的功勞是實現獨立，有點遺憾的是，「獨立」現在好像是一個充滿了異質感的名詞了，古舊得大家感覺不到它有什麼：「獨立？獨立還需要說嗎？就好像我們呼吸的是

空氣，還需要特別說道嗎？」血跡已經淡漠，時代多麼太平，這是心理悲劇還是歷史悲劇？再舉一個不大妥當的例子，改革開放初國家實行價格雙軌制，突然變現出那麼多財富，難道是天上掉下來的？你把它一刀切得那麼齊整，也太不厚道了點吧？我們不想否定毛澤東，也不會假裝不理解「傷痕派」的情感。我們也明白，心中有不同立意的派別，會有意無意拿這兩個時間段來對打，來「對沖」。到了 2009 年，兩種情緒對撞可能又會熱鬧一陣。毫無疑問，我們是擁護改革開放的，而從歷史邏輯來看，改革開放是前 30 年流變的自然結果，我們應該為中國人的整合修復能力而自豪，為我們比某些鄰國幸運得多的運道而合掌。這不是和稀泥，各種各樣的「記憶」描述，應該體現一種溫暖的友善的態度。退一步說，不友善也行，對撞出一些有益的結論也挺好的，但我基本持悲觀態度。什麼這個派那個派，什麼焦點之爭，有好些個，都是一幫文科知識分子自己幻覺出來的，場能有多大，禁得起幾分的歷史檢驗，還得看。還是 1996 年的話，寄希望於「沉默的大多數」。

我還是認同韓毓海那句話：能不能把中國的問題當成現代性的問題？這個話的意思是怎樣看毛澤東時代，且不說「開創」「奠基」，僅從經濟建設上看，那至少是一個極其複雜的過渡時代，而某些「傷痕學術」的做法是，把互相對立的事件都塗上一種色彩，這種手法也是極其粗暴的。基於這個觀點，我覺得應該把 60 年的國家歷史一順兒碼下來，嚴肅鄭重地審視我們幾代人的努力，而不是把它割裂開。我在一個三線的山區工廠裡長大，那是一個造軍艦的工廠。上世紀 90 年代中期，一位中央領導還去了這個廠，站在一個船塢上，拿著擴音喇叭對工人們說：這個廠一定要保。工人們那個欣慰啊，可是沒多長時間，這個廠就保不住了，破產了，把老工人給異地安置了。那些參加早年創業的老工程師、老技術人員，早就回了北京、上海、大連，退休了以後，作為旅遊者回到老廠，悽惶得不行。他們的青春、他們的奉獻，就投在這段江灣裡了，他們有資格緬懷激情燃燒的歲月。聰明人會嘲笑這種感情，而我笑不起來。上下嘴皮子一翻，把幾代人的努力貶為烏有，那是很容易的事。普亭說了一句話很好：想回到過去那是沒有頭腦，而不懷念過去，那是沒有良心。引發開來，這還不是一個什麼樣的感情色彩的問題。關於三線建設，我有我的看法。我也知道，喜歡對著歷史賣俏的知識分子經常說「勞民傷財」，說「世界大戰要打起來」是個錯誤的推斷，我們窮兵黷武了。這是一個很容易討好聽眾的說法，而我知道李新中先生到北京某個大學

演講，講到三線建設問題，剛剛開個頭，就被熱烈的掌聲打斷了。他說了一個比喻，一家人生活挺困難，但是還是安裝了一個防盜門，防盜門裝上了，家裡沒有鬧過賊。時間長了，兒子抱怨：這門安個啥勁兒？你看根本就沒有賊，這不是勞民傷財嗎？以這種邏輯評價三線建設，公正嗎？——鄙薄我們的歷史而對著現世賣乖的說法，就有點像這個輕浮的兒子。防盜門的比喻當然簡單了一點，把這個歷史一順兒碼下來看，我們的核彈，我們的北方公司，現在看來，對國家的底牌，對國家命脈的延伸多麼重要！這還不僅僅是怎樣看待我們的軍工遺產的問題，而是怎樣更公正地對待前一個時代的歷史遺產的問題。

我希望在60周年紀念的時候，趁著整合一部大歷史的機會，儘量懷著一種「不能忘懷」的敦厚，本著一種歲月和解的胸懷，給我們的上輩人多一些致敬，給儘量大多數的人一些致敬。60年間，人民的勤勞、軍隊的忠勇，造就了這個國家的不凡。早在20世紀70年代，我就在《參考消息》上看到外國觀察家這樣的話，中國是「有一等抱負的三等國家」，幼小的我竟然有些氣短的反應。事實上，這些年來，抱負、崛起、雄心，還有張小波、宋曉軍等人說的「英雄國家」，這一類自我表徵，在主流敘述裡，已經非常溫柔敦厚，幾乎歸於零了。我在想，假如時光倒轉，我們的上一輩能夠從他們的年代放眼看過來，看著我們的舒坦（據說還挺富裕——不是說中國已經成為全球第一富翁了嗎？），又看著我們此時此地的精神狀態，看著我們睿智的處世，看著我們無休止的自我責難，看著我們機會主義的「事大」身段兒，他們將作何感想？

所以我們的敵人就是我們自己的失敗主義。

失敗主義的調值，撒嬌式的玩憤懣，相輔相成，不知不覺成為「賤民的時髦」，這就是中國當代社會的心理性悲劇。歸到底，就是煽動大家都不負責。這種精神現實，對中國的復興和民族利益是有損的。說出這個，也不怕誰起鬨，我就高調了，怎麼著？憤懣孳生的失敗主義對待正面的價值，口頭禪是：裝逼。我覺得不妨這樣回答：要是誰都不裝逼了，這世界就亂套了。這話說得不好聽，可話糙理不糙。

◆宋曉軍

八、大目標、現代化與「文藝腔」

現在很多官員和學者不懂軍事，不從競爭的視角看今天的現實世界，天天一張嘴就是「文藝腔」，很難說他們是有大目標的。不久前，在網上看到了一個年輕有為的部級幹部被「雙規」了，我突然想起來，我在一次朋友的生日聚會上見過此人，他給我留下特別深刻的印象是，歌唱得非常好，當時還有朋友說這位官員把自己唱的歌刻了盤送人。由此我就想到了「文藝腔」這個詞兒。

整個 80 年代「傳承」下來的風氣就是大家喜歡拿文藝品質自炫炫人，風花雪月，誤人誤己。中國現代化 100 多年裡，先是清朝的上層不高尚，斷送了現代化的機會，後來是國民黨上層重蹈清朝的覆轍，但是他們都有一個特點，就是按現在 80 後的說法：「文藝腔」太重。其實現在的官員學者也存在這個問題。一個傷痕文學的啟蒙，加上後來的出口加工貿易和提前將土地出賣的財富積累，好像現代化就來了，上層和精英又開

始「文藝腔」了。怎麼看怎麼有輪迴的感覺，很多精英老說中國社會不能再重複「造反──腐敗──再造反」的模式了，但是上層如果這麼「文藝腔」下去，怎麼能避免呢？有些人提出了民主是解決問題的關鍵，但是民主是手段，是實現「大目標」的手段，而不是目的。沒有「大目標」作為底色的民主，必然是充滿了「文藝腔」的民主。

我自己想想，這個「文藝腔」不僅與中國封建社會的科舉制度有關，現在可能還與上世紀80年代的文化熱有關。那時候人人都在讀國外名著，你要不知道朦朧詩和流行的外國名著，就跟現在不知道電腦和部落格是什麼一樣被人瞧不起，因為那時人們不僅面對的誘惑少，而且還都特認真。我與很多朋友聊過，他們都不知那個時候的「文藝腔」怎麼一直延續到現在。當然，其間也衍化出了很多升級版，什麼政治「文藝腔」、社科「文藝腔」、金融「文藝腔」等等。

總之，這種「文藝腔」不僅成為了官方迴避中國在現代化過程中逐漸暴露出來的與西方的結構性矛盾，也成了在野知識分子實現自己「政治抱負」的一種表達方式，而且這些年越來越明顯。

記得一次我在鳳凰衛視做一個PK節目，內容是「中國到底要不要建造航空母艦」。結果這麼一個有技術含量的問題，完全變成了一場「文藝腔」的大比拚。一位有點名氣的教授，根本不瞭解海軍、航母、造船工程，上來就用歷史「文藝腔」說，中國不能造航空母艦。當時我真是又氣又好笑，突然感覺到，只要是被上世紀80年代的「文藝腔」浸泡過的人，怎麼都那麼自以為是啊？中國社會在急速的現代化、工業化現實中，他們怎麼就不知道學點新東西來面對呢？

有一段時間，我收藏民國的舊書特別上癮，記得看過當時印度詩人泰戈爾來到中國後，林徽因、徐志摩與他的合影，照片被報紙刊登出來被命名為「松、竹、梅」，後來好像是魯迅還奚落了這張照片，大意就是日本人已經占了東北，他們還在那兒「文藝腔」。這次金融危機已經表明了，中國今後不打商戰是不可能了，而且也不排除面臨著戰爭的可能，年輕人都意識到了，可是上一代很多人就是脫不了那點兒「文藝腔」，讓人覺得很耽誤事。這一點在傳媒領域最明顯，很多年輕的編輯、編導都知道，他們那些80年代畢業的領導最喜歡「文藝腔」，他們編文章、編節目都還得順著領導的意思來，結果80後的年輕人越來越不愛看，好在有了網路，他們在網路上創造了另一種

文體，這種文體與「文藝腔」越來越遠了。我有一次問一個年輕人怎麼看那一代人的「文藝腔」，他表示很理解地說，那些人腦子裡的訊息處理器就相當於「286」電腦的中央處理器，來不及處理每天接收的那麼多訊息，所以就自然不自然地回到了他們最熟悉的「文藝腔」上了，而現在的年輕人是隨著國家物質文化成級數變化的年代長大的，他們的訊息處理器早隨著時代變化升級了，所以年輕人處理訊息的速度比上一代人快多了，看問題反而更容易看到本質。我覺得這位年輕人是不好意思揭穿上一代人那種沾沾自喜的「文藝腔」品質。

貫穿於改革開放到現在的「文藝腔」，是不是中國現代化的癥結呢？其實中國的改革開放對當時的年輕人來說，是從文學反思開始的。「傷痕文學」在反思效用被放大之後，變成了全社會的一種文學熱，而當時正趕上中國與美國聯手反蘇，西方文學自然就會大量湧入對西方文化封閉了多年的中國。與此同時，中國在經濟上的放權讓利（國家財政收入從 1978 年占國民收入的 37.2% 下降到 1989 年的 19.1%），將原來 30 年為了打仗建立起來的巨大的機電加工能力轉為「補生活欠帳」的民用生產能力，又讓文學反思中的「解放人性」的場能短期內在物質生活上得到了釋放。80 年代中期，物質生活剛剛嘗到甜頭的人們並不滿足，開始把目光投向了更具「現代性」的外國商品，除了走私以外，國家開始用外匯大幅度進口，這無疑加大了這種文學熱的溫度。那一段時間，「文藝腔」在一代人身上打下了深深的烙印。應該說，當時虛幻的物質基礎將「文藝腔」這種精神文化深深地固化在了那一代人的腦子裡了。

上世紀 90 年代以來，我們與西方在政治上分手，但經濟上聯繫不斷，「海龜」經濟學家紛紛登場，已經佔據了話語主導權的 80 年代主流知識分子又不願意離開舞台，因此就產生出來各種各樣的「文藝腔」。問題的關鍵在於，這種「文藝腔」並不是在一個後發國家與先發國家打商戰的背景下誕生的，而是在對自己的反思和盲目擁抱西方的情況下誕生的，所以就會越來越脫離現實的社會，也無法解釋現實的社會。因此，在那些一切都用過時了的「文藝腔」看世界的人眼裡，90 年代後由於中國與西方潛在的經濟結構性競爭而生發出來的對西方不滿，都是義和團式的極端民族主義的情緒，是愚昧落後的，是受官方蠱惑的，包括最近對「奧運火炬事件」中年輕人的行為，很多還繞在當年「文藝腔」裡的人，都還是這麼認為。這其實很可笑，那些在國外學習、知識結構很好的年輕人，難道真是當年義和團轉世嗎？他們真的不知道那些年輕

人怎麼在網上嘲笑他們那種過了時的「文藝腔」嗎？到底是誰更愚昧呢？沒錯，中國革命的主題是來自底層，底層確實有底層的問題，而這種歷史選擇，不恰恰是因為上層不高尚，大玩「文藝腔」造成的嗎？當初的上層以為唱唱「文藝腔」中國就可以現代化了，結果把王朝轉換的主動權讓給了底層，現在也是一樣的，一個農民人口達9億多的國家，同樣不是能唱唱「文藝腔」就能完成工業和政治現代化的。

當然，我並不是完全否定「文藝腔」的作用，但是作為一個被西方軍艦、商船堵在家門口，被迫走向現代化的國家，作為一個被人家用暴力方式輸入工業文明的國家，到底需要一種什麼樣的「文藝腔」？那些對中國現實工業科技與西方差距有瞭解的年輕人，在宣洩了不滿之後，他們需要的是什麼樣的「文藝腔」呢？他們看到官方一邊無奈地說著「中美友好」，一邊又要忍受著美國對台軍售、小布希接見「藏獨」「疆獨」大老的屈辱，他們會怎麼想呢？從現在開始，他們又要經歷中國經濟被美國金融綁架的痛苦，這種痛苦很可能成為他們畢生最深刻、最難以忘懷的記憶。這種記憶會被當前這種脫離了現實世界、沾沾自喜的「文藝腔」所消磨掉嗎？

我記得曾經看過一本書，書名叫做「社會如何記憶」，那本書的開頭就寫了這樣一句話：所有的開頭都包含回憶的因素，特別是當一個社會群體齊心協力地開始另起爐灶時，尤其如此。如果中國在經歷了這次金融危機準備重新開始時，屆時漸漸成為社會中堅力量的年輕人，會有什麼樣的回憶因素呢？是「兩彈一星」的記憶呢，還是當下「文藝腔」的記憶呢？文化選擇的主體永遠是大眾，儘管知識精英的偏好對大眾有影響，但這種影響如果太脫離實際，太沒有骨氣，能不被大眾拋棄嗎？看看前陣子源於希臘波及歐洲的「騷亂」，那些年輕人為什麼砸了100多家銀行？他們行為中包含了多少法國大革命的記憶因素？對於中國來說，現在年輕人會想到什麼？其實當下流行的「文藝腔」無非是試圖讓年輕人「告別革命」，但是就目前中國社會經濟結構和歷史記憶而言，情況很可能恰恰是相反的。

高層其實很明白，現在要把年輕人由革命記憶派生出來的激情轉化為建設現代化的動力。總書記在紀念改革開放30周年時的講話，之所以從1840年開始講起，本質上就是這個東西，但問題是這層意思經過那些把持著話語權人士的「文藝腔」一解構，就變味兒了，就完全失去了「技術含量」，這恰恰是渴望有「大目標」的年輕人又氣又無奈的地方。從這個意義上看，無論左右，都有一個去「文藝腔」的問題。

◆王小東

九、「文藝腔」測不準當代中國的社會現實

　　關於「文藝腔」，有兩個方面：一是有問題的思維方式，二是把「文化」「軟力量」等放到了過高的位置上。

　　缺乏邏輯的「文藝腔」思維，首先我們來談談這種思維方式。這種思維方式不講邏輯，缺乏對於事物的深入分析，只講辭藻的華麗、感情的激動，只訴諸人們的感官、人們的表層認識。為什麼把這種思維方式稱為「文藝腔」？坦率地說，它可能在一定程度上和一個人所接受的基礎訓練有關。接受過較為嚴格的理工科訓練的人犯這種思維毛病的比較少；但絕不是說，所有理工科出身的人就都沒有這個毛病，更不是說理工科的在所有問題上都不犯這個毛病──理工科的人在社科、人文問題上往往由於缺乏自信而特別容易受「文藝腔」誤導。一直接受文科訓練的人比較容易犯這個毛病，但有些文科出身的人邏輯思維一樣很強。按說文科生和理科生在思維上的差別不應這麼大，這裡反映了我們在教育上的失誤。所以，我們不能簡

單地把「文藝腔」對等於文科生，理工科思維對等於理科生。

我在這裡可以舉某些「文藝腔」們的一些毛病。比如說網上有這麼一個帖子，說是諷刺「小右」的，其中很有一些恰恰是擊中了「小右」們的「文藝腔」思維，我在這裡引用幾條：

他說：「中國宋朝被蒙古打敗，因此文化有問題。」你問他：「西羅馬、拜占庭被野蠻民族攻滅，是不是文化的問題？」他說不知道！

他說：「中國古代有太監。」然後哈哈哈大聲嘲笑。你問他：「歐洲的太監，閹割的藝人，自廢的教徒呢？」他說不知道！

他說：「中國人裹小腳。」然後哈哈哈大聲嘲笑。你問他：「現在的隆胸呢？」他裝聽不見！

他說：「孔子流浪各國，不異於犬與雞。」你問他：「十二宗徒呢？」他不敢放個屁！

他說：「儒教黑暗，八股，封建宗法！」你問他：「歐洲的宗教裁判所呢？」他茫然不知！

他說：「儒教殺人太多，該被廢除！」你問他：「歐洲的天主教殺人更多，為什麼不廢除？」他耍太極。

他說：「孔子曰婦人難養，孔子壓迫婦女。」你告訴他：「聖經裡稱婦女為淫婦！」他照樣和女朋友去過聖誕節！

他說：「中國有那麼多酷刑，野蠻啊！」你告訴他：「歐洲中世紀挖皮肉、鉤舌頭、撒石灰、淋鉛水！」他聞所未聞！

他說：「我咒罵古代人？我這叫勇而知恥！」你問他：「勇而知恥是反省自己，你為什麼不反省自己？為什麼把誹謗古人和反躬自省混淆？」他迷糊。

他說：「祖宗對不起我們，祖宗害了我們啊。」你問他：「中國古代領先，現代落後，你為什麼不向祖先請罪？」他說他沒錯。

他說：「唐玄宗納兒媳，那叫亂倫。」你問他：「查理二世把女兒許配給自己的叔叔，是不是亂倫？」他啞巴！

他說:「中國的古代建築還留著幹麼?」你問他:「外國人保護古代建築。」他說那叫愛心!

他說:「項羽破壞文化,野蠻!」你問他:「阿拉力克(更正式的譯法是亞拉里克)焚燒羅馬,野蠻嗎?」他不曉得阿拉力克是哪國人!

他說:「新疆人、蒙古人吃肉半生不熟,有細菌。」你問他:「西餐的肉也半生不熟,怎麼講?」他說那叫保留營養。

他一會說:「中國人隨地吐痰、大聲喧譁、沒有禮貌、不知道羞恥!」一會又大罵中國的文化:「禮義廉恥、仁義道德爲虛僞!」悍然自扇耳光而不知!

別以爲這樣思考問題的只是一些「小右」網民而已,當代中國無數的大「啓蒙思想家」們並沒有比這個水平高出多少。一個典型的例子:他們往往沒完沒了地嘲笑傳統中國在軍事方面的懦弱無能,但是,你只要一說「尚武精神」「加強國防建設」,他們就會立即跳出來破口大罵你是「法西斯」。那麼,究竟應該怎麼辦才好呢?他們絕對不會去想這個問題,反正是你左右都不行,他們罵痛快了就好。還有,你一講「強國」,他就說「長江都快變成第二條黃河了,還要什麼國!」他們就不想一想,要解決「長江將變成第二條黃河」的問題,就更需要強國。我在這裡要強調的是,「文藝腔」與一個人的意識形態並無直接關係:左派和民族主義者當中也有很多人是「文藝腔」思維,認識問題缺乏邏輯,更不能深入思考。左派中的一些人把改革開放前說得十分完美時,他就忘了,如果那時眞的是如此完美,你又怎麼解釋我們是如何走上今天的道路的?左派和民族主義者中的一些人一方面對現實進行極爲激烈的批評,把現實說得一無是處,另一方面卻又反對別人提出政治體制改革、對權力進行制衡等等主張。

這裡面有無知的因素,也有裝傻的因素,但無論是製造這些自扇耳光「啓蒙思想」的人,還是相信這些觀點的人,他們當中有很大一部分不是裝傻,是眞相信,同時也不完全是因爲訊息缺乏,而是不具備處理複雜訊息的能力。所以曉軍將「文藝腔」比喻爲「286」,其實是很貼切的。「286」的中央處理器,你給它配上再好的內存和硬盤都不行,它就是處理不了這些訊息。

「文藝腔」們一方面氣壯如牛,對於理工科思維不屑一顧。比如20多年前,我與

「河殤」派辯論時，他們就說我是理工科出身的，所以沒有資格參加辯論。我曾碰到過一位非常著名的學者，他說：理工科的人不可能有「終極關懷」。我當時笑答：請你告訴我，「終極關懷」是什麼時候成爲一門專業的？我也曾碰到過一位自己原本是理工科出身的企業家，聲稱：理工科出身的人沒有人文精神。另一方面，「文藝腔」們內心卻又往往相當自卑。我這裡可以舉王小波的神話這個例子。王小波的神話的一個很重要的方面，就是他有所謂的「理科思維」「歐美理性」。比如新浪部落格上有一篇《理科生王小波》的網誌就說：他是一個學理工的改行寫作，並且他的理科思維特點強烈地反映到他的作品中，帶有明顯的邏輯色彩。另有無數的文章吹噓他的「歐美理性」或「英美理性」。我估計這些文章的作者本身都是學文科的，至少是沒有真正養成理工科思維，也非常不瞭解王小波的歷史。因爲他們不知道，王小波根本就不是一個理科生，他從來就沒有修習過任何真正的理科課程（最多也就是修了幾門電腦課程吧，還沒有拿到學位），坦率地說，他的思維特點在真正受過嚴格的理科訓練的人看來，恰恰相反，是非常缺乏邏輯，非常「文藝腔」的。這一點不單是我自己這麼看，有一個喜歡、同情王小波的網友說得也非常好：「我是學電腦的。在我看來，小波文章的邏輯，的確如你所說，比較弱。一方面是他的想像力太豐富；另一方面，他的理科知識大概全是自學的，支離破碎，對寫某些文章反而有害。」然而，王小波僅僅憑著自己擺出的一副所謂「理科思維」的架式，就蒙住了無數的「文藝腔」——其中也包括了不少比較嫩、還沒有真正形成理工科思維的理工科學生。這充分說明了「文藝腔」們自己在內心是認爲自己的「文藝腔」思維遠遜於理工科思維的。

「文藝腔」的另一個大問題是他們把「文化」（看上去比「文藝」廣義一點），把「軟實力」放到了過高的位置。這些年來，我們不斷地看到思想界、學術界、主流媒體，乃至跟著鸚鵡學舌的政界、商界，沒完沒了地強調「文化」的重要性，強調「軟力量」的重要性，甚至強調僅憑所謂「中國傳統文化」就可以感化西方人，「爲萬世開太平」。然而，強調了半天，中國的「軟力量」仍舊弱到幾乎是負數（當然這不僅僅是「文藝腔」的問題，還有中國的「軟力量」的其他軟肋，如民主等問題，因偏離了這裡的主題，我就不多說了，有興趣的讀者可以去看我的《天命所歸是大國》中的有關論述），投上去的資源除了解決了負責這一塊的個人腰包，沒有給中國增添分毫的力量。

　　我在這裡絕不是說「文化」「軟力量」沒有重要性。「軟力量」確實很重要。拿我自己來說，我原來是學「硬力量」的，現在幹的卻是「軟力量」的工作，這就已經說明了「軟力量」的重要性。回顧當年，我在本科學的東西是與高端技術、國防工業相關的，我的那些沒改行的同學，不少至今仍在這些領域工作。我爲什麼要改行呢？因爲我當年已經認識到：國家發展的大方向就在我求學的那幾年裡掉頭了，我們的前途將大打折扣了。要把這個方向搬過來，需要的是披上「文藝腔」外衣的「軟力量」（雖然當年還沒有這個詞彙），所以我棄理從文，頗有魯迅先生當年棄醫從文的那種想法。記得有一次在烏有之鄉開會，曉軍說了一段話，大意是思想領域的爭論不重要，重要的是國防工業。當時，楊帆不同意，他說：如果思想領域打不贏，國防工業就不可能拿到錢去發展。這時站起來一位聽眾，自稱是屬於國防工業的，說楊帆這個觀點太對了。還拿電腦打比方，「文藝腔」是友好的界面，對於絕大多數人來說，友好的界面也是必不可少的。現在的問題是，這個友好的界面後面就什麼都沒有了。

　　然而，首先，「軟力量」雖然有幫助提升「硬力量」的作用，它還是得有「硬力量」爲基礎。這些日子熱映《梅蘭芳》，又有文人出來寫部落格感歎了，說是京劇在西方根本沒有任何市場，所謂「梅蘭芳上個世紀 30 年代在美國的風靡」也是被誇大了的，於是又大大自卑了一番。不少跟帖也在那裡自怨自艾了起來，但有一個跟帖發表了話糙理不糙的意見，它說：「想讓京劇佔領美國市場只有一個辦法，就是中國軍隊在美國設立軍事基地，懂不？」我在這裡引用這句話當然不是鼓吹咱們現在就想辦法去美國設立軍事基地，而是說，它確實簡單透徹地擺明了「軟力量」與「硬力量」之間的關係。說實話，如果不是西方的堅船利炮打敗了中國，中國人有幾個會去喜歡西方的歌劇？即使今天，我也從根本上懷疑那些花重金去聽西方歌劇的小資是眞的喜歡它。恐怕其中很多人根本不喜歡，但他們不敢像西方人評論中國的京劇那樣毫無顧忌地說出來，他們必須裝作十分喜歡，不然他們就會被周圍的人認爲「不文明」。

　　其次，在當今中國，「軟力量」應該用來爲提升「硬力量」服務，就像我前面所說的那樣，而不是像現在的那些「文藝腔」所做的那樣，自己擴張自己，搞自肥。這裡的關係可以拿金融市場和實體經濟來類比：金融市場本來是爲實體經濟服務的，結果它卻完全脫離了實體經濟，自我膨脹起來，最後是肥皂泡吹破，不但自己完蛋，而且嚴重牽連了實體經濟。

　　我們今天就算搞的是「軟力量」，就算表面上是「文藝腔」，其背後的思維應該是理工科的，其目的也應該是為「硬力量」服務的。只有當我們的力量大到無與倫比，可以高枕無憂地享受時，只有到了那一天，我們才可以為軟力量而軟力量，純搞「文藝腔」。當然我並不是完全排除純娛樂，純娛樂也是需要的，否則他們那頂「法西斯」的帽子馬上扣過來了。但今天的問題是我們讓「文藝腔」佔據了幾乎所有人的思想空間，主導了中國的大方向，這就不行了。

　　「文藝腔」確實是中國的文化傳統，但我們已經玩不起這種奢侈的傳統了。中國古代就特別重視詩詞歌賦，而不太注重邏輯思維。其實，在先秦的時候，中國人還是相當「理工科」思維的。雖然中國沒有像古希臘那樣，發展出較明確的形式邏輯，但當時理性、務實的精神還是相當普遍的。我們看看當時秦國的標準化生產、各諸侯國在戰爭中的表現，以及一些思想家的思想，其實都不太「文藝腔」。「文藝腔」的開始應該是在漢代，從那時起，中國人就過於偏重華麗的辭藻了。但古人對「文藝腔」也是有所反省、警惕的。如熙寧變法，王安石就想取消科舉中的詩賦考試，使得考試能夠選拔出更為實用的人才。我們都知道，王安石本人的詩賦水平非常高，但他也認識到了「文藝腔」的危害，因此想採取行動予以糾正。可惜的是他失敗了。

　　為什麼「文藝腔」有不小的危害，卻在中國長達兩千年之久的歷史中佔據了不應有的重要位置，有識之士想改也改不了呢？這恐怕也可以用我經常使用的「選擇壓」的概念來解釋：到了漢代，中國最激烈的戰爭打完了，按東方朔的話說就是「天下平均，合為一家」。沒有壓力了，太舒服了，當然可以玩「文藝腔」了。然而，秦漢留下的老本我們已經吃了兩千多年，吃沒了。到了近代，中國的當務之急是要解決挨打和挨餓兩大問題，實際上是玩不起「文藝腔」這一傳統文化中的奢侈品了。然而，像中國這樣的古老文明的慣性是相當巨大的，直到今天，「文藝腔」還在阻擋我們現代化的腳步。

　　即使偉大如毛澤東，我看也有過分「文藝腔」的問題。從建國開始，就折騰《武訓傳》《清宮秘史》《紅樓夢》等，文化大革命就是從《海瑞罷官》入手的。其實，所謂「文化大革命」這個字面本身，就說明了毛澤東過分重視「文藝腔」的問題。我認為，如果毛澤東不整天折騰這些「文藝腔」的事情，不把這些事情看得太重，而是堅

持把精力放在發展經濟和國防建設上面，中國的崛起可以提前 30 年。

　　我在很多場合提到對日本國民素質的觀察。要論最優秀大學的理工科畢業生，日本未必能找得出像中國一流大學裡這麼多的天才，所以當時我認為中國可以很快趕上去。我當時還有一個後來被證明是不正確的「理論」，即科學技術用不著考慮人均素質，一個天才發明出來的東西可以供所有人使用。後來我回到國內，進入了社會，才知道我原來的想法太幼稚了。中國雖然有第一流的理工科天才，但中國大學生，特別是文科大學生的自然科學、數學、邏輯的素養遠遠比不上日本大學生。也就是說，在甲午戰敗 100 多年之後，與日本相比，今天的中國大學生、中國的知識分子，科技素質仍舊差得很遠，仍舊過分「文藝腔」。然而，一個國家的進步不能只靠少數理工科天才，一個國家的進步是要講人均素質的。如果一個社會裡，甚至在知識分子群體中，科技素養都這麼低，那麼，正確的意見就會被埋沒，少數優秀人物的思想成就不會被這個社會所接受，因而也就成不了社會可以利用的財富。如同我前面所說的王小波的例子，一個半吊子自稱的「理科生」，隨隨便便就可以蒙住這麼多人，隨隨便便就可以在這些人心目中成為具有「理工科思維」的神，中國的進步不可能太快就可想而知。所以，我認為，中華民族的復興有賴於中國知識分子科技素養的普遍提高，也就是說，中國文明必須擯棄「文藝腔」，中華民族才能夠完成現代化，並進而成為世界的領導者。

◆黃紀蘇

十、「文藝腔」之後可能就是兒童腔與娘娘腔

　　「文藝腔」當然不是指《詩刊》《小說選刊》《新劇本》上的文藝腔——那些地方就怕它不「文藝腔」。咱們聊的是文藝領域之外的「文藝腔」，尤其是社會認識和政治動員中的「文藝腔」。首先得承認，即便在這些領域，「文藝腔」也是有它的位置的。先秦的公共知識分子，儒、法、道、墨、陰陽家在啓發王侯、建言獻策的時候，沒有哪家不帶文藝腔的。駱賓王寫的討伐武則天的檄文因爲文藝得好，據說武則天讀了都受用；毛澤東「長征是播種機，長征是宣傳隊」也是「文藝腔」，他同時還特別提防別人用「文藝腔」來「反黨」。記得我們上中學第一次下鄉勞動，背著背包奔東北旺苗圃，路遠人小背包大，走得嘀裡噹啷的。所以一出西直門，一位叫孫強的老師就開始站在路邊打快板：同學們，朝前看，前面就是東北旺，下定決心排萬難，勝利就在咱眼前！我們又走了兩個鐘頭還聽他在路邊呱唧呱唧「前面就是東北旺」。於是同學也說了

起來：紅紅太陽暖洋洋，照到我的破衣裳，姓孫比人小三輩兒，姓兒也比姓孫強！這樣一「文藝腔」，還真不覺得累了。那位孫老師已去世多年，想想真是個好老師啊。

「文藝腔」當然是指文藝化的表達，但我覺得這個問題其實不太大，也可以說不大是個問題，無非誇張猛點、比喻多點而已。馬丁・路德・金在《我有一個夢想》裡說：美利堅銀行不是給人人開過「人人平等」的支票麼？今天我們黑人把支票帶來了，美利堅銀行您要是沒倒閉，就請給我們兌換現金吧。如果馬丁・路德・金當年沒用那些生動有力的比喻，沒用一浪高過一浪的排比句，而是來一篇《試論黑人族群賦權之路徑依賴》的「主題發言」，我估摸著他到這會兒沒準還活著呢（他姊好像還活著），人家滅他幹嘛呀！「文藝腔」的問題不在（起碼主要不在）表達上，主要在對於社會問題的文藝化認識上。如果國務院發展研究中心對社會政治過程的認識不講科學，不講邏輯，不重事實，不重證據，跟梨花姊姊她們那樣沒頭沒腦、神出鬼沒的，那問題可真就大了。

80年代的文化精英對社會歷史的認識的確挺「文藝腔」的。這也可以理解。一方面，改革前的傳統社會主義大廈晃晃悠悠，眼看不行了，大家要做的事無非就是撒丫子往外跑。往外跑是個比較簡單的事，沒那麼多學問，社會統計、回歸分析、結構功能什麼的非要用當然也能用上，但不用也沒關係。另一方面，經過十年「文革」、上山下鄉，絕大多數新一代精英，高檔點的一肚子《復活》《紅與黑》，低檔點的淨是《一雙繡花鞋》《曼娜回憶錄》，他對世道的見解也只能文藝化，想不文藝化都難。

說來挺有趣，最先不想文藝化的倒是文學中青年，大概他們看中國橫著看是「日月經天」，豎著看是「江河行地」，自己也覺得乏味了，所以像王蒙80年代就提出過「文學要學問化」。當時的文藝作品挺愛點綴一些「定理」「效應」的。記不清在當時什麼雜誌上看過的一篇小說了，淨是字母、符號、公式，如果把別的部分擋著，你一定以為是在看《科學通報》什麼的呢。大概80年代中期吧，我在報上讀到一則消息，說《紅樓夢》研究第一次引入「數理分析」的方法，後來我還真看了那篇文章，無非把賈府的小老婆以及烏頭莊進貢的年貨做了個簡單統計而已。他們的知識構成就那樣，所以轉變也只能是在皮毛上裝飾上，認識上基本不脫「文藝腔」。就說提倡「文學學問化」的王蒙吧，你讀他80年代的東西，感覺對面是位大齡文學青年；過了這麼多年讀他今天的東西，更一驚一乍的了，幾乎成了妙齡文學少年。儘管如此，70年代末以及整個

80年代最熱鬧的一批人都是文學或準文學出身，他們對中國問題的理解充滿浪漫主義抒情色彩。就社會視野、政治動員而言，這跟當時中國普遍社會心理中的空想資本主義道路還真門當戶對，都不帶找錢的。記得「文革」後期鄧小平談軍隊整頓時曾說，戰爭年代一揮駁殼槍，「衝啊」──問題就解決了。80年代精英對中國問題的認識也是一樣，一揮私有化，衝啊！喊「衝啊」當然是蘇曉康、劉再復這些人最會喊了。

20世紀90年代以後，市場化如火如荼地展開，教育產業化、醫療產業化、國企改革、下崗分流、減員增效，雖然都是橫衝直撞，但的確已經過了喊「衝啊」的階段。文學家或是一邊涼快去，或是直接加入了衝鋒隊，總之，「文藝腔」雖不能說從此銷聲匿跡，但起碼低了一個八度。這時站在話筒前面的是經濟學家，講的淨是什麼諾斯、科斯、帕累托最優、邊際效益遞減之類。放以往，聽這些東西一定不比聽點鈔機工作更有趣，但這會兒大家都洗耳恭聽。記得在90年代中期，有一回我跟老友沈林（他肚子裡除了糧食就是西方戲劇）聊經濟形勢，聊完了他感歎說，現在大家都關心起經濟學了。事關大家的錢包和存款，大家能不關心麼！股市、房市這些年培養出的業餘經濟學家、宏觀經濟學家可真不少呀。有趣的是，不少從前專門以文藝為研究對象的學者也都紛紛改行跳槽，研究起了經濟學、政治學、政治經濟學之類的了。新左派裡就有不少這樣的學人，自由派曾諷刺他們太文學了，其實真沒扎著地方，扎著的是被新左努力拋棄的文學出身。坦率地說，新左的路子，跟80年代王蒙那幫文人的學人化有相似之處，但也有很大區別，他們的確在努力從社會科學的角度來認識中國與世界，至於努力的效果如何，我想孫中山那句遺言比較適用：革命尚未成功，同志仍需努力。忘了朱學勤先生是說哪位新左學人用標點符號表達思想了，其實朱的文字倒是透著更濃的文人氣。像他所從事的思想史，說句老實話，不比文學更「科學」，老話說的「文史不分」是實情。還有哲學──我指的當然不是分析哲學、科學哲學之類──有時比文學還文學，浪漫得更沒邊。主流思想界對中國問題的認識基本還停留在80年代的「衝啊」階段，對於「衝啊」階段，無論是表達上還是認識上的「文藝腔」都已經夠用了。

如果中國社會的發展能穩步走向成熟，一般人對社會問題的認識就應和「文藝腔」漸行漸遠。理性討論理應成為社會思考政治動員及參與的主流。到時候老百姓不是發簡訊編段子，而是提了筆記本電腦去人民大會堂和政協禮堂，一筆一筆地分析討論四

萬億資金從哪兒來、經過哪兒、到哪兒去，問得財政部部長直想提前退休。這當然是理想趨勢，以現在這個世界亂局，今兒難說明兒，明兒難說後兒，將來什麼腔誰又說得準呢？沒準兒童腔、娘娘腔大行其道呢？沒準直接就來唱腔——唱《國歌》《國際歌》了，也說不定呢。

【附文1】

一個國家的欲望與恐懼

張小波

最後的問題是
在中國的諾門罕有過一次慘烈的大戰
——那時中國在哪裡

在新近讀到的一本關於法蘭茲·卡夫卡的研究著作裡，作者（姓名忘了）指出，出生並成長於奧地利及捷克背景下的卡夫卡較之他苦難的同胞具有更尖銳的「猶太人性」，而貫穿其短暫一生的文學母題便是「欲望—恐懼」，這種合二而一的命題構成了足以令其生命形式崩潰的秘密咒語。很多年後，村上春樹在《奇鳥行狀錄》中借一次意義深遠（這種意義至今並沒有加諸中國人的心靈）的戰役——中蒙邊境的諾門罕之戰——來探討「日本性」及「日本人性」的形成。我確信有九成以上的中國人迄今為止對這次發生在自己土地上的日蘇大戰（它是有史以來日本高級軍官陣亡最多的一戰）知之甚少；而我又無來由地確信，在日本和俄羅斯，關於此役的各類書籍肯定蔚為大觀。

而中國性，進而言之中國人性，一百多年來從未得到過準確而清晰的梳理與表達，在現代性背景下的這種闡述尤為曖昧。但是，雖然成因不一（中國的苦難與猶太民族的痛苦分屬兩種類型），但這個國家仍然在其自身的歷史中模擬著「欲望—恐懼」的雙面影像。令人唱歎的是，被漢語挾持的我們對此進行思考與表述時，往往會變得稚拙、結巴與傾斜，有時候似乎整個民族都會因為一個偏見而激動著，以致在西方看來「表現得糟糕極了」。

十年前的《中國可以說不》似乎具備了上述所言的全部特徵，無論從其文本的粗鄙、某些暴力性的徵象以及似是而非的結論中，此書都會給外部世界對中國的誤讀有了一個可以自我原宥的藉口，國內也有很多智力優異的知識界人士對此大為光火。記

得當時對我們幾個作者最為常見的指稱是「網路時代的紅衛兵」「新一代極端民族主義者」「越被批判越高興的高級牟利團體」……

它巨大的行銷量使人瞠目結舌,彷彿整個中國都為一本書陷入了爭吵之中。有的人言之鑿鑿地告訴我們,因為此書的出版,世界銀行給中國的 XX 億貸款沒戲了;而國內某高層人士則下令對作者的身分進行追查——謠言滿天飛,一天一個樣。作者們也被驚呆了,他們似乎在不經意間引爆了一顆核彈,其後果此前則一無所知。

問題在於,在當時,《中國可以說不》是必須的嗎?換言之,它是幾個人心血來潮時的意氣之作,還是當時中國社會的政治現實的紙面映像?用一個不甚恰當的比喻,是斐迪南王儲的死亡讓第一次世界大戰爆發,還是一戰爆發需要斐迪南王儲去死?

中國要在不斷變幻的世界格局中確認自己,這樣的努力自上世紀 80 年代末之後變得更為困難和焦灼。事實上,那時候的社會現實承受著巨大的自我分裂的拉力,時至今日,如同天文學家對宇宙大爆炸學說的描述那樣,「我們都活在其後果當中」。不要諱言,中國當前的重要乃至首要任務仍然是如何去實現政治或政策和解,政府和人民的和解,政府和知識分子的和解,人民和知識分子的和解,甚至知識分子內部的和解……

《中國可以說不》無意中承擔了一次大規模的民意測試——結論是可怕的,從人心到人腦,其裂縫之大,其隔閡之深,其家園感的疏離和喪失——都使我們對「向何處去」無以言對,讓人悲哀的是,某種程度上我們和猶太民族對待苦難的方式也大相逕庭,他們「背負著奧斯維辛去找耶路撒冷」,而我們甚至對「生命之輕」都無法找到一個東方式的承當。

它同時也無意中完成了對「中國性」和「中國人性」的階段性測試,結巴的社會現實形成一個戲仿式的更為結巴的文本——「西方眼中的我們」「我們眼中的我們」及「我們本來的樣子」之間在相互試探、體認;「中國可以說不」「中國不可以說」或「中國可以不說」也就不僅僅是對語法秩序的各種可能性的調整了。「欲望—恐懼」這枚雙面硬幣的旋轉是無法停下的。我們越想確認自己,我們的恐懼便瞬時產生;我們越想告訴世界「我們在」,他們的回答往往是「你們在哪裡?」

所以,「9‧11」的那些死者對於我們來說是「在」的,因為他們死亡消息同時傳遍了全世界,他們的生平、身分、族別印入了我們的記憶之中。而巴勒斯坦土地上

的那些死者對我們來講是不「在」的，甚至可以說，他們從來沒有「在」過，他們不能用死亡來證明自己曾經活過，因為他們死亡的消息永遠不會到達世界——這樣的「恐懼」是否對全人類來說更不能夠承擔？我曾經有一首詩裡寫道：

> 我要殺死自己
> 才能留下一塊空地
> 讓親人們守靈

從這個意義上講，《中國可以說不》現在看來也許就顯得荒誕可笑了。最後的問題是，在中國的諾門罕，有過一次慘烈的大戰——那時中國在哪裡？

【附文2】

疑慮重重的中國準備迎接世界

〔英〕傑夫・戴爾（《金融時報》駐上海記者）

近30年前，當鄧小平啟動中國的經濟改革規劃時，在對外政策方面，他只有一個簡單的想法：保持低調。他對同僚們說：要「韜光養晦」——否則其他國家會感到受威脅，並一起阻礙中國的崛起。

如今，在北京奧運會開始之際，鄧小平的這部分遺產也許可以被忽視了。開幕式由獲獎電影導演設計，預算達巨額美元，隨著這場開幕式，中國不再「韜光」了。

很少有哪一次體育賽事充滿那麼多政治意願。為努力突出新興大國地位，中國一直致力於邀請世界各國首腦出席奧運開幕式。8年前雪梨奧運會，後期傳言說比爾・柯林頓可能要出席，把組織者們嚇了一跳，因為安全保障是個麻煩事，但中國卻以布

希成為首位參加美國以外奧運會開幕式的美國總統而感到驕傲。

所有那些首相和總統們到場向中國東道主們表示敬意，但他們參加也是出於另外一個原因：他們也想使這屆奧運會成為一屆成功的奧運。無疑，美國希望金牌數第一，而有許多政治維權人士，他們把奧運看成抗議中國政府弊端的絕佳機會。但西方領導人希望的是，奧運能順利進行，因為他們意識到，那可能會影響中國在未來幾年裡與世界交往的方式。今年火炬傳遞引發了遊行示威和反遊行示威，使他們害怕一個有易怒的民族主義傾向的中國。對於一個動不動視自己為受害者的國家而言，奧運可能起到安慰或加重的作用。

這種意義遠超公眾情緒。是更緊密地融入現有的國際體系中，還是採取更為單邊的路線，關於這個問題，幾年來，在北京對外政策專家中存在著激烈爭論。中國在奧運期間與世界其他地區打交道是否輕鬆自然，可能對那場爭論有著重要影響。

「毫無疑問，奧運會將導致中國民族主義情緒進一步高漲，但是這種民族主義情緒既可能是建設性的，也可能是不那麼有益的。」喬治城大學教授、前布希政府亞洲專員維克托·查表示。他著有一本關於亞洲地區體育和政治的著作。「一屆成功的奧運將增進自豪感，但要是出了問題，就會有這樣的念頭：西方總是試圖遏止中國，現在他們得到了在陽光下的瞬間，但仍試圖要遏止中國。」

中國領導人希望用壯觀的體育場和志願者大軍來展現一個日益繁榮自信的國家。皮尤中心最近一項民調發現，80％的中國人對於國內事情進展的方式和經濟狀況感到滿意。儘管從數值上看，個體滿意度比作為一個國家的整體滿意度要低，但民調結果仍把中國排在民調24個國家的首位。

儘管希望很高，但奧運期間一些政治維權人士和持不同政見者被騷擾，一些被認為是潛在鬧事者的人在奧運期間被趕出城。

然而，在這些表象的背後，卻有清晰的跡象表明，隨著大量社會團體正嘗試參與本地決策，這個社會變得更有主張，對領導人的要求也更高，大量民間團體試圖參與地方決策。兩周多前，政府宣佈中國現在的網路用戶已超過美國。到中國首都的遊客們，無法不被這個國家快速經濟現代化的各種跡象所感染。

西方外交人士希望，這種自信感將鼓勵中國更進一步融入國際機制，並幫助緩和某些圍繞新興全球大國出現的緊張和衝突。中國2001年加入世貿組織是一個重要的里

程碑，2005 年時任副國務卿的羅伯特‧佐立克提出了一個概念，要推動中國，使之成為國際體系中一個「負責的利益攸關方」。

「和中國打交道很重要，」布希總統在赴京途中說。布希擋住了美國國內對他出席奧運這個決定的批評。

在奧運前的準備階段，中國已抵制了西方讓中國削弱與蘇丹和辛巴威政府關係的請求。然而，外交人士認為，在當前與北韓和伊朗的談判中，中國起到了建設性作用。此外，中國在與其最重要也是最有害的關係──與台灣和日本的關係中，取得了進展。

然而，來北京的首腦會有一定的不安，因為這屆奧運會被潛在爆炸性的動力包圍著，而它又是由一個渴望被承認卻又害怕任何尷尬的政府和國家主辦。

讓完美的籌備工作出問題，可以有許多方式，從污染造成的運動員健康問題，到圍繞抗議者的暴力場景，到中國運動員表現不佳。而抱著懷疑態度的外國媒體則在密切關注可能發生的差錯。

圍繞奧運火炬傳遞接力發生的事件，讓人們看到了這種情緒的預演，而一屆令人不愉快的奧運可能讓這種情緒宣洩出來。3 月份西藏發生了騷亂，隨後被平息，此後，火炬傳遞成了針對中國政府的抗議者們的目標，尤其是在倫敦和巴黎。這些抗議者繼而激起了許多中國人的激烈反應，他們感到自己的國家被侮辱了。這種感覺在受過教育的年輕中國人中間尤其強烈，其中包括許多在海外大學求學的學生。他們在世界各地的許多城市舉行了反示威遊行，並在網路上發起了一場聯合抵制家樂福和另外多家法國企業的運動，這是一系列網上民族主義運動中最新的一次。

對火炬和西藏的抗議暴露出，在西方對中國及其新角色的看法以及中國人自己的看法之間，似乎存在著巨大差異。中國人對火炬受到的待遇以及他們所認為的西方媒體的偏向感到義憤填膺，而在許多西方國家，這些事件可能引發西方國家針對中國的嚴重對抗性反應。

「在我的國家和屬於我這部分世界的其他許多國家裡，我們處於全面抵制的狀態，」加拿大籍的國際奧委會成員迪克‧龐德上周警告。「公眾意見和政治意見（曾）在向實際抵制本屆奧運的方向發展，是（5 月份發生在中國的）地震慘劇，才把外界注意力從一些本來會非常、非常嚴重的事情上轉移開。」

在每個國家裡，民族主義是一種生活特徵，但奧運火炬傳遞挫敗，暴露出一種民族主義情緒在繼續體現根深柢固的受害人情結。從 19 世紀 40 年代鴉片戰爭到 20 世紀 30 年代日本侵略，中國遭受了一系列殘暴的外國侵略，中國歷史過去一個世紀的大部分時間裡，都非常強調洗刷國恥的觀點。

牛津大學中國政治專家曾銳生指出：「20 多歲的人們已在後天安門環境裡成長起來，那是一個故意灌輸新民族主義意識形態的環境。」他補充說：「中國境內有許多關於中國人感情如何遭到外界傷害的持續性宣傳，人們建立起了一種強烈的憤慨感。」

對於曾教授而言，這種形式的民族主義可能繼續給中國與其他國家交往造成問題。他說：「有一個潛在的惡性循環，將反映到中國在中期內與世界其他地方交往的方式之中。」

對於中國的許多人而言，奧運被緊緊地包裹在那種關於國恥的敘述中。這個國家開始利用競技體育，作為在輸掉 1895 年與日本的戰爭、導致中國人被冠以「東亞病夫」的稱號之後，創造一個更強健和更好戰國家的方法。徐國琦（Xu Guo-qi）有一本關於中國對奧運會態度的書，他表示：「中國一直熱中於在重要國際競技賽事中贏得金牌，以證明其經濟和政治大國的新地位。」

網路上的民族主義運動事實上在上屆奧運會期間就開始了。《中國網路民族主義》一書的作者、亞利桑那國立大學吳旭教授寫道，當美國 NBC 電視網評論員鮑勃·科斯塔斯在 1996 年亞特蘭大奧運會開幕式期間對中國侵犯人權和懷疑中國運動員使用藥品進行評論時，年輕的海外華人是如何的怒不可遏。他們向 NBC 狂發電子郵件，NBC 後來為此道歉。

徐教授說：「如果奧運會辦得不順利，那可能引發一種復仇的渴望，可能會強化這種網路民族主義。」他表示，網上民族主義已產生了影響，幾位美國運動員本周抵達北京機場時，戴著黑色面罩以保護自己免受污染，在網上爆發了一場抗議。這些運動員最終不得不道歉。

雖然這些類型的民族主義爆發已趨向於加強對政府的支持，但官員們意識到，如果民族主義集合太多動力，很容易就能轉而針對領導人。

圍繞奧運的是一種好客和懷疑的微妙氣氛，政府招募了數千退休北京人來幫助遊客，其中的一位對這種氣氛進行了總結。曾經當過小學教師的侯遠翔（音譯）即興講

開了他對於奧運的態度。

「對於我們，這確實是一個好機會，讓我們能歡迎你們外國人來到中國，來表揚我們的優點，並幫助彌補我們的不足。我們有許多缺點，真的希望聽取你們的意見，」他說，「但我們不得不承認一個事實，那就是中國已被你們侵略和欺凌得太多了。我們的許多財富被美國人和日本人搶走了。」他停了片刻，然後繼續說：「中國人非常友好，歡迎你來我家做客。」

（《金融時報》2008年8月9日，冀琴偉譯，譚衛兵校）

【附文3】

我們可以幫助中國擁抱未來

〔英〕安東尼·布萊爾（英國前首相）

北京奧運會之壯觀強有力地震撼了人們的視聽。不過，給我留下最深刻印象的是在開幕式前對一家新成立的中國網路公司的非正式訪問，以及與一些中國年輕企業家的交談。

這些中國人，無論男女，都非常聰明、敏銳和坦率，不怕就中國及其未來發表自己的看法。尤其是，他們充滿自信和樂觀，不憤世嫉俗，表現出積極進取的精神，這使我想起鼎盛時期的美國和奮勇向前的其他任何國家。

這些人沒有恐懼，而是滿懷希望地憧憬未來。儘管中國還有數百萬人仍生活在貧困中，儘管中國還存在一大堆的社會和經濟問題要解決，但是，正是這次體育盛會期間中國人所表現出的這種精神將決定著中國的未來。

在我擔任英國首相的10年間，我看到了中國崛起為世界大國的步伐在不斷加快。

我曾在講話中談論中國，但只是從理論分析的角度去理解它。沒有切身感受，因此，我無法從政治上完全理解它。

自從離任後，我先後四次訪問中國，不久會再次訪問中國。人們提出這樣一個問題：這屆奧運會將給中國留下什麼？這次奧運會標誌著一個新紀元——中國的開放進程將永遠無法逆轉。它還意味著，隨著現代中國的現實變得越來越清晰，對中國的無知和恐懼會逐漸減弱。

權力和影響力正在向東方轉移。有些人把這看成是威脅，我把它看作是巨大的機遇。不過，我們不得不發揮想像力，消除歷史遺留下來的任何傲慢殘餘。

北京這座城市給我的感覺跟 20 年前我首次訪華時的印象截然不同。而且，中國人為他們的國家及其取得的進步感到由衷的自豪。

沒有一個理智的中國人——包括中國領導人——懷疑中國還有尚待解決的人權和政治及宗教自由問題。但是，也沒有一個理智的中國人——包括最西化的中國人——懷疑中國取得的巨大進步。中國正在旅途中。它正在迅速前進。但它很清楚旅途還未完成。觀察家們應該設法指明前面要走的路，但也要承認所走過的旅程。

中國領導層全神貫注於國內發展問題，這是可以理解的。理解中國的內部挑戰對於理解中國及其政治和心理是極其重要的。我們歐洲有大約 5% 的人口從事農業生產，而中國的這個數字卻接近 60%。今後幾年，中國將尋求讓數億人從農村移居城市。

對中國來說，這種經濟和社會轉型必須伴隨著政治穩定。這也完全符合我們的利益。堅持「一個中國」政策並不是放任民族主義。這是一個關乎存在的問題，關係到中國是否能在現代化進程中以和平和穩定的方式團結一心。這也是為什麼西藏對中國來說不僅僅是宗教問題，還是一個重大的政治問題的原因所在。

因此，我們應當繼續通過對話，就人們非常關心的這些問題同中國進行接觸，但我們這樣做的時候至少應當多少理解一下中國對這些問題的看法。

這意味著西方需要與中國建立牢固的夥伴關係，這種關係不僅要深入經濟，而且還要深入到其他領域。事實是，如果沒有中國的充分參與，21 世紀的任何事情都無法良好運行。我們今天面臨的挑戰是全球性的。中國現在是一個全球大國。因此，無論是氣候變暖問題、非洲問題、世界貿易，還是各種各樣的安全問題，我們都需要中國發揮建設性的作用，我們需要中國利用其影響力與我們配合。這並不意味著我們不應

再提出中國的人權、宗教自由以及民主改革的問題。

　　有關中國的崛起，可能是被誇大了。譬如，歐洲的經濟規模仍然很大，超過中國和印度的總和。不過，正如這次奧運會和獎牌榜所顯示的那樣，事情不會一成不變。這是一個歷史性的變革時刻。轉瞬 10 年後，人人都會明白這一點。

　　20 世紀前，權力曾屬於西方。到了 20 世紀，權力屬於美國。現在，我們必須適應一個新世界，與遠東地區分享權力。無論如何，我們必須接受這種事實。對於下任美國總統來說，這應是首要議題。

　　奧運會如今已成為世界上最重大的體育賽事，而且人們對體育都普遍熱愛，因此，奧運會成為能對現實生活中的人們造成切實影響的事件之一。這屆奧運會使世人對當代中國有些瞭解，而任何演講可能都達不到這種效果。

　　　　　　　　　　　　　　　　　　（《華爾街日報》2008 年 8 月 26 日，宋彩萍譯）

第二部分

中國的主張

◆宋曉軍

一、英雄國家：
每一個中國人都應該具有的心理指標

未來的資源分配：誰厲害誰說了算

　　2008 年的經濟危機，應該說大家都是受害者，現在大家似乎都把希望寄託在中國身上。可是隨著時間的推移，中國自身的經濟問題越來越明顯了。這個問題本質上是什麼呢？是不是我們沒有「大目標」或者「大目標」錯了呢？這是個不能迴避的問題。

　　事實上，在美國的金融危機爆發之前，很多年輕人在網上就已經很悲觀了，他們深知中國不可能靠運氣打贏一場戰爭，並通過勝利來完成產業重新整合以最終實現崛起。按照他們的話說，還不如我們徹底失敗一場，最終刺激我們真正認識到這個時代和這個世界的現實。以一種悲觀的態度講，到那個時候中國就知道什麼是「大目標」了。還有很多年輕人認為，應該借這次經濟危機的機會，像蘇聯借助 1929 年美國經濟危機那

樣，對西方國家的技術、設備進行「抄底」。

其實他們的這種設想是建立在原來有「大目標」的基礎上的。

隨著中國的經濟發展、訊息開放，年輕人獲得訊息和知識的渠道已經越來越多了。年輕人可以通過 QQ、MSN、手機簡訊，同時接收和處理訊息，他們獲取和處理訊息的效率要比上一代人高了很多。最近美國有一個最新發射的導彈預警衛星 D-23 失靈了，它的意義在哪？很多年輕人都知道在 2007 年 4 月 8 日美國《航空週刊》上有一篇文章是《DSP 衛星正在監視咄咄逼人的中國導彈試驗》，這對於年輕人來說，理解是件很容易的事情，他們認為這就是這個世界的規則，當老大的要想盡一切辦法維持自己的老大地位，而後來崛起的大國一定更願意爭取平等。當雙方的利益發生衝突又不可調和的時候，自然會訴諸武力或者以武力相威脅。在年輕人的心裡有這種理念是自然的，當然，很多人說這是不對的。但是你也不能不承認，美國恰恰就是這種通過電子遊戲和大片成為暴力文化的最大輸出者。比如不久前印度發生的暴力襲擊，那些年輕恐怖分子的打扮與這些人更年輕時美國推出的一款電子遊戲——《半條命》，幾乎是一樣的，而且那個遊戲裡的人也是用步槍和手榴彈，甚至那種拿槍的姿勢都相似，這難道不是與西方接軌的結果嗎？

這次金融危機導致的經濟危機才剛剛開始，接下來的走勢是什麼樣子，損害有多大？可以說沒有人能說清楚，那些天天在媒體上露臉的經濟學家，他們本人也沒有遇到過這麼大規模的危機，而在以往的經驗中，經濟危機導致戰爭無疑是最壞的結果。再退一步講，即使這一次經濟危機度過去了，下一次呢？如果沒有這種可能，美國幹嘛要自己保持著最先進的核武器的同時，又要搞限制別人核武器的彈道導彈防禦系統呢？我還是舉導彈預警衛星的例子，如果按照冷戰結束後導彈預警的計劃，美國在 2012 年就要裝備更先進的導彈預警衛星了，這種衛星在 10～20 秒內就可以把中國、俄羅斯發射的洲際導彈的信號捕捉到，然後迅速傳到地面站處理，接著傳給美國在東歐和美、日在西太平洋上的反導平台，理論上可以在俄羅斯和中國洲際導彈的起飛階段就進行攔截。所以，當 2007 年 1 月中國成功地用導彈擊落一個廢棄的氣象衛星後，網上的年輕人歡呼一片；當「神七」太空人翟志剛成功出艙後，喜歡軍事的年輕人也是那麼的激動，你能想到他們的激動與知識結構不一樣的人的激動是有差別的嗎？他們的激動中有什麼特別的含義？實際上，這裡潛在的東西是一個中國與別人賽跑的問

題。中國的經濟發展了，而世界上的資源有限，怎麼分配這些資源？不就是誰手中的槍厲害誰說了算嗎？難道俄羅斯不知道發展經濟重要嗎？但是當你發展到一定程度時，你就被人家限制了，你只能當人家的能源提供者和廉價產品的提供者。道理很簡單，你打不過人家，人家不講理的時候想收拾你就收拾你。

現實的世界是什麼樣子，未來的走向是什麼趨勢？其實這是每個年輕人都會關心的問題。自從 1895 年中國台灣被日本佔領後，我們的海上安全界限就被劃在了台灣海峽，現在的安全界限不還是在台灣海峽嗎？可以說 100 多年後中國在這一點上是沒有變的，當然現在年輕人都認為：之所以還是這樣一個局面，是因為中國沒有航空母艦。

其實這不僅僅是航空母艦的問題。最近老有人問我：中國要不要造航空母艦？我沒正面回答，先請他們用簡單的話告訴我航空母艦是什麼。結果大多數人無法答出來。這不僅僅是一個知識結構的問題，更是一個對問題本質認識的問題。後來我就說，航空母艦就是西方工業革命以來一直信奉和堅持的「持劍經商」原則中的「劍」。從科學上講，航空母艦是一個複雜的作戰系統，它是把現代工業發展的成果都集成在一起的一個作戰平台。在第二次世界大戰中，美國靠航空母艦奠定了世界老大的位置，後來又靠航空母艦維持了霸權。想擁有航空母艦的國家是不是有一種潛在的挑戰霸權的衝動呢？我認為是有的，這種潛在的衝動實際上反映了對中國現實安全環境不滿意的心態，這種心態固然與被西方的堅船利炮打得稀爛的歷史悲情有關，但是更主要的是與現實世界有關。我可以肯定，就算有一天台灣回歸了，中國人一定還想要航空母艦，或者比航空母艦更先進的海上戰鬥艦艇。在這背後，實際上是渴望有一個「大目標」的衝動。

在這次經濟危機之後，很多愛好軍事和歷史的年輕人，馬上就想到了前蘇聯在 1929 年西方陷入經濟危機時的表現。蘇聯利用美國當時的經濟危機，完成了最重要的產業升級。按照美國國務院當時的報告，當時蘇聯有 2/3 的大型重化工企業的技術來自美國。也就是說，如果蘇聯沒有利用那時西方的經濟危機進行技術、設備抄底，根本無法在後來的第二次世界大戰中打敗法西斯德國。我記得不久前新華社發佈了一條不起眼兒的新聞，稱天水星光機床公司收購了法國一家數控機床 81% 的股份。就這麼一條小新聞，網上的年輕人討論了好長時間，興奮了好長時間。其實這個動向與十七大上提出的科學發展觀、產業升級和技術創新是一致的，按說應該是一種統計文化與統

治文化趨同的態勢。說白了，年輕人知道在當今這個世界上要想過好日子、舒服日子，沒有軍工產業的基礎做保障是不可能的，而這正是西方與中國未來博弈的關鍵點。西方不會希望看到中國有這個東西，他們認為費了那麼大勁把德國、日本徹底給壓倒了，俄羅斯也弄了個半殘廢，現在又來了一個馬上實現工業化的中國，按照西方自己發展的邏輯，這是不可能接受的。所以說，無論從歷史經驗上看，還是從現實情況看，中國不可能沒有戰爭準備。中國人口、資源、地形和高度的組織能力以及發展經濟的欲望和能源需求，也許恰恰是中國招來戰爭的天然條件，同時也是未來世界真正走向和諧的中堅力量。

再不建立大目標，中國就沒機會了

現在美國與俄羅斯表面上有爭奪，中國很多人還以為中國可以超然事外，掩飾一下自己的立場，然後從中得好處，其實這是不可能的。

現在種種跡象表明，可以超然事外的角色恰恰是印度。大國，特別是爭過霸的大國都知道養虎為患的道理，就算印度將來是一隻老虎，現在這隻老虎還太小，而中國這隻虎已經足夠大了，不能再養了，雖然不一定馬上殺了，但至少要限制吧？現在可以肯定，美國經過布希政府的一次「霸權大躍進」之後，一定會回歸到比較現實的外交政策上了，而這背後必然要汲取大英帝國當年的經驗。其實英國人非常重視印度，英國人統治了印度很長時間，據說英國人認為印度教是可以與西方宗教融合的。英國歷史學家湯恩比在冷戰期間就認為，印度在整個西方戰略中佔據了舉足輕重的地位。

印度和巴基斯坦在這次金融危機中出現的摩擦確實非常值得關注，原來我們認為衝突遠在中東，跟我們沒有關係，或者有關係也就是石油價格的問題。但是現在到了巴基斯坦，到了我們最關鍵的西線，我們肯定不能坐視巴基斯坦被印度致殘。同時，從長遠來講，我們也沒有必要跟印度消耗我們自己的力量。很多學者說這就要考驗中國領導層的智慧了，其實這也是白說，你再有智慧沒有實力也是白搭，這麼簡單的道理按說應該都知道，實力就是你在周邊有遏制戰爭的能力。說白了，就是一旦有衝突，你有能力派駐維和部隊，讓雙方誰也不敢動。可是現在有這個能力嗎？2005年，

美國不僅不顧中國等國家的不滿，單方面與印度簽署了民用核能合作協議，甚至當時的國防部長拉姆斯菲爾德還與印度簽署了聯合搞彈道導彈防禦系統的意向，這不是明擺著要在中國後腰上遏制中國嗎？要說俄羅斯對美國在東歐部署彈道導彈防禦系統，東歐那些國家再怎麼說也不是核國家，可印度是核國家，而且有巴基斯坦這麼一個鄰居，印度要搶佔核優勢是必然的。按照印度在 2000 年的核武器計劃，到 2030 年印度將製造 300 多枚核彈頭，而且美國一旦按照協議與印度進行民用核能合作，印度的科學家不僅可以接觸到世界第一流的核技術，而且很可能從美國那裡獲得濃縮鈾的技術。一旦南亞地區的核平衡被打破，中國的力量將被大大牽制：在東部，海軍力量無法突破台灣海峽和美國、日本控制的第一島鏈；在西部，有正在美國支持下的核大國印度，你怎麼能得到發展經濟的安全環境呢？更何況，西方幾乎一致支持的「藏獨」勢力到時候又會怎麼表現呢？

在這次金融危機爆發後，很多國內經濟學者都認為美國尚有科技存量，因此美國的經濟還會振興。可是我追問了一下是什麼科技存量，他們都說不清楚。在我看來，美國真正的科技存量就是軍事科技，當年要真有可以拉動經濟的科技存量，美國這麼精明的科技立國的國家，一定不會在科技泡沫破裂後，又回過頭去玩房地產。下一次科技存量的積累是不是要靠戰爭拉動呢？從美國的角度看，下一次戰爭最好不是美國參加的戰爭，最好就像歷史上的代理人戰爭一樣，由美國提供軍火來消耗可能成為對手的大國的國力無疑是最佳選擇。那麼選擇哪兩個國家呢？為此我問了一些人，他們有回答是中國和日本的，也有回答是中國和印度的。我認為，目前來看前者的可能性小於後者的可能性。從反面看，這就是中國的假想敵是誰的大問題。如果按照上面的兩種假設，那麼我們戰場建設和應對策略可能是不一樣的，但有一點是一樣的，就是把我們的工業佈局從向東南沿海傾斜，改為全國均衡佈局，同時加快我們的中西部建設。而這一點，與我們現在希望的經濟結構調整是一致的。當然我們可以想盡一切辦法避免戰爭，但情況是非常複雜的，必須要有所準備。比如在我國的西部，現在基礎設施與東部的經濟接軌還有待加強，才能進一步為我軍在西部的軍事行動提供相應的保障。而這可能會牽扯到西部的國土整治問題，包括南水北調西線規劃的盡快實施。現在，我們在經濟結構調整上面臨著很大的阻力，無論是地方利益還是利益集團的利益都是一種阻礙。但是國家如果從安全的高度去審視這個問題，從戰爭準備的高度去

考慮這個問題，很多問題就好解決多了。

現在的問題是，無論從金融危機的爆發來看，還是最近因孟買恐怖襲擊製造的印巴緊張局勢，都表明留給中國的時間不多了。有一段時間流行一種觀點：我們有充裕的時間。但是就中國的軍事變革和國防建設的狀況看，我們絕不能輕言戰略主動權在我們這邊。台灣局勢雖然有所緩和，但是我們的經濟財富集中在東南沿海，也未必就可以放心了，因為在那個方向上我們畢竟面臨著最強悍的外國軍事存在；在西部雖然我們面臨的軍事存在相對較弱，但是畢竟是兩個核國家的對峙，一旦發生擦槍走火，就不是小問題。況且我們在西部方向的駐軍和作戰條件相對較差，這會對我軍作戰效能的發揮產生較大的負面影響。

值得注意的是，在印度孟買發生恐怖襲擊後，印度國內要求打擊巴基斯坦的聲音很大，而巴基斯坦一位核科學家薩馬爾要求巴基斯坦總統堅持首先使用核武器的原則，在此之前，巴基斯坦總統札達里承諾不首先使用核武器，其實是說給美國人聽的，因為在「9‧11」後，美國和以色列就準備了一套劫持巴基斯坦核武器的計劃，美國當時的副國務卿還一時脫口而出說了如果巴基斯坦袒護賓拉登，美國將把巴基斯坦炸回石器時代。可以試想，如果歐巴馬上來針對阿富汗展開軍事行動，巴基斯坦的局勢會非常微妙，中國又是與巴基斯坦軍事技術合作最緊密的國家。印度目前的核彈頭大約 50 枚左右，而且在 1998 年 5 月核試驗中，氫彈技術還沒有實現，可以說與中國差一個級別。但是美國 2006 年與印度簽署了核能合作協議後，印度極度缺乏的濃縮鈾技術可能會得到幫助，印度自己的計劃也是在 2030 年生產 300～400 枚核彈頭，應該說印度試圖與中國實現一種「核平衡」。

在印度孟買遭到恐怖襲擊後，12 月 4 日，一個印度裔美國人專門在紐約的國際分析網站上寫了一篇《中國與巴基斯坦：一個邪惡的核聯盟》的文章，聲稱中國向巴基斯坦提供了導彈技術和核技術，特別是在美國與印度簽署了核協議後，中國馬上與巴基斯坦簽署了 1994 年擱置的核電合作協議。這種聲音是美國解套金融危機、培養消耗中國國力的戰爭代理人的信號。所以我們要有長遠打算，要從危機的角度看問題，有些東西並不是一個所謂的「戰略機遇期」就能遮蓋過去的。人家與你是競爭的關係，怎麼會等到你所有崛起的條件都具備了才干擾你呢？台灣的問題實際上比民進黨在台上的時候更複雜了，可以說馬英九是中美「連體嬰兒」經濟的產物，但是隨著金融危

機的深化或者好轉，中美這種「連體嬰兒」經濟都會變化，進而改變中國的安全環境，或者東邊，或者西邊，中國崛起的和平環境絕對不像我們想像的那麼容易，可以說比德國、日本和俄羅斯完成工業化試圖實現崛起時更加複雜了。雖然形式上可能有所變化，但是本質上絕對不會變化。在這裡戰爭因素占多大比例？遏制戰爭的成本有多大？我們的實力準備、戰略佈局是不是從一個長遠的目標上去考慮？這些都需要我們抓緊時間應對。

最後我還想回到年輕人的身上。有一個有意思的現象，在中國雖然超女超男這些玩意有很大的市場，但是有關軍事的節目也很吸引人。比如鳳凰衛視的《軍情觀察室》，在鳳凰台永遠是收視率第一的節目，其他的節目至今也沒有得過第一。中央四套的《今日關注》，只要一播出軍事題材的節目，收視率就上來。儘管這些節目還有這樣或那樣的問題，但是為什麼會有那麼多人看呢？可見軍事問題在民眾中是有很大關注度的，或者說安全問題是中國人比較關心的。那麼我們為什麼不順應這個文化變遷的走向，把加強國防建設與中國產業結構的調整、升級，技術創新的發展結合起來呢？2009 年中國將進行大閱兵，同時要對歷次革命戰爭中的英雄搞一個紀念，我認為這是非常必要的。我知道，現在網上有一些軍事迷組成的網友群，他們定期聚會搞活動。比如有一個軍事迷組織，他們最近拍攝了一個 DV，名字叫「1979」，以紀念自衛反擊戰中死去的軍人。情節很簡單，就是一群人身穿六五式軍裝坐在一個大禮堂裡，然後一個個地離開，最後就剩下一個人了，寓意著那些走了的人都留在中國的南疆了。這些年輕人有的是店員，有的是工程師，有的是編輯，但是在拍攝的時候都流淚了。這些年輕人在各個網站上維護著中國軍人的榮譽，本質上他們是渴望高尚，渴望昇華。其實，在當今這個商業化社會，整合年輕人的這種渴望是國家保持生命力的一個重要步驟。小布希在任 8 年期間不斷強調清教徒式的東西，不就是希望美國的年輕人按照美國新保守主義設計的大戰略，把美國在全球的利益進一步夯實嗎？但是小布希這次確實高估了已經從壯年走向老年的美國實力了，玩大了。

那中國呢？說實在的，留給中國的時間不多，老年化社會也在逼近中國，再不確定一個「大目標」，恐怕就沒有機會了！

◆宋曉軍

二、美國不是紙老虎，是「老黃瓜刷綠漆」

沒有「大目標」的理想教育是混不下去的

　　2008 年秋天我到哈爾濱工程大學去，晚上 9 點哈爾濱的大街上就沒幾個人了，冷清得不行，但是那裡的科研人員接北京的科研項目，其實按照北京的報酬標準來比，錢確實不多，但他們還覺得挺滿足、挺開心的。我到他們的一些重點實驗室去看了看，確實有些項目做得很不錯、項目負責人都很年輕，真是敢想敢幹。其實在市場化的今天，東北是最落伍的。我到哈爾濱最繁華的中央大道去看，那邊正在興建幾個大的商業城，我問當地的人是哪兒來的投資者，他們說都是大連的。其實東北的富人大部分集中在大連了，而哈爾濱這座重工業城市，曾經那麼牛的地方，好像在經濟大潮中落伍了，現在怎麼辦啊？好在還有哈爾濱工程大學、哈爾濱工業大學這樣的學校。這些學校不就是當年準備打仗逼著建起來的嗎？南北韓戰爭一結

束，蘇聯給了我們 156 個項目，大部分是軍工方面的，東北就火了。後來 1964 年跟蘇聯鬧掰了，又玩了「大三線」，以四川爲中心建立了一大堆軍工企業。這些軍工產業，後來很多人認爲是資源浪費，沒有收益。但是他們怎麼不想想，如果沒有當初這些產業的步兵武器通過成昆鐵路源源不斷地運往越南北方，把美國幾十萬軍隊牽制在那裡，哪有後來中美緩和的機會呢？記得 1995 年，宋宜昌在《戰略與管理》雜誌社就講了這樣的話：一條鐵路拖垮了兩個超級大國。說這話時，林毅夫好像也在場，他那時正在搞「比較優勢」，認爲中國應該利用廉價的勞動力和市場資源從加工貿易重新做起。我覺得當時他沒有聽懂宋宜昌講的戰略產業的收益問題，這是一個人內心的格局問題，一個有沒有「大目標」的問題。記得王小東當年也問過林毅夫，搞「比較優勢」的經濟模式有沒有考慮國家安全的問題，當時林毅夫並沒有正面回答。

我們應該感謝歷史，應該爲還有哈爾濱工程大學這樣的民族傳奇而欣慰。今天這些工業是中國最關鍵時刻可以拚命用的。在這一點上，我們還要感謝幾個人，包括李登輝和陳水扁，沒有他們鬧「台獨」，中國這些老底子沒準兒眞的就被人家給粉碎了。後來美國爲什麼壓陳水扁，在兩岸問題上玩起了緩和，不就是用台灣問題測試了一下中國的民意嗎？

我在 2008 年台灣大選前去了趟福建前線，到那裡看了還眞有些擔心，但同時讓我感到欣慰的是，那裡的軍人精神狀態還可以。因爲畢竟受市場經濟的浸染很少。有些部隊駐在山溝裡，雖然指戰員們說起經濟生活都是要發牢騷，但是談到打仗還是挺興奮的。其實他們內心很清楚，只有打仗後人們才會重視他們的社會地位。但是時間不能太長了，太長了耗下去人心散了，人才也會慢慢流失了。

其實這一點讓很多愛國的年輕人很著急，有些人在網上罵軍方有人腐敗，其實反過來想想，他們的不高興也是一種恨鐵不成鋼的不高興。

也許一個國家的「大目標」正是在一種「戰爭危機」中逐漸形成的，直白地說，是給逼出來的。雖然有一些人現在跟著西方叫嚷「中國威脅論」，我們自己也稱是「和平崛起」等等，但是至少怎麼避免戰爭、遏制戰爭也是一個不能被忽視的因素。無數的事實已經證明，西方幾百年來形成的「持劍經商」的傳家寶是不會丟棄的，你想靠自己刀槍入庫、馬放南山感化人家放下手中的劍，跟你溫和地做買賣，這可能嗎？這其實是機會主義！

　　媒體曝光的 2006 年上海交大漢芯穿幫，咱們某型武裝直升機穿幫，都是我們想幹事的時候發生的。其實包括毒牛奶也是同樣的問題，毒牛奶這個事情，如果往深了追，是不是當初有人一廂情願規定我們的牛奶標準應該按照歐盟的標準來制定呢？按照那個標準，我們有歐盟那麼好的、含蛋白高的牧草嗎？標準高，沒有原料，只好造假。當初多少媒體在鼓吹「與國際接軌」是中國崛起的標誌，現在三聚氰胺出來了，他們又以「社會良心」的高姿態批判。說穿了，很多事情的源頭就是機會主義，沒有想清楚中國未來到底要怎麼走，有什麼樣的大目標。晶片、直升機都一樣，你的產業是生產背心、褲衩，還想在高科技產品上要好東西，那可能嗎？

　　國家從 2002 年開始已經意識到這個問題，講產業升級、自主創新，口號出來了，但是實行了 20 多年的「文藝腔」和機會主義之後，形勢逼迫得又沒有辦法，短期又得拿投資養活人，於是他們就七拼八湊報上去說自己創新，後來領導覺得好，領導也不知道啊，那就量產吧，一量產，底兒給兜出來了，啼笑皆非，整個就是八國聯軍的東西拼出來的。

　　……

　　這樣的事情多了，年輕人一定會慢慢像一個新接手的棋手那樣，把原來下的棋一步步地復盤，一步步地找出差錯，最後一定會發現真正的問題在於：沒有「大目標」。

　　這麼大一個國家，至少應該是打商戰，而打商戰一定要有軍事裝備做後盾，而軍事裝備一定要有產業做基礎。這麼簡單一個邏輯，年輕人難道看不出來嗎？所以如果沒有「大目標」，對年輕人的所謂理想教育是混不下去的。

謹防被別人永遠打入地牢

　　有了「大目標」之後，你才能回過頭來一點點地審視自己的本質是什麼，找準自己在世界的相對位置。2008 年 8 月關於喬治亞和俄羅斯衝突，我在鳳凰台做了一期《鏘鏘三人行》的節目。做節目前，竇文濤在那化妝，問咱們怎麼說，我說就說老黃瓜刷綠漆，說太專業的軍事技術沒有意義。他挺好奇，問這是怎麼回事。我說：從軍事

上看，俄羅斯就是老黃瓜沒刷綠漆，美國人是老黃瓜刷了綠漆，其實在本質上都是老黃瓜，半斤八兩。做完節目之後，軍科院的哥們兒立即給我發簡訊說：你宋曉軍終於把我們不敢說的話說出來了！

為什麼？因為經過冷戰之後，雖然蘇聯垮了，美國實際上也是半殘，花不起這麼多軍費玩下去了。1972 年美國與蘇聯就簽署了反導協議，當時西方經過上世紀 60 年代經濟高增長的繁榮後，終於出現了經濟衰退。就是你夯錢，我夯錢，最終兩家都夯不動了。結果兩個爭霸的大老坐在一起談，談出這麼一個反導條約，就是雙方只能在首都附近建立兩個彈道導彈防禦系統。那時咱們中國與美蘇兩家都鬧掰了，於是 1964 年毛澤東決定自己搞，叫「640 工程」。後來到了 1978 年，「640 工程」下馬了，現在很多年輕的軍事迷談到「640 工程」時還覺得十分惋惜。雖然他們不知道當時國家確實有困難，但是他們能感知到當年中國有「大目標」時那種勁頭。反過來說，就是現在我們倒顯得軟得過了頭，缺少了那種初生牛犢不怕虎的氣魄。

2001 年底小布希撕毀了反導條約，玩起了全球彈道導彈防禦系統。儘管這個系統大部分是用「架上的商品」，就是晶片技術——利用柯林頓時代吹起來的 IT 技術。但是俄羅斯畢竟當過大國，有過大目標，普亭馬上就意識到了這個問題很嚴重，這是將俄羅斯民族永遠打入地牢的一招。換句話說，一旦美國搞了「反導」，將大大限制俄羅斯最後一塊王牌——核武器。於是俄羅斯想盡一切辦法，不惜拿喬治亞開刀也要遏制「反導」這個東西。

美國人在越戰時打得不太行，幾十萬人和大量金錢陷在那裡了。那時美國人比誰都需要「緩和」，尼克森沒辦法，只好到中國給周恩來拎大衣來了。他們發現中蘇 1969 年衝突得很厲害，意識到拉中國對付蘇聯一定管用，因為蘇聯那個時候處於上升期。其實，你看看大英帝國的崛起和衰落過程，這種技巧是經常用的，1972 年那次可以說是美國得到了英國「真經」後的一次實踐。本來如果蘇聯 1979 年不幹阿富汗，慢慢發展下去，美國人不至於把越戰的盤子翻得那麼快。後來美國人拉了中國，蘇聯陷在阿富汗徹底垮了。經過這幾輪折騰之後，冷戰之後的美國又忍不住了，打伊拉克，支解南斯拉夫，最後陷在了伊拉克和阿富汗。所以說美國和俄羅斯在國力上都是老黃瓜了。從軍事上看，美國只能採用一種刷綠漆的辦法，這種綠漆就是過分地誇大訊息戰，處處都是訊息戰，其實就是柯林頓時代的 IT 技術的延伸，這與經濟上 IT 泡沫有

關，明明是泡沫，可美國在軍事上一個勁兒地鼓吹，其真實目的就是要得到一個戰略上的緩衝。他們搞這個一是掩蓋自己老黃瓜的面孔，二是誘導像我們這種工業化還沒有完成的國家跟著跑。

最有意思的是，一位中將，有一次開會坐在我旁邊，他說，他看到過那麼多國家的軍事演習，只有中國軍事演習指揮所裡面的大屏幕是最高級的，還搞什麼戰地網吧，這些東西也充斥在軍旅電視劇裡，機械化沒搞完就完全是訊息戰，有些過頭了。我聽了特別有感觸，人家畢竟是抗美援朝當過連長的人，看出來道道兒了。

俄羅斯最清楚美國是老黃瓜刷綠漆，因為他們倆一直是對手，俄羅斯的態度就這樣：你是老黃瓜我清楚，你刷點綠漆，在我家門口你也不敢夯，遠了咱們找一個居中的地方我可能練不過你，因為你比我多一層綠漆，但是近了你肯定沒戲。中國不是這樣，90 年代之後學人家，之後就開始採用鋪天蓋地的訊息戰，買無數的電腦，看演習畫面全是訊息戰，你機械化還沒完成呢，「訊息至上」有點趕早了吧？玩訊息戰不能替代機械化。訊息戰只是把機械化的能量稍微發揮大一點，並不能決定戰爭的勝負，但現在你到書店軍事書的專櫃去看，大部分是關於訊息戰的。被美國誤導，也跟著「新黃瓜刷綠漆」，你就無所作為吧。在產業上你就做背心、褲衩吧，不用搞什麼機械化了，在網吧裡就能把戰爭打贏了？這種思維方式對中國的影響很深，其危害程度不僅僅是軍事層面，在產業經濟層面影響也很大，現在經濟危機來了，大家才醒悟過來。

咱們奧運開幕式那天，俄羅斯一打喬治亞，所有人都傻了，因為喬治亞訊息戰的裝備就是美國人配的，包括悍馬車隊、衛星通訊密碼系統、敵我識別系統全是美國的訊息戰裝備。美國的援助主要是在老裝備上加訊息戰的東西，比如使用從烏克蘭買來的防空導彈，修改一下敵我識別系統，就把俄羅斯的圖-22 轟炸機打下來了。而俄羅斯坦克上連 GPS 都沒有，俄羅斯只有 17 顆全球定位衛星，沒錢發射不起衛星，沒法定位，坦克開到哪都不知道。但是俄軍就用特別傳統的戰法，把喬治亞的戈里市這麼一切，衝過去包圍了南奧塞提亞首府茨欣瓦利，喬治亞就投降了。就這麼一個分割包圍，贏了，所有人沒話說了。至於訊息戰之類時髦的詞，作為總參謀部的人可以琢磨，他們都是理想主義，但是軍隊作戰考慮的是實用主義，打贏為主，不管理想主義，沒有還不打了？美國的「勸阻戰略」嚇的就是不敢打的人。

咱們有些學者，口口聲聲中國不行，中國差得太遠了，所以現在不能跟美國人對

抗。我倒要問一句：既然不能對抗，台灣要真的「獨立」了怎麼辦啊？如果美國按他們的《與台灣關係法》介入，明說了就保護台灣，那麼我們是不是就看著台灣「獨立」了？其實這是不可能的，因為台灣一「獨立」，政權合法性就沒了。在這種情況下，十七大上終於說了「在機械化基礎上的訊息戰」，這是逼到你跟前了。十七大報告關於國防建設部分有專門的一章，談到了「機械化和訊息化複合發展」，而原來的流行觀點，似乎訊息戰就代表了一切。同時也可以注意到，在 2008 年台灣「大選」期間，很多網上的年輕人表示如果台灣獨立就用戰爭手段解決，這也是一種威懾。輿論威懾是一個醞釀過程，關鍵是要把美國人那套「訊息戰是不可戰勝的」謊言打破。一個國家的軍事力量不僅僅是武器裝備，在武器裝備能力有限的情況下，具有敢打持久戰的勇氣也很重要。

糾錯戰略以後的「大目標」

有了「大目標」後，一個國家才會認真審視自己的能力和現狀，每一步怎麼走心裡就清楚，就踏實，同時，對對手的情況就能下工夫摸索了。中國有很多年輕人在網上給軍方出主意，慢慢地他們就會發現問題的癥結在哪裡了。縱觀近現代史，日本不到 100 年的時間裡，打了一場軍戰、一場商戰，就那麼點國土、資源和人口，日本人怎麼就敢想，中國人就不敢想了？自英國工業革命後，日本是亞洲第一個完成工業化的，當然他們把好戰的武士道精神轉移到了商戰，現在成了全球經濟總量第二的國家。我們不可能變成日本那樣，我們農業社會太發達了，太舒服了，可是工業化後被欺負了，要改變不公平的世界秩序，總要有真正的大國心態吧。現在好像一提「大國崛起」就看經濟，可是看看中國是什麼經濟啊，這次金融危機看清楚了吧，人家不要我們的東西，我們就出現民工回鄉潮了，嘴上喊著「與國際接軌」，實際上就是給人家當加工廠。現在見了棺材，落了淚沒有啊？還這麼混著嗎？我看年輕人不願意就這麼混著。除了國內的一些現實問題以外，外部環境的變化對年輕的刺激是最大的，最終他們會發現讓他們真正不高興的原因在哪裡。後發國家有一個算一個，看看伊朗、委內瑞拉就明白了。走向現代化不動員年輕人，不解決讓他們不高興的事是不可能的。

如果你不解決，他們遲早會想辦法自己解決的。

年輕人總有一天會明白，就工業化而言，中國是嫩黃瓜。從大的歷史軌跡看，中國雖然從封建社會角度講是老黃瓜，但是從工業化角度來講，德國人、俄國人、日本人比咱們走得快，他們是中年，我們還年輕，還朝氣蓬勃。只要我們踏踏實實地成長，總有出頭的一天。比如「神七」上天的時候，美國人就希望中國的飛船有一天能為他們在太空搞運輸，因為到了 2010 年後，美國的航天飛機就不能飛了，而他們的飛船還沒有搞出來。冷戰的時候美國相當於壯年，但是美國太冒進了，砸了很多錢，航天飛機是好東西，但是無法持續，說白了就是體力不行了，沒有能力砸那麼多錢了。當然，現在時間確實比較緊迫，特別是隨著這次金融危機的爆發，美國人的這次經濟「試錯」震撼了世界，中國原來想扒著人家肩膀走路，現在肩膀塌了，怎麼辦？最關鍵的是，人家經歷了兩次資本主義經濟危機，知道危機有導致戰爭的可能，所以美國從來沒有忘記打造手中的劍，也就是大英帝國的傳家寶——持劍經商。轟炸南斯拉夫，打伊拉克，都是「持劍經商」。而彈道導彈防禦系統就是這樣，因為你手中有核武器，就相當於有拚命的煤氣罐，他們搞的導彈防禦系統最終就是讓你的煤氣罐點不著。到時你拿煤氣罐跟人家叫板，人家就不理你了。這個道理很簡單，很多喜歡軍事的年輕人都看出來了，就是著急，所以遇到這些事情就不高興。

這種不高興的歷史並不長，前 30 年時間裡，在相當長的時期內，我們是相當樂觀的。前 30 年覺得不行，發展模式要變，目標變了，叫開放引進（從 70 年代初期已經開始引進了大型化工項目等等）。物質文化的引進上面必然附著精神文化。我們先羨慕人家的物質文化，自然而然會對人家的精神文化頂禮膜拜。物質文化跟著精神文化引進，這也沒什麼不好。但是為什麼日本人、德國人，甚至蘇聯人在 1929 年西方經濟危機的時候，也大量引進西方的化工、礦產機械、汽車技術（包括軍工技術）這些東西，人家的文化為什麼沒變？就是因為當時有大目標——我引進你的技術是為了將來超過你，所以文化不跟著你變，文化還是俄羅斯的文化，我只是物質文化引進。雖然後來蘇聯解體了，但這段「強國前史」值得深思。但是我們當時沒這個閘口，一引進全是人家好。80 年代初蛤蟆鏡、喇叭褲那些東西，就是一個文化引進，你已經戴上蛤蟆鏡，穿上喇叭褲，不唱《杜蘭朵》是不可能的。頂禮膜拜還來不及呢，趕超別人的目標早忘了。現在隨著加工貿易的增多，發現大頭兒利潤都是人家拿走了，兒子到了

外企老爹老媽挺高興，並不知道孩子在外國人底下受著「人家吃肉你喝湯」的委屈。這種委屈積壓多了，大家自然也會想到大目標。上世紀20～30年代這種情況更明顯，因為那時距離鴉片戰爭、甲午戰爭的時間近，特別是1931年「九一八」事變發生和1937年日本人占了北京和上海後，這種東西就自然冒出來了。否則那時本來可以過著不錯的白領日子的青年男女，怎麼就跑到延安去了呢？清華、北大那些去延安的年輕人，通過親身經歷的歷史，後來在解放初期大都成為了新中國重化工業、軍事工業的主力，他們就就業業為之奮鬥的「大目標」是現實逼出來的，現在的「兩彈一星」裡面都有他們的身影。現在我們說那時的「大目標」導致了後來的「左」傾冒進，搞得人民生活太苦了，但是這不能成為不設定「大目標」的理由。2008年，一系列的事情發生後，隨著時間推移，很可能是經過糾錯的「大目標」重新逐漸形成的開始。

絕非危言聳聽：金融危機的最壞後果就是爆發戰爭

後現代資本主義，就是西方玩的一個非常標準的模式，它壓服別國的手段我已經說過了。而在這種情況下，我覺得中國的角色是雙重的，既是西方的產業轉移地，即製造業低端的轉移地，同時又是西方摧毀你的自主產業和軍工產業的一個目標。西方還沒有馬上摧毀是因為拿不準，拿不準就不斷來試探。而中國建國以來的60年裡，正好是一半對一半，原來前30年是拚命準備跟西方直接對著幹，按劉立群的話就是「軍戰求強」，學蘇聯，集中重工業，利用農村剪刀差，集中發展重工業。這一部分恰恰是將來西方要摧毀的部分，但是這一部分其實我們自己也摧毀了不少，但是還留了一些根，包括最近的「神七」、核武器等等。西方對中國的產業轉移，這是符合西方整個後現代模式的運行規律的，人家希望把一些低端產業轉移到你這兒，利用你的廉價勞動力、廉價的土地、廉價的資源環境。同時在這個基礎上，讓你又開始接納他們的金融工具，比如說通過股市和各種基金等金融工具，一是吸走中國的製造業利潤，二是粉碎中國的自主工業部分。

在這樣一種情況下，中國變成了一個不確定的因素，就是產業轉移、金融工具這兩塊中國看似玩得也挺紅火，但是西方要摧毀一部分。自從1995年台海危機之後，我

們那塊西方特想摧毀的部分又被迫得到了加強。從利益層面上看，這就變成中國人內部兩種東西的博弈，也就是到底是自主為主還是依附為主。當然，從表面上看，大家都不敢說後者，這畢竟是 1840 年以來中國無數先烈用生命和鮮血去追求的東西，但是現實中的各個力量之間博弈得非常厲害。比如汶川大地震後，人們才發現，中國經濟連續這麼多年來的高速發展，成就很輝煌，怎麼連直升機都無法自行研製和生產呢？僅有的那些軍用直升機都快飛殘了，而且還都是小心翼翼地飛。溫總理說，看到租來的直升機，「很刺痛我的心」──從技術層面上看，那些海事救援的直升機的飛行技術遠遠超過軍用的，這是因為我們沒有直升機，而不是人員的素質問題。否則當年抗美援朝的時候，我們的殲擊機飛行員怎麼可以在那麼短的時間就能適應呢？最重要的一點，更多的民眾和年輕人看到了一個大國走一條依附型工業化道路是行不通的。現在機會來了，金融危機爆發了，首先是俄羅斯的態度變了。現在俄羅斯可能會把那些當年他們不惜成本打造的軍工產業技術賣給我們了，西方特別是歐洲的一些產業也快撐不住了，包括數控機床、發動機等等技術。可現在看看，有幾個專家說「抄底」的時候想到了這些東西？還天天在媒體討論是不是應該買美國債券。作為一個工業化尚未完成的大國，一個號稱要崛起、改變世界不公正不合理政治經濟秩序的大國，這麼好的機會，怎麼就沒有精英們想到呢？可看看年輕人在論壇上討論的，恨不得把技術「抄底」的單子都開出來了。年輕人有新的知識結構，反而是西方的「弱肉強食」的文化、市場經濟的利益最大化讓他們明白了「這是一個殘酷競爭世界」的道理。最近爆發的金融危機，他們也開始根據他們掌握的歷史知識在判斷，他們不可能不想到戰爭，因為資本主義本質特點，或者說在民族國家存在的前提下的危機，很有可能導致戰爭。

　　原來美國和西方希望按照保持他們永遠強大的模式，把中國塑造成他們希望看到的狀態。現在金融危機爆發了，金融工具這一條露餡了，年輕人看得越來越清楚了。這就逼著中國要對自己提出幾個問題：別人要把我們塑造成什麼樣？我們自己想要的中國是什麼樣？這中間到底有多大的差距？

　　當然這個差距大家可能沒有梳理清楚，可能還在認識過程當中。老同志有老同志的想法，年輕人有年輕人的想法，知識分子當中也有不同的想法，就是未來中國是什

麼樣？光說中國崛起，光說中華民族的復興明顯不夠，怎麼去勾畫這個東西呀？就像你說將來要造一個房子，這個房子到底是什麼樣，一層二層怎麼裝修，木質的還是鋼筋混凝土的？按老話講，這就是「胸有成竹」啊！我覺得經歷了 2008 年的很多大事後，這個輪廓越來越清楚了。與官方含混的描述有差距的是，這種輪廓的清晰過程恰恰是在年輕人很多的「不高興」中漸漸完成的。有了這種清晰的圖景，有可能需要兩代人三代人甚至幾代人去完善，最終把它實現。看看歷史，如果沒有 1840 年人家軍艦商船堵在中國的家門口，會有孫中山那些人勾畫中國未來現代化的圖景嗎？因此，在討論中國「大目標」的形成時，不能不想到：這次金融危機會不會導致一場把中國牽扯進去的戰爭？

2008 年，我在很多場合做了有關俄羅斯的節目，雖然這些由頭都與軍事有關，但是背後卻有一個更長遠的思考。那就是，中國會像俄羅斯一樣被逼入絕境嗎？

看看歷史，1949 ～ 1979 年我們試圖走「軍戰求強」的道路，也得到了所謂「中美蘇大三角」的待遇。1979 年後，我們改變策略，走了「商戰求強」的道路，走到今天，不管你承認不承認，憑藉中國的人口、市場和能源需求的規模，在西方眼裡，中國就是走上了一條「商戰爭霸」的路。看看現在人家對中國商品的「圍剿」，人家對人民幣升值的逼迫，人家對中國「實現全面小康」能源需求的恐懼，最終人家會不會動用他們最擅長的軍事手段將尋求「商戰爭霸」的中國逼入絕境呢？一旦有這樣一天的到來，我們靠什麼進行「絕地反擊」呢？俄羅斯有了伊拉克戰爭時石油漲價的機會？歷史會給中國有這樣的機會嗎？

隨著經濟危機在全世界的蔓延，用戰爭消除危機的聲音漸漸在私底下多了起來。這首先是人們冷靜之後，開始重新從歷史經驗的角度來思考問題了。我有一次與幾個人一起吃飯討論這個問題，就像在一個訊息迷宮裡一樣，大家掌握的訊息不一樣，甚至可以說大家願意根據自己的期待和意願去汲取訊息。於是我就從迷宮的起點開始談。人類進入工業化社會後，特別是資本主義為主導的發展過程中，消除過剩產能和人口的最終手段就是戰爭，然後工業機器又可以為自己毀掉的東西再運轉起來。特別是兩次世界大戰後，戰爭中投入的大量資金在軍事技術上實現的技術跨越被轉化為民用技術後，使得戰後的經濟獲得了長時間的繁榮。但到了上世紀 80 年代後，西方國家

完成了工業化後進入了後工業化時代，技術存量基本用盡了，過剩的資本無法再找到了新的技術投入了，只好玩金融衍生工具了。

在這個過程中，產業轉移、金融工具讓中國產生了一個很有意思的社會分層。在大城市中的部分頂層精英與西方的後工業化接軌後，在金融領域裡衝動的成了潮流的引領者，雖然有像王小東這樣原來在北大學數學、後來在國外學投資銀行的人竭力蔑視這種衝動，但是像他這樣人太少了，聲音也大小了。另一部分人在中間層，也就是在製造業，這部分人根據我的觀察，其實有點自卑，認爲自己投錯了行，沒有搞金融。第三層的人就是在農村，在訊息極端不對稱的情況下，只能讓孩子好好學習進入第二甚至第一層。也就是說，中國有農業、工業和後工業三種文化分層。金融危機發生後，一開始很多人都不相信代表人類文明前進方向的後工業社會竟然就玩砸了。很多知識分子認爲這只是後工業時代的一種必然的「試錯」，其後自然會生出自我矯正的機制，但是誰也沒有論證出這種自我矯正機制的最終出現是不是要像工業社會那樣付出戰爭的代價。有人說美國要打伊朗，但是打伊朗是飲鴆止渴還是生出自我矯正機制呢？是不是飲鴆止渴的比例更高一些呢？那麼下一步是不是戰爭呢？

在這期間，以色列對巴勒斯坦發動了 1967 年以來最大規模的戰爭，以色列背後的美國、英國，加上仍處於傳統軍人政權和宗教政權的埃及和沙烏地，爲什麼以維持中東和平進程的口實對哈馬斯這個民選政府實施毀滅性打擊呢？這其中有一個很大的悖論，即民主和西方利益在中東發生了衝突，這是不是從另一個方面證明了西方在後工業時代出了問題呢？出了問題就退回去用暴力方式摧毀自己曾經倡導的東西？這裡還包括已經實行了民主的俄羅斯，仍面臨著與西方潛在的軍事衝突，至少是需要用軍事力量平衡雙方關係的衝突。因此，從這個意義上看，我們也不能完全排除西方後工業化國家在走不下去後，或者爲了「糾錯」生出自我矯正機制而採用戰爭手段的可能性。

◆宋曉軍

三、中國無法不顯其大

在中國決定派軍艦去索馬利亞海域爲商船護航的時候，我寫了一篇網誌，認爲這樣做成本過高、有些操之過急，網上有些年輕人不理解，罵我膽小。其實我一點也不生氣，我特別理解年輕人希望自己的海軍走出去，爲自己的商船隊護航。這與1840年後中國人被西方堅船利炮打開國門受的窩囊氣確實有關係。後來我在一篇介紹一本書的網誌中，解釋了我爲什麼會這樣想。當時我寫道：中國海軍去索馬利亞護航，從地理上看，確實算是「遠洋」了，但是如果沒有一個正式的海軍戰略，這個「護航」就是個臨時舉動。因爲如果沒有遠洋的戰略指導，從配套的後勤補給體系建立到艦船的設計，再到相關的海外中國企業和僑團的配合，肯定是一筆「亂帳」。 不過中國的事情可能就是這樣，都是「摸著石頭過河」先幹了再說。可是作爲一個正在努力實現現代化的國家，是不是更應該儘量先設計戰略呢？因爲你畢竟是比別人走得晚，要趕上人家，就更要設

計。經濟上「摸著石頭過河」，把財富都集中在了東南沿海，不僅海上沒有考慮安全縱深，就是陸上，也把該有的防空設施都讓給房地產開發了，等著李登輝、陳水扁的「台獨」鬧起來，才想起從俄羅斯引進海軍裝備技術，在引進、消化過渡時期，只能靠二炮的戰略導彈頂著。由此可見，有長遠戰略規劃多麼重要！一個國家任何時期都不能沒有大目標。

在中國決定派軍艦前往索馬利亞護航前，中國在非洲的利益已經被西方盯上了，抵制奧運會的理由很大一部分是蘇丹問題。1985年美國搞了一個軍事遊戲，名字叫「閃電行動」，內容是蘇軍入侵捷克，於是美國派特種部隊與捷克游擊隊配合打擊蘇軍。現在美國又搞了一個軍事遊戲，叫「武裝突擊」，內容變了，游擊隊變成了蘇丹人民解放軍，雖然對手沒有說是誰，但是所有人都能猜出來是中國，因為現在中國有很多人和一系列產業在蘇丹。中國在那裡的石油利益是眾所周知的，而相關的配套產業集群在蘇丹、安哥拉建立是必然的，最重要的是這種模式為非洲現代化發展提供了一個優於西方後殖民的模式。這與奧運會期間一些人以蘇丹問題為理由抵制沒有關係嗎？中國在非洲的利益如果沒有大目標的準備，未來可能付出的代價會很高。中國這次派了軍艦，美國、日本、韓國就馬上跟進了，就是台灣也完成了圖上作業，最後認為沒有辦法完成補給放棄了。這些動向都值得我們關注。

中國去非洲，無論從利益上看還是從重塑世界秩序上看，都是對西方的一個重大的、潛在的挑戰。如果中國不去非洲，無法解決能源、原材料的瓶頸問題。怎麼解決中國自己的工業化、城市化問題呢？這個問題不解決，多年的市場經濟已經把大家的胃口調起來了，你讓不讓9億多農民進城？讓不讓他們的孩子享受那種在電視「村村通」工程中看到的城市生活？如果你不讓，你的政權合法性都成問題了。如果讓，你的鐵礦石、石油從哪裡來？你的製造和貿易附加值那麼低怎麼養活進城的農民？再退一步，就算城裡人不關心農民的生活，但他總要關心自己的投資利益吧。當他知道他在非洲的投資要出問題時，他怎麼想啊？其實中國下一步的現代化進程，決定了中國必然要與西方進行一種以軍戰為支撐的商戰，這是難以避免的。既然難以避免，就要早早設計，如果不設計，等出了事再行動，那才是真正的「義和團」。以中國民眾目前的教育程度和60年的建設經驗來看，中國是應該有能力設計大目標的。

這次經濟危機就看出來了，有關金融的所有機制、體制都沒有變，除了歐巴馬給

美國底層說了點兒空頭支票一樣的漂亮話外，所有帝國大老、甚至有些發展中國家的精英，根本不想改變任何東西，因爲他們太想維持和延續原來的舒服日子了，想就這樣慢慢混過去，這可能嗎？在這期間只有兩種選擇：一是戰爭，二是讓中國這樣的大國繼續用血汗錢支持西方主導的現行發展模式。從某種意義上說，這是中國未來發展面臨的外部環境。其實中國也不是不想改變這種模式，從 2002 年開始，中國在官方的各種發展報告中，就提出「產業升級」「技術創新」等口號，但是原來發展的慣性加上利益集團的阻礙，這種改變是異常艱難的。但是到了 2008 年，出現了很多的轉折跡象，無論是「奧運火炬事件」，還是後來的金融危機，眞是巧合了，有一種天意讓中國催生出大目標的機會。北京奧運會期間，以色列總統裴瑞斯說出了「中國變得更強大，世界會更平衡」這樣的話，中國無法在這個靠實力說話的世界秩序中放棄偉大的目標。當然，這個過程可能會比較長，但是隨著金融危機而來的貿易摩擦，很可能又是一個來自外部環境的引爆點。總之，中國的發展，已經到了一個統計文化決定統治文化的時代，大大小小的群體性事件，大量出口企業的失業農民工，這些現實問題是必須要有一個大目標才能解決的，或者說有了大目標是解決成本最低的。這個大目標實際上就是兩手準備，一是將依附、跟進爲主的經濟發展模式轉化爲自主、創新爲主的模式，二是爲了防止人家用戰爭阻止這種轉化，我們必須儘快發展可以強化軍事實力的產業。

◆王小東

四、持劍經商：崛起大國的制勝之道

不怕挨罵，我們就是要除暴安良

如果沒有大目標，人不會想把事情做好。要完成一個任務，我才會感到我這個地方不夠，那個地方不夠，我要改進這些不足之處。如果沒有大目標，我們就吃喝玩樂好了，就腐敗好了，有什麼必要把這個事情做好呢？不管哪方面的事情，包括建立一個好的政治制度，有一個大目標一定是一種促進。當你發現要實現這個大目標，現狀有太多的缺陷，照老樣子實現不了，你就有了真正的動力去改進它。

中國應該有什麼樣的大目標？我認為第一是要在這個世界上除暴安良，第二是要管理比現在中國所具有的更大更多的資源，給世界人民帶來福祉。毛澤東曾經說：我們有世界 1/4 的人口，我們要對世界做較大的貢獻。要是把這個話說明白了，怎麼才算是較大的貢獻？我想就是這個意思。從有效管理這個

世界上更大的資源這個角度說，我們現在巨大的貿易順差已經說明市場認可我們的管理效率高於世界其他國家，在優缺點、加減法都算過了之後，得到的就是這樣一個結論。世界資源在中國人的手裡得到了更好的配置和利用。從這個角度說，只要這個世界允許充分的自由貿易存在下去，我們來管理、利用這個世界上比現在中國的國土面積上所具有的大得多的資源也是一件順理成章的事。問題在於一些西方國家在利用非市場的手段破壞這個趨勢，比較和緩的如賣給我們的鐵礦石比賣給其他國家的貴，將來也許還會有更激烈的，比如說西方加大貿易保護的力度，甚至採用軍事手段等。這些做法都會降低世界資源的利用效率，對於某些國家也許是有利的，但對於整個世界來說卻是一種損失。我們必須儘快使自己的國家強大起來，來保證國際上的市場經濟、自由貿易不受干擾地運行。

我們要管理比現在大得多的資源，經濟上進行管理，政治上進行指導，我們要領導這個世界。從人類文明的歷史來看，我們是最有資格領導這個世界的，西方人要排第二。我承認西方文明的偉大之處，但是從整個人類有記載的歷史來看，中國比它更有資格來領導。

有人說中國應該給世界提供一個榜樣，但我認為，如果中國只是要給世界提供一個新的榜樣，那這個目標太小了，中國應該提供的是真正的管理和領導。

我知道這樣說許多中國人會罵我（比罵我的外國人還多），他們說：就中國這副德性，自己都領導不好，還要領導世界？我的回答是：中國曾在相當長的歷史時期中領導著當時她所知道的世界，領導得相當不壞，現在中國自身的問題當然很多，但她的力量正在恢復當中，如果中國人當中能有一部分人有一個大目標，並為之努力奮鬥，中國必能更快地改正自己的許多缺點，重新站到領導這個世界的位置上。如果中國在這個位置上，至少不會像今天的美國那樣：好吃懶做、不負責任，墮落到搶、騙的地步，而使整個世界陷入經濟衰退當中。

自由主義者會說，他們也是有大目標的，這個大目標就是在中國實現民主制度。確實有一部分左派和一部分民族主義者反對他們的這個大目標，但我不反對他們的這個大目標，我確實認為他們的這個大目標在很大程度上是對的。但是他們現在擺出的架式是，要實現這個大目標就必須以美國利益為最高利益，說白了就是必須賣國，這

我就不能同意了。我認爲要實現這個大目標可以不賣國，可以愛國。梁啓超就說了：民主主義和民族主義不相悖，不但不相悖，而且是相成的。可這幫人非得說是相悖的，這樣，他們就是自己把他們的那個政治民主化大目標給毀了。

你提倡民主自由，可以，但有什麼必要到處展示賣國嘴臉？甚至給小布希施加什麼壓力，讓他派兵來救中國？作爲中國的意見領袖，你應該有自己獨立的人格和作爲。

這次干擾奧運會火炬傳遞的事發生後，部落格中國請我們去開會。胡星斗在會上第一個發言，先是批評了西方不明智，然後痛罵義和團，說那時候義和團看見有人上衣口袋別鋼筆就殺——這個我還有點懷疑，那時候不是穿長袍馬褂的嗎？上衣有這個口袋嗎？能插鋼筆嗎？他說這次「義和團」又鬧起來，是民主憲政的大倒退。我回答說：胡星斗教授，如果說出現了中國在民主憲政方面的大倒退，責任在誰？我認爲責任就在你們，是你們非要把民主自由跟國家利益、民族情感對立起來，才會造成這樣的結果，你們應該負責。

我認爲這兩個東西都需要，我也提了一些比較好懂的口號，如「內修人權，外爭族權」。這些說法，我也是十幾年前聽了廣州中山大學一些年輕人的啓發才想到的。比如他們告訴我，以色列第一任總理本·古里安曾經說過一句話，叫做「對內民主，對外擴張」。本·古里安是否這麼公開說過，我不知道，需要考證，但我覺得這個意思大致是對的。我跟他們說：「對外擴張」這個咱們改改，我們改成「內修人權，外爭族權」總可以。我力圖做一些調和政治民主化目標和民族主義目標的工作，但是像袁偉時這樣的人，他們就是不買帳，硬是把民主、自由和國家利益、民族情感對立起來。坦率地說，這麼幹的話，他們的政治民主化目標必然會受到重大的損害，這個責任在他們自己。雖然他們的說法在一部分人裡面很有影響，因爲現實很容易讓人在感官上接受——美國人又是汽車又是洋房的。

中國的這些自由派精英就是這樣搬起石頭砸自己的腳，但另一方面，30 年下來，中國的年輕人在這個問題上的進步還是非常大的。越來越多的年輕人認爲我們可以兩個都要，我們爲什麼不可以兩個都要？30 年進步是非常大的，現在眞的和以前不同了，相當一部分人認識到這一點，而且也認識到了這個國權，我那時候還講過，我完全承認「人權高於主權」，但是有一條，在目前的國際秩序的條件下，如果我們的國權或者說我們的族權被嚴重損害的話，人權也會受到非常嚴重的損害。國權是手段，人

權是目的，人權當然高於主權，主權不能保護人權的話，主權還有什麼用？可要廢了這個手段，目的也就無法達到了。

現在越來越多的年輕人明白了這個大道理。比如上次開《色‧戒》的討論會，中央戲曲學院的一個很年輕的老師，也就二十幾歲，講得非常明白：我為什麼反對《色‧戒》？因為它損害了我的個人利益，我反對它就是捍衛我自己的權利。這句話非常好，年輕人非常明白，我們講要保衛族權，實際上就是在捍衛自己的人權，人權和族權是一致的。在兩國交兵的情況下，如果中國的國家利益喪失，個人利益肯定完全沒有了。

我再講一個自己經歷的故事。80年代中期，我在日本留學。我的一個同學給我講了一個故事：那是在他們的畢業聯歡會上，席間有一個台灣留學生喝得微醉，就開始吹牛，說我這一畢業出去，一定要當「一流人間」——這是日本話，「一流人間」，就是我要當「一流人物」。日本老師就說了：你看台灣學生志向很大，你這個大陸來的中國人，有什麼大志向？我同學回答得非常好，他說：我只希望我的國家成為一流國家，如果我的國家不能成為一流國家，我是不可能成為「一流人間」的，如果我的國家能成為一流國家，我做「二三流人間」也就可以了。可不是嗎！美國那些「八流人間」到中國就成了爺爺了，在中國通吃，這還不是沾了美國一流國家的光？還要點面子的留學生，對這個問題是非常清楚的，很有體會的。從我們自己的人權、自己的利益出發，我們知道國家的強大對我們有好處，國權跟我們的人權在本質上是一致的。

其實想想，人類歷史不都是這樣嘛。講中國歷史，什麼叫「國人」，什麼叫「野人」？「國人」就是我們自己人，我們同一個族的人，野人就不是。國人就有權利，野人就沒有權利，中國周朝的時候不就這樣嗎？西方也是這樣的。在古羅馬，只要是一個羅馬人，就具有主人的地位，而奴隸即使通過自己的努力發了財也還是奴隸，依舊是別人的財產。

我在以前的大量著述、演講中為西方民主制度辯護，強調中國應該學習西方的民主制度。我絕不會後悔自己對於民主與自由的支持，但我現在也不得不擔心一個問題，就是這個世界，這個環境，還能不能給中國一個實現民主的機會。

李零在《讀書》雜誌發表過一篇《讀〈動物農場〉》，其中有一段我認為很中肯的

話：「中國革命，不管是誰，不管他們的意識形態如何，所有人的願望有共同指向，一是擺脫列強瓜分，二是結束四分五裂。先解決挨打，再解決挨餓，其他問題慢慢來。」這段話確實闡明了一個非常樸素的道理：人必須首先生存，然後才能談及其他的人權、自由、民主、憲政等等。然而，生存的問題在中國的許多知識分子那裡居然找不到應予考慮的位置，這恰恰是由於他們今天過得太舒服了，感覺不到這個問題了。

具體到今天的中國，我們可以責備中國的政治精英，他們為了一己私利而沒有在今天相對寬鬆的環境下更快地推進中國的民主化進程。然而，長遠一點考慮，我確實擔心將來中國的國際環境惡化、經濟環境惡化，實現民主的機會可能會大大降低。

到了危機真正到來的時候，我們還是只能優先考慮生存問題，「其他問題慢慢來」。而為了應付生存危機，民主是最好的解決手段嗎？（如果這時你還堅持民主是目的而不是手段，那我們也就沒什麼可討論的了。）我在《天命所歸是大國》裡曾經為「民主作為應付危機的手段」做過很多辯護，但是真正到了危機來臨的時候，理論只能是理論，人類會抓住最方便、最現實的手段來度過眼前的危機，到那個時候，中國也許還真就沒有實現民主的機會了。而無論意識形態，無論民主與專制，中國人還要爭取活下去，爭取活得好，所以，我們的眼界必須放寬，既不能排斥民主這個選擇，也不能認為只有民主一個選擇，沒有民主我們就不活了。直至今天，我們的指向仍舊只能是一個，完全解決挨打和挨餓的問題，其他問題倒不一定都得「慢慢來」——有的還可能要快快來，但其他問題只能是手段，看合不合用。

英雄集團從民間崛起

我們中國需要一群英雄，一個真正的英雄集團。多少人我不知道，總之人數不能太少，我不相信一兩人就能解決問題。我們需要這樣一個英雄集團帶領我們這個民族，完成在這個世界上管理、利用好更多的資源，並且除暴安良的任務。我們要有制度建設，也要有文化建設。文化建設，就是我說的尚武精神。

可惜的是，這些年當中，我的這個想法幾乎被中國的精英階層完全掃除出了他們的視野。現在只有一些軍事迷還具有這樣的視野，但軍事迷不屬於精英階層。你只要

一說這個，要不就說你是白癡，要不就說你很邪惡。

　　具體應該怎麼做，我們還可以再探討，再商量，但是這個視野一定要有，我們需要一群英武的人把我們的民族帶出去。這裡實在用不著什麼高深的道理來故弄玄虛。你只要看一下我們中國的現狀，我們的人口，我們的資源，我們的能力，就只能得出這兩句話：人要走出去，東西要拿進來。

　　人要走出去，有光榮地走出來，有不光榮地走出去。不光榮地走出去，就是像老鼠一樣爬出去，實在沒有辦法也只能像老鼠一樣爬出去。但是我希望不是這個樣子，我希望我們中國能有一個英雄的集團把中國人挺直腰桿帶出去，而不是爬出去。

　　我們現在通過國際貿易，也在把東西拿進來。我們進口了大量的木材、糧食、石油、鐵礦石，但是如果後面沒有一把劍的支撐，人家隨時可以不讓你拿。貿易交往一旦斷掉，對於我們來說就太危險了。我們13億人，就只有在這塊土地上內亂了。曉軍告訴我，英國有一個爵士羅斯議員說過：英國只能在內戰和外戰當中進行選擇。英國的選擇是外戰，我們中國人是不是就應該選擇內戰呢？關於這個問題，中國很多知識分子非常短視，他們甚至連想都不敢想我們怎麼樣去外部解決這個問題，他們認為我們只能選擇內戰。也許中國不幸只能內戰，那也沒有辦法。但是最起碼，我提出一個想法，讓我們中國人知道，讓我們的後代——將來的中國人知道，其實至少有一些中國人還是有其他想法的。

　　現在，我們看到的社會問題是全方位的，確實很嚴重，我們不得不追問：中國作為一個大國，出路在哪兒？我覺得中國是有希望的，但是不樂觀。坦率地說，崩潰的可能性還是存在的，而且可能崩潰得要比美國早（美國也有崩潰的可能性）。

　　怎麼辦？我說，即使中國由於政治經濟文化精英層的全面腐敗，在中國出了大問題的情況之下，國家不行了，我們作為個人，作為這個民族比較能夠思想的人也要找出路，我們要看得遠一些。

　　國家不行還有民間，民間可以大範圍凝聚，也可以小範圍凝聚。我曾經講過，即使到了明代，中國的海盜還是很了不起的，很少的幾個人就能夠在國外橫行。中國要這種精神，即使精英所組織的國家框架出了問題，我們也還能凝聚得起來。能大規模凝聚就大規模凝聚，大規模凝聚的條件不具備，小規模凝聚也可以。

　　回想我們的先輩，比如說漢朝的陳湯，西域都護府副校尉，相當於邊疆軍區副司

令員，腦瓜一熱，說把另外一個超級大國給端了吧。軍區司令員還不同意。陳湯說你要不同意我把你給崩了，然後兩人一塊去了，把另外一個超級大國元首的一家人全都給殺了才回來。給朝廷的奏疏中，他留下了一句讓現代人都提氣的話：明犯強漢者，雖遠必誅！朝廷原本並沒有同意他們去，可也沒轍，還得獎勵。當時的中國，跟《河殤》批判的中國一樣嗎？和《狼圖騰》描繪的中國一樣嗎？真的太不一樣了。再後來班超一行 36 人就敢橫行西域，我們不得不說當時的中國人真是英武。

再看唐朝的王玄策。他帶了一個使團去印度，當時那邊搞政變了，不認中國的使團了。王玄策就是帶著手下幾個人，從尼泊爾借了點兵，又從吐蕃借了點兵，打回去把印度的那個政變政府給端了，將印度國王阿羅順那披枷戴鎖押回長安獻俘。當時也不是網路時代，王玄策沒法跟大本營請示彙報，更沒得到大本營的支持，最多只是一個精神上的支持。他們作為個人做出了很大的事，當然他們有國家的威望支持，這個條件今天差一些，但我們今天就需要發揚這種精神。

有些事情國家不肯辦或者不方便辦，其實民間可以搞美國式的「黑水公司」，或者「海外保安公司」。其任務一是為中國在海外的經濟合作保駕護航，二是維護當地的和平與安寧，制止人道主義災難的發生，為世界各國人民服務。我認為這是大有可為的，只要有人能開個頭，中國那些在海外有重大項目的公司不得不和這些「海外保安公司」簽約，最後會離不開他們。這樣，這些「海外保安公司」會成為中國的重大國家利益不可缺少的一部分，他們也就在中國的市場結構、政治結構中站住腳了。

我聽曉軍說，現在已經有這樣的「海外保安公司」在醞釀了。這實在是件大好事。但我進一步希望我們的「海外保安公司」能夠把眼光看得更遠一點，而不僅僅是為中國的海外工程項目保駕護航。除了招募退役的特種兵之外，還要有熟悉當地情況、懂得民政管理的專家、幹部，以及環保專家等。我們的「海外保安公司」必須承擔一部分改善當地民政管理的職責，把當地的事情辦得比原來更好，才能站住腳，才能讓國際社會最後也說不出什麼像樣的反對意見來。以中國文明數千年在行政方面的經驗積澱，以中國人比西方人更吃苦耐勞的優秀品質，我們的「海外保安公司」是能夠在這些方面做出不俗的成績的。這樣一步步積累下去，最後，我們的「海外保安公司」應該能夠在世界上許許多多的地區獲得成功，為中國的利益服務，同時也為當地人民送去福祉。

　　我希望我們不要做「海外保安公司」的絆腳石。看看歷史，明朝政府就做了中國人在海外開拓的絆腳石。朝廷不但沒有利用中國民間開拓海外的主動性來向外進取，而且和民間的海外開拓者對立，引火燒身，很不明智。可是，即使明朝如此缺乏廣闊的視野，中國民間在海外還是有一定的地盤的。後來中國收復台灣，「國姓爺」鄭成功不就是自己出去開拓外海事業的英雄嗎？鄭氏家族，不管怎麼說是有「國際主義」胸襟的。

　　我們可以把話說得明白一些，就是把中國的退伍兵都用起來。我們有人力、組織等方面的優勢，由我們民間的「海外保安公司」來恢復這個世界上很多無法無天的地方的安寧，我認為這是最合適的。今天的中國人一定要好好學習班超、王玄策的精神。

　　美國哈佛大學有個叫做弗格森的教授，以發明了「中美國」一詞而聞名中美兩國。最近他去了重慶一趟，回去就寫了《中美國的終結》一文，認識到了中國的發展其實並不一定要依賴與美國的合作。文中有一個認識和我在這裡談的東西很有關係，他說：「你決定從某個地方獲取資源。你感覺單單依靠市場力量來獲得那些資源有些不放心。於是你說：『我們要擁有基礎設施。』你開始建設道路和港口設施，升級礦山設備。然後你發現有關國家的有些事情很糟糕：它們在政治上不穩定，特別是在糧食昂貴的時候。於是你會怎麼做？『好，我們必須確保我們的財產。我們最好有些拿槍桿的人在那裡。』」這段話很有意思。其實，我們最多是在私下裡說說這些想法，第一次準備公開發表，就是這本書。可還沒有等我們的這本書出版，人家美國教授猜到了我們的心思，就替我們把這些話都說出來了。可見，不管我們說不說，人家也認為我們是會這麼想的，因為只有這樣想才是符合邏輯的。我們不說，蒙蔽的只是我們自己的政府和人民的雙眼，卻一點也擋不住人家這麼想我們，所以，我們還是就把這些話說明白吧。

◆王小東

五、解放軍要跟著中國核心利益走

「解放軍要跟著中國核心利益走」，最早不是我們而是軍事迷提出來的，在十幾年前就有人提出這樣的看法。比如說，解放軍的任務是什麼？他們就提出：未來解放軍的任務絕對不是現在說的國土防衛，而是應該跟著中國的核心經濟利益走，中國核心經濟利益到什麼地方，解放軍的力量就應該覆蓋到什麼地方。現在覆蓋不到，是現在做得不好、不夠，要努力改進。這樣的觀點，在十來年後終於成為了《解放軍報》的評論員文章。從民間提出這樣的思想到得到主流媒體的承認，用了大概十年的時間，所以還別太低估民間的智慧。

說白了，世界經濟在這樣相對平和的氛圍裡面，在家中混日子，我們得防著某一天崩盤了怎麼辦。不能讓中國13億老百姓餓死了，最後世界上搶起來怎麼辦？在這個時候咱們說白了，沒有什麼道德制高點。有什麼道德制高點呀？在道德制高點上待著就會餓死。

　　比如石油的枯竭，有人說 30 年，有人說 40 年，有人說 60 年，反正不超過 100 年，在這種問題上面其實是沒有道德制高點的。如果非要說道德制高點，我說的由中國來除暴安良就是道德制高點。

　　我們中國原來的表現，我們當帝國的時候我們對周邊民族的統治要比歐洲要好，要仁慈得多。人家卻說你傻，別人送你一盆花，你非得送別人一盆黃金。

　　當然，很多西方學者堅持說：古代的中國人也沒有那麼仁慈。比如原來大家認爲鄭和下西洋全是行善，白花錢。澳大利亞學者就講，這是蒙人的話，其實鄭和到處建軍事基地，到處干涉部族內政，殺人，不是還抓了一個亞烈苦奈兒王押回了北京嗎？這是和平之師嗎？也像現在的美帝國主義，在擾亂正常的政治經濟秩序。這跟歐洲人有什麼區別？

　　美國學者賈雷德・戴蒙德寫的《槍炮、病菌與鋼鐵》裡面說：東南亞人，包括菲律賓人、馬來西亞人，都是從中國南部過去的。原來的東南亞土著居民早就不存在了，只有印尼還保留了一些，因爲印尼的地形比較複雜。按照他的觀點，中國完成殖民過程只不過是比歐洲人早而已。

　　歐美學者的話不可全信，因爲在這個問題上，他們是想把中國拉到和他們的所作所爲一樣的位置上，以示自己行爲正當化。但另一方面，有時也是現代的中國人沒底氣了，只能說一些強佔道德制高點的話，說我們如何如何道德至上來著，最後沒蒙了人家，倒是自己把自己裝進去了。這個現象也是要警惕的。

　　經濟利益的獲取，或者說，想弄錢，無非就是生產、搶劫、欺騙，沒有別的招，物質守恆嘛。在這幾招裡面，生產爲上策，拿劍保護著生產爲上上策。搶呢？如果說生產和搶劫結合到一起，這也可以算是上上策——美國不就是這麼辦嗎？如果只剩下搶了，實際上表明你已經老了，虛弱了，生產不出東西來了。但是也有人口比較少的民族，如蒙古人上來就搶，但蒙古人也沒能維持太長時間。大民族光搶是不行的，世界上的財富不夠他搶的，生產和搶一定是結合起來的。我認爲，無論如何生產都是第一位的，但一定要有劍，劍和商要結合，單獨生產是不行的，最好劍和商有一個平衡，就是持劍經商，這是上上策。開賭場行騙，對於任何一個國家和民族都是下下策。如果能夠持劍行騙，還稍微好一點，美國也是這樣。中國現在是處於單純生產，

劍還沒有磨快的狀態。金融戰士那幫人的主張是生產也不要，劍也不用，咱們直接開賭場，這是最下策了。開賭場還涉及到一個問題，就是沒法對那些經辦人問責。如果他們把大頭送給外國人，自己截流一部分，用這種辦法洗錢，我們有辦法問責嗎？所以我的觀點是不該去賭。可有一些人卻說：現在這些人去賭不行，讓我去就行。我說：你去也不行。

那我們應該怎麼走？在這裡我還是談一些大的線條。儒家有一個價值取向，就是仁愛是由近及遠的。我們要先對自己的親人好，對自己的鄰居好，再對自己的國人好，最後才是對所有的人好。對親人好不用說，這不是我想討論的問題，我們還是從民族說起。這就是首先爭取中國的利益，等中國坐到老大的位置上面，可以領導這個世界了，那個時候我們才能給世界安排更好的秩序。我們有這種遠大目標，就是讓世界人民比現在更爽一些，但是這需要一個過程。在這個過程當中，我們當然還是要走富國強兵的道路，這個現代化的道路離走完還早著呢。在未來幾十年當中，我們要在世界上爭取資源、保護資源。我曾提到，咱們的高層在這個問題上也很著急，到處找石油找瘋了。比如說，前段時間又跟伊拉克簽了幾十億的石油合同。可是仔細想想，原來跟海珊簽的那個已經作廢了，我們怎麼能夠擔保這次就不作廢呢？我們簽的其他協議呢？恐怕都擔保不了將來不作廢。

所以我們必須持劍經商，我們想打商戰，不想打軍戰，但是要打好商戰，我們手中一定要有劍。這就是最簡單的道理。我曾經用更粗俗的話來解釋這個道理，結果被很多人罵。我當時是這麼說的：你們也不想想，就算你是妓女，靠賣淫掙錢，你不還得有黑社會保護？如果沒有黑社會保護，嫖客不給錢怎麼辦？這話是針對南方資本家說他們陰柔經商比尚武好得多來說的。他們說：我們商人就靠著陰柔把人服務舒服了賺錢，不像你們舉著劍，要去砍人，把人弄得不舒服。我們商人把你弄爽了，我們拿到錢我們也爽了。說得不客氣點，相當於妓女把嫖客弄爽了，她拿到錢也爽了。可是，他們忘了，這得有一個前提，就是後面有黑社會，哪個嫖客要是不給錢，黑社會就出來了，一頓胖揍。

其實很多歐洲國家都這樣，但是中國這幫精英就是不懂這個道理。他們認為妓女可以脫離黑社會的保護。當然這裡也有一個假設，就是他們認為西方的嫖客都是有道德的，不會不給錢的。我說沒這回事，要是沒有黑社會的砍刀，不管西方嫖客還是東

方嫖客都有可能不給錢。

他們不想自己拿砍刀,他們要傍西方的黑社會。現在我告訴你,少數人也許能傍上西方那個黑社會,但對於中國這個民族來說,人家還就是不讓你傍。人家說:我就是嫖客,我是白玩你的,你想讓我保護你收保護費,沒門!我跟你不是一道的。我還要繼續白嫖呢,我憑什麼保護你?

◆王小東

六、金融產業比重過大是腐朽的標誌

一語道破危機緣由：不幹活想住大房子

中國有很多人說美國非常強大，強大得不得了，到今天他們還在這麼說，這些人既包括右派，也包括左派。右派非常高興地說，美國還是這麼強大，一點事都沒有。比如前些時候美國國會如果通過了 7000 億美元救市的計劃，那麼他們會說你看美國政府、美國人民還是能夠做出適當反應的；如果沒有通過呢，他們也能有一套說辭，說你看這是民主的勝利、憲法的勝利。不僅僅是右派、左派，還有很多民族主義者，他們也非常畏懼美國，他們對美的形勢也認識不清。他們說這些其實都是美國的陰謀，是來套中國和其他國家錢的，把中國和其他國家的錢套進去以後，美國什麼事都沒有。很多左派、民族主義者都這麼看的，這也是非常愚蠢的想法，美國真的沒有想像的那麼牛。實際上，美國金融危機確實反映了美國社會面臨的

問題也是非常巨大的。

其實美國金融危機的緣由很簡單，不像那些故弄玄虛的人說的那麼複雜。人世間的很多道理其實都很簡單，一些人就喜歡故弄玄虛。故弄玄虛的原因有兩個：第一，自己根本沒有什麼學問，沒什麼真知灼見，想冒充有學問有思想；第二，想把人往錯誤的道上引，從中取利。實際上，次貸危機也好，美國貿易赤字也好，說穿了，就是美國人消費得太多，生產得太少，形成了缺口。這裡也包括交換，生產出來的東西通過國際貿易進行交換還是不夠。我們都知道物質不滅，天上掉餡兒餅的事是沒有的。這個缺口怎麼補？一是搶，二是騙。先說搶，美國不但搶了，而且還搶得很多，但是它搶的效率太低。為什麼搶得這麼低效？我認為是想搶又沒有膽子。這一點在伊拉克戰爭當中充分體現出來了，一個美國兵一年要拿走幾十萬美元，裝備要幾百萬，就這麼花錢。

就這樣的一個數字還是擺不平。當然自由派會講，那是美國太仁慈了。要是真仁慈就不會去搶，真仁慈就不會躲得遠遠地、十分安全地，像玩遊戲一樣殺死幾十萬平民。搶的效率低，得不償失，缺口還是補不上，剩下的一招就是騙了。怎麼騙呢？利用金融工具，就是所謂貨幣戰爭。騙，這個事短時是可以的，長期一定不行。

我認為這次金融危機體現了美國社會從上到下的全面腐朽。現在美國老百姓群情激憤，都說這次危機是華爾街那幫混蛋和小布希政府的錯。但是我們平心而論，美國老百姓又怎麼樣？你活幹得這麼少，壓根就沒那份錢，你憑什麼住大房子？現在美國老百姓說是那幫商人騙他們，而且打了一個很有意思的比方：華爾街的那幫人是販毒的，我們是吸毒的，吸毒的是受害者，最多進戒毒所，而販毒的應該判刑。這是我看到的美國老百姓很普遍的言論。但是講老實話，他們也不完全是上當，就是想不幹活卻能住大房子。

美國社會確實衰朽了。宋曉軍說過：美國精英對美國力量的感覺，跟它的真實力量不相稱，結果是搶的時候力不從心。打個比方，我這個老頭看到一副啞鈴，我年輕的時候舉100下問題不大，所以現在也去舉，可一下就把腰給閃了。

不能聽「金融戰士」忽悠，製造業才是正途

曾幾何時，在中國這樣一個說法流行了起來：製造業是低智商、低層次的人幹的，其結果是費力而好處全被別人拿走；真正高智慧、高層次的人是從事金融業，打贏金融戰爭。代表就是宋鴻兵的《貨幣戰爭》。他們會舉出種種數據，說明中國從事製造業是多麼地「虧」。就經濟發展戰略，乃至人們的價值導向而言，再沒有比這種說法更誤國誤民的了。我有必要花一點時間，詳細說明製造業才是一國財富和力量的真正源泉。

讓我們首先設想這樣一個場景：你天天給我提供貨物，給我幹活，而我只是給你打個白條，至於這個白條能夠兌換多少貨物或服務，完全由我說了算。這樣我應該很高興，對吧？但奇怪的是，我很不高興，我天天到你家去敲門，說我不願意打白條，我願意也給你貨物，給你幹活，最好是倒過來，我給你更多的貨物，幹更多的活，你給我打白條。這樣的場景發生在什麼地方？《鏡花緣》中的「君子國」嗎？告訴你，這就是發生在國際貿易中的真實場景，已經有幾百年了。這就是在國際貿易中，人們要順差而不要逆差這樣一個事實。在經濟思想史上，這叫做「重商主義」。那麼，在國際貿易中人們都是君子嗎？只要看一看那一個個急赤白臉的樣子，就知道他們不是相互讓利的君子，而是唯利是圖的小人。這樣奇怪的事究竟是為什麼呢？總不會是幾百年來，各國那麼多無比奸猾的精英都在犯傻吧？這個問題很多人都沒有認真想過。我問過我的老朋友黃紀蘇想過這個問題沒有，他回答說：確實也曾對此感覺有些蹊蹺，但覺得自己不是學經濟學的，所以就沒有往下追索。問題是今天的經濟學教科書用越來越複雜的理論把學生們的腦子繞殘，對於這樣明顯的蹊蹺卻避而不談。要我說，這裡面隱含著一個人們不願意拿上台面的利益算計：我今天白給你東西，白給你幹活，好像是你佔便宜了，但時間一長，就把你養懶了，養廢了，而我卻越來越強壯，到時，我就可以到你家裡去，把你所有的東西全部拿走，甚至把你本身變為我的奴僕。

我這樣的講法，經濟學教科書裡沒有，好像也是我自己由過於豐富的想像力杜撰出來的「陰謀論」。其實不然，早在200多年前，美國的第一任財政部長漢密爾頓就向國會提交過《關於製造業的報告》，明確指出一個國家「不僅富足，而且一個國家的獨立與安全都是與製造業的繁榮極大地聯繫在一起的」。國會最後沒有通過這個報告，但

美國在很長一個時期還是在一定程度上按照這個思想前進的。如果說漢密爾頓還沒有把我所說的國與國之間明爭暗鬥的道理講清楚，英國人則是完全把這個問題赤裸裸說出來了。1812年的美英戰爭結束後，英國商人不惜以低於成本的價格向北美傾銷商品，英國國會和政府則在一旁積極支持，布魯厄姆勳爵在英國下院稱：為了把美國在戰爭期間產生的幼稚製造業扼殺在搖籃中，即使在最初的大量出口中受些損失也是值得的。當然，人算不如天算，英國人的如意算盤沒有得逞：恰恰是英國的敵對和戰爭所造成的對美國的經濟封鎖，使得美國的製造業成長壯大了起來。不過這裡必須說明的是，中國對美貿易順差，絕不是中國人算計美國的結果——中國的精英還真沒這個腦子和氣魄，而是美國自己貪婪、老朽、不爭氣的結果。中國讓貪婪、老朽、不爭氣的美國過得舒服了一點，甚至幫沒什麼膽子的他們把劍磨快了一些，他們應該感謝我們才是。有網友到我部落格上來，居然想像美國的這次金融危機是中國政府富有遠見的操作，實在是太離譜了。

漢密爾頓的思想和美國在青春少年期的實踐，以及李斯特的思想和德國青春少年期的實踐，乃至後來日韓的經濟思想和實踐，都是把製造業放在了一國富足，乃至獨立與安全的首位。簡單地說，一個國家如果能以生產致富，是上策——當然，上上策是持劍生產經商；而開賭場，靠騙錢致富，是下下策（如果是持劍開賭場，則可以升到下策），是不得已而為之。出了金融危機之後，美國現在也是一片回歸製造業這樣的實體經濟的呼聲。然而，今天的美國已經老朽了，它的國民養尊處優慣了，幹不動活了，要想回歸實體經濟，談何容易！可從經濟活力上說，我們中國正當青春年少，為什麼放著上策，甚至是上上策不為，而非要去學美國這樣的老朽的下策呢？

我絕不是說我們應該把辛辛苦苦掙來的近兩萬億美元的外匯儲備送給美國人去腐化他們。如果我們能夠把這些錢用在諸如改善人民生活，開發大飛機，發展航天計劃，研製核潛艇、導彈和航空母艦上，當然是更好的。現在，這些錢當中不少的一部分被人家在「金融戰爭」中騙走了，我們該怎麼辦？絕不是去打「金融戰爭」再把這些錢騙回來，而是壓根就避開「金融戰爭」，把智力、物力和財力集中到製造業領域，提升製造業的技術，使中國進一步富強起來。

這裡也要回答這樣一個疑問：如果我們也同時能夠從金融市場上博到錢，把它用到正確的地方不是更好嗎？我的回答是，我們還真沒有這個本事。在國際金融市場上

博一把，中國有些個人可以發大財，但我們這個國家是輸定了。除了缺乏打金融戰爭的能力和經驗外，我們也缺乏對我們的那些「金融戰士」的監管能力，制止不了他們花公帑而賺私利。

在這裡，我們一定不能再受那些「金融戰士」的忽悠。有些「金融戰士」是在台上的，他們在忽悠我們去繼續打這個「金融戰爭」，好讓他們發更大的財。對於他們，我們應該問一問：你們過去的成績如何？你們輸掉了多少國家的錢而發了多少私人的財？憑什麼我們這次就可以相信你們了？這些台上的「金融戰士」我們不妨稱為「飽鬼金融戰士」。還有一些「金融戰士」是在台下的，他們也在忽悠我們繼續打「金融戰爭」，只是我們說那些「飽鬼金融戰士」不行，莫非換他們就行了？我認為我們也沒有任何理由相信他們，這些人是「餓鬼金融戰士」，他們上去很可能比「飽鬼金融戰士」更糟糕。

香港中文大學的王紹光教授說：「美國金融市場全部關門了也不妨礙經濟發展。本來就是投機，本來就是投機冒險而已，本來就無所謂財富的創造，可以讓股市基金的世界老字號關門倒閉來得更多更快些。金融資本的本質也就是剝削和欺騙。至少，全世界有更多的人去種地、蓋房子、建道路、搞研究、教書、演電影、開餐館……」話雖說得偏激了一點，但大方向是對的。說實在的，就算是芙蓉姊姊，也比那些「金融戰士」對人類更有貢獻：她至少娛樂了我們。讓「金融戰士」享有最好的物質待遇，這本身就是一個社會腐朽的標誌。一個健康的社會，享有最好的物質待遇的首先應該是科學家、工程師、保衛祖國的人、從事實業的企業家，其次應該是高超的技工、手工藝人、農藝師、教師、廚師，以及優秀的演員、運動員、作家、編輯、記者等，因為所有這些人對社會的貢獻都比所謂的「金融戰士」大。可惜的是衰朽的美國反其道而行之，而我們又錯誤地學習了美國。

我們再不能聽那幫「金融戰士」忽悠了，不管他是台上的還是台下的，不管他是飽鬼還是餓鬼。聽他們忽悠，幾十艘航空母艦忽悠沒了；聽他們忽悠，我們的空間站和登月忽悠沒了；聽他們忽悠，上千萬套家庭的房子忽悠沒了；聽他們忽悠，幾億農民一年的收入忽悠沒了。

我並不是要完全否定金融市場的存在。金融市場存在的原本意義並不是賭博，而是幫助實體經濟配置資源。這是西方的經濟學教科書裡說的。然而，從據說是最為

「發達」、最爲「規範」，長期以來一直是我們前進榜樣的美國的實際情況看，金融市場並沒有起到優化資源配置的作用。此次金融危機的出現令人十分信服地說明了：它所起的實際上是劣化資源配置的作用，把錢投到了不該投的地方去，金融市場成了一個騙子橫行的大賭場。金融市場還要存在下去，但必須做大的改革。比如說，必須大大減少金融產品的種類，只保留一些對於實體經濟資源配置最必要的部分；必須大大減少房貸的中間環節，只允許社會上分散的資金存到銀行，再由銀行貸給買房人。

走重生產廢賭博之路，避開金融戰爭，回歸實體經濟，是適用於世界上所有國家的健康經濟之路。但美國恐怕走不了，而我們走得了，因爲美國老了，而我們還年輕。

在這裡我們不妨看一看世界上的一些教訓。首先是冰島。一直到 1973 年，冰島在世界銀行的分類中都屬於發展中國家，80 年代靠玩金融突然發了（類似於中國那些非法集資案），2007 年名列聯合國人類發展指數第一位——這個聯合國也是盡瞎掰。它的人均 GDP 是五萬美元（當然是破產前），比日本還高出很多。今天，在世界金融危機的衝擊下，它不堪一擊，國家破產，所欠外債相當於其 GDP 的七倍，也就是說，即使它能像原來那樣騙錢（這根本就不可能了），也要騙上七年不吃不喝才能還上債。英國許多人，甚至政府部門如警察局，都被冰島騙取了巨額財產，所以英國援引反恐怖主義法案凍結了冰島的資產。

然而，英國自己也步了冰島後塵。最近英國自己傳出的消息是英國有可能成爲第二個冰島，也要整個國家破產了。這個當然是誇張的說法，英國比冰島還是強太多了，但出問題的性質還是類似的，只不過程度不同而已。今日英國，唯一有點活力的地方就是金融業，這總是不行的。

歷史上的羅馬就是典型的靠騙靠搶而不生產的例子，其最終結果所有人都清楚。羅馬到後期也是老黃瓜，也沒辦法，最多是出點文化而已，所有的生產都是國外完成的，到羅馬港口的船隻滿載而來，空載而去。美國還沒老到羅馬這種程度，畢竟還在生產東西，比如說我們的飛機，我們的電腦的關鍵晶片還是美國生產的。而羅馬不生產物質的東西，只生產文化，這就到了衰亡的邊緣了。現在又有一群人說文化產業有多麼多麼重要，用文化產業掙錢才是最牛的。這其實也得打一個問號。當你只能用文化產業掙錢的時候，你也老得差不多了，也快死了。當然這還不是你想幹就能幹的：

你前面如果沒有嫩黃瓜這一段，沒有朝氣蓬勃的製造業這一段，也輪不到你能用文化產業掙錢。一定要有非常輝煌的製造業的硬的一段，才能用文化產業來掙錢，硬完了才能軟，先有了硬實力才能有軟實力。但是真到了硬的被架空了，就剩下軟的時候，也就快死了。我們看到羅馬後來的結果如何？你只能生產文化，不能生產物品來，早晚會形成一個大缺口，怎麼辦？還是要去搶。羅馬的情況當然比今天的美國還要糟糕：最後羅馬自己的公民不願意去搶了，不是良心發現，而是怕死，怕苦，怕累，連搶都得靠外族傭軍團去搶。最後外國人說我乾脆把你羅馬搶了得了。

其實我們就是應該用這種赤裸裸的，直白的語言把經濟學的道理講清楚。

◆王小東

七、把住強盛大國的命門

由美國次貸危機引發的世界經濟蕭條，當然也波及到了中國，因為中國的出口受到了影響。然而，中國的情況與美國等西方國家大為不同，很多邊界條件都是相反的，而這些邊界條件使得中國處於一個相對有利的位置。對於這樣一個有利位置認識不清，則可能使我們自己放棄了千載難逢的歷史機遇。我完全清楚，說出這樣一個事實，會招致一些愚昧之徒的大罵，但我如果因此而不敢說，國人因此而對這樣一個機遇毫無認識，則實在是太可惜了。我知道，以中國目前從上到下都崇洋媚外，從上到下都被西方人嚇破了膽的狀況，中國不可能很好地抓住這次機遇，但多少給他們吹一點風，或許還是有所助益。

憑什麼你美國人不降低生活標準

在這次經濟蕭條中，西方國家紛紛出台救市措施。縱觀所有這些救市措施，都沒有超出羅斯福新政的思路，而其邊界條件卻與羅斯福時期完全相反，因此不可能奏效。為什麼說現在它們的邊界條件與羅斯福時期都是相反的呢？首先，羅斯福時期的美國，生產能力極強，那時的美國是真正的有錢不會花；其次，那時的美國是全世界的債主，全世界都欠它錢。好了，從羅斯福時代美國的這些邊界條件，我們就可以看出今天的美國及其他西方國家與之有多麼的不同。在分析這一次的經濟蕭條時，我們時時刻刻都不應該忘記它的觸發點是美國的次貸危機，而次貸危機絕對不是美國人有錢不會花，而是把錢花冒了，美國欠了外國人巨額債務。所以，今天美國的情況根本不是所謂的「有效需求不足」，而是有效需求超出了它自己的生產能力，超出了它自己的供給能力。

原本，假設不存在結構剛性問題，美國的金融危機、金融機構惜貸等，是調節其有效需求過高的市場槓桿，將其有效需求降下來，使其靠攏美國的實際生產能力。問題在於有效需求和生產能力都是存在著結構剛性的，減下來的有效需求不可能都集中在進口的產品和勞務上面，它一定會傷害到對於美國自己的產品和勞務的需求，使得美國原本就不足的生產進一步減少，帶來嚴重的失業問題。所以，政府要出台救市計劃，力圖恢復對於美國自己的產品和勞務的需求。然而，結構剛性在這裡還是要起作用，黃紀蘇在《火燒樓垮，又到了想像未來的時候》一文中所引用的著名國際金融、投資專家麥加華（Marc Faber）的調侃，非常形象地說明了這一結構剛性問題：美國人消費，最終獲利的竟然不是美國，因為美國的生產確實在走下坡路了。

簡而言之，美國政府如果想恢復對於美國產品和勞務的有效需求，就必須同時也擴大對進口的需求，而這會進一步擴大美國的對外債務，使得原來引發經濟蕭條的把錢花冒了的問題進一步惡化。當然有些人認為這是無所謂的，其中有很多相信美國無所不能的中國人，也有一部分美國人。美國經濟學家、諾貝爾經濟學獎獲得者克魯格曼說：美國政府不用怕赤字，因為赤字是美國自己欠自己的錢。我不知道他這裡是否隱含了這樣一個意思：美國欠外債都是美元，是印票子就能解決的事情，所以不用擔心；或者意思是乾脆就是不還別人也拿他沒辦法。我倒是看到多數美國網民不同意這

個意見，認爲欠了別人錢就是欠了別人錢，不能花言巧語說是欠了自己錢。在這裡我們姑且不做道德評判，僅從利益出發，美國怎麼可以指望外國，比如中國，傻到永遠爲它把錢花冒了買單呢？如果有一天中國拒絕買單了，就算原來欠的債它可以全賴掉，只要這個需要外國人永遠輸血的結構沒有改變，美國賴帳以後又怎麼辦呢？看來，美國和中國一樣，樸實的老百姓永遠比高深的經濟學家更誠實，也更正確。

那麼，羅斯福新政式的救市措施不符合美國及其他西方國家，如英國等今天的實際狀況，又應該採取什麼措施呢？我認爲這個問題幾乎是無解的，因爲正如我們在操持家計時體會到的那樣，有錢不會花的問題永遠是好解決的，而把錢花冒了的問題是非常不好解決的。當然，我們也可以說這個問題有解，那就是美國人降低生活水平，把消費和工資都降下去，這樣就可以降低美國自己的產品價格，調整產業結構，使得中國及其他一些國家的產品失去競爭力，從而使降下去的有效需求集中到進口產品和勞務上面。其實，美國政府官員一個勁地吵吵要中國提高人民幣對美元的比價，也是這個意思。然而，問題並不全出在中國政府不肯調高人民幣的匯率。首先，美國人能夠承受生活水平大幅降低嗎？要知道，他們今天生活的高水平，其中的一部分就來自於中國賣給他們的便宜貨，來自於中國借給他們的錢——他們卻還在那裡對中國罵罵咧咧。如果承受不了，則美國的問題還是解決不了，直到有一天，不管你承受得了還是承受不了，事情就這樣了。要是這樣的解決方案不算解，這個問題就是無解的。

簡而言之，今天西方的經濟蕭條，從緊急程度來說，比上個世紀 30 年代那次要輕些。但是，當時的經濟危機之所以來勢那麼兇猛，是由於當時的人們對於經濟規律瞭解得太少了，其實當時的情況要比現在好得多，今天的困境則很難找到有效的解決措施。所以，它病勢雖緩，卻會延續更長的時間，在這個過程中，美國及其他西方國家的相對經濟地位及相對生活水平都會持續緩慢下降，除非出現天崩地坼的情況，如戰爭等。

並非絕對的雙贏：過高估計對手也是取敗之道

我們只要一說西方也存在著問題，無論我們再實事求是，再保守，都會有一群

「奴青」或認識不清的人跳上來認爲你是「義和團」，你「無知」，這已成爲中國從上到下各類人等判斷局勢的最大誤區。

我對於當前經濟形勢的這種分析，肯定會招來很多認爲西方特別是美國無所不能的中國右派甚至左派的謾罵。舉個例子吧，我曾經在自己的網誌上貼了一幅由美國摩根大通銀行製作的世界各主要銀行市值縮水圖。我的本意是給網友們提供一點訊息，因爲這幅圖製作得很形象。我也未加任何評論。但就有那種我稱之爲「奴青」的人躥上來了，就是要想方設法找出中國的不足，爲西方主子歌功頌德、粉飾太平。具體的說法我在這裡就不引用了。而又有某些登堂入室的精英，竟然也跟網上的「奴青」附和。看上去，他們使用的說詞非常符合中國的「滿招損，謙受益」及「虛心使人進步，驕傲使人落後」等傳統價值觀，似乎應該是一點錯都沒有了。其實，問題是嚴重的，並且是明顯的：過低估計競爭對手，過高估計自己，固然是取敗之道；但過高估計競爭對手，過低估計自己，也會使自己垂手喪失最爲寶貴的取勝機遇而最終歸於失敗。只有眞正的、實事求是的知己知彼，才能百戰不殆。

反觀中國，與西方的情況正好相反：中國是眞正的生產能力過剩，同時，中國現在也是全世界的債主。簡單的說，中國現在的邊界條件與 80 年前的美國恰恰是類似的。所以，對於中國因受出口市場不振影響而產生的經濟蕭條，使用羅斯福新政式的措施是完全可以的。中國現在所面臨的問題與當時的美國一樣，是個有錢不會花的問題，正如前面所述，這其實是個相對容易解決的問題。

目前中國沿海地區以出口爲導向的製造業受到衝擊較大，據說 2009 年春節之後，未找到工作的民工達兩千萬之多，是原來估計的兩倍。這個情況可能又會被有些人用來說明中國的情況實際上還不如西方國家，中國的狀況有多麼可怕，等等。其實，這個狀況絕對不是不可以解決的。中國完全可以上更多的基建項目，同時改善社會福利以刺激內需等羅斯福新政常用的手法來解決這個問題。沿海出口產業剩餘下來的民工，很多人原本也不是技術工種，轉行大搞基礎設施建設沒有什麼不適合。實際上，我們正好利用這個機會，來塡補中國的基礎設施與西方發達國家的差距。當我們大搞基礎設施建設時，我們甚至會發覺，現在的條件比世界經濟蕭條之前還要好一些。比如說，我們發現在很長一段時間以來一直上漲的原材料，現在突然便宜了下來。

中國目前的經濟狀況與 80 年前的美國唯一不同的一個地方，就是那時的美國沒有

遭遇比它科技水平更高的國家的技術壁壘，甚至德國人自己犯糊塗還把一流的科技人才趕到了美國去。而中國在這方面所遭受的封鎖是十分慘痛的：西方國家一方面要求中國拿出錢來拯救他們，另一方面卻堅決不肯向中國轉移核心技術，這反映了他們對於中國的刻骨敵視。但既然現在中國有那麼多的外匯存底，西方國家又陷入如此深刻的經濟蕭條之中，完全不轉移恐怕也由不得他們。

關於目前經濟狀況的另一個需要破除的神話，就是今天的中國與西方在經濟上有著割不斷的聯繫，西方經濟不好了，中國經濟也好不了，所以，中國一定要拿出自己的血汗錢來幫助西方人維持他們窮奢極欲的生活。這一點，那個發明了「中美國」一詞的哈佛大學教授弗格森都明白了。他最近去了一趟重慶，就認爲「中美國」終結了。爲什麼他去了重慶一趟就明白了呢？因爲他看到了重慶超大規模的基礎設施建設，明白了其實中國完全可以不靠美國的市場，只要依靠自己的內需就可以爲自己的經濟提供非常強有力的動力。可惜的是，由於多年來崇尙外國，依賴外國的思維已經成了中國從上層到下層的定勢，這一點中國人自己竟然看不到，看不到就不能把它化作自覺的政策措施，只能是像重慶這樣歪打正著。

按人均計算，中國目前比西方國家還要窮得多，中國的科學技術也比西方國家落後得多，這些我都十分明白，那些「奴青」就不要再上來告訴我這些沒用的訊息了。即使如此，只要不發生戰爭，中國經濟的所有基本面都比西方國家好得多。中國根本不用怕什麼海外市場的萎縮──海外市場有效需求的減少沒有太大關係，我們完全可以用國家財政政策來創造出有效需求。中國唯一需要怕的，是海外原材料的供給，但在今天的局勢下，西方發達國家用不起這些原材料了，我們就可以以更低廉的價格使用。這也意味著我們用不著出口那麼多的東西就可以換回這些原材料，所以，來自海外市場的錢少掙一些也是沒什麼關係的。這個形勢對於中國難道不是一個好的形勢嗎？我認爲，只要我們自己的宏觀調控措施得當，夠力度，西方國家的經濟蕭條維持得更久一些，對於我們還眞不是什麼壞事，我們爲什麼要去拯救對於我們抱有如此刻骨的敵意的西方國家？以目前的國際貿易秩序看，中國與西方國家的利益關係就是這個樣子：合作的成分，利益共同體的成分肯定是有的，但利益相悖的成分也是有的，我們必須具體事情做具體分析，一味地以爲中國與西方國家就是一個利益共同體，絕

對不符合實際情況，而這也就只有中國人這麼看，西方人則多不認為和我們是一個利益共同體，包括那個發明「中美國」的教授都改變了看法嘛。

上述的這種中國與西方之間的經濟利益關係、相對力量關係，會是一個常態，除非它被國際貿易、被軍事或政治的因素打斷，比如說，我們的海外原材料供給被戰爭切斷，這個時候，力量的對比就要看軍事，而不是經濟了。

產業升級的最不利條件是我們自己的心理障礙

中國經濟，乃至中國的國家安全，所面臨的最大問題是在產業技術落後上面。在上個世紀五六十年代，為了在當時險惡的國際環境中謀取生存保障，中國實行了工業現代化趕超戰略。這個戰略由於「文革」而被中斷，真正實施的時間很短。除了在少數有關軍事工業的領域，中國的產業技術基盤在整體上仍舊是非常落後的。「文革」之後，中國政府首先面臨的問題是改善人民生活水平，以取得政權的合法性。所以，趕超戰略被放棄了，取而代之的是比較優勢戰略。放棄趕超戰略，在當時有迫不得已的一面，有著它的合理性，但另一方面，就是中國現在所面臨的產業技術落後的局面改觀緩慢。有不少主流經濟學家認為：產業技術落後不是問題，我們只要發揮比較優勢，能夠從市場上掙到錢就可以了。然而，無論是從經濟發展後勁這個純經濟的角度說，還是從國家安全這個政治和軍事的角度說，像中國這樣一個大國，如果不能全面掌握最先進的產業技術，其生存環境永遠都不能算是安穩的。因此，中國的發展，必須時時牢記產業技術這個命門，抓住機遇，實現其大步升級。

那麼，我們現在要搞產業技術升級，有哪些有利條件，哪些不利條件呢？經過改革開放 30 年的經濟高速增長，中國的產業技術基盤整體還是在緩慢提升中的，比起五六十年代只有少數部門異軍突起的那種情況，這一點實際上已經使我們處於更有利地實現產業技術起飛的地位上了（所以，我並不完全同意那種完全否定這些年中國的產業技術進步的觀點）。有這樣一個技術基盤，我們已經有了更好的條件來承接更高端的技術，這是有利條件。不利條件有哪些呢？首先是西方發達國家對於我們的技術封鎖，這種封鎖，在相對低端有所放鬆（他們需要我們的勞動力幹活，就不得不把一些

技術轉移過來），但在高端一如既往。然而，我認爲，這次西方國家所遭遇的經濟蕭條，將使得中國在迫使他們轉讓技術方面處於更有利的討價還價地位。我們有必要認清他們在今天所處的薄弱地位和自己所處的有利地位，否則就會坐失良機。比如英國人，他們今天希望中國幫助他們脫困，話都說得十分謙恭。但光說謙恭的話是不行的，我們應該要求他們拿出實際行動來表達善意，這主要就應該體現在轉移技術方面：我們手裡有現金，有大量的現金，可以通過買你們的東西來幫助你們，但我們不想買你們那些除了滿足一小撮暴發戶的虛榮心什麼用都沒有的奢侈品，我們就想買你們的技術，如果你們不賣，那就說明你們非常敵視我們，我們還怎麼與你們合作呢？另一方面，就算西方國家的政府不賣，在目前的經濟形勢下，他們的企業乃至個人會有更強的動機向中國轉讓技術。我實在不明白，中國的那些地方政府爲什麼要到華爾街去「抄底人才」？那些只會賭場中的幾招手藝的騙子！這次金融危機之後，人家的賭場還開不開？怎麼開？那些手藝還用得上？這些都不知道，高薪聘請這些騙子回家有什麼用？抄底人才應該去底特律、西雅圖！去招那裡的工程師。再不濟，就算招個有經驗的老工人回來，給我們隨便講講人家的工廠是怎麼做的，也比招華爾街的那些騙子強一萬倍。更何況，除了西方國家，還有對我們沒有那麼敵視、現在也陷於困境當中的俄羅斯，它至少還有一些軍事技術是我們所需要的，聽說它現在已經降低了門檻，願意轉移給我們更多的東西。

實際上，今天我們實現產業技術升級的最大障礙、最大不利條件，恰恰是我們自己的心理障礙，我們的精英被西方人嚇破了膽。我在朋友家曾碰到一位搞航天技術的工程師，他就有這個看法。他說：我們現在發展科技最大的障礙，就在於我們的上層精英認爲科技是個非常神秘的東西，我們中國人根本就搞不了，放棄算了。實際上，科技沒有這麼神秘，只要下力氣去搞，不會搞不出來的。作爲原來理工科出身的大學畢業生，也作爲比較瞭解中國的精英們的思路的人，我非常同意這位航天工程師的意見。中國有太多的人動不動就說西方的科技有多麼多麼神秘，我們多麼多麼不行。我承認，這種被外國人嚇破了膽的心態有著它的歷史經驗基礎，那就是我們曾經有一段非常不尊重科學、盲目浮誇的歷史。但我今天說科技並不神秘，我們中國人是能夠搞的，與那種盲目浮誇根本就不是一回事，可就是有那麼一批廢物「精英」，一聽你說中國人也行，就火冒三丈，就一定要把你歸到「義和團」裡去。

　　其實，就算西方不轉移技術給我們，以我們現在每年世界上人數最多的理工科畢業生，完全可以組成一支極強的科技大軍，來實現產業技術的大踏步升級。我們現在跟蹤發達國家的先進技術，跟蹤的是有很大後發優勢的：你至少已經知道哪個方向是能夠成功的，哪個方向是不能夠成功的。當然，跟蹤也有後發劣勢，那就是市場問題。然而，現在中國的手裡有著大量的現金，有著大量閒置的生產能力，中國完全可以更多地補貼科技研發，將其作為啟動內需的財政政策的一環，用不著去考慮短期的市場回報。

　　科技上的東西確實沒有什麼神秘的，只要把力量、把資源投下去，假以時日，就能搞出來。有人說中國的科技腐敗嚴重，把資源投下去，只會助長了腐敗。我認為，這種說法貌似合理，實際上也是有問題的。首先，這樣說的人並不瞭解，其實西方發達國家的科技腐敗也是相當嚴重的。科技領域易於腐敗，植根於它是一個訊息嚴重不對稱的領域。我們當然要盡可能地制止科研領域的腐敗，但這絕不能作為我們不往科技領域大規模投入的理由。更何況，對付科研領域的腐敗，我們也不是沒有辦法，這個辦法就是發現之後的嚴刑峻法。對於訊息嚴重不對稱的領域，事後的嚴刑峻法比事先的防範措施更有效。

　　以中國人的聰明才智和豐富的人力資源，只要打破那種認為我們搞科技不行的心理障礙，我們應該不僅能夠跟蹤西方最先進的科技發展，而且還能做一些因需要大量的人力資源而西方做不了的事情。當今之日，西方經濟蕭條，他們的討價還價能力降低，而中國恰恰需要啟動內需，需要安置大學畢業生，實現產業技術升級再沒有比這更好的時機了。我知道，由於我們從上到下所存在的心理障礙，我們不可能完全抓住這次機會，但我在這裡說說總比不說好，也許有人聽我說了，信了，就多少抓住一點機會呢。

◆劉仰

八、不能任由美國綁架世界

按中國人的傳統習慣，除非有特殊情況，一般不願意向別人借錢，然而這幾年情況有很大改變。前幾年，我遇到一個殺熟的朋友。其實我們平時接觸也不算太密切，有一陣子不見了，偶爾遇到。據說他在搞一個大工程，眼看就要發大財。我是衷心希望我身邊的朋友都能發大財，萬一哪天我缺錢的時候，找人借錢不是更方便嗎？過了幾天，該朋友給我打電話，說有急事，手頭臨時缺幾千塊錢，問我能否救個急。巧了，我剛發工資，看他時間分寸掌握得多好。朋友有困難暫時幫一下也是應該的，於是我說：過來拿吧。幾千塊錢借走了，接著兩三年就沒了消息。其間偶爾打個電話，放不下面子，沒好意思提還錢的事情，幾千塊錢也不至於傷筋動骨，知道對方還在北京，還在搞大工程，忙得很，不便催他，但是心裡總是不舒服。

一次我在飯店吃飯，正巧遇到他也在請別人吃飯。打了招

呼後，雙方的客人互相介紹一下，我動了個心眼，對大家說：今天本來我請客，居然遇到一個替我買單的。該朋友有點不好意思，趁其他人看不見的時候，悄悄還了我一半。

如果借錢的數量再大一點，比方說幾萬、幾十萬，對方如果不還，估計要上法院了。我常對人說：如今借錢給朋友，最終結果，要麼錢沒了，要麼朋友沒了，當然也可能兩者都沒了。但是，如果借錢數量再大，幾百萬、幾千萬，即使朋友沒了，也不能讓錢沒了啊！所以，一旦發生這樣的事情，傷感情不說，打官司的結果無非是凍結財產，拍賣資產，目的就是要把錢討回來。但是，再進一步，如果一個人借的錢，數額巨大，而且超過了他的所有資產，拍賣乾淨都不夠還債，怎麼辦？

舉個例子來說。現在向銀行貸款的人不少，假設你向銀行借貸 10 萬，如果你不還，銀行會採用各種手段逼你還錢，上法院、查封、拍賣等等，直到把你的資產變成錢還給銀行。但是，如果你向銀行借貸 10 億，你的資產全部拍賣還不夠 10 億，銀行會怎樣？實話說，這時候你就是老大。只要你擺出一副「要錢沒有，要命一條」的勁頭，銀行恨不得派保鏢天天跟著你，生怕你哪天被人害了、跑了、自殺了。銀行會給你說好話，求你即便不能全部還，哪怕先還一部分也好。如果這時你對銀行說：再借給我 1 個億，否則我不能賺錢還你原來的 10 個億，說不定銀行也就答應了。所以，在現代社會，借錢這件事要麼不做，要做就要借巨額的錢。借小錢被人看不起，而借大錢，一直借到自己根本還不起，你就是英雄，就是人才，你就是重點保護的珍稀動物。當今美國正是如此。

美國到底欠了多少債？《中國經濟週刊》最近一篇署名鈕文新的文章《美國在技術層面上已經破產》給美國的債務算了一筆帳。該文介紹說，美國國會接受的國家名義的債務是 11.2 萬億美元，美國的 GDP 為 13.8 萬億美元。國際公認的國家安全債務率為 60%，而美國事實上已經達到 81.6%。當然，在國家債務率上，有些國家比美國更高。這篇文章引用其他人的話介紹說，美國實際上的債務比這要多得多。美國某基金會總裁大衛·沃克爾估計：如果把美國政府對國民的社保欠帳等所有隱形債務加在一起，2007 年，美國的實際債務總額高達 53 萬億美元。什麼概念？2007 年，全球的 GDP 為 54.3 萬億美元，也就是說，美國一個國家的欠債，已經使得全球的債務率接近 100%。平均每個美國人欠債 17.5 萬美元。如果攤到全世界頭上，平均每人欠債 9000

美元。要知道世界上有無數人一輩子都賺不到 9000 美元。

但這還不是美國債務的全部，該文介紹說，如果把諸如「兩房債券」那樣的抵押債券，加上美國各大財團發行的公司、政府、市政債券，美國的總債務約 73 萬億美元。按照 2007 年市場公允價格計算，美國全部資產的總市值約 76 萬億美元。自 2007 年次貸危機以來，美國的全部資產已經縮水，現在最多還有 50 萬億美元。換句話說，美國目前欠債 76 萬億美元，全部資產只有 50 萬億美元，把美國拍賣光，也是資不抵債。這種情況出現在任何一個國家，這個國家肯定已經破產了。

那麼美國為何沒有破產？這就是前面說的，當今社會，要麼不借錢，要麼就獅子大開口，借得別人不敢讓你破產。美國能夠做到這一點，無非是依靠美元在世界上的特殊地位，它讓全世界都離不開美元，其他國家不得不掌握了大筆美元債權，如果美國破產，其他國家也將跟著一起破產。因此，美國事實上是綁架了全世界。美國如何能夠做到綁架全世界？因為它有巨大的武力，逼迫全世界不得不共同接受美國的借條——美元。如果我們把全世界比喻為一個集貿市場，美國就好比這個市場上的黑社會老大，他給每個攤主打白條，拿走別人的東西。人們也許相信他能償還，他有時也確實償還一點；人們也許不敢不收美國白條，因為他說不定就動武，這個集貿市場沒有強大的管理人員，也沒有公平的法律，美國作為黑社會老大左右了這個集貿市場。如今，每一個攤主都明明知道，美國這個黑社會老大已經無力償還全部美國白條，眼看著美國白條即將成為廢紙，但是，人們沒有任何辦法，只能暫時護著他。

一些人總是說，只要學美國就能強大。其實不然，理解了美國賺錢、搶錢、騙錢的方式，理解了美國綁架全世界的方式，就該明白，美國是學不來的。跟著美國學的國家，不可能成為第二個美國，最多做美國這個黑社會老大的小跟班、小馬仔，幫著它一起欺負人，分一點甜頭而已。從這個意義上理解經濟全球化，其實質就是把集貿市場做得更大，美國打白條拿東西的對象更多。

那麼美國的這種寄生蟲的生活方式能持久嗎？

寄生蟲以消耗寄主的營養為生。當寄主攝入的營養大於寄生蟲的消耗，問題暫時還不大。如果倒過來，寄生蟲的消耗大於寄主攝入的營養，寄主將日漸消瘦。如果不及時治療，不及時清除消滅寄生蟲，寄主最終會死去，到那時，寄生蟲也會死去。美國就是這樣的寄生蟲。美國的經濟模式是世界經濟的癌症，我們說不清現在屬於中期

還是晚期，因為這種病以前從來沒有遇到過，但早已不是初期。動手術是必然的，大難不死是幸運的。即使僥倖保住性命，美國也不可能像以前一樣。對其他國家來說，怎麼來吸取教訓？比方說，知道美國是因為抽菸而得了肺癌，那麼其他國家就該戒菸了。學美國，某種程度上說，知道美國是怎麼死的，就不要再像美國一樣。為此，人們應該感謝美國的捨身、獻身精神。日後，人們會長期緬懷美國作為反面典型的貢獻。

說回本文開頭提到的那位朋友。他的沒出息，是因為他沒有借好幾億的錢。他借不到好幾億的錢，是因為他沒有像美國一樣有絕對的武力，讓別人不敢不借。所以，他弄得名聲不好，不像美國，反而成為一些人無比崇拜的對象。

◆黃紀蘇

九、打倒拳王，打碎拳壇：
建立新秩序從逼迫內部高尚做起

「紅眼」「仇富」某種意義是中華民族力量所在

20世紀80年代反思國民性，說中國人這毛病那毛病，其中最大的毛病之一就是窩裡鬥，互相擠著比著盯著瞟著，當時有人還給起了個名，叫「醬缸文化」——十億條蛆你拱我我拱你。中國人骨子裡的確好攀比，你有我也得有，你胖我也得胖——吃不胖也一耳光給抽胖了。這容易形成集體行為，學壞爭先恐後，學好也是一窩蜂。這種行為的人性依據，我從前起了個名叫「比較意識」，確實比較晦澀，如今有個年輕人另給起了個琅琅上口的——「注目禮文化」，其實就是平常大家說的「要強」。人都想比別人強出一塊，這是社會不平等的人性基礎；但人也都不想比別人差著一塊，這又是社會平等的人性基礎。二者的對立統一，構成社會歷史最恆久、最活躍的推動力。中國傳統文化對這股力量的抑制，要比其他有的文明弱

些。所以中國人歷來有股子衝勁，在內不服輸，在外不低頭，總是在「爭」，爭得不一定多有爆發力，但特有持久力。自己沒混出息，就非得讓兒子出息，把什麼都搭進去也在所不惜，越是那掃地賣菜的下層，越是不認慫不服軟。我老婆單位算是半企業半事業，那兒的職工學歷普遍不高，但那些人的孩子無論考高中還是考大學普遍比社科院的子女考得要好，道理就在這兒。因為這樣，整個民族的那股衝勁老跟充著電似的，滿滿當當的：上面的剛不思進取吃喝玩樂，下面的就惦記著擠上來取代他們，不管是考上來還是殺上來。社會流動的各種渠道都相對通暢，文化價值觀上的阻力也比很多人以為的要小。現在不都說中國跟印度最具有可比性麼？這方面印度顯然不如中國。張文木在印度路邊上親眼看到一個行人被汽車撞一跟頭，爬起來撣撣土，二話不說就走了。這在中國幾乎不可想像，早圍一大幫人鬧事了，沒準能把車掀了甚至點了呢。現在一幫右派學者老的少的張口閉口就埋怨中國人「紅眼病」「仇富」，其實沒有「仇富」「紅眼病」，貧人看著富人無動於衷，啥想法沒有，這還可能有平等或機會平等麼，還可能有民主和社會公正麼！這種「爭心」使社會富於張力，沒有這張力，別說社會主義、民主社會主義、人道主義一概不可能，就連資本主義個人主義壓根也不可能。還舉印度的例子，富豪的兒女結婚，包了兩架波音飛機去義大利租了個宮殿辦婚禮，窮奢極欲，媒體報得眉飛色舞，百姓看得眉開眼笑——全都不紅眼。這種事情，放在一個先有種姓制度、後被徹底殖民化的社會裡真是順理成章。雖然中國的報刊、電視現在也開始步印度後塵，成天介紹富人的快樂生活，但總的說來，這套在中國是吃不開的。《道德經》所言「天之道，損有餘而補不足」、《史記》所傳「王侯將相寧有種乎」、《水滸》所述「智取生辰綱」，都說明中國文化鼓勵社會流動、機會平等，對社會資源的通吃獨佔保持高度的警惕。

「紅眼」「仇富」在這個意義上恰恰是中華民族的力量所在，它造成了個人主義和集體主義的辯證運動，一方面鼓勵出類拔萃，拉大差距；另一方面又成就你追我趕，縮小差距。計劃經濟壓制了活力創造力，於是便有改革開放；這些年貧富分化過大，社會便迅速反彈，進行及時的自我反思和自我修正。中國之所以當年搞社會主義要比印度有聲有色，後來搞資本主義也比他們有成效，這應該說是一個很重要的原因。屬以寧那些人經濟懂不懂我不知道，他們對社會、對人心人性真一竅不通。

中國駐孟買的前領事寫過文章，就講這個事，說印度太好了，一點都不仇富。他

的意思就是：如果中國人也能這樣，中國就和諧了，就和諧社會了。看看某些人的心態，糟糕到什麼程度！麻木到什麼程度！新儒家也是搞這套東西，印度有印度的佛教，新儒家期望中國用儒家思想把中國搞得跟印度一樣。代表人物杜維明就這樣講：中國一定要向印度學習，向印度看齊。

這股子衝勁，只要不被濫用，像「文革」那樣的極端平均主義和後來窮凶極惡的強者哲學，就會成為中國寶貴的精神財富和戰略資源。對內，它有可能促成平等與自由之間合理的平衡，使社會既相對和諧又富於張力。對外，它有可能成為一種解放的力量：首先推動中國在國際競爭中拾級而上；繼而挑戰國際秩序的既得利益，打倒拳王，實現全球範圍的機會平等、社會公正；並最終改造國際秩序本身，打碎拳壇，為歷史別開生面，使人類的發展進入一個更理想的境界。

我們要提倡理想主義，理想就不是現實，就是對現實的改造。中國雖然有很緊迫的工作，但也應當看得遠，看得遠跟看不遠是不一樣的。當然，我們還要循序漸進，一步步來，先打倒拳王再打碎拳壇，先掃房後擦地。那天在一個會上有個朋友出於「全世界無產者聯合起來」的理想，說這次金融危機中最值得同情的是西方工人階級。我說為什麼不是中國的農民工階級呢？等中國的農民工掙的跟西歐北美一樣多了，咱就跟他們無條件聯合，現在聯合只能是有條件的。講「階級」沒錯，但現行國際秩序就是階級關係，也要講啊——毛澤東說民族鬥爭說到底是階級鬥爭，這話沒錯。第四國際托洛斯基主義對資本主義的批判我很欣賞，但他們的理論在國家民族問題上不能辯證，是有殘疾的。

中國需要自己的「摩西」

在我看來，中華民族的根本利益跟人類理想總體上並無矛盾。前段日子一位西方駐華參贊找我聊天，聊到德國總理梅克爾。我批評了梅克爾關於糧價的說法，她說糧價飛漲是因為印度人吃兩頓了，中國人喝牛奶了。這種情緒在西方比較普遍，說穿了，就是嫌發展中國家起來了，分他們資源的一杯羹了。這位外交官說，你們中國能不能換種別的模式？我說我們原來就是別的模式啊——男耕女織、小橋流水、詩詞歌

賦什麼的。中國的模式就像雕象牙套球，也叫「鬼功球」，一塊不大的象牙雕出四五十層來。雕了五千年的中華鬼功球被西方填了火藥的霹靂球炸得粉碎，我們只好也轉產西方的霹靂球。從晚清到民國到新中國到改革開放，我們一直在搞鼓這個霹靂球。我們搞自己一套，西方說這是愚昧落後，我們搞西方一套，西方又嫌我們吃多了，吃好了。其實我們人均糧食消費只是美國人的幾分之一，我們人均排放的二氧化碳遠遠趕不上西方。西方消耗資源、污染環境的時候，不受任何指責，沒有任何壓力。等西方發展完了輪到我們發展的時候，清規戒律就來了。清規戒律就清規戒律吧，美國還不遵守。我頭兩年讀了一位法國學者的文章，說到如果中國、印度、俄羅斯、巴西這些國家以西方的模式和標準實現工業化，那整個世界還活不活了？外交官聽了這話連連稱是。我說，我們可以不用石油，可以不燒煤，但西方呢？總不能我們重新鑽木取火的時候你們開著遊艇去江河湖海乘風破浪，開著飛機去玩空中跳傘吧？——甚至還有富人乘飛船到地球同步軌道上無限風光。外交官說，西方然並不是說一套做一套，我們也有羅馬俱樂部、布達佩斯俱樂部的主張嘛。我說，羅馬俱樂部、布達佩斯俱樂部的主張好像還不是主流觀點，好像也沒落實為基本的社會政策、產業政策啊。總不好讓中國這樣的後發國家去為西方幾個神人的另類思想當試驗田吧。坦率講，我本人對物欲跑道上的瘋狂競賽沒啥好感，一個人的幸福不能全靠財富，一個國家的幸福也不能全靠GDP——當然也不能不靠。我也希望把目前這個破壞環境、折磨心靈的資本主義體系改造成更有意思一點的文明。但改造不能是目前這麼個改法，因為西方的改造方案考慮的主要是西方自己的利益，為了自己的兩全其美、橫豎合適。資本主義世界體系的確應該動大手術，但由這個體系的「地主老財」做主刀和麻醉師，我們敢簽字嗎？

資本主義生產方式和生活方式的全球化是讓能源頂不住了。地底下就埋了這麼多，把咱們現埋進去也變不成石油，而且別的能源一時半會兒也頂不上來。燒乾樹葉、枯樹枝本來也沒什麼不可以，人類一直不就燒那些東西麼？但自打西方一燒上煤，就開著火輪燒殺搶掠，逼著我們不得不燒煤燒石油。但都燒煤燒石油又確實不夠燒。於是西方動員我們少燒煤和石油，多燒「天人合一」——也就是燒了還能再長的樹枝樹葉。我們要是沒被他們燒殺搶掠過，我們真有可能接受他們的建議，光燒「天人合一」，但我們100多年的教訓還熱乎著呢。其實，我們真的可以「天人合一」，但有個條件：你得跟我們一塊「天人合一」。這可不是為了較勁，而是為了讓你不再打我

們，也不再罵我們，不再滅我們。我跟那位西方外交官說到這塊，人家就不接話，樂呵呵扯別的了。所以我的看法是，世界的確需要搞點「天人合一」以緩解迫在眉睫的能源危機，給尋找新能源、開發新能源留出足夠時間。這就需要改造這個世界的遊戲規則和價值標準，需要有新的力量出來領導這規則和標準的重建。這樣的重任肯定不能壓小國肩上，得找夠個兒的。不敢說中國就一定夠個兒，但肯定比新加坡、斐濟夠。個頭不是問題，問題是神經系統。神經系統不行，一根雞毛都扛不動。

現在西方人把我們看成現代化運動中直眉瞪眼的蠻族，看成見了紅燒肉便忘了膽固醇的暴發戶。其實我們歷史上曾經闊過，曾經「現代」過，曾經「後現代」過——那麼多回園隱逸詩歌說的不就是後現代麼？對現代化的問題我們心裡有數，而且問題的方方面面看得未必沒他們齊全。而且我們看到了一些西方人在拿環保忽悠世界。美國、德國搞生物燃料，從玉米裡提煉乙醇，其實就是從窮國窮人的胃裡開採石油，那不還是爲了繼續坐汽車坐飛機麼，並沒有改騎毛驢的意思啊。中國的一幫「業餘美國人」也跟著起鬨。西方笑咱們慢的時候，他們是百分之二百五的發展主義者；如今西方嫌咱們快了，他們也跟著變臉，變成無比生猛的環保主義者，組織完「散步」，又故紙堆裡一通忙活，告訴我們說中國從伏羲帝那會兒就是「環境友好型經濟」「資源節約型發展」。這種本該由郭德綱說的反話，他們一個個都說得正兒八經的。可讓你不燒煤氣撿乾樹葉枯樹枝燒你幹麼？那才是「環境經濟」「綠色能源」呢。另外，中國的富人如今也效法起世界的富人：他們先是毀了大家的青山綠水蓋自家豪宅，如今又要撕了大家的建築藍圖來保全他們落地窗外的宜人景色。他們恨不得豪宅之外的世界全是樹，別人全是樹上的猴。

資本主義的生產方式、消費方式及其價值觀，的確病得不輕：太窮奢極欲了，而且誰不窮奢極欲誰就被淘汰出局。這能不把人類拽進死胡同麼？這的確是一個關乎人類生死存亡的大事，需要認眞對待。人類這樣窮奢極欲下去大家都得死，但如果我們退出現代化競爭，那我們現在就得死，而且我們死了也解決不了人類還是要死的問題，因爲西方領導的世界還會繼續在窮奢極欲的跑道上一路狂奔。我們的歷史使命，就是要以虎狼之力，覆虎狼之道，從西方手裡奪過世界發展的領導權，爲人類開一條量入爲出、健康發展、價值眞正多元的光明大道。中國文明古老而常新，既能強悍又懂仁愛，應該有這個能力，也有這個境界。

　　中華民族這100多年的大抱負是死地求生、後來居上。這個目標，我們以幾代人的前仆後繼、左突右衝，到今天完成得有點眉目了。咱們有時走到天安門廣場，看著紀念碑後面的題詞，想想孫中山、毛澤東、鄧小平這些人，帶領一個苦難民族浩浩蕩蕩，九曲九折，從黑夜奔赴晨光，真像史詩一樣啊，讓人聯想到大禹和摩西。當亡國滅種、吃飽穿暖的問題離我們越來越遠時，我們就會有工夫認真思考「人生意義」之類的問題了。人來到這個世界上，就為了四蹄生風跟活驢似的，從產房一直跑進火葬爐麼？如果這種活驢生涯是上帝定的，那咱也就只有死心塌地地跑了，爭取把兩條跑成四條腿，跑死別人，跑活自己。但上帝好像沒這麼定吧？人塑造自己，為自己選擇或創造好一點人生的餘地不能說完全沒有吧？當然了，跑也沒什麼不好，長了腳不就是跑的麼？彩電冰箱燈紅酒綠，奔五奔六不跑能有麼？我不想否定跑，沒那意思，但一刻不停地跑、上氣不接下氣地跑、除了跑還是跑，是不是太過了點呢？馬克思說的「按照美的規律」重新改造人心人性人境，應該成為中華民族宏遠抱負的一部分——我說的可是「宏遠」，想抬槓的人就別拿眼前的事兒抬了。

　　我們自己眼前的事當然首先要做好，才有資格替世界和人類起草遠景規劃。記得很多年前，有回在西單街頭看見一個擺地攤賣「潔齒靈」的，說得天花亂墜，說抹完了牙齒能跟白瓷磚似的。旁邊一小夥子看了忍不住說：「您倒是先把您那嘴大黃板牙整整白呀！」我們自己在民主、法制、公平、自由方面的「黃板牙」的確先得整整白，然後才談得上「對人類做較大貢獻」。道理很簡單，這些方面你達標了，你才有軟力量，人家才拿你當榜樣，你的硬力量才事半功倍。再有，既然談的是世界抱負，不可能不追求自身利益，但你也真要具備公心，要提出普世的價值，聯合大家一起幹，否則世界人民只能跟你打巷戰了。

◆王小東

十、「趁火打劫」：托起我們的技術水平

趕快搞我們的產業升級

可能會有這樣的疑問：我們現在就有這麼大的貿易順差，再發展製造業，掙來更多的外匯儲備，不放在金融市場上，不打金融戰爭，又怎麼能夠增值保值呢？答案其實非常簡單：花掉它，當然是花在適當的地方。

那麼花在什麼地方算是適當呢？首先，花在全面提升我國的製造業技術水平上，花在航空、航天、新材料、國防科技上。技術研發，可以自己幹也可以從外面買。自己幹不用說了，我們來說一說從外面買。不錯，的確存在以美國爲首的西方國家對於我們的技術禁運，我們可能不得不以高於其他西方朋友的價格購買技術，但只要把錢砸上去，有很多技術還是可以買到的。我們要把全世界的能工巧匠都招到中國來，把中國建成他們最能發揮聰明才智、最能得到個人回報的地方。其

次，花在儲備不可再生的重要戰略資源方面。我們首先應該逐漸減少或停止出口我們自己的不可再生戰略資源，多進口國外的，把它們儲備起來。在這個過程中會有一些個人和地方蒙受損失，對此進行補償就是了。再次，花在擴大內需上面，花在改善人民生活水平上面。這個就不用多說了。把錢花到適當的地方並不容易，但總比掙錢容易。我們把錢都掙來了，花到上述三個地方，就算裡面有些浪費，也遠強於像現在這樣被別人在金融市場上騙掉。

還有一個問題，現在我們的製造業集中在低技術一端，但是，西方的精英們看得很明白，這個情況會逐漸轉變。日本的企業家們就講：所謂研發跟製造業可以截然分開的說法是胡說八道。我的一個朋友去富士康，他說富士康的人跟他講，iPod 是美國人設計、我們生產的，這是非常片面的，應該說 iPod 主要是我們開發的。為什麼？因為美國只是提供了一個很粗糙的想法，要想真的把 iPod 這個產品做出來，還需要大量的研發，而這主要是在中國進行的。我也講過，德國人說過去 20 年中，有 1/6 的企業轉移到了國外，一開始，德國的精英們蒙德國老百姓，說我們轉移出去的都是低技術崗位，但是現在來看，根本不是那麼回事，實際上是研發一起轉過去了。日本企業家們相對比較樂觀一點，他們說：由於離中國地理條件近，所以日本的情況會比歐美國家好。什麼意思呢？他們又說：研發一定會跟製造業走，歐美的研發一定會衰落，但是由於中國現在技術水平太低，不能一下子就把研發全接過來，日本由於在地理條件上離中國近，最起碼在一段時間當中，歐美的研發會跑到日本去。

雖然如此，完全否定這 30 年中國的技術進步也是錯誤的。跟之前的趕超時代比，我們有得有失。那時候，我們是在跟軍工有關的少數幾個部門立起了幾根柱子，但是整個技術基盤是很低的，這一點我們必須承認。改革開放這 30 年，按劉力群的說法是「花錢保權」，做雷達的改做電風扇和電視機了，也就是柱子降下來了，砍掉了，天花板就降下來了。但是經過這 30 年的努力，也包括中國企業家的功績，整個技術基盤確實是提高了，而且進步也不算慢。

我看過幾個在日本跑企業口的記者的評論，他們舉過一個具體的例子：模具。我們知道這個東西是非常重要的。日本的模具製造商在過去的幾十年中培養了大量的中國技工，培養好了之後中國技工全跑了，自己開廠了，因為中國人是不甘於久居人下的，這也是種衝勁，當然從另一個角度說就是不夠意思了。

日本記者採訪一個搞模具的老闆，那老闆說：我在過去的十年當中培養了好幾百名中國的模具技師，現在跑了一大半，他們開了無數公司跟我競爭。還有一個是電視台採訪一個日本老師傅。日本電視台很鬼，他先採訪這個老師傅的中國徒弟。徒弟說：我技術學到手了，我現在非常有信心。電視台又切到了採訪老師傅的鏡頭上。老師傅說：我被出賣了，我教會了他們，他們卻跑了。主持人問：那你以後還教不教呀？老師傅回答：我是真不想教他們了，可是沒辦法，我還得教。為什麼？不教沒有收入。前面提到的那個搞模具老闆在上海做生意，他說：現在跟我競爭的公司多起來了，我現在的生意跟十年前沒法比，不好做。記者問他：既然如此，為什麼不回日本？他說：回日本死路一條，因為製造業在中國，在中國至少還能活。

我覺得一些知識分子也妄自菲薄得過頭了。他們這樣做可能也是出於意識形態的需要。這30年不完全是釘死在低技術一端的過程，技術基盤的提升也不算慢。我們現在既然有這樣的基礎，完全多搞點空間項目什麼的，順著這個勢頭趕緊把我國的技術水平托起來。

我記得有本書是一個美國左派經濟學家寫的，大概在2003年出版，作者的傾向是否定中國特色社會主義的，說中國實際上沒有社會主義，西方左派都死了心吧，實際上中國不是社會主義，是國家資本主義。他還認為，中國這幾年的技術升級，從初級到中級是非常快的。

感謝西方種族主義有助於我們召回人才

我看到《紐約時報》有一篇文章，談到在美國留學的中國高科技人才，為什麼返回中國的不少。文章承認：中國的高科技人才在美國所遭受的「天花板」要比印度科學家厲害得很多，印度科學家有可能被提拔，但是中國科學家很難得到提拔。這形成了一個「玻璃天花板」效應。

在早期的歐美電影中，黃種人是一個極端猥瑣不堪的形象：怯懦、愚蠢、道德敗壞。總之，所有人類的、動物的壞處全能在黃種人身上找到。這是一點不奇怪的，咱們被人家打敗了，沒有力量，就是這個形象。今天怎麼樣呢？這個形象有了一定的改

變，因為今天的黃種人不再那麼沒有力量了。比如在好萊塢的科幻電影裡，你會發覺，有時候黃種人的形象並不太差，但是黃種人包括日本人，在好萊塢的科幻電影裡往往戴著一副眼鏡，顯得非常精明，不但是科學狂人，同時還肯定是壞人。這就是今天西方人心目中黃種人的形象，是一類比較可怕的壞人，西方人接受不了。

就西方白種人與其他有色人種的關係而言，他們最看不起的當然是膚色比我們更黑的人，但關係上最疏離的恰恰就是我們。因為像印度人、東南亞人、黑人，他們雖然被看不起，但白種人也感不到有什麼威脅，更何況印度人、東南亞人、黑人因為原來自己的文化相對落後，所以是一張白紙，可以任由西方殖民者塗抹，在語言、文化上要比我們西化得多，所以，他們在文化上、感情上跟西方白種人要比我們親得多。我們是既強大又異類，因此，在種族問題上，白種人顯然把我們當作最大的敵人。特別是現在，白種人感到自己不再具有絕對的強勢了，他們反而會對我們更戒懼。大談「文明衝突」的杭庭頓，實質上談的就是種族主義，當然也包括宗教敵對。他在《文明的衝突與世界秩序的重建》一書中講的西方與伊斯蘭文明的衝突是宗教敵對，而與所謂儒教文明的衝突，其實就是一種針對黃種人的種族主義。所以他設想如果中美開戰，日本是站在中國這邊的（這一點其實是胡說八道，影響了美日同盟的大局，所以一些美國人也罵他），他還在那裡叫囂：西方人必須抱成團，否則就會被非西方人一個一個絞死。

美國人認識到了這個問題，可它能改嗎？我認為改不了。坦率地說，美國人沒有種族主義的話，中華民族今天可能就不存在了。為什麼？因為大家全跟著美國走了，特別是精英全跟著美國走了。中華民族今天之所以存在，恰恰是由於西方的種族主義，他不要你，他把你推出來了，他把相當一部分精英也給推出來了。當然，確實是有一些精英比較沒骨氣，忍氣吞聲在那兒過活，只要能吃點好的，喝點好的，住個別墅就行。

從歷史的角度看，現在的美國和當時的秦國有很大不同就在這個地方。當時的秦國對六國人不歧視，美國卻對黃種人才高度歧視。而黃種人由於開創的文明在古代歷史中處於相當發達的地位，坦率說，智商高的人還真是多，人才庫在我們這兒，它卻不要人才庫，把我們推出來了。要是今天的美國有中國春秋戰國時期秦國的氣魄，把世界各國的商鞅、張儀、范雎、李斯全給用了，中國很可能早就不存在了。而美國只

是用了一點百工，商鞅、李斯之類都不會用。即使在百工當中黃種人地位也是最低的。這恰恰使我們中國仍存在崛起的希望，所以西方的種族主義在這個層面對我們來說也是一件好事。

總之，西方種族主義對中國是一害也是一利，他們使我們感到了一點外部選擇壓。最起碼有自尊心的中國人感到了一種不愉快，感到了我們處於屈辱的地位。於是，覺得我們還要造造反，反抗一下，奪回自己的尊嚴，我們要當老大。西方和中國關係當中很重要的一個因素，就是西方人歧視中國人的種族主義。這個話要點透了，沒有什麼好隱瞞的。隱瞞這一點是對人類，特別是對中國人的一種欺騙。現在不准談種族主義意味著他們可以拿種族主義欺負你，卻不准你說。奇怪的是我們自己也不敢說，某些官員和知識分子、文人在那裡把著：誰說這個誰就是壞人，誰說這個誰就是種族主義。這不很可笑嗎？

不能一起「爽」，也不能被別人吞掉

美國人戴蒙德，就是寫了相當有名的《槍炮、病菌與鋼鐵》一書的那位，他寫的另一本書《崩潰》的中譯本也出版了。他在這本書裡描繪了一個在資源短缺、環境破壞的壓力下行將崩潰的地球。裡面有一章專寫中國。他好歹比中國那些頭腦冬烘的文人強，他承認：如果告訴中國，不要嚮往第一世界的生活水平，中國當然不能容忍這種態度。他同時又認為：要想讓第一世界放棄窮奢極欲的生活，在政治上也是不可行的。那麼怎麼辦呢？其實這裡就差一層窗戶紙沒捅破了。

值得一提的是，對於人類文明的興衰十分有洞見的戴蒙德在這本書裡也犯了一個現在看來是十分低級的錯誤。他充滿希望地宣稱：「在很長的一段時間裡，冰島一直是歐洲最貧窮的、生態最脆弱的國家。然而，冰島人終於以史為鑒，採用嚴謹的環境保護措施，該國目前的人均國民收入是世界上最高的國家之一。」戴蒙德言猶在耳，金融危機來了，結果證明了冰島只不過是靠騙別人的錢致富，靠騙別人的錢保護環境的一個國家——他的最後一點點希望也在事實面前破碎了。所以，與其在那裡做小女生玫瑰色的夢，我們不如做好應變的準備。如果不能一起爽，我們也不能被別人吞掉。

好多人都說，中國達到美國的程度，四個地球都不夠。問題是美國人憑什麼永遠在人均上是老大，我們永遠是老一百五十？這是不行的。人爽不爽，不光看絕對量，還要看相對位置，如果中國的相對位置是這麼個地位的話，中國人永遠爽不了。這個相對位置本身就使得中國人不爽了，本身就說明了你就是「賤民」，就是「劣等民族」。這就不僅是物質上不爽的問題了，精神上也永遠爽不了。

我才不管你要多少個地球，中國排在別人後面就爽不了。為什麼？因為我們爽了兩千多年了，就這160多年沒有爽，我們接受得了這個現實嗎？

無數人說過這樣的話：還是讓美國人爽，我們要克制自己，我們不爽就算了。憑什麼我們不爽就算了？或者勸美國不要這麼爽，這麼爽要死的。他會聽你的嗎？我們要制定出國際新秩序，我們可以不要這麼爽，但是你也要這樣。

美國憑什麼呀？誰是世界老大？從文明史角度來講，我們才是世界老大！一幫逆向種族主義者被他們嚇破了膽，總是在那裡說：我們不能那樣，我們要那樣，這個地球就完了。我說：你才完了呢！

我覺得中國逆向種族主義的言論是瀰漫性的，有些人可能不是自覺地接受了「中國人是賤民」的洗腦灌輸，包括一些還算有頭腦的人。他們認為西方人就是狼，我們就是羊，羊只能被狼吃。這就是《狼圖騰》中宣揚的觀念：人家是狼，我們是羊，我們主動讓人家吃了，進了他們的胃也很光榮。《狼圖騰》說的就是這麼一個意思，我真不明白為什麼有這麼多人推崇這樣一本宣揚窩囊廢精神的書。

我再講一個親身經歷的故事。有一回，我和朋友乙在朋友甲當總編的某雜誌社。朋友甲說：中國人就是羊，小東你搞民族主義完全不符合中國國情。朋友乙開玩笑說：小東就是想把羊犄角綁上刀，弄一個火羊陣。朋友甲就說：這要是火牛陣吧，倒是可以衝過去，可你這個火羊陣，羊犄角綁上刀，到時候不敢往前衝，只能互相之間衝撞，自相殘殺了。朋友甲又說：小東，你是中國人嗎？你整天講尚武精神，你這個想法不是中國人的想法，你肯定有匈奴血統，中國人都是羊，沒有說狼話的，像你這樣說狼話的肯定是匈奴人。我沒有反駁他，只是心裡說：你好好看看《復活的軍團》吧，我們有高度尚武的基因。

我覺得，這幾十年一些人的腦子真的被洗白了。也不用說太遠，我們就說說毛澤東時代。我覺得我們不應該再回到那個時代，但是話說回來，毛澤東時代有「我們就

是羊,人家就是狼,我們的價值只能在狼的胃裡體現出來」這種白癡想法嗎?抗美援朝的時候我們是羊性還是狼性?

這30年,首先腦子被洗得最白的不是老百姓。我承認,這30年逆向種族主義的影響確實很大,老百姓一定程度上也被洗白了。但是老百姓念書少,這成為一種幸運。因為被洗白的主要通過念書,所以念書念得越多,就被洗得越白,這些年思想、文化、娛樂精英們寫的書就是洗衣機。

當然也不能說全被洗白了,他說不定知道這個道理,問題是這還有一個內部利益分配的問題,比如說我讓狼起來了,那狼的利益就大。說難聽點就是課題費,咱倆爭一個課題。你說:你不會外語,這個課題都歸我。就是相互爭著的這個意思。

把被西方嚇破的膽補回來,中國就會有更出色的發展

我還是認為,我們的精英群中的主要傾向不是低估了美國和西方,而是被美國和西方嚇破了膽,認為它們是無所不能的。有人說:從1929年的危機中站立起來的是一個更強大的美國,今天也是一樣。他們就是認不清楚,美國今天所遭遇的危機可能比1929年要小得多,但今天的美國卻比那時的美國要衰朽得多。有個朋友說:美國還是家底雄厚的,至少中美兩國的青年才俊如今都在美國。我也認為美國的家底還是雄厚的,現在只是衰朽,離被打下擂台還非常遙遠,但至少中國的青年才俊可未必都在美國——中國的青年才俊多了,除了一些人去了美國,還有很多人仍舊留在中國,那些從事航天工業的年輕人不是才俊?那些設計、建造軍艦的年輕人不是才俊?而且,只要中國啟動自己的大目標,就會有許許多多今天在海外的青年才俊回到中國。他們既然是才俊而不是傻瓜,就會看清楚,一旦中國啟動大目標,這個世界上最能施展個人才華的地方就會在中國,最能獲得個人利益的機會就會在中國。

我們中國人,特別是有些上層人士,實在有必要把被美國和西方嚇破的膽補回來。如果我們能夠破除「中國人事事不如西方人,永遠不如西方人」的這種心理殘障,我們一定會取得更快、更高的發展成就。舉例來說,我認為中國發展高科技和國防工業的時間表是過於保守的。在科技發展的實踐中,最困難的是找對發展方向。現

在我們是在跟蹤，也就是說，發達國家已經把方向找到了，我們連「跟」都這麼沒有自信，每一步都重複一下，有必要嗎？我們爲什麼不能跨過中間一些階段，直追他們的最新目標呢？比如說，曾有一些研究人員認爲，中國人如果跟在西方人後面，每一步都重複西方先進國家飛機的發展步驟，那麼永遠也追不上先進國家，在亦步亦趨跟隨先進國家發展歷程的同時，中國至少應該安排一支科研力量，投入一部分科研經費，直接研製混合翼體飛機，以期趕超世界先進水平。他們把這個方案給我看過。正如我猜到的那樣，這個方案在最初階段就被棄絕了。我不是航空專家，沒有能力評價這個發展混合翼體飛機的具體方案是否可行，但我認爲在原則上，這樣的思路應該是可以考慮的。就算這個混合翼體飛機項目確實不可行，類似的跨越性項目會有可行的。可是在膽被嚇破的情況下，我們能夠對跨越性項目做出公正評價嗎？當然，我也承認，前30年有不少不顧科學的胡亂跨越，但今天我們不能因此走另一個極端。

◆劉仰

十一、我們的拷問：
西方爲什麼不能改變生活方式

　　全球變暖領銜的環境話題無疑將成爲近年來最熱門的話題之一。西方國家在這個問題上的憂心忡忡日益明顯地表露了出來。然而，西方國家在這個問題上至今還是捨本求末，沒有抓住問題的根本，只在一些表面現象上做文章。例如，最近報導的巴西亞馬遜雨林的大規模消失，以及中國山西的污染等等，都有點病急亂投醫的勁頭。

　　西方媒體最近報導說，巴西亞馬遜雨林近 40 年消失的面積，超過 450 年殖民地時期消失的面積。言下之意，發展中國家現在大規模地破壞生態，造成的環境危機越來越嚴重。反過來看看我們發達國家，環境保護得多好。美國某著名雜誌將中國山西天空污染的照片放在封面上，同時大力炒作「中國二氧化碳排放量位於世界第二」的消息。這兩個報導內容都對，但是，我們必須看到這兩個事實背後的原因。

　　以巴西爲例。巴西亞馬遜雨林的消失，主要是用來種植以

大豆為主的農作物造成的。在巴西被砍掉的樹木中，木材 50% 銷往美國，28% 銷往歐洲；砍掉樹木以後種植的大豆，50% 銷往歐洲；還有一些土地被用來養牛，牛肉 53% 銷往歐洲。換句話說，亞馬遜雨林消失的最大獲益者是西方國家，是因為他們的享受，才導致亞馬遜雨林的快速消失。這種現象的另一個參照是，美國目前在本國探明的煤礦和石油，大多不開採，絕大多數用其他國家的。他們的環境當然保護得好，可那是以犧牲別人的環境為代價換來的。

發達國家在指責中國的環境污染時，日本卻大量進口中國的煤，儲備起來以備不虞之需。而且他們只看到近幾年中國的二氧化碳排放量位居世界第二，卻不說從歐洲工業革命以來的 200 年間，直到幾年前，全世界二氧化碳排放前 5 名、前 10 名都是發達國家。如果計算一下大氣層中二氧化碳的總量，70% 以上是少數發達國家排放的。

不管是中國還是巴西，都不得不接受這樣一個事實：當地的人們犧牲環境發展經濟都是為了過上富裕的日子，而這個富裕的榜樣就是發達國家。因此，當發達國家一再標榜他們自己多麼先進、多麼文明的時候，又反過來指責發展中的國家試圖把自己變成和他們一樣的舉動，就顯得很不厚道。雖然我們可以說，發展中國家可以尋找其他的方式來發展經濟，但是，首先，開發現有資源是最快的致富方式，發達國家如此強有力的榜樣，必然讓落後地區的人們尋找最快的致富捷徑；其次，落後國家現在的經濟發展模式大多也是照搬發達國家以前的方式；第三，落後國家犧牲自己的環境，開發的資源大多也是被發達國家享用。

我曾經見過一張衛星照片，照片顯示，地球的夜晚到處燈火通明，最亮的地區都在發達國家，他們極大地消耗著、浪費著地球的資源，卻指責別人試圖變成和他們一樣。

面對越來越嚴重的環境危機，前不久，發達國家在全世界面前作了一個秀，先是法國的艾菲爾鐵塔關掉造型效果燈光 5 分鐘，然後很多城市也關掉照明燈光 5 分鐘。這種做法除了具有大喊一聲的效果，還有什麼用？他們願意像落後國家的人們一樣，住在沒有空調的房間裡嗎？他們願意自己城市的夜晚像非洲一樣黑暗嗎？發達國家為全世界樹立了一個榜樣，但是，這個榜樣根本不具有普遍性，不具有普世的價值。如果中國人、巴西人、墨西哥人、印度人和非洲人都過著像發達國家一樣富裕的生活的話，這個地球的資源絕對不夠。有人計算過，那將需要 5 個地球。因此，落後國家環境的破壞，一方面有自身的原因；另一方面是發達國家強行提供的錯誤榜樣。

發達國家經濟發展的模式從一開始就是一種資源高消耗的方式，在他們發展的初期，應該說，也沒有意識到有多麼嚴重的後果，而現在，西方經濟發展模式的危害已經越來越明顯。

我們都知道愛迪生是一個大發明家，但很多人可能不知道愛迪生還辦過電力公司。愛迪生堅持給居民供應直流電，只是後來被交流電淘汰了。其實，愛迪生的很多發明都是爲了他的電力公司。電力公司的發電廠建成後，如果僅僅只是照明用電，居民只會在晚上使用，白天的時候，發電廠的機器沒有使用效率，變相增加了成本。於是，愛迪生的一大工作就是想方設法發明可以在白天用電的民用電器，例如留聲機。雖然現在我們說，這些發明給人類帶來了很多的好處，但是，他的指導思想在今天看來卻是錯的，他根本沒有意識到，地球的資源是有限的。這種指導思想延伸到現在，其中一個結果就是，發達國家夜間燈火輝煌的美麗景象，背後就是電力公司希望大家多多用電，它才好多多賺錢。因此，燈光也不只用來照明，更多是用來裝點，這完全是一種浪費。這種方式現在也移植到了發展中國家，發展中國家卻沒有意識到這種方式背後的指導思想是錯誤的。

白天睡覺晚上享受夜生活，已經是發達國家帶給世界的生活方式，爲什麼不能改掉？以前世界各地銷售商品的商店規模都很小，自從美國建起了大型商場，這種方式已經成爲必然的模式。大型商場之所以能夠出現，也是因爲電力照明的原因。如果沒有電力照明，大型商場裡面就會很暗，而且大型商場提供了豪華的空間和舒適的環境，這些都是小商店無法比擬的。雖說大商場增加的巨額成本可以從高利潤裡賺回來，但是，畢竟它的方式就是以高消耗爲前提。而發達國家大量的一次性產品更是這種高消耗的典型，這類高消耗的物質享受生活方式，即將徹底毀滅中國人幾千年養成的節約習慣。

所以，當全世界的環境面臨嚴重威脅的時候，發達國家不應該指責落後國家破壞環境，而更應該反思他們自己給全人類樹立的生活榜樣。僅僅在食用油這一項上，美國人均消耗的水平就是中國人均的四倍。在人均能源消耗上，美國也是中國的四五倍。發達國家有什麼權利不讓中國人像他們一樣使用能源？他們更應該做的是減少自己的能源消耗。

對於發展中國家來說，也不應該以發達國家的生活方式爲榜樣。比方說，現在很

多房子都和美國一樣，落地門窗，玻璃外牆。其實，玻璃的傳導性很強，外面的冷熱很快就會影響到玻璃牆的裡面。這種房子的出現是因為美國人用大量的電力來運轉空調，使得在玻璃房裡面的人，既可以享受外面的風景，又不會受冷熱影響。而在古代，世界各地的人們幾乎都是只有南方炎熱地區才會有大窗戶，北方的民居窗戶一般都很小，就是為了提高自然保溫效果。這種習慣，現在已經被高消耗電力的空調生活所代替，另外還帶來氟利昂破壞臭氧層的結果。

當全世界環境問題越來越嚴重的時候，發達國家希望亞馬遜地區能夠更多地保留熱帶雨林，為世界提供更多的氧氣，吸收更多的二氧化碳。但是，如果巴西當地人不砍樹，世界能夠給他們提供什麼？難道要他們繼續保持原始的生活方式嗎？2008 年度，美國最大的能源公司埃克森美孚共盈利 452 億美元，平均每天 1 億美元以上，創美國企業史年利潤最高紀錄，這恐怕也是全世界企業歷史上年度利潤最高的。它的這個高利潤，一方面是石油漲價的結果，另一方面也是鼓勵能源消費的結果。

面對發達國家已經樹立起的資源高消耗型的生活榜樣，再加上發達國家時時處處都在宣揚自己是人類文明的標誌，落後國家再宣傳要環保、要節約，哪個力量更大？在現實的享受面前，人畢竟是自私、短視的。因此，當今世界已經越來越緊密地聯繫在一起，解決環境問題，首要的就是放棄發達國家為全世界提供的榜樣。發達國家能從自己做起嗎？

◆王小東

新儒家「感化說」是癡人說夢

中國人現在對猶太人崇拜得不得了，特別崇拜。 2008 年奧運會上以色列殘疾運動員破口大罵中國人是屎，某些中國人還是崇拜，說猶太人罵得沒問題，那是對的，咱們自己就是屎，所以並沒有對猶太人太大的譴責。實際上，我覺得猶太人內心就是這樣想的，至於以色列總統出來道歉，那是面子上的事。而且坦率地說，不僅僅中國人在他們眼裡是屎，其他民族在他們眼裡都是屎。猶太人雖然曾受到希特勒種族主義的迫害，但是猶太人自己的種族主義觀念非常強，這是優點還是缺點，我不知道。但是中國既然有這麼多人羨慕猶太人，最起碼得從猶太人那裡參考參考。比如說，猶太人已經被其他民族反覆打敗，反覆征服，國家早就不在了，居然還能凝聚在一塊，還覺得自個兒是世界上最優秀的。中國人在歷史上從來沒被打

成這樣吧？從文明史上的實際成績來看，中國人比猶太人好太多了，但是今天的中國人就是自己不認為自己是人。我不是說咱們完全就像猶太人這樣，就是覺得自己比其他任何民族都優秀，但是最起碼，我們不應該像中國的逆向種族主義者那麼想：我們中國人都是賤民。這樣的話，有國家在就不行，國家不在就更不行了，那就真沒希望了，絕望了。

我們還要認真考慮一下這個問題：如果國家最終在腐朽的精英手裡敗掉的話，我們這個民族是不是就完了？我認為，我們要有這樣的志氣：我們還是不會完。當然，我們最希望我們這個國家不敗掉，我們的精英能夠高尚一把，或者他們高尚不了，有其他精英能高尚。

有一天吃飯，我們坐在蒙古包裡面聽蒙古歌，黃紀蘇說：這時候想起一個英雄時代來了，感覺有一絲淒涼、一點傷感。我跟紀蘇說：我去蒙古大草原幾次都是這麼種感覺，成吉思汗當時建立了一個橫跨歐亞大陸的龐大帝國，他所取得的軍事成就，到現在還沒有其他人達到。可是現在什麼樣呀？從文明史的尺度看，這一切只不過是曇花一現。

我們中國文明真的很獨特。我是講我們的文明，不是講我們這個國家。我們的文明和民族當然跟國家有聯繫，跟政權也有聯繫，但有聯繫並不是完全等同。你看那麼多盛極一時、強極一時的文明、民族消亡了，可是我們這個民族還在，從人類文明史的角度來看還很強大。雖然我們近170年處於最低谷，也沒有滅絕掉，甚至沒有崩潰到歐洲文明中世紀那樣。僅僅是170年的時間，現在畢竟在一定程度上又起來了。這幾十年的中國在世界上真是一個奇蹟，所以我說是「天命所歸」。

中國精英現在出現的嚴重問題應該是暫時的。中國將來的目標應該是什麼？中國當然要管理世界上更大的資源和面積，我不是指要兼併國土，我是指領導和管理。我相信我們會比美國人和其他西方人管得更好。只有在這種意義之下，所謂中國文明對於地球資源問題所能起的作用才能體現出來，中國文明才有可能對環保，對節約資源做出更大的貢獻，而絕對不是像文化保守主義者所想的那樣，什麼「我們和他們比誰發展得更慢」。

現在西方文明確實出現了一些根本性的問題，比如說資源的浪費，已經嚴重到了無以復加的程度。這裡面有西方文明本質性的問題，西方的發展模式需要一個前提，

就是石油的供給是無限的。如果石油的供給不是無限的，這個模式總有崩潰的一天。但我們要替全人類解決這個問題，就必須在觀念和方法上強過他們。而新儒家那套感化他們，跟他們比「誰發展得更慢，誰更節約」的理論，無非是癡人說夢——人家誰跟你比這個，誰受你感化？

既然石油的供給不是無限的，現在的模式總有崩潰的一天。怎麼辦？

有人說是回歸社會主義。《紐約時報》有一個美國網民評論說，最終還是USSR，就是蘇聯打贏了冷戰，因為美國已經成為世界上最大的社會主義國家了。這樣說，可能左派會欣喜若狂，你看美國都回歸社會主義了。但我認為過去的社會主義模式也解決不了問題，美國的那個網民也只是說說而已。每到資本主義市場經濟出現問題的時候，資本主義國家都會出現這樣的聲音。包括凱恩斯那個時候也講過：投資這麼大的事，不能放到私人手裡。這樣的觀點，放到現在就是極左的言論。但是，史達林的體制和中國傳統計劃經濟體制確實已經名譽掃地了。那個時代如果真像有些左派說的那麼好，我們就不會走到今天這一步，而我們既然已經走到今天這一步，那也就回不去了。看來要走新的路，這個路也不大可能是儒家的。儒家的那個「天人合一」真的跟環保有關係嗎？沒有關係。我們絕不是照搬中國傳統文化就可以解決問題，我們要帶頭走新的路。

為什麼我認為我們中國人「天命所歸」，最有條件帶大家走一條新的路？這是有歷史依據的，我們在歷史上的成績是擺在這兒的。我在前面說了，跟那些歷史上消亡了的相對比較短暫的文明比，甚至跟確實也很了不起的歐洲文明比，我們在歷史上的表現是最好的。繼往開來，為什麼「開來」的不是我們呢？兩千多年的歷史我們是表現最好的，就最近一二百年差一些，憑什麼說我們將來不行呢？我們現在評價一個人、一個國家，是不是要根據他過去的一貫表現？

所以，中國一定要有這樣的視野，中國人應該給自己設立這樣一個目標。即使當下這個並不處於巔峰狀態的中國，也具有很大的力量和足夠的財富，但就是不知道幹什麼，覺得沒有什麼好幹，於是就腐朽就墮落，拿著力量腐朽和墮落。一個國家、一個民族應該有大目標。有了這個大目標，大家為之奮鬥，這個國家、民族才有希望，內部的人群才會有道德，才會有誠信，才會有好的行為。

我曾經說過，秦國的戰鬥意志連續保持了幾百年，太了不起了，所以最後由它來

統一中國。當然統一之後它的戰鬥意志就衰退了，很快就完了。我覺得中國保持這樣的戰鬥意志不用保持幾百年，只要幾十年，中國的很多大事就全辦好了。我希望中國能回到祖先曾經走過的光輝道路上來。

民主制度是存在問題的，我們看到了。但是如果民主制度不行，回到儒家禪讓制度更不行。一個制度要解決什麼問題？一是解決統治效能的問題，二是解決爲誰服務的問題。民主制有時確實不是效能最高的，毛澤東說過「高貴者最愚蠢，卑賤者最聰明」，群眾最英雄，實事求是地說也是和效能相背離的。他老人家自己也不信這個，說這只是一種政治操作而已。有治國效能、管理效能的一定是精英主義制度。從這個意義上說，儒家又沒錯，他提倡精英治國。但是精英治國又有另外一個問題，如果精英不爲國家做事，而是爲自己做事，就像我們今天看到的這樣，怎麼辦？我們今天精英的智商也不錯啊，盡是北大、清華畢業的。但是怎麼防止他們腐朽，防止他們只爲個人私利服務？現在我也沒有具體的解決方案，但是大的框架我想應該是在精英內部有競爭的選擇，和平的競爭和選擇。不管你叫什麼名字，叫「黨內民主」，叫「軍事民主制」，像古代那樣——蒙古人也好，滿洲人也好，他們在一開始興起的時候就有這樣一個機制。這是一個成功的機制，他們的精英集團保持了團結，保持了高效能，保持了內部的良性競爭。當然，這種古代的軍事民主制沒有維持很長，很快就歸於專制了。

說到這裡，早就盯著我的那些自由派又要跳出來了，說我原來講的支持民主制度的話都是謊言，因爲我支持的民主制度不是西方式民主。我在這裡想澄清一下：我只不過是在探討民主的各種形式和各種可能性。如果歷史選擇了中國實行西方式的民主，我是支持的。或者說，歷史顯現出中國實行其他民主形式的可能性不大，實行西方式民主的可能性最大，我也是支持的。我認爲無論何種類似的民主制度都會比排除了內部良性競爭的非民主制度要好。

龍永圖「爭取入黨」之謬

我們必須要有大國心態，但是我們大國心態絕對不是現在那幫精英、主流媒體說的那種「大國心態」。那是管家心態、管家學術、管家儀容、管家媚態。

　　有的精英倒是乾脆把話說明白了。比如中國入世首席談判代表龍永圖說：美國是黨支部書記，我們是爭取入黨的群眾。要是管家的話，最起碼還是入了黨的，而說我們是爭取入黨的群眾，那不是連管家都不如嗎？還有一個說法：美國是部級幹部，歐洲和日本是局級幹部，咱們最多是一個副科。明白嗎？這些說法體現的是大國心態嗎？所謂的副科是大國心態嗎？你要說副科心態就是大國心態，這不荒唐透了嗎？

　　我們甚至有必要回顧一下抗戰時期國民黨的歌曲，比如說那時的《國民革命軍新一軍知識青年從軍歌》，非常不錯，我轉引在這裡，大家自己看。

> 君不見，漢終軍，弱冠系虜請長纓；
> 君不見，班定遠，絕域輕騎催戰雲！
> 男兒應是重危行，豈讓儒冠誤此生？
> 況乃國危若累卵，羽檄爭馳無少停！
> 棄我昔時筆，　　著我戰時衿，
> 一呼同志逾十萬，高唱戰歌齊從軍。
> 齊從軍，淨胡塵，誓掃倭奴不顧身！
> 忍情輕斷思家念，慷慨捧出報國心。
> 昂然含笑赴沙場，大旗招展日無光，
> 氣吹太白入昂月，力挽長矢射天狼。
> 采石一載復金陵，冀魯吉黑次第平，
> 破波樓船出遼海，蔽天鐵鳥撲東京！
> 一夜搗碎倭奴穴，太平洋水盡赤色，
> 富士山頭揚漢旗，櫻花樹下醉胡妾。
> 歸來夾道萬人看，朵朵鮮花擲馬前，
> 門楣生輝笑白髮，閭里歡騰驕紅顏。
> 國史明標第一功，中華從此號長雄，
> 尚留餘威懲不義，要使環球人類同沐大漢風。

　　文言文不大好懂，但我們大致能看明白。「要使環球人類同沐大漢風」，不管那時候中國人有多難，中國人還是有大的志向的。

◆王小東

十三、歷史會不幸證明，歐巴馬拯救不了美國

空話連篇的「美式八股」

一個網站的編輯想讓我評論一下歐巴馬的新書《我們相信變革》。他把書都寄來了，我也只能順手翻翻，好歹寫篇評論。好在這本書看上去不薄，其實沒有多少字，很快就能翻完。坦率地說，這是一本滿篇空話、胡吹大氣、讓人不堪卒讀的書，它唯一的價值就在於給我們提供一個瞭解這個世界上最有權勢的人的窗口。

這本書的上半部是歐巴馬的施政方略，下半部是他的八篇競選演說。我們老是說中國式八股空話連篇，沒有內容，可這本書還不如咱們的呢，他除了吹牛還是吹牛，實質性內容甚至不如咱們常拿來開涮的「動員報告」。他在這本書裡，全都是完全不切實際的許諾，要給老百姓這個，要給老百姓那個，可全都是口號，我看不出任何可操作的可行性。他甚至說：美國

到 2050 年，要減少碳排放量的 80%。這有可能嗎？有！一是在此之前人類已經把石油用完了，沒有什麼碳可以排放了；二是打核戰爭了；也有可能是二者一起來了。如果不發生人類歷史上最大的災變，美國到 2050 年碳排放量能夠做到不增長都難。可歐巴馬把這些告訴美國人民了嗎？他自己想過這個問題嗎？當然了，到 2050 年，歐巴馬自己都不知道在哪裡了，現在就隨便吹吧。可這是一種負責任的態度嗎？

我記得曉軍曾給我打電話說：中國國內那些親美媚美派，在歐巴馬當選的問題上已經分爲兩派，那些雖然親美媚美，但和美國尚無血肉相連的感覺，或者見識較淺的人，都在歡呼歐巴馬的勝利，可是那些已經真正全身心地效忠於美國，與美國血肉相連，有比較有見識的親美媚美派，卻都在因歐巴馬的當選而替美國擔憂。我看這些真正效忠於美國的中國人見識倒還是有的。

歐巴馬當選美國總統，美國國內確實一片歡呼，我也看了中國電視，中國專家們也是一片歡呼，都認爲美國很多的問題可以迎刃而解了。對此我實在是深表懷疑。要解決美國今天的問題，是不能光喊口號的，你要給出東西，就必須找到東西的來源。能量守恆、物質不滅，是基本的物理學規律，沒有任何人能夠超越。那麼我們看一看，要實現歐巴馬給美國人民許的那些給好處的願，以及他的「綠色」構想，來源在哪裡？

我認爲，第一個來源只能是實事求是地要求美國人民共度時艱，在一定程度上改變自己揮霍無度的生活方式。這件事當然是很難的，由儉入奢易，由奢入儉難。但歐巴馬原本可以利用自己的高人氣，引導美國人民往這個方向走。畢竟，就算是美國真的把碳排放量減少 80%，也只不過是達到了中國現在的人均碳排放水平，既然中國人可以做到，也還活著，爲什麼美國人就不可以呢？至少在一定程度上改變揮霍無度的生活方式，是美國一切「變革」的基礎。沒有這個基礎，一切所謂的「變革」都是空談。但歐巴馬的施政方略和演說完全沒有涉及這樣一個方向，而是給出可以過更揮霍無度的生活的許諾。這也就是說，歐巴馬在那裡聲嘶力竭地喊叫的「變革」，只是一種指望天上「變革」出餡餅的虛僞許諾，而衆多的美國人相信這樣的許諾，則表明了他們不會有什麼出息。

第二個來源是劫富濟貧，即拿美國的富人開刀，從他們那裡拿東西，也就是實行偏左的經濟政策。歐巴馬有這個意思，這也使得美國國內外的左派欣喜若狂。但他上

台之後，偏左的經濟政策許諾到底會不會兌現？如果不兌現，他辜負了今天懷著滿腔希望把他選上台的選民。雖說美國總統選上之後一般都會對選舉時的承諾打折扣，但你說話完全不算數還是會有不少問題。如果兌現呢？增稅，懲罰那些把業務搬到海外的美國的企業？要是這樣，人家企業乾脆就不當美國企業了你又如何？現在這個世界上不準備實行偏左的經濟政策的地方很多，歐巴馬如果真這麼幹很有可能把企業趕跑，那不是給美國經濟雪上加霜了嗎？

就拿眼前的事說，美國的三大汽車公司如果不大幅裁減工人工資，至少減到美國本土的外資汽車廠，如豐田、日產、本田等的水平，就是沒救的。即使能救得了幾個月，也不過一年半載，還是救不了永遠。所以，要救美國經濟，單純偏左的經濟政策是不可行的，必須有的地方比現在更左，有的地方比現在更右。歐巴馬有這個政治智慧做到嗎？有這個政治本錢做到嗎？我看這些都沒有。

現在歐巴馬的就職演說已經發表了。他的就職演說簡而言之，就是表明了要走「社會主義道路」。他說：「小政府、大社會」的事你們就不要吵吵了，我該大政府就大政府了；自由市場的事你們也別吵吵了，我該政府干預就政府干預了。這似乎頗有羅斯福的氣概，但是，我已經說過，今天美國的問題和羅斯福時代大有不同：羅斯福時代的美國，生產能力極強，確實就是一個生產過剩，有效需求不足的問題，而今天的美國，本來就欠著債呢，不是有效需求不足，而是本國生產能力根本就滿足不了自己的消費欲求的問題。用同樣的藥方治完全相反的病症，我看要出更大的問題。

我實在看不出歐巴馬就能更好地把美國從金融危機中拯救出來。我已經講過，美國的金融危機有著深刻的原因，籠統地說，就是它在各方面都老了，美國人「八旗子弟化」了。美國社會老化這個問題使得美國今天的金融危機雖然沒有 1929 年那麼猛烈，卻比那一次更難解決，換誰都一樣，但像希拉蕊、馬坎等至少還穩健一點，少吹一點牛。

第三個來源是外國人。一是騙，騙外國人的錢。在美國金融賭場穿幫之後，這件事的難度越來越高了，大家不僅接受了教訓，也沒錢被它騙了——也許只剩下想去華爾街「抄底」的中國買辦還準備拿著中國人的錢主動去被它騙。二是向外國人借。可現如今，歐洲的盟友自身難保，自己也錢緊得很，有錢也未必會幫它。就連美國最鐵，也是最有錢的盟友日本，都連續減持美國國債。只剩下一個經常挨它敲打，被它

看作潛在的敵人的中國，還在那裡執著地增持它的國債，但中國國內反對的聲音日漸增高，使得任何人，對美國再有深厚的感情，要大把花錢去幫它時，也心有忌憚。

第四個來源就只能是搶了。美國的軍事力量超級強大，這是美國唯一突出的長處。我有一位朋友的老闆是美國人，她在我的部落格上留言道：「有次美國老闆和我們說到美國財政赤字難以解決，國債淹腳面。我說阿拉斯加有很多自然資源，美國可以以這個為抵押還款。他不假思索地說，美國真慘到那光景混不下去的時候，好歹我們還有那麼多軍隊可以出去搶錢，何必賣家當呢？」看來這個美國人還是挺坦率的，直白他們在經濟危機時首先想到的就是用軍隊出去搶錢。我看這是美國人很有代表性的觀點，只不過那些記者、教授、政客們未必會這麼直白地說出來。然而，如我以前說過的，美國人去搶伊拉克已經被證明效率不高，如果要搶比伊拉克還強大得多的國家，未必能賺。歐巴馬不是要從伊拉克撤軍，把力量集中到對於中國和俄羅斯更有威脅的戰略要地阿富汗、巴基斯坦一線嗎？然而，製造或助長緊張局勢，挑唆其他國家打仗，然後賣軍火賺錢，確實是美國的長項。所以，中東、南亞次大陸等局勢的緊張，應該是預料之中的。

搖滾歌星式的歐巴馬「變革」

簡而言之，美國的問題是不那麼容易解決的，誰當政都不可能輕易解決，但歐巴馬搖滾歌星式的執政方式是更不行的。我看他執政不如希拉蕊、馬坎，乃至小布希。有人也許會說，美國的政治制度好，能夠制衡一個沒有執政經驗和智慧的總統，甚至能夠制約一個胡來的總統，我在相當程度上認可這種說法。但這樣一來，美國所謂的「變革」也就成了胡扯了。

有人把美國選出一個黑人總統這件事本身認為是美國社會一個重要的變革，認為這意味著美國社會中的種族主義徹底被清除了，並且認為這是全世界各族人民走向大同世界的一個重要里程碑。《紐約時報》稱歐巴馬當選掃除了美國「種族屏障」，中國一些學者也說歐巴馬當選表明了美國種族問題淡化了。我看還不一定。首先，美國的種族問題還是解決不了，變壞的可能性都有。種族問題要是那麼好解決，現在美國應

該早就不存在白人和黑人的分界了——都一起住了好幾百年了，早該混血混得差不多了。可事實是白人和黑人的分界還是鮮明地存在著。這次，如果只有白人投票，歐巴馬還是輸了。有些人說歐巴馬這次已經創造了近幾十年民主黨在白人選民中的最高支持率，但是，考慮到小布希這些年內外政策的不得人心和金融危機所造成的無與倫比的天時、地利、人和，如果歐巴馬是個白人，我認為他一定也會在白人選民中獲勝。再次，你看看馬坎承認失敗的講話時的場面：在場的幾乎都是白人，當馬坎說祝賀歐巴馬當選時，全場一片噓聲。小布希在臨下台時有個講話，告誡共和黨人不要對於歐巴馬仇恨過甚，這恰恰說明了在共和黨內部對於歐巴馬的怨懟超過了以往一般的政權交替。我認為，美國的一些種族主義觀念較強的白人反而會因為這一次的失敗，變得更「種族主義」，並有可能更多地從思想轉化為行動。當然，美國也有相當一部分白人正沉浸在他們的國家選舉出一個黑人總統給他們帶來的道德優越感中，美國最近的民意調查也顯示，大多數人願意給歐巴馬較多的時間來取得成效。但我認為，美國人的這種欣喜如果沒有歐巴馬所能給他們帶來的實質性利益迅速跟上，希望很快就會轉化成失望，這時候他們本能的種族主義情緒會不會又上來？

從國際層面上說，美國所面對的國際局勢大大複雜化了，我懷疑歐巴馬能做得更好。歐巴馬當選，歐洲的歡呼聲比美國本土還強，期待美國會放棄小布希時代的單邊主義、一味強硬。但放棄單邊主義和強硬政策，美國在國際關係領域的問題就一定能解決嗎？這裡面有幾個問題。一個是伊拉克問題。歐巴馬準備兌現競選時的承諾，在上任16個月內從伊拉克撤軍，把力量集中於阿富汗嗎？現在很多擁護他的美國人民都盼著他兌現諾言呢。可如果他真這麼做了，對於美國在中東地區的影響力和控制力究竟意味著什麼？現在還很難說。現在能說的是，歐巴馬準備把兵力集中到阿富汗、巴基斯坦一線，以加強對於中國和俄羅斯的圍堵，對美國的國家利益也許是一個正確的選擇。另一個俄羅斯問題，俄羅斯對於美國的挑戰姿態是明顯的。俄羅斯總統梅德韋傑夫在歐巴馬當選的同一天發表的國情咨文強烈譴責了美國，並明確宣佈：由於美國在歐洲部署反導系統，俄羅斯拒絕解散導彈部隊的三個團，同時準備在加里寧格勒州部署「伊斯坎德爾」導彈系統，擺明了強硬對抗的姿態。比起冷戰後那一段美國一極獨大的黃金歲月，俄羅斯的對抗姿態使得今天的美國所面對的國際局勢大大複雜化了。不管是誰當美國總統，這都是個難題，歐巴馬就能做得更好？我懷疑。而恰恰由

於歐巴馬是屬於少數族裔的黑人,在國際問題上,如果處理不好,他會受到比一個白人總統更多的批評和懷疑。

這次歐巴馬的就職典禮,去了200萬人,氣氛熱烈到了極點。毫無疑問,在今天它的民眾陷入茫然無措的情況下,美國需要一個搖滾歌星似的總統來調動一下大家的情緒,讓大家暫時忘卻現實中的困窘。真正優秀的搖滾歌星凱莉在現場把大家的情緒調動到如火箭一飛沖天,但戲散了大家還得回家面對現實。我認為,無論現在美國人民多麼熱烈地擁護歐巴馬,只要他不能立即帶來明顯的好處,美國今天所表現出來的對於他的擁護、國民的團結,很快就會轉變成懷疑、批評和分裂,期望越高,失望越大。在當今這個困難時期,由少數族裔擔任總統,立即成功便罷,否則就很快會轉變成劣勢,他會得不到多數族裔背景的總統所能得到的那種諒解和信任。

我在前面的大多數判斷,都是從美國的角度出發的。我無意於「jinx」美國,我只是說出自己的一些疑問,提醒大家除了一片樂觀之外的其他可能性,而不是必然性。我衷心希望美國人民成功。從中國的角度說,我們需要的是警惕美國出現嚴重危機時,為了擺脫危機選擇戰爭或挑唆戰爭。所以,張兆垠將軍2008年12月2日在《解放軍報》上發表的那篇文章主張「我們必須摒棄『和平建軍、建和平軍』的觀念,牢固樹立準備打仗的思想」,乃是十分正確和及時的。

◆宋 強

十四、中國對西方：「有條件地決裂」

　　1998 年的時候，在一本書的序言裡，我寫過類似的話，一個人，大凡不會邪惡到這種程度，因爲拗持他的觀點，不惜樂見用別人的生命、別人的鮮血、別人的損失去證明。可是接下來發生的事，卻偏偏顯得好像我們很邪惡。一本粗疏的「說不」，一些貌似偏執的情緒色彩很強的快論，包括中美之間的衝撞，包括後記裡「15 年內美國必然要出大問題」這樣的訪美心得，主流學術根本不屑於認眞對待的預言，偏偏要應驗，偏偏有這麼多不爭氣的事情一軸一軸地湊上來幫著印證。你說這叫什麼事？

　　全世界都在幫一個具有威望和實力的大國買單，這也不是最近發生的事情。買單的時間太長了，伺候到了這種程度：把美國人慣的，不幹活偏偏要住大房子（王小東語），而人們覺得這是天經地義的。這種狀況延續了很久，被認爲是正常的。有人不平衡，發出一點不同的聲音，反而被認爲是不正常的。這個「世界秩序」的鐵桶什麼時候被搖撼的？有人說是《日本

可以說不》，有人說更早，是日本前首相宮澤喜一，因為他公開懷疑過美國工人的素質，似乎還釀成了一場外交風波。總之，輪到日本人對這種秩序發發牢騷，說說風涼話，才會被認眞對待。而亞非拉國家一旦有點自我意識，都被看成「愣頭青」，挨了打活該，這也是我們長期以來的思維定勢。

一段時間裡，我們不像某些亞非拉國家那樣勇於惹事，可是我們也挨了打。這也是有轉折意義的往事，連我們幾個「說不」的人，都沒有想到，這個事態會那麼邪性！

大家知道的，1999 年發生了炸館事件。那件事發生的時候，我正在北京安貞橋一家飯館和幾個朋友吃午飯，一個哥們兒來了電話：中國駐南斯拉夫使館挨炸了，午間新聞剛剛播的。一起吃飯的朋友有一個是團中央院校部的，他另外一個職務是全國學聯的辦公室主任，聽到這個事哆嗦了，手腳浮動了。他說了一句話，眞是不想來什麼就來什麼。他們團系的幹部很不容易，「穩定壓倒一切」的工作，壓力太大。那些日子他確實很累，好不容易溜出來喝點啤酒，又得提前告辭回單位了——得去應對學生的示威遊行啊。

那幾天，我去了北大三角地，去了英美大使館，見證了那場「人民外交」風雲。我聽到人們在怒吼，同時我看到了我們這個時代難免的「消解」的插曲，一個哥們兒提議：一起唱國歌吧。他剛起了一個頭，後面有人說：操，唱錯了，那是《國際歌》！一片哄笑聲。說實話，這個場面，我覺得該難為情的是我們大家。我們自我消解、自我放任的歷史太長了，當我們眞正需要自我表徵一下的時候，感覺都不太像。文化深層面被揉碎的東西，有時候在日常細節中是可感的。

那個時候，許多中國人都極其鬱悶，包括那些特別精純地相信這些西方國家會眞誠地幫助中國民主富強的學者們，他們的滋味可能更不好受。在北大三角地，我就聽教工說，某些平時在課堂上慷慨激昂地緊貼著老美的教授，這個時候傻眼了，噙著眼淚喃喃自問：怎麼會這樣？怎麼會這樣？

我也想問問：怎麼會這樣？

人都是有局限的，修煉得再好，也不可能永遠保持高姿態。那個時候，看到慷慨激昂的自由主義鬥士們的無語，聽到他們的低泣，我有一種釋然的心情。這個時候，我覺得「一個都不寬恕」是非常對的。我們確實帶著莫大的快意，看著自由知識分子無語的窘態。這不叫邪惡，但確實不是「高姿態」。我又會和他們同悲，我認為這種受

損害的悲痛是眞誠的，我尊敬這種眞誠。因爲我覺得那飽含眼淚的老教授還沒有墮落到這種程度：覺得自己的國家遭到襲擊，這個國家受到侮辱，是一件可樂可賀的事。比起今天的某些精神現實，比起那種公開宣揚要當美國兵，不惜做美國兵而戰死的叫囂，比起宋永毅之流的「下流的民族」的咒罵，比起那種理直氣壯甘當「第五縱隊」的行爲藝術——這種情懷，貼上去想跟別人親近卻而被踹回來的失落，實在是可以給予足夠同情的（雖然確實是一種親美的情懷，也值得同情）。

可以由此而說到的，是我們怎樣在長久失去自我表徵的能力：被外國人牽著鼻子走，習慣於在別人的評價中找到自己的位置。

說到這一點，想岔開說兩句，「第三隻眼睛」的情結，喜歡從鏡像中看自己的心態，倒不屬於什麼「劣根性」。日本老百姓不是也很喜歡外國人寫日本的書嗎？對本國人士信不過，這個現象，可能是相當數量的人類可愛的毛病，我用了一個字眼，「村社」情結。對近鄰親族，哪怕是優秀的表現，會撇嘴，會有點不服氣，會找他的碴，會給他喝倒釆。改革開放以後，一些中國人變得「洋氣」了，然而難以覺察的是「村社」情結也在膨脹。越是以前熟悉的，越是看不起，以最簡單的邏輯，把熟知的經驗斥之爲陳腐，幾乎是發自本能的去譏笑它，所以不自信的心理之源，從這種鄉巴佬情結（鄉巴佬沒有侮蔑的意思，大多數時候不失可愛，我喜歡柴可夫斯基的一句話：我就是俄羅斯的鄉巴佬。）中，找到文化訊息有趣一面。老百姓看電視，看到正經的場面，會敬肅，不言語，但只要是本縣本鄉人出來，都會哄笑，顯出不以爲然的樣子，氣氛馬上變得活潑起來。所以自虐的現象，「貶熟」的風氣，是基因在裡頭的，可以趣味性解讀，沒必要動不動上綱上線。這是事情的一個方面。

我長期是以善意來看待自我討伐現象的，我甚至覺得這是一種從容不迫的表現。可是，我們討伐國民劣根性那麼多年，有沒有想到過，把熱中於「貶熟」的「村社」情結討伐討伐呢？爲什麼不把另外一種基因拿出來說道說道呢？討伐的目的，難道不是求得我們自己稍微變得尊貴一點嗎？這個關於日常生活的小觀察，也許可以推演到很大的方面，知識，學問，思維，發生著的扭曲，和我們的縱容自己，不講求變化氣質，難道沒有關係嗎？

自我矮化的風氣，從小處著眼，是有文化傳承的。

我們稍不注意，就被慣性驅使，失掉尊貴，渾然不知，我們長期笑話日本人在交

際上，在其他的某些領域，動不動表現出來的近乎神經質的反應，正如大家看到的，我們還會嘲笑阿拉伯人。可是，難道自我保護意識的荒廢與放縱，方方面面的麻木不仁，才是「大氣」的表現嗎？學者專家動不動批民間聲音對中國遭到羞辱的反映「缺乏大國風度」，難道就沒有想一想，對青年們的一觸即跳和幼稚，和我們反應機制的鬆弛沒有關係嗎？為什麼不從這個層面，真誠地檢討「國民劣根性」？

這種不自信的歷史是如此漫長，讓人想到了「沈崇事件」裡外前後國人的表演。60多年前，北平女大學生沈崇被美軍強姦後，很多要面子的中國人異乎尋常地關心著在日本的另一起美軍強姦案，包括中國的外交官，都擔心美國法官不給我們台階下。大夥帶著惴惴不安的心情，猜度著美國人會怎麼去判。當他們得知駐日美軍法庭判決強姦犯死刑而北平強姦案的美軍中士無罪開釋被護送回國時，天崩地裂的感覺可想而知！我們的尊嚴，可悲地依附於別人的臉色；我們的脆弱和絕望，源生於「同比」的不公。在一種被蔑視的失落感中，才吞吞吐吐地承認獨立自由的時代合理性。

這是中國人精神史上極其灰色的一章，原以為這種頹喪在日後的漫長歲月中有所改善。然而我看到了什麼呢？相比那個時代而言，今天的某些知識分子對自己國家的惡毒的咒念，已經變得直率了很多。殘忍的施虐、下流的語言比比皆是，可是沒事，他們的境遇比許多草根愛國分子好得多，還可以被奉為「時代的良心」。這是這個時代的超級悖論，無原則地咒罵自己的國家、打壓一切申訴國權族權的行為，被視作「正派人」的作為！或者能博得最清醒、最高超的名聲！這就不是什麼「自我表徵」的問題了，而是喪心病狂的自我摧毀。這屬於另外一個話題範疇，也不能不說沒有聯繫。

早些年，關於喬良的《超限戰》，有一場筆墨官司，這個官司的曲直姑且不論。令人作嘔的是，指控作家喬良的書評人為了顯示其高超，順手拈來了一些「國際資訊」，來為自己加分，這個插曲，也說明實行自我矮化已經成為一些中國人的本能。我當年為喬良聲辯的文字是這樣寫的：

> 書評人開宗明義告訴讀者這本書其實在國際上「一片惡評」……「一片惡評」的說法從何而來？筆者一直在關心關於《超限戰》的各種反饋，竟然感到訝異，是本人孤陋寡聞還是跟不上憑才氣做文章的寫作大趨勢？
>
> 總之是誰都沒有用足夠的資訊來告訴我們：國際社會到底是怎樣「一片惡

評」聲的。聯想到當年有人言之鑿鑿說一本時政評論書嚇退了多少多少外資，我們認為應該對書評家發一句忠告：一本書的意義有限，不要給讀者製造無謂的恐懼。《超限戰》這本書造成了一定的國際影響，美國思想庫和軍方也有一定的反應（不排除發生了一些擔憂）。但如果因此恣意誇大它在西方軍事界的影響（哪怕是善意的）或就此事製造某種恐懼：比如指責它「反文明」，比如斷言它是邪惡的民意折射，這兩種做法都是過於「超限」的。

長期以來，清流評論家沾染上一種毛病：動不動把中國民眾思想趨動同二戰前德國和日本的社會思想現實聯繫在一起，甚至民眾正常的閱讀趣好也被解讀出一大堆不祥的訊號，知識分子與民眾的疏離程度真的至此了嗎？且不說清流們向民眾「普及文明」的可笑，聯想到某些本土知識分子這些年不遺餘力地炮製中國式暴民黃禍圖輿（甚至比西方還要賣力），需要再次告誡一句：不要製造無謂的恐懼。

毋庸諱言，近30年來，我們處於一個長期被遮掩的真相中。中國人以最大的熱情欲圖擁抱西方，以最親善的姿態告訴西方：「我們在向你們靠攏」，而西方的回答是：「你們在哪裡？」自我矮化的時代歧路，絕不是心理鏡像，而是周遍都存在的活生生的現實。

我們喪失了自我表徵的動力和能力，這是現實中最大的悲劇。

從這個意義上，韓寒在「龍圖騰」問題上對吳友富的批評是特別到位的，韓寒寫道：「據說，DRAGON 的英文意思是充滿攻擊性和霸氣的龐然大物。……改成溫馴的沒有攻擊性的黃金獵犬是最合適不過。這樣多好，我們都是龍的傳人，這專家按照自己提出的意見，他可以率先稱自己為狗的傳人，看看有沒有人願意和他一起。」

而圖騰爭執後來升級了，成為 2009 年初的新聞看點。零點集團總裁、上海電視台著名主持人袁岳搞了一個創新性建議：龍太霸氣，代表的是古代中國，應該用溫順的熊貓做現代中國的圖騰。對於這種鬧騰，王小東的回答更乾脆：如果在乎外國友人是否喜歡，那還不如乾脆選賽金花算了！王小東在北京電台裡是這樣說的：

如果中國凡事都要以外國人喜歡不喜歡為標準，我以為，那就乾脆一步到位，直接以賽金花為中國的圖騰好了。理由：「國際友人」一定更喜歡賽金

花，如果每個中國人都是賽金花，那「國際友人」們還不得爽死！

這些精英……吸取中國最多，卻最害國，這種現象何時才能做個了斷？

一個國家的圖騰只能代表這個國家的文化傾向的很狹窄的一個方面，不可能代表全部。如果中國文化，不管是古代還是現代，有某一個方面需要代表的話，我寧可選擇精英們詬病的強大，而不是他們熱中的溫順——他們似乎只對外國人溫順，對國人好像也是很凶的（魯迅先生怎麼說這種現象來著：在凶獸面前顯羊樣，在羊面前顯凶獸樣）。

中國的老百姓要爭氣，不要當羊啊！

黃紀蘇描繪的一個「胸無大志時代的文化譜系」，造就的就是這樣一種精神現實。

失去自我表徵的勇氣，如果都被指斥爲沒有智慧，那也不公，但總覺得無論如何這是一種過了頭的「智慧」。那陣「第三次思想解放」最熱乎的時候，社科院前副院長劉吉，在一次研討會上跟澳大利亞前總理霍克說了一番別再強調什麼意識形態不同啦，等等。霍克聽了，馬上反應：這位先生的表述是錯誤的！國與國之間……翻譯覺得會讓院長大人下不了台，不敢翻譯。王小東叫了起來：翻譯啊，怎麼不翻譯了？

翻譯出來了，霍克前總理說出來的話，根本不跟你講朋友。醒醒吧，人家根本不跟你玩虛頭滑腦的一套。

我聽了這個插曲，感覺的是莫大的悲哀，想貼上去，被人給踹回來了。

這裡想到的問題，其實我早就認識到的，不能否定一些持「浪漫開放派」人士的國族情懷。很多人也有信心，很多人從感情上是不願意自虐的。比如，他們會講：中國這個民族在西方人美國人的眼裡還是神秘而且有魅力的，是能夠贏得尊敬的。不管這話是否天眞，我相信許多寄希望於美國給我們民族好的表現機會的中國人都是眞誠的愛國分子，雖然這種愛國情懷不是全面的。我也相信，許多激烈反對「說不」及反對所謂「中國民族主義」的先生都是擁有一定智慧的國策派，往高裡說，他們有春秋時代智囊型知識分子沿襲下來的優良傳統，希望中國在這個險惡的世界環境中有著充裕的發展空間，交足夠的朋友，做賺錢的生意，然後步入西方行列。一句話，希望中國能夠傍上西方的大款。這也沒有什麼可以去指責的，然而因爲這種信念，而去故意遮蔽另外一種事實，卻不能不說：這種做法又是極其不正派的。

◆宋強

十五、不能再搞「輪盤賭」：
把中法關係實質性降低

　　對於「浪漫開放派」人士來說，大概他們感到最難堪的就是這一點，面對西方，他們心裡有個聲音在說話：我們辛辛苦苦經營一場，不就是朝著你們貼近嗎？還要我們怎麼把話說透底呢？我們急吼吼跟尼泊爾毛派劃清界限（才不管別人罵我們怯懦呢），我們對很多國際事件哼哼哈哈，不就是為著去抹平「洋大人」不快的記憶嗎？什麼「斯巴達國家」，什麼「紅色中國」，我們在竭力抹平這個，你們為什麼還抱著「洋教條」不放呢？

　　這就讓我想到另外一個問題，中國的主張，不惜鬧崩了都要去堅持的主張，就是一個堅守底線的問題。什麼「情緒化」不「情緒化」？愛把這句話掛在嘴上的人，不妨去想一下：這麼些年來，西方和中國，到底是誰在考驗誰的耐心？難道被打了臉不作聲，那才叫不「情緒化」？習近平最近在拉美對華僑講話，說：「有些吃飽了沒事幹的外國人，對我們的事情指手畫腳。中國一不輸出革命，二不輸出飢餓和貧困，三不去折騰你們，還有

什麼好說的？」

在外交場合，在民間國際交流中，經常看到某些批評、某些挑釁，經常有中方人士這樣激憤反問：你要我們怎樣做才能滿意？

搞外交，並不是某些「棒槌」想像的那樣，未必是佛陀一樣的不形之於色，大多數時間也並非酒杯親善，就像20世紀80年代某些可笑的「涉外題材」電影，把跟外國人打交道的場面按照自己小家子想像塗抹一番，說一些歐化句式，哼哼哈哈，整個肉麻了得。現實中，我們可以看到古巴外交官朝美國代表臉上悠悠地噴煙，我們可以看到土耳其總在以色列領導人面前憤而離席，可以看到柯林頓面對日本學生魯莽的問題顯示出的窘態，可以看到鮑爾講話指責南部非洲內政問題時國際會場的驚訝的尖叫和激動的抗議（甚至還有要上台扭打的衝動表現），可以看到卡洛斯國王打斷查維茲「你為什麼不閉嘴」，看到當年的納賽爾像呵斥小孩子一樣呵斥格達費上校和胡笙國王。人是有情感的動物，情感抉擇也是國與國之間的代表打交道的正常規律，愛顯示自己見識廣的裝蒜「高人」從來認為：這是中國人特有的毛病。這不對的，國與國打交道，自有它的生物性特點，人們常說的「叢林法則」就是。雖然現在大家批評這個法則很野蠻，但是不等於它不存在了，事實上，國際關係上，以「溫情」之殼行使冷酷野蠻之實的事，倒是比比皆是。看看《盧安達飯店》，不就是這樣嗎？

從這個意義上說，民間的情感比起那些在派對上碰杯的外交官，又能低級多少呢？西方有很多中國通，他們跟我們的領導人打交道，喜歡說一些家常話，比如這樣的話：我們是向著你們的，其實我們特理解你們，理解閣下的職務壓力（這是特別聰明的西方信使的口頭禪，然而在訊息分析上不能高估，不能高估這裡面的善意成分，因為當年，他們對烏干達的伊迪‧阿敏也是這麼說的）。可是我們有國會，我們給國會、給少數黨領袖面子上得有個交代，所以我們得現實一點，你們擔待一點，……諸如此類。

早些年就想過這個問題，我們跟他們切磋的時候，可不可以如法炮製呢？可不可以也這樣說：我們特別不願意這麼做，可是我們國內的民意洶湧啊，人民提高認識要有一個過程，你看，這回你們就擔待一點吧。

所以，別一說要鬧崩了就那麼緊張。絕大多數鬧崩了，在經驗中是可以轉圜的。不能轉圜，到了不可收拾之境地，就值得那樣害怕嗎？我理解：害怕也是一種情感，

《獅子王》上的老王回答兒子辛巴「你也會害怕嗎？」說：我只有必要的時候才勇敢。當年詩人李亞偉跟我說：懂得害怕，其實是男人的品質。我對這句話印象很深。又想起張承志當年寫到的：投降是一種戰爭規律。意思是說：軍事上的投降，也是一種不失尊嚴的抉擇。然而害怕和怯懦畢竟是兩回事，指責「情感抉擇」的人士，可能精於這一類知識的歸納，可是他們沒有尊嚴，他們的詞庫裡沒有「必要的勇敢」。

有條件決裂的意思，再簡單不過。「對抗也是人類交流的一種形式」，「如果和平成為不可能，那麼我選擇戰爭」，這些當年的主張，在今天仍然是我們不得不面對的選項。

再說到情感選擇，其實是人類交往中極其高端的形式。我們經常看到生意場上，老總之間鬧掰了，會扔下一句話：你算計都不重要，關鍵是你在玩我！這裡，生物性的反應可以暫時壓倒一切。這種反應，也可以是決定性的。

國際間的事情，也是如此。

在中法關係上，就是要明確「懲罰外交」的概念。懲罰，報復，這是國際間交往的常態。

說到沙柯吉的表演，他是有著明顯生物性的，他的翻雲覆雨，看起來有滑稽性的特點。我覺得中國網民對這個人的評判並不幼稚。我們知道義大利的貝魯斯柯尼，也發表了一些亂彈中國的講話，比如「把嬰兒放到水裡煮」，絕大多數網民的反應，就不會把水平放到他的層次的，甚至還以友善的態度來打趣。但是沙柯吉的冒犯，是最卑劣下流的機會主義，他的玩法，連在生意場上都無法容忍，以民間經驗來回擊他，懲罰整個法國，並不低級。話本小說《三遂平妖傳》裡有個「發賤鬼」，客人話語溫和地向他討茶喝，他會跳著腳罵人；把他吊起來拿鞭子抽，他討饒，不但有茶，點心也拿出來了。沙柯吉就有點像那個「發賤鬼」。不把他徹底教訓一回──就像詩人王琪博常說的黑社會原理：要弄就弄痛！這有什麼不對呢？如果不這樣，一定於事無補，在這個事情上，中國能不能顯得驕傲一點呢？能不能使用「懲罰」這個詞呢？能不能搞一點中國情感特色的外交呢？能不能用於承擔一定的折耗呢？記得在最蜜月最「開放至上」的年代，我們都敢於把賣台灣潛艇的荷蘭懲辦一回。在一些不友好國家輪軸鬧的情勢下，我們不能輪盤賭，不要把外交思路弄得那樣零碎，把法國歸於「差信譽客戶」，著著實實懲辦一回。搞一點「解氣外交」、傲尤外交，也符合我們開放時代的大思路，成熟的大國心態不光是「寬容」，也有較真兒。

◆王小東

十六、沙柯吉見達賴：了無新意的遊戲

這次沙柯吉會見達賴，溫家寶總理訪問歐洲繞法國走了一圈，就是沒去法國，被普遍認爲是一次很到位的抗議，中國外交終於站直了。但是事情也許沒有這麼簡單：長期以來，西方大國，一會是德國，一會是法國，一會是英國，一會是美國，一會是日本，一會是他們的中央政府，一會是他們的地方政府，反正總是有一個冒出來，在台灣問題上，西藏問題上，給中國添噁心；而中國的回應呢，一如既往，都是爲了對這個冒出來的表示抗議，而大給其他人好處，似乎是想起到某種激勵作用。可是長期看下來，他們當中這個冒出來的，始終在換，今天是甲，明天是乙，後天是丙，幾圈下來，一個不落，全都大大地撈到了好處，沒有一個眞正是受到懲罰的，你說他們是串通好了輪流來的，都一點不過分。而中國這種給其他人更多好處的做法，究竟起到了什麼樣的激勵作用？我看是什麼激勵作用都沒有起到，而且一不小心被別人當猴要了。

在這個問題上我們應該清楚地看到：首先，西方國家對於遏制中國，是完全一致的。中國不可能用這種類似於幼稚園孩

子「今天我跟你好，明天我跟他好」的方法打進楔子去；其次，以今天西方國家的實際力量，他們雖然力圖遏制我們，卻也不能把我們從地球上抹去，還得跟我們做生意，同理，以我們今天的實力，也還得跟他們做生意，我們還不具備跟他們全面翻臉的實力。對於他們給我們添噁心的回應，要麼是直接懲罰那個國家，如果懲罰有困難，則只能先不理會，但絕不應該用獎勵其他西方國家的辦法去回應。比如說：我們現在還不得不買美國或歐洲的大飛機，既然不得不買，我們就沒有以不買西方國家大飛機來懲罰他們的能力，那我們也就沒必要以買誰的大飛機來作為外交槓桿。在這個問題上中國就應該完全不考慮政治，而是在商言商。我們今天說美國惹了我們，所以去買空中巴士，明天又說歐洲惹了我們，所以去買波音，幾個輪次下來，他們還可以借所謂的政治上「友好」而抬價，我們自己卻成了傻瓜。

那麼，中國究竟應該如何回應呢？難道就是不回應嗎？我認為，可以有很多的著眼於長遠的回應。首先，我們應該讓中國國民清楚地瞭解，西方人今天是怎樣利用了他們的技術優勢欺凌我們的，我們要不受他們欺凌，就必須把自己的產業技術提升上去，要造出自己的大飛機，自己的飛機發動機，自己的先進燃氣輪機，自己的先進的數控機床，自己的先進的集成電路晶片，等等。其次，我們的主流媒體，早就應該停止對於西方人的美化、神話了，早就該告訴國人西方的真相了。比如，中國的電視早就應該告訴中國人：巴黎的地鐵、巴黎的街道有多麼骯髒，這一切有很多中國民間的「普通」驢友所拍攝的照片為證。而這一切都反映了法國人素質的低下，以此作為對於法國總統沙柯吉對達賴拋媚眼的回應，我看要好得多。再次，我們要讓國民知道我們在這個世界上十分孤立的真相，西方人是一丘之貉，丟掉對於任何一個西方國家的幻想，不要幻想他們中間有哪個大善人是對中國更好一點的，中國人必須在被孤立、遭敵視的環境中自強不息，謀取自己更廣闊的生存空間。我十年前就寫過《光榮孤立論》，那裡面的思想今天仍舊值得中國人認真思考。這一切回應，都不是直接針對外國，而是著眼於練自己的內功，等到我們練內功練強了的那一天，我們就可以站起身來直接給予那些給我們添噁心的人以嚴厲懲罰。

我們應該記住一個原則：對於損害我們的人，沒有力量就不回應，自己回去苦練內功，以期將來可以嚴厲懲罰他們；一旦有力量，就予以迎頭痛擊，叫他們痛到永遠記住，而絕沒有去獎勵他們那些僅僅是某一次沒有直接出手的同夥的道理。

◆宋強

十七、論「優秀的中國人」：
馬立誠等人的「勇敢」是在挑戰民族底線

　　2003 年的樣子，詩人、供職於社科院文學所研究法國文學的樹才帶來一位法國人和我們一起喝酒。這個法國人有點來頭，長期供職於法國國防部，在中東地區工作了很多年。關於國際關係和中東局勢，我們談了很多，當談到小布希關於「十字軍東征」的著名「口誤」時，國防部的前專員挑著眉頭，用一種不耐煩的口氣說：人們太天眞了，其實，在布希和美國利益集團的頭腦裡，任何非基督教的文明，都屬於「泛伊斯蘭文化」，一定要除掉或箝制爲後快的。還有什麼可多說的呢？

　　法國前專員的話，在座的人多年以後都能鮮明地記得。

　　所以當我看到很多富有個性的中國人在巴勒斯坦人遭受屠殺的時候，表現出的那種大快意，那種淋漓酣暢的仗義情懷（當然，這種仗義是給「偉大的以色列戰士」的），看到那種不知道由何而生的幸災樂禍，突然心生恐怖，突然像回到了 80 年代，想起了我們一廂情願的充滿國際主義熱情的年代。就是

《中國可以說不》第一章裡所寫到的：當年我們被上海學聯安排去見巴勒斯坦學生聯合會時，我們抱持的那種挑剔的態度。我們思想是那樣的解放，我們厭煩主流媒體給我們灌輸的「正義」。「正義」在哪裡，應該由我們自己去探索，這是對的。然而我們真的去探索了麼？難道我們沒有不知不覺地被自己的「先驗」所左右，以一種貼著西方媚著美國的勢利心態冷眼看巴勒斯坦人的掙扎麼？這是貫穿了多少年的真實情緒？多少年來，我們一直在問：巴勒斯坦天天死人，有哪個具有「國際胸襟」的中國人站出來舉著蠟燭，禱念「今夜我們是巴勒斯坦人」？不可能的，格局太小了，太不討好賣乖了。我只聽到一個微弱的聲音：看到巴勒斯坦人的悽慘勁兒，只有一種強烈的感受，「生活在有核彈的國家真好」。這個話裡的深層訊息，大家能捕捉到感受到嗎？我們可以管好自己的事，不和亞非拉弱小民族套近乎，但是能不能不去作踐別人呢？你剛剛過上安穩日子才幾天呀？對於現階段的我們來說，吉卜林的詩句也許有教益作用：

假如你懂得在失敗之後取勝，

並同樣對待這兩種假象，

我的兒子，你就會成為一個人。

現在的問題是：你做得到人家對你放心嗎？我們看到的是，慷慨激昂討伐弱小民族的做法，急吼吼跟別人劃清界限的怯懦的心態，在今天反而有一層「正義」的光暈，而且還能引起歡呼！周孝正教授最近抖機靈，宣佈：以色列是個好國家。他的一個籲求，是「訊息的對稱」，那麼，在他的訊息空間裡，能聽到巴勒斯坦窮鬼的哭聲嗎？

素有「話嘮子」雅謔的周孝正，為以色列聲辯的手腳功夫倒是不太滯遲，我們應該佩服他從魔術繩索中儘快脫穎的本事，他老人家的故事剪裁，那種怪誕的勾連，陰毒的暗示，把一個遙遠的國際事件同內政憤懣、本土憤懣嫁接一體，功夫了得。伊拉克有個「化學阿里」，我們倒應該慶賀中國出了一個「化學周」，周氏化學程式居然是這樣的精彩，他散佈的毒化氣體是：以色列打了哈馬斯，中國人豈止是不該譴責，而且應該深情理解，應該叫好！叫好還不夠，還要回身反摑中國人自己的耳光！看看以色列怎樣拍錢！相比之下中國人怎樣的混帳王八蛋！從實際效果來看，從網路發言普遍的冷漠態勢看，可以援用一句布希被飛鞋襲擊後說的話：他想引起歡呼，我認為他

得逞了。一個大學生聲音微弱地抗議：周教授這種置身事外的「公正」態度其實是一種赤裸的殘忍！然而，大學生的抗議只說出事實的一面。搞煽動的人真是置身事外了嗎？他擺弄的如此陰毒的「多米諾」，借加薩的人道主義災難把中國人的尊嚴拿來開涮，引向不可收拾之境，導致另一種心靈的災難，他的這種用心，難道人們真的看不明白嗎？這裡，姑且再引用周教授的學生發表的公開信的文字：

> 我為您的片面之詞和為侵略者辯護的荒謬邏輯感到羞愧。……您奇異的和平型侵略者理論我是斷然不能接受的，因為您的辯護，讓我想起了日本的所作所為，如果對他們滅絕人性的屠殺擄掠視而不見，你更可以讚歎他們民族所創造的種種人類文明史上的奇蹟，甚至連我都不得不為他們美言幾句：老家中學的籃球館是當年日本駐軍的兵營籃球館，也是我見過的工程質量最棒的籃球館！……我本人不排斥日貨，喜歡日本的遊戲動漫。問題是，這和我對日本曾經對中國和亞洲以及世界犯下的侵略罪行的認識是兩回事！干戈可以化玉帛，但干戈畢竟是曾經真實發生過的歷史，不容質疑和抹殺。而以色列今天的行徑，對於遭受炮火蹂躪的無辜巴勒斯坦民眾，其感受和突然一日我們遭受日美的侵略的感受接近呢，還是和置身事外卻還津津樂道於強者對弱者的故作姿態的周教授的立場一致？除了被侵略的人民，誰有資格代他們立言？周教授非常懂得什麼叫不合時宜與譁眾取寵，但卻缺乏一個真正知識分子最基本的客觀立場和同理心……或者說知識分子的良心……一個人可以沒有如周教授般淵博的專業知識和社會地位，但一個受過正常教育和有著正常心智的成年人，在戰爭陰靈仍然飄散在弱小國家和人民的今日之世界，如果連這點大是大非都不懂，連這點跨越民族與國界的同情心和正義感都不具備，我只能選擇再次無語。

前面說過，在世界各民族中，恐怕很少能夠找出中國智識階級這樣的堂而皇之作踐自己賺吃喝的「優秀人物」；在世界各民族中，很少能找到這樣的智識集團，賣弄一種可恥的論說的同時，根本不打算掩飾自己的勢利心態和無原則的叛賣。過去我們常說，二戰期間中國大地漢奸如雲，偽軍如蜂，人民認為這個現象是中華民族之痛，

是國恥。歸結原因，很容易簡單地把它歸結爲小人式的個人主義，「炮樓一躺，半個皇上」，這類民間情緒，反映了一個國家令人窒息的底層困苦和精神頹唐，因此有人得過且過。但事情並沒有那麼圖譜化，在《中國可以說不》有關章節中，我曾嘗試著以日常經驗和政治情懷來解析這種歷史後果，我這樣袒露自己的心路：

> 人很容易變成自己不喜歡的那種人。而且變成了以後，他還動輒自欺：「我變化的過程和那種人不一樣。我有很多的值得人們灑淚的故事。」屁話，你和別人有什麼不一樣？80年代歷史翻案風正盛的時候，我讀過汪精衛的一些信件，深深沉溺於他的悲痛之中，我覺得這個人的情懷要跟寫《報任安書》的司馬遷相比肩。一時間，我發表了一種奇談怪論：其實汪氏是一個很痛苦的愛國者。他有崇高的地位，有副官，在重慶有防空洞，他何苦要置個人數十年革命奮鬥歷史於不顧！我這種小人物的心理左右對汪氏的再評價達數年之久，看看這個人吧：李爾王式的，目睹「沉毒河山」，抒發幽州情懷，多麼叫人感動！……其實細想一下：漢奸們何嘗不是由一些道德、智謀、氣力諸方面都很優秀的中國人組成的？他們投向敵營，何嘗又不是中國幹部力量的損失？
>
> 政治的、軍事的、宗教的、文化教育的、新聞業的、實業界的、金融業的濟濟人才，蔚集在「和平建國」的旗幟之下，抱著舉大事者須任勞任怨的信念，從事著爲異族人所左右的勾當。……禍國殃民的事件往往是各行各業的高超人物幹出來的，他們不一定道德敗壞，比常人有理想，比碌碌無爲者有意志力和犧牲精神；有節操，守紀律，有令人熱血沸騰的信念，有甘願孤獨成爲寂寞聖賢的情懷。但我們不可能不以史學的眼光看待另一種東西，即社會的、經濟的、文化上的嚴重事實，和造成民族前進滯遲的罪惡。

我寫的這段話後來遭到了馮英子老人的批評，我覺得老人家沒有讀通我的話。我接受他在史實上的駁難，他說汪精衛在重慶時代是拿了日本人的錢的，但這個並不妨礙我的觀點延展下去。

那麼現在來看，中國人的優秀人物中，有沒有這種精神堪憂的現象呢？當然我們

不會像麥卡錫那樣，用「非美委員會」的嚴厲繩尺來給現在的鬆弛混亂的精神狀態做斷語，實行文字上的指控。但是至少要點出：我們中國確實存在著這種令人堪憂的精神前景！記得建國以後，直至 1979 年，我們修訂的各本憲法，都把懲辦賣國賊放在導言裡，以後，為了避免不必要的誇大敵情觀念的做法，「賣國賊」這個詞語從憲法中隱去了。而我們在今天看到的，民間紛湧起各式各樣對「漢奸」「賣國賊」的指控，恐怕不再是道德清教徒們的迫害幻想了。它有事實的依存，有大量可以公開看到的墮落的徵兆。

一說到這一點，有人就跳出來了：開歷史倒車了！出「愛國賊」了！

只要說出這樣的不愉快的事實，就有人跳出來把你賦予一種色彩。「愛國賊」這個組合嫁接，是南方都市報裝蒜小丑們最突出的發明，且不說它是最糟糕的修辭，語義上毫無知識可言。即使從事實來看，它也是不明大局一葉障目的。

誰要對外部壓迫發表一些抗議的意見，誰就是反改革。這是《交鋒》的邏輯，「唯開放論」忽悠國人的言論。《交鋒》熱起來的時候，作者之一馬立誠到處作報告。台上發言，台下記錄，嘖嘖，風光無限啊。而在「改革破阻力」興奮情緒高漲的時候，我們就有保留意見。我經常對香港的媒體朋友說，你們這些年的興奮點就是找內地的激進派和保守派，任何一個事情，你們都能解讀出一段左派右派拉鋸戰，然後來一番拜占庭宮廷陰謀描繪，誇飾一些不存在的困難，為改革車輪找碾碎的對象，毛澤東批評過的，「揪人」。有人批評民族主義是在轉移國內矛盾，搞民族主義的人起了壞作用。我看熱中於這種故事的人應該反躬自問：製造拜占庭神話，是不是轉移矛盾，沉浸在這種興奮當中不能自拔？看一下戈巴契夫時代的蘇聯吧，那個時期，中國的青年人也跟著改革派激動，大家都知道蘇聯黨內有個保守派叫利加喬夫，我們一邊跟著新思維跟著那種鬥爭的幻覺心潮起伏。我每次在電視上看到利加喬夫的臉，看著他那張官僚式的冷冰冰的臉，想像他如何搞陰謀詭計，會湧起對保守派官僚的憤恨。後來回想起這段感情經歷，有點好笑：自始至終，利加喬夫在哪裡？利加喬夫待在他待的地方，其實沒招誰惹誰呀。利加喬夫的存在意義，就像歷史上「破遼鬼」的幽默：金國打遼國，攻打的理由就是遼國收留了金國的叛臣，一次一次打，終於把遼國滅了，結果怎麼著？金兵把那個叛臣老頭兒逮住，打了一頓，放了。那老頭兒安度晚年，逢人便自我介紹：我叫「破遼鬼」。還有一個安德烈耶娃，她發表了一篇《我必須堅持原

則》，當年中國以極大的熱情關心著蘇聯的改革，這篇文字在當年《參考消息》全文登過，中國人也跟著爲蘇聯改革的前程擔憂。結果是那個共青團報紙爲發表安德烈耶娃的文章向全國道歉。我們也長了見識，反改革的打手原來是這個德性，而今天回過頭看，當年看起來那麼討厭的安德烈耶娃倒並不討厭。她那缺乏策略性和親和力的論點，從實際後果來看，每一個都是對的。

想到這個插曲，真想禱念一句「天佑中國」。好在我們有鄰國的悲劇，好在我們有各個方向的堵壓，好在我們有了這麼些年的一些內部折騰。我們沒有走到那麼不堪的境地。

我們知道，馬立誠後來成爲了民間道義指控的首當其衝者。他爲日本二戰期間暴行的「折中」，抗日軍民與哈馬斯的類比，就是中國「優秀分子」思維品質出了大問題的突出例證。在這一點上，很多憤世嫉俗的中國知識分子是非常羨慕他的勇敢的。這倒是給我們一個啓示，我以前總是這麼去想：中國的民族虛無主義，肯定不是好玩意，但從自戕程度來說，好像也沒有那麼過頭，至少沒有去觸那個底線：比如中日戰爭的是非底線。現在看來，他們的勇毅果決，超乎我們的想像。時代大氣氛的寬容，使他們有這樣的空間，把對本民族使「倒拐」的話說得非常滿，把遮羞布都棄而不要了！（因爲我們以前的經驗是，很多親美的知識分子也會玩一把愛國秀的，他會舉例：你看，我討厭日本帝國主義！）中國老百姓應該感謝他們這麼去表現，因爲他們已經不屑於去搞「言說策略」。馬立誠等人的「勇敢」是在挑戰民族底線，在中國並不積弱的年代，他們的這一番表演，很精準地刻畫了精英是怎樣製造墮落的「時代精神」圖譜的。如果他們不加檢點，任由自己高蹈下去的話，未來的漢奸排行榜上，會少一些爭議，少一些曲筆解讀。

◆宋強

十八、愛國，關乎吃飯問題

　　距那本「說不」發表已經十多年了，五個作者彷彿是創下了孤例，不再借勢上杆子說不，而是「不說」（張小波就寫了一篇短文，名叫「中國可以不說」）。「不說」的意思是，看著國內知識界那種皮裡陽秋，本來接下來再寫「精英之死」的，看了一下狀況無言以對，還不像王朔，話說了個半截，扔出一句：「我罵的人都是人品可疑的。」

　　那年我們說了話，應和了一股風潮。四川話有一個詞「打眼」，這是一個略帶負值評判的俗語，意思是說特別顯眼，突兀得當事人自己都不自在。「說不」成了1996那一年很「打眼」的一個標誌，記得當年說了一句話：愛國不能當飯吃。這是什麼意思呢？當年是在言說我們自己的身分狀態，所以我們說：「說不」的使命已經完成。作為一個體制外作者的寫作路徑，「愛國不能當飯吃」，是有其謀生手段的意指的。但是，若干年後看到龍永圖在那裡說：聽說有一本《中國可以說

不》，我這個人從來不說「不」的。聽到龍永圖的高論，我們更加明白，愛國又確實關乎了吃飯問題，龍永圖先生不會不知道，在國家利益上，存在著博弈，因此，在談判桌上隨時存在著「說不」和「說 YES」的變化。這個道理他不會假裝不懂吧？

我覺得，需要特別強調「愛國」這樣一個題義，肯定是因爲內部外部都出了問題。

我們經常在德育教育課和少先隊的儀式中聽到「愛國」這個字眼，因此大家有個感覺——「愛國」好像有點小兒科。但是又要說了，什麼叫「小兒科」？人要安身立命，賺錢、體面、感情缺一不可，但是，如果我們的想法墮落到這種程度，因爲我們力量不夠強，所以我們不要去「說不」，體面、感情都可以不要了，那世人會把我們看成什麼東西？現實之中的勞資關係都不一定「誰有錢誰是老大」，國與國的關係怎麼可以是這樣呢？況且做生意和講權利並不是截然對立的！多年前就剖析過：這是奴隸思想和霸權思想的混合物。聯想到龍永圖先生後來大罵平民百姓是「刁民」，證明我們對他這個人的不友好的猜度，對他思維品質的蔑視，對他這個人一切不靠譜言行的訕笑，是有一定道理的。

那年北約剛剛開始打南斯拉夫，我在旁聽一個國際形勢研討會的時候，國防大學的一位教員在縱論天下大勢，他講的很多東西非常有趣，絲絲入扣，很有說服力。但當他說到中國老百姓的心態時，一句話令在場人士感到訝異——「現在老百姓生活一天天好起來了，都吃上生猛海鮮了……」當時我就聽到有人低語：「是你吃上生猛海鮮了吧？」國防大學教員說話的腔調，確實容易得罪人。且不說他這句話的漏洞，但是他起碼說對了一點：吃飯問題，隨時在支配著我們的理念。那好，我們少說點理想，少說點「情感抉擇」，可以的啊！宋曉軍和王小東都論述到中西方博弈中隱伏的「吃飯」問題的實質——「持劍經商」等等都是。很多專家都在詳細地談到了這一點。這個話題非我所長，但是起碼在圖書業的競爭中，能夠感覺到這一點。貝塔斯曼剛剛垮掉，貝塔斯曼在業內的砸錢，那個不把別人都擠對掉誓不罷休的狂勁兒，人所共知，可悲的是貝塔斯曼是被他內部上上下下的貪腐盛行弄垮的。最近，另一個外資圖書發行公司又惹了官司，原因是它以低於進價的折扣銷貨，老老實實賣書的中國企業當然急眼了，當然要跟它打官司。

這裡舉了圖書業的例子只是小處著眼，沒有生發開的意思。講到金融戰爭，連王

小東都對「陰謀論」有保留，可是我覺得從大的情勢來看：就是有陰謀！「陰謀論」沒錯！

有些國人總喜歡把老外渲染成有道德潔癖的那一類，改革開放這麼多年了，中國人裡裡外外見識多了，外國人也是人！外國人比中國人懂怎麼掐架！十幾年前小東跟我講述少年時代掐架的往事，我印象很深。他說，你拿板磚威脅拍人，就得有那個真敢拍上去的底氣！否則是唬不住人的，你只能挨揍。

我覺得，這句話道出了「有條件決裂」的真諦。

有條件決裂，就是掐架，商戰、軍戰都是。

這麼多的國際事態，憑著看《三國演義》的那一點學問，都能知道在那種道貌岸然的背後，藏不住的是什麼。西方已經扯下來最溫情脈脈的偽飾，有些中國人，弄不明白他們是真不懂還是假不懂？

且讓我們以現實主義的態度看待國際關係吧，且讓我們不要吞吞吐吐，正視「崩盤」的可能吧，「有條件決裂」，就是這個意思。如果和平不可能，你讓我們怎麼辦？總不能再像以前那樣，爭權，崛起，談都不敢談吧？鄧小平說過：絕不當頭，可是鄧小平還有一句話：要有所作為。

還記得，宋曉軍激憤地反問過：都在支支吾吾，不敢言「戰」，連做個電視節目都在有意繞開，你怎麼繞？要是台灣真獨立怎麼辦？

鴕鳥，也不至於這樣去「鴕鳥」吧？

那一年，對台灣問題，我們這樣分析，中國是一個有熱烈文學情感的國家，但是隨著社會價值觀的深刻變化，實用和物效佔據了我們思維的更大空間。我們更多的不是用英雄主義的態度看待威懾，而是採取一種比較現實的態度。

同時我們問所有的「聰明人」：

但怎樣才能叫「現實的態度」？如果構成我們國家基石的起碼要素都不能成為最大的現實，那麼還有什麼能算得上是「現實」的？

現實就是吃飯，現實就是吃飯可能還要搶盤子，講國家利益，沒有「唯改革派」和「市場浪漫主義」吹鼓手們說得那樣落後反動。

沙柯吉在中法關係上大玩雲雨術，中國報界終於用了一個詞：「制裁」，最終制裁與否，姑且不管。這是一個非常好的開始。這是一個有劃時代的表態，中國人也敢招架了。

有什麼不好呢？太好了！

很多的以「義憤」為己任的網站，很多的追逐「先進價值」的網民，在國與國的關係判斷上，是極其幼稚的；而在強弱之分面前，他們又是極其勢利眼的，在哈馬斯問題上，在西方制裁緬甸問題上，他們富有個性的表演，只是逞一時之快，他們的時事判斷，比過去票友還差一截子，這裡的最大毛病，就在於他們沒有以自己的國家利益作為邏輯起點的自覺性。

一篇時評這樣寫道：

看著中國常駐聯合國代表王光亞在安理會高高舉起右手、向英美提交的緬甸問題決議草案投下反對票的照片，很容易聯想起一本書：《中國可以說不》。

如果說 10 多年前，「說不」還只是很多青年知識分子一廂情願的幻象的話，那麼今天，伴隨著經濟的迅速崛起和國家的日趨強盛，中國在諸多涉及國家、地區和全球利益的問題上，可以越來越從容地舉手「說不」。

緬甸毗鄰中國和印度，也是唯一連接東南亞和南亞的陸路通道，戰略地位的重要性不言而喻。在英美出於地區戰略而向緬甸揮舞大棒之際，中國的否決理直氣壯，也為中國通往印度洋之路打下了堅實的根基。

要講利益，就不能迴避鬥爭。

要正視這樣一種嚴峻的形勢，中國在和平崛起的道路上，「有條件決裂」（或者像英國人曾經說的「光榮孤立」）可能是一個充滿困難的選項，卻是一個具有可能性的選項。中國對於這種前景應該做怎樣的應對？一旦和諧相處不可能，我們有無準備，包括國家出現最困難的局面的準備？

◆宋強

十九、中國可以不說

這裡又想到「中國可以不說」這個由頭，我們倒是因爲對某些可笑的表演說了幾句風涼話，差點被自由戰士崔衛平封殺。頭兩年在《SOHO小報》發表一篇文章，調侃一下著名的崔衛平教授。這事很簡單，她譯了米奇尼克的書通過個人渠道賣，賣得好，她開始大幅度漲價。本來這件事誰都不好說什麼的。這裡面有個局啊，假如有關部門把她的書查封了，她就是民主自由的烈士、殉道者。她玩了這個擦邊效應，拚命斂財。大家有些議論，都不好說；說了招嫌啊。張小波說：去她的，就說了！

這篇《今晚，誰在閱讀米尼奇克》這樣寫的：

要承認這是思想史上的重大事件。一個有著普世情懷的女教授在兜售這本冊子，32開400來頁的民主培訓必讀書，索價30元，後來行情看漲，提到35

元。以善的名義實現利潤最大化，不大可能是米奇尼克先生自己的意思，（會有好事者問米尼奇克能拿到版稅嗎？）翻譯者大概不會心思縝密到會一邊拿翻譯稿酬一邊兼為某種崇高的事業募集獻金。本書並非公開出版物，自然受到許多局限，又增添了許多令人欷愴的悲壯的色彩。她那副勇於濟世的悲壯姿態和理直氣壯的斂財，使我們看到這個故事本身蘊涵的張力。

……

佛教《勸世文》中有這麼一個故事。閻王請兩個即將轉世投胎的人選擇：你們是希望過索取的人生呢，還是過一種給予的人生？第一個人說：我選擇過那種索取的人生；第二個人說：那我就過那種給予的人生好了。閻王於是決定了兩個人的去向，那個希望索取的去當乞丐，每天接收人的施捨；那個有襟懷肯去給予的則做了大富翁，有了經濟實力，於是可以天天仗義疏財，修廟鋪路。這個故事品位雖不是太高，但給了那些有志去濟世開愚的聰明人以勇氣。這個隱喻很俗，但它是一種很實惠的甜俗，可操作性較強，難怪我們的自由知識分子樂於去仿摹。

文章登出來，還貼在網頁上，崔衛平氣勢洶洶勒令：給我刪了！

這就是自由民主戰士對待她不喜歡的言論的態度。

這是一個失範了的時代的超級悖論。泡沫洶湧下的真相，可能是顛倒的鏡像。由此想到，在中國，做一個抱持民族立場的言說者，會有落伍之虞。但是看看這些齷齪的貨色，看看他們的虛偽拙劣，你又不得不對未來前景感到鼓舞，因為即使中國按照他們的路徑走，讓他們得勢，受愚弄的還是老百姓，貪婪的精英上台，沒準兒又是一個後馬可士時代的菲律賓。做一個民族主義者，反倒會「武運長久」。

詩人徐江笑云：真的要把這種人想像成有道德潔癖的人，那就傻了。其實，打破這些塗抹著啟蒙光澤的牌坊，倒是符合80年代的反潮流精神，這也是《中國可以說不》一以貫之的精神，看著知識精英骨子裡的虛偽，精明到了愚蠢程度的經營算計，實在要替他們拆一下台。就像卓別林在電影裡經常做的，朝著道貌岸然的大師屁股來上這麼一腳。一切都可以徹底解構。這是中國老百姓的思維方式，確實活潑有生趣，具有中國氣派。

在我們這裡，到處觸目可見的是生活模仿藝術。不堪的真相，比《儒林外史》最不厚道的描摹更如畫。那些在浪沫裡招搖著的偉大演員，真是大家設想的那樣執拗、孤岸，抱守著崇高的不合作精神嗎？對於他們的真實生態，對於他們的渴望「招安」的情結，可以不說。從這個層面上說，范跑跑符合他們的本質。

那麼，希望在哪裡呢？

有人憧憬著中國誕生自己的摩西，在這個世界大變局中找尋自己的「出埃及」之路。年輕人主張的一種「具有勇氣的思想」，倒是我們可以去找到「落地」感覺的閥鈕。

想到宋曉軍寫到的俄羅斯的 80 後，想到中國的年輕一代。80 後女孩林子這樣寫道：

> 雖然它（民族主義）和種族主義都是源於對自己民族自豪的分支，但這兩個分支的方向是不一致的，民族主義只強調自己民族的優秀，而不宣稱別人民族的低劣，更不會無恥地給各個種族劃分嚴格的等級。
>
> 民族主義的初衷是為了我們的兄弟姊妹能夠在世界上站穩腳跟不至於流離失所，生活愉快不至於悲苦哀愁，依靠自己不至於受人所制。
>
> 我堅持相信，民族主義是這個世界上最有情感、最有勇氣的思想，並非像有些人說的那樣冷酷無情、野蠻貶義，特別是當我聽到這樣的評價出自中國人之口的時候，會倍感傷懷，他們不知道這是一種對家園、對親人最基本的情感，或許他們企圖把整個世界當作家園，把每一個人當作親人，但是這樣的結果是：國度和民族的概念依然存在，美國綠卡依然很難拿到，別人還是把你當作客人，甚至企圖把你，以及生活在非洲的黑人從「人類」這個物種中驅趕出去，重新建立一個可能叫作「黃禍」的物種。
>
> 而你最終在尋夢的過程中分不清回家的方向，記不起親人的面龐，你只有繼續流浪。

總有一天，過去的歲月會告訴他們，曾經有一個年代，在中華民族走向上升的年代，他們的上輩卻在用「國民劣根性」把我們這個民族的面貌刻畫得晦氣重重卑劣而渺小。

　　總有一天，他們也加入到憤懣的一群的時候，會責難我們：我們爲何早早地丟棄了驕傲，我們的靈魂爲什麼無所依託？

　　總有一天，他們回顧歷史，會重新審視中華民族曾有的高貴的精神和「美的歷程」。

　　總有一天，他們會咂摸這樣的詩句包含著的歷史訊息、情感訊息：

假如你懂得在失敗後取勝，

並同樣對待這兩種假象，

我的兒子，你就會成爲一個人。

【附文1】

今晚，誰在閱讀米奇尼克

張小波　宋強

有一個朋友的岳父，這老人家的一生一世是又悲涼又喜劇的:他是一個資深外交官，先是駐節A國，A國發生了巨變，他很尷尬地去了B國；不料B國積弱已久，最終被鄰國合併了；他又去駐節C國，不久C國搞民族自決，原來的聯邦拆成了兩個國家，他又苦笑著去D國當大使，D國鬧的亂子更大，解體了。經過這樣一番歷練，他的心態變得像一尊佛。佛觀一碗水，四萬八千蟲。但他轉過頭來觀照自己的時候，發現自己的命運比破城滅國還要崎嶇——「文革」期間他為了躲避風浪，長期假裝自己得了肝病，像一個真正的肝病患者那樣起居飲食。晚年時檢查身體，醫生發現他的肝上真的有陰影——依經驗判斷是很凶險的陰影。全家人都做好了最後的準備，老外交官進手術室那一天，他的兒子也從國外回來，等待殘酷的判決。可是老人家的胸腔被打開以後，所有的專家都傻眼了:肝沒有任何問題，儀器顯示出的一切都是假象。醫學在這裡變成了哲學:肝對人類進行了欺騙，謂之「肝欺騙」。危機結束了，一家人在歡聚，笑談命運。然而故事到這裡還沒有結束:在一家人慶祝老人家新生的晚宴上，從國外回來的兒子因為喜悅過度大笑而亡。

這個故事和米奇尼克有什麼關係？最近知識界搞得很興奮的米奇尼克思想言論合集的行銷，讓人想起了奇趣知識圈的某種近似。國族命運與人世悲歡的纏繞，使得歷史更像小說。看上去這個外交官的故事非常不真實，太像戲文，這就是生活模仿藝術的範例。人體上的一個器官變得有靈魂，以一種奇異的方式加入到秩序的整合中——這又回到異化的話題上來了。而在米奇尼克的故事中，異化的道具不再是那具狂亂的肝，故事本身也沒有這樣雄奇，它是一場靜悄悄的啓蒙秀，生活照樣模仿著藝術。

傳播米尼奇克這個事本身不是小說題材，要承認這是思想史上的重大事件。一個有著普世情懷的女教授在兜售這本冊子，32開400來頁的民主培訓必讀書，索價30

元,後來行情看漲,提到35元。以善的名義實現利潤最大化,不大可能是米奇尼克先生自己的意思,(會有好事者問米尼奇克能拿到版稅嗎?)翻譯者大概不會心思縝密到一邊拿翻譯稿酬一邊兼為某種崇高的事業募集獻金。本書並非公開出版物,自然受到許多局限,又增添了許多令人歎惋的悲壯的色彩。她那副勇於濟世的悲壯姿態和理直氣壯的斂財,使我們看到這個故事本身蘊涵的張力。

「今晚誰在閱讀米奇尼克」——今晚是成千上萬的不滿足於思想界長期庸碌無為的熱情讀者在渴飲米奇尼克。但必須看到對這個波蘭思想家存在另外一種閱讀——對伴隨著感召力的市場潛能、發售前景和現金流帶來的巨額利潤的數讀,包括它還有多大的漲價空間的喜悅的評估。當然,還兼有對推出這本書會獲得的無形利益的解讀。當拿到這本給中國的普羅大眾們滋潤自由民主之甘美的《通往公民社會》時,突然會想到在中國知識社會裡一個恆久的玄奇的命題——我們越來越不像生活在正在「演進」的實體空間裡,一邊是高唱猛進,一邊是精神世界的「肝欺騙」。我們更像生活在荒誕的小說場景之中。所以與知識界的異常興奮相比,筆者更感興趣的是這個事件天然自足的戲劇意蘊。

人們從米奇尼克的書中讀到了心靈中非常稀缺的東西——包括自詡為天然的民主擁戴者和自由價值捍衛者的人文知識分子都未曾意識到的可怕的盲點,我們為帕斯捷爾納克所說的那個遙遠而真切的未來而做著心靈和肉體上的蓄備,而我們同時又發現自己千瘡百孔——生活在過於戲劇化的現實裡,被衝突本身所牽制,衝突越奇偉,角色越渺小。這不僅是小說的悲哀,也是陷入了悖論裡的文人書生們的悲哀。

很少有人問:在通向未來走向變革的道路上,中國知識分子到底在做什麼。現在看來這只是一個小型爭論範疇的問題,什麼時候浮出水面,讓我們擦了眼等著看。現在熱談的是公共知識分子,然而現在從這個事情解讀出的公共性卻是現金流織成的「公共」,而且你還不能質疑,操作這麼一個敏感的題材多不容易啊,給人家一點壓驚費也是在情理之中的嘛。現在明白了什麼叫兩頭占和知識分子的優越性:若有麻煩我可以獲得先行者的聲名,而現在最好,我在長夜中播火,米奇尼克也不好意思問我版稅的事。

這可是一支風險股,不是你們小角色能領會的。

女教授在播火,同時,她在喪失。她可能也預設到人們會囿於大義而羞於說出這

令人不快的事實。但我們的靈魂解放之路同時變成了自我喪失之路，在傳播新思想掃蕩眾生的庸碌時，過於精明算計的預設和水漲船高的牟利又為這種庸碌麻木增添新的事實。佛教《勸世文》中有這麼一個故事。閻王請兩個即將轉世投胎的人選擇：你們是希望過索取的人生呢，還是過一種給予的人生？第一個人說：我選擇過那種索取的人生；第二個人說：那我就過那種給予的人生好了。閻王於是決定了兩個人的去向，那個希望索取的去當乞丐，每天接收人的施捨；那個有襟懷肯去給予的則做了大富翁，有了經濟實力，於是可以天天仗義疏財，修廟鋪路。這個故事品位雖不是太高，但給了那些有志去濟世開愚的聰明人以勇氣。這個隱喻很俗，但它是一種很實惠的甜俗，可操作性較強，難怪我們的自由知識分子樂於去仿摹。

說到東方精神與西方物質，這個將宗教精義脫化活用的售書故事給了我們萬般啟迪，大公和小私和諧兼顧的薪火相傳，葉紹鈞小說《潘先生在難中》的利害守恆，超越著一切古舊的短視的經驗。當年的列寧若有知，會自歎弗如，因為他宣揚布爾什維克思想的《火炬》都是自費油印，是無償地散播到痛苦的俄國人民手中的。難怪俄國革命更像都市報紙卡通欄裡「笨賊一大窩」的故事，人民經歷了漫長的熬煎，革命也未能善終。

以前曾經寫過一篇時評名叫「中國可以不說」（不是「說不」），不說，不是無話可說，而是擔憂說了犯嫌。現在的思想現實就是這樣，政治正確性的考量讓你不得不前後思忖，說話要對歷史負責。我們曾經涉入了一場關於世界主義和民族主義的爭論，有人這樣批評：借助於所謂民族大義和國家利益的制高點占口風上的便宜算不得好漢。這樣說不是操蛋嗎，大凡辦事理寫文章，沒有比找到一種制高點更令人心安理得的事了，既然你承認我在制高點上那就別悻悻然。

但是今天這個關於制高點的套子也籠在自己身上了──面對這本備受歡迎的「內部參考資料」，筆者陷入了一個悖論，我們不是那麼心安，也不是那麼理得。但是仍然要在一個低凹點上變了一個姿態對這個事件發出一兩聲壞笑，並施放出冷箭，因為從它的結構奇迷中解讀出了能讓我們大家偷笑的東西。

【附文 2】

中國對美國的三個真正挑戰

〔美〕傅立民（前美國助理國防部長）

　　許多觀察家認為，中國重新崛起為富裕強國是對美國顯要地位的直接威脅。然而，正如查爾斯・弗里曼所斷言的那樣，美國要想確保繼續充當全球領袖的角色，就必須克服在經濟、科學和政治等各個層面的自滿情緒。

　　最令人擔憂的是，當我們憂心忡忡地面對來自中國的雙邊挑戰時，很可能會把注意力放錯了地方。而且，我們沒有認識到，中國對於我們國內的自滿情緒——特別是對美國在經濟、科學和技術以及政治方面處於領袖地位的自滿情緒——構成的至少三大挑戰。

　　現在就說中國可能取代美國成為世界方向標或許有些荒謬。畢竟中國是後起之秀，而且沒有人會把中國視為政治典範。

　　然而，中國正在奮發圖強、竭力趕超，它的自我反省、自我修正和適應變革的能力使它在過去 28 年中取得了驚人的進步，而這些現在反倒不是我們值得誇耀的品質了。

　　全球領袖　　在人類歷史長河的絕大部分時期，中國都是世界上最富有、社會最安寧、科學最先進的國家，儘管說它是治理最好的國家還有爭議。如今，它終於痛下決心重現自己昔日的輝煌。

　　對於中國可能取得全球領袖地位的可能性絕不可掉以輕心——特別是在於這個世界工廠展開企業合作時可能削弱我們現有的優勢地位。

第一大挑戰

　　第一大挑戰來自中國在全球經濟中佔有越來越重要的地位。鄧小平及其政治繼承人倡導的「中國特色社會主義」被嘲笑為「強盜資本主義」。

　　中國創造了許多奇蹟，而付出的代價是貧富差距不斷加大、腐敗日益猖獗、對社

會弱勢群體仍然缺乏保護機制。

然而，儘管美國國內對於中國這種酷似狄更斯作品中描寫的境況發出種種指責，但中國如今的確在許多方面取得了成功，它作為世界工廠和資本主義世界的潛在領袖，在美國境內外贏得了讚譽也引發了恐懼。

中國消費　中國經濟成功所帶來的主要挑戰更多地在於，它可能崛起為世界最大的消費和資本市場，而不是充當全球產品製造商的地位。

中國的外匯儲備大約 1 萬億美元，人民幣匯率正在以極為謹慎的幅度穩步上升，並正在向完全實現浮動匯率邁進。

實現浮動匯率　許多中央銀行和私營投資者目前都在盡可能買入大量人民幣。人民幣匯率一旦完全放開，它將和歐元一樣成為可供選擇的外匯儲備。

我們很可能面臨一個截然不同的貨幣體系，在這種體系中，歐洲與中國所起的作用隨其經濟的影響力而水漲船高，而且我們不再享有經濟優勢的種種特權，必須與他人分享財力。

人民幣也似乎可能成為帳戶的標準單位，在目前只能採用美元交易的能源及其他商品的貿易中使用。

影響深遠的投資　中國已經消耗了世界上 25% ～ 40% 的原煤、鐵礦石、鋼、鋁和水泥。其能源進口每年以 6% ～ 7% 的速度增長。不斷增長的需求意味著所有的價格都在上漲。

中國在自然資源上的投資也使其迅速成為在亞洲最具影響的經濟力量，並成為拉丁美洲等地區可取代美國和歐洲的重要經濟夥伴。

不再遭到冷遇　雖然中國的資本市場剛剛開始開放，但它很有可能成為極具競爭力的世界金融中心——看看它的開放、活力和規模便可知道，更不用說它超高的儲蓄率。

中國是個資本出口的債權國。中國機構不久將收購的遠不只是厚厚一疊的美國國庫券。中國國家社會保險基金近來在國際證券市場的初期投入只是剛剛拉開序幕。

我想我們要好好感謝我們的新任財長不同於國防部長，選擇了與中國發展關係而不是冷眼相待。

第二大挑戰

第二大挑戰來自於中國在科技領域超越他人的雄心。美國人已對主導科技領域及全球貿易與金融習以為常。但如今，我們的畢業生中僅有15%能拿到自然科學或工程學的本科學位。

中國在該領域的畢業生達到50%。美國獲得理科博士學位的人中有34%是外國學生，而取得工程博士學位的學生中留學生占56%。在科技領域中有許多最優秀的學生是中國人。

嚴密的安全措施　然而，「9‧11」之後我們社會安全的管理和簽證政策都發生了變化，致使包括中國人在內的許多外國人被拒之門外，大大削弱了我們的吸引力。現在中國學生赴英國留學的人數比去美國的多——去歐洲其他國家的也很多。

由於不能像過去那樣輕而易舉地雇到中國或印度的工程師，美國企業正在將其研發基地搬到中國或印度。而且，當真正受到我們歡迎時，中國的投資商和企業主也能在美國再造他們在中國的輝煌。

再一次要提到中國作為後起之秀的弱點了。中國企業只有萬分之三對他們的核心技術擁有知識產權。99%的中國公司沒有專利，60%沒有自己的品牌。

變革之機　中國決心消除這些弱點。它在科技領域的戰略投資計劃中列出了幾十個今後有望發展成為具有世界領先水平的領域。如果能夠充分利用市場力量，其中許多目標都很有可能實現。

來看看現實中的一個例子，就可以知道這將意味著什麼。今年晚些時候，中國將取代美國成為世界上使用網路最多的國家。不過，在我們美國創建並至今由我們控制的網路體系中，全球30%的網址是我們註冊的——而中國只有2%。

創新機制　換種說法就是，在現有網路中，每個美國人由6個網址，而26個中國用戶才能分享一個網址。

這種資源分配模式給予了中國極大的創新動力。

早在1994年，有人出於實用的考慮曾提出一種方法，將網址的數量擴展到無限大的水平。這種被稱為網路協議（IPV6）的新體系從理論上說允許石階上的每一台電腦都能通過網路受到監控。在美國，IPV6還僅限於理論上的可行，而在中國及東北亞的其他地區，正在成為迅速確立的現實。

呈指數增長 到明年底，中國寬頻用戶的數量將達到美國的一倍。在 2008 年北京奧運會上，美國人將有機會親眼目睹中國及其他亞洲人已發展成為世界訊息技術領頭羊的水平。

酒店的調配、交通信號燈、電子公告牌、全球衛星導航裝置、交警及出租車都通過網路指揮，以便將往返於奧運場館間的客人快速送達。

未來怪客的天下 網路也將控制所有的設施——從安保攝像機到照明及空調設備等一切設施——而且奧運賽事將在網路等系統現場直播。你會說，這簡直太棒了。你或許已經知道網路被稱為「將來統治地球的怪客」。可如果這個怪客扎根中國又會怎樣呢？

然而，中國正在設計和安裝的網路系統其意義遠不止於解決交通問題和調節建築物的室溫。

例如，它還將影響在網路上的訊息公開——但控制的難度越來越大，以及影響訊息戰的能力——至少對中國人民解放軍來說會容易得多。

訊息革命 然而，坦誠地說，這些還不算什麼，更重要的是，我們在訊息革命中的領導地位所帶來的巨大競爭優勢可能會逐步消失，從而導致權力發生轉移。

如今差不多可以肯定的是，訊息革命的下一個階段將由中國、日本和韓國擔當領頭羊。這就意味著他們，而不是美國人，將擁有和控制知識產權、驅動用的「殺手程序」以及不斷改進的技術，我們要想趕上他們就得花錢購買他們的版權。

第三大挑戰

自滿是超越和創新的大敵。

作為一個國家，美國就是驕傲自滿的反面例證。在我們甚至沒有意識到正在進行中的一場角逐中，中國卻在挑戰其他亞洲國家乃至它自己。

對於我們顯要地位的第三大挑戰在於對全球政治領導權的爭奪。我們近年來的所作所為令世界對我們眾叛親離到了難以啟齒的地步。

如今憎恨美國的外國人數量激增，並不是因為他們不再尊重我們的傳統價值觀，而是由於他們認為我們在拒絕他們的友誼，或者說至少沒有尊重他們。

對外影響 除了幾個明顯的瑕疵之外——就像我們國家和德國一樣——中國已在

各個領域取代美國成為人們最羨慕的國家，這當然不是出於中國的政治體制，連中國人自己都認為這種體制問題百出，亟待改革。

中國，一個曾經自絕於世界與外交的文明古國，已向國際社會開放──並成為最擅長外交的國家之一。

強烈的觀念 中國並沒有那麼熱中於爭奪我們這個民族安全國家正在喪失的全球領導地位。

其他國家對中國趨之若鶩是為了填補權力真空，並平衡他們感受到的來自我們的威脅。

最令人稱奇的是，作為曾長期位居等級明確的國家體制之首的非西方國家，中國居然成為曾經純粹是西方信條的國家主權平等和領土不可侵犯原則在國際上最堅決的捍衛者。

中華人民共和國在創建之初曾明確反對由我們和其他西方國家支配並建立的世界秩序。如今，它倒成長為這個秩序堅定的維護者，反對美國及其他西方國家對其進行的反思和改造。

左還是右 作為美國人，我們對於國家主權、多邊機構的權威及其法治有著新的看法，而中國卻拾起了我們的老觀念。隨著中國在全球的影響力持續增強，我不敢保證華盛頓目前的激進主義會比北京的保守主義更占上風。

東風可能的確會壓倒西風，但並非是在暴風驟雨般的革命之中，它好似持續不斷的和煦微風，使其回歸到我們曾經擁護但如今又背棄的國際法準繩與國際禮讓。

全球挑戰 中國成功的要素在很大程度上是因為它模仿了美國過去打開國門、求賢若渴的做法。而美國失去優勢很大程度上是因為閉關鎖國、故步自封。

最終，我們美國人必須認識到，中國對我們構成的最大挑戰實際上並非中美雙邊性的，其本質上是全球性的。

中國在財力和實力上的重新崛起促使我們反思，並重新發掘我們善良的天性，用合作代替單邊主義，恢復追求卓越的美德、再度確認我們的傳統價值觀。如果能做到這些，我認為我們會好過得多──世界也會好過得多。

（《全球主義者》2008 年 8 月 29 日，楊真譯）

【附文3】

受害者還是獲勝者？
——中國的奧運歷程

〔美〕蘭・布魯馬（美國巴德學院教授）

　　許多世紀以來，中國一直認為自己是世界的中心，並且希望外國人也認同這一觀點。外國的達官要人進到皇宮，只能作為朝覲「天子」的「封臣」。當然，現在已經不存在這種觀念了。但是，中國人仍然十分在乎國家榮譽。「面子」仍然很重要。我用「面子」這個詞實在是因為找不到其他好詞了。這就是為什麼北京奧運會及之前的一些活動對中國而言如此重要。

　　四川大地震展現了中國最好的一面，也讓人們瞥見了其最不好的一面。緬甸政府在應對「納爾吉斯」強熱帶風暴時出現了應受到人們譴責的失職行為。相比之下，中國當局最初雖有些舉棋不定，但最終全力投入到與這場災難的鬥爭中來。他們不僅允許日本、台灣、新加坡和俄羅斯的救援隊進入災區協助救援，還一改慣常做法，允許國內媒體對這次災難進行全方位報導。這股未曾料及的輿論自由之風使得人們自發地與受災群眾團結在了一起。志願者從全國各地奔赴受災現場。

　　但如果不是臨近奧運會的話，這種情況不太可能出現。中國領導人知道全世界都在關注它，特別是在平息西藏事件發生後。所以，中國看上去突然比以前好了一些。人們從一場導致5萬多人（原文如此——編者）遇難的自然災害中看到了獲取更多自由的一線希望。不幸的是，中國政府在最近幾天似乎又有些變化。愛國主義在中國受到鼓勵，但條件是它不得超越官方的控制。這些將對北京奧運會這個全球愛國主義大集會產生什麼影響？

　　從某種角度來講，中國和奧運會對對方都有利。中華人民共和國已經不是文本意義上的共產主義國家。但如大多數深受19世紀歷史影響的政府一樣，中國仍然停留在這樣一個社會：愛搞大型群眾活動、舉行國家慶典、推動民族主義情緒並搞國家大型

工程建設。中國人的民族主義以達爾文的民族鬥爭為信條，這種民族主義與時代嚴重脫節，而奧運會也是如此。

現代奧運會奠基人皮埃爾・德・古柏坦男爵是法國一位低階貴族，深受法國在1871年普法戰爭中戰敗和隨之而來的巴黎人民起義的影響。在他看來，法國成了一個一蹶不振的國家，需要振興，用他獨特的話來說就是需要「重新鑄造」。組織體育活動是實現這一目的最合適途徑。古柏坦如很多穿著豔麗上裝的貴族一樣，極其崇拜英國強調體育活動和運動技能的公立教育體制。他相信，體育活動可以恢復國民健康，這一點不僅適用於法國。激烈的體育比賽會讓世界各地人民更加勤奮地工作，更少進行反抗。戰爭將成為過去。現代奧運因此於1896年誕生，並誕生在雅典這個再合適不過的城市。

古柏坦作為他所在時代的一名貴族，性格實際相對自由。他的愛國主義從不帶有好鬥性。遵照英國公立教育模式，他提出的奧運會口號是：重在參與而不是輸贏。然而，19世紀的法國還出現了一種截然不同的民族主義，這種民族主義的特點是厭惡自由人士、盎格魯—撒克遜人和猶太人。不過，他們的厭惡程度並不一定是按照這個順序。這一觀點的代表人物是比古柏坦稍微年輕一些的夏爾・莫拉斯，他是激進右翼運動法蘭西行動的發起人。莫拉斯觀看了1896年的雅典奧運會，儘管他最初討厭帶有盎格魯—撒克遜人世界主義特點的奧運會。但他的看法隨著比賽的進行開始發生變化。他深信「當不同種族的人聚集在一起，相互之間有了接觸後，就會相互排斥，關係會逐漸疏遠，儘管他們認為他們是在進行交流。」

這個世界性聚會當然會成為「不同種族和不同語言之間的歡樂戰場」，這就論證了莫拉斯世界觀的正確性。

中國的現代民族主義通常游走於古柏坦和莫拉斯的民族主義觀之間。在正式場合，中國政府喜歡談各國人民之間的友誼以及和諧與和平，同時又不斷宣傳中國人因在歷史上受到外國列強侵略而留下的創傷。當這種宣洩中國民族主義情緒的活動失去控制時，不管這種活動有沒有受到官方鼓動，這種民族創傷感都可能會轉變成咄咄逼人的暴力活動。

中國具有攻擊性的民族主義屬於莫拉斯式而非古柏坦式，出現這種民族主義是因為種族、文化和國家之間的界限開始變得模糊。莫拉斯在1896年雅典奧運會上看到

了，或者希望看到的是，種族與文化之間的衝突，而非嚴格意義上的國家衝突。

中國的民族主義因為總是界定不清哪些人屬於中國人而變得複雜。官方認為，中華文明遍及世界各地，從新加坡到阿姆斯特丹都受到了中華文明的影響。東南亞及大陸、台灣都在講著不同的華語。很多美籍華人從種族的角度出發，認為他們像生活在大陸的中國人一樣，也是中國人。所以，當馬友友，一個在巴黎出生的美國人 1997 年在香港舉辦了一場音樂會，以慶祝香港結束英國殖民統治、回歸祖國時，就加強了中國人的愛國主義情緒。

這種愛國主義並不總帶有政治色彩。四川大地震不僅激發了國內人民團結一致的愛國主義熱情，來自海外華人的捐款也大量流入中國。中國人不管擁有哪國國籍，不在乎誰是統治者，總愛說熱愛中國。這樣看來，「中國」這個詞代表的不僅僅是一個民族國家。

民族沙文主義實際上是一種相對現代的說法。在 19 世紀以前，很少有人從種族或民族的角度來定義一個國家。實際上，大多數人從來沒有把眼光放到他們所在地區之外的地方，甚或是他們所在村莊之外的地方。然而，中國的民族主義情緒自 1644 年滿清統治開始後就被激發出來，他們因處於滿族的統治之下而感到失去民族自尊。滿族是位於中國北方的一個民族，有自己的語言和習俗。19 世紀的反清運動通常是漢人釋放激憤情緒的一種方式。同時，西方殖民大國，特別是英國，卻正以他們先進很多的武器強迫中國與其簽訂不平等貿易條約。

當滿族統治者在 1912 年被最終推翻時，孫中山領導的國民黨提出了「三民主義」，即「民族、民權和民生」。這裡的「民族」指的是種族。但並不能因此就說孫中山是一個種族主義者，不過，他想強調中華民國的成立是中國人民復國鬥爭的一部分。他曾寫道，「中國人的民族主義思想不是來自國外，而是從祖先那裡繼承而來」。嚴格來講，事實並非如此。孫中山本人也受到了亞伯拉罕·林肯等歷史人物的影響。像多數種族民族主義一樣，中國的民族主義在某種程度上受到了德國浪漫主義的影響。

當德國的土地被拿破崙軍隊以自由、統一的名義佔領時，德國的詩人、哲學家和知識分子提出了一種以語言、血統和土地為基礎的新民族主義。這種觀點迎合了歐洲很多浪漫主義者。但它尤其迎合亞洲人，因為亞洲人覺得他們處於西方帝國的統治之下。

　　奧運會，如古柏坦所設想的一樣，與德國的民族主義並不完全一致。如夏爾‧莫拉斯一樣，德國的民族主義者認為，奧運會具有不健康的盎格魯──撒克遜個人主義的特點。德國人喜歡健身運動和軍事操練，尤其是大型的。很多美國人有德國血統，因此，美國 19 世紀末在體育方面也產生過分歧，有人偏愛英國公立學校裡的團體運動，有人喜歡德國式的健身運動。前者最終獲勝，但也是經過了一番鬥爭後才獲勝的。

　　體現革命英雄主義、戰勝反動敵人的大型體育活動在北韓仍很常見，統治者更加傾向於這種形式的體育活動。當然，這種情況在中國已經發生了改變。但強勁的民族主義之風並沒有發生改變。即使在現在，也存在這樣一種普遍的看法，即國際賽場上的中國運動員是為國家事業征戰的士兵。如果比賽失敗，不僅會讓運動員本人感到沮喪，也會讓國家蒙羞。這種情況不僅存在於中國，也不僅存在於專制國家。歐洲和南美洲的足球民族主義可能會發展成為某種形式的集體瘋狂。

　　中國的領導人總需要用一種正統學說，不管是儒家思想還是共產主義思想來證明其統治的合法性。在後毛澤東時代，官方一直用民族主義來證明其執政的合法性。中國人還會定期進行我們通常所說的愛國主義教育，而不是學習馬克思、恩格斯主義和毛主席語錄。中國現在到處都是所謂的愛國主義教育基地、博物館和紀念館，這些場館一般都建在經歷過黑暗歷史的地方。

　　如同學校教科書、官方講話和體育比賽中經常提到的所有愛國主義說教一樣，它們傳達了這樣一種訊息，即過去的錯誤只有通過中華民族的偉大復興、中國國力的展示和所有中國人重獲自尊的方式才能得以糾正，當然這一切都是在中國共產黨的領導下。

　　中國人認為抗議北京奧運會也讓他們蒙羞。因舉辦奧運會而產生民族自豪感，這種情況不僅在中國，在其他各國也會出現。但對於很多中國人來說，奧運會有特殊的意義，因為這是實現他們所期望的中國偉大復興的一部分。要想獲得民族自豪感，首先要獲得國際認可。因此，借此事批評中國侵犯人權的西方人不僅僅是做錯了事，還成了試圖阻止偉大中國崛起的敵人。支持外國批評中國人權紀錄的中國人被認為是賣國賊。

　　把這些好鬥行為歸咎於中國政府只是說對了一半。這種集體不滿情緒可能，也往往會轉變成對政府本身的不滿。叛逆的學生和知識分子一般會指責中國政府在面對外國壓力時沒有進行堅決反抗。這就是統治者在允許公眾發洩對外國列強的憤怒情緒

時，不得不加倍小心的原因。這種憤怒情緒可能會突然轉向統治者。最近20年，當人們認為政府對日態度軟弱時幾次差點發生這樣的情況。

咄咄逼人的民族主義通常與獨裁政治相輔相成。當人們缺少發表不同意見、發洩內心挫敗情緒、公開發表批評性言論、全民普遍參政的合法途徑時，民族主義就會填補空白。只要領導人能控制住這種情緒，這種情緒就對他們有利。

然而，這並不意味著民主就一定是解決這些問題的良藥。中國不太可能突然間和平過渡為一個西方式的國家，民族主義不會消失。沒有任何黨會對其他大國，特別是日本和美國表現出軟弱。中國在現代史上受到了太多的傷害，傷痕需要很長一段時間才能癒合。民族主義可能會成為一種毒藥，特別是當這種民族主義建立在人們以受害者自居的情緒之上。從長期來講，更加開放的政治參與應該可以緩解這種情緒。

（《華爾街日報》網路版2008年6月7日，冀琴偉譯，譚衛兵校）

【附文4】

中國是一個值得關注但不應懼怕的國家

〔英〕馬爾科姆·里夫金德（英國前外交大臣）

冷戰時期，當文化大革命製造愚蠢莽撞的混亂與破壞時，對中國很難有積極評價。展望世界的未來，曾經有人向我建議：「樂觀者應當學俄語，悲觀者學中文。」

現在回想起來，那似乎是很久以前的事了。奧運會即將在北京開幕，中國展現出無限的自信與能量。

用奧運會來比喻新老強國，尤其是中國和美國之間爭奪世界領導地位的地緣政治鬥爭至少在一定程度上講不是沒有道理的。當運動員上台領取金牌時，人們的腦海裡

會浮現華盛頓和北京之間愈演愈烈的對抗。

　　過去幾年裡，不斷有人提起中國不同凡響的經濟增長、日益增加的國防預算以及對中東和非洲石油、天然氣和礦產的渴求。與此同時，巨額貿易順差使中國持有大量美元，也就是說，中國的政策稍有變化就會給步履艱難的美國經濟造成影響。

　　因此，中國舉足輕重。唯一值得注意的是中國用了多長時間將其政治經濟潛力發揮出來以及我們有多大的承受力對顯而易見的事物感到驚奇。中國不僅以 13 億人口（是美國總人口的四倍以上）成為迄今為止地球上最大的國家，而且始終有一點顯而易見，即一旦掙脫有缺陷的共產主義經濟體制，它就會迅速成為一個購買力無可匹敵、出口額數字巨大的世界經濟大國。

　　但先別由此認為美國即將步大英帝國的後塵加入前世界超級大國的行列，要正確地看待中國的成就。

　　首先，中國的經濟增長速度驚人，但基礎薄弱。它的國內生產總值即使在今天也只位居世界第四，不僅落後於美國，也落後於日本和德國。

　　其次，將國內生產總值與其他國家相比具有誤導性，因為中國人口眾多。它的人均國內生產總值至今只有 5300 美元，而美國是 45800 美元。

　　再次，國防預算亦如此，據說中國增加軍費在五角大樓引起了不安。據預測中國的國防預算到 2010 年將增加到 880 億美元，然而美國的數字是 4820 億美元。

　　中國的出類拔萃在於同俄羅斯相比，俄羅斯除了石油、天然氣和各種礦產之外沒有什麼可賣的東西，油氣出口占其出口總額的 3/4 和政府收入的一半，這就使俄羅斯經濟與其說與美國相近，不如說與利比亞相近。相比之下，中國進口原材料而出口加工產品，它在世界經濟中的重要性已經大大超過俄羅斯。

　　因此，美國人把中國看作最強大的長遠競爭對手是理所當然的。他們正確地看出，中國的外交政策已經越來越自信，它會希望得到其他世界大國的平等對待。

　　美國人至少在一代人左右的時間裡不必擔心的是中國會在全球力量競爭中取代美國成為金牌得主。

　　美國從來就不是一個被動的觀察者。早在 1972 年，尼克森和季辛吉就令全世界震驚地徹底改變美國奉行了 1/4 世紀的政策，承認中國是一個他們應當與之交往的國家。那時，他們這樣做是為了削弱蘇聯，同時認定中國的國家利益會超越北京與莫斯科之

間的意識形態聯繫。

如今，美國採取類似策略，它同印度建立了戰略夥伴關係使印度能夠抗衡中國這個正在崛起的亞洲超級大國。中國人對此不會感到舒服，但只要他們自己的政策不是在亞洲佔據不受限制的主導地位，這對他們就不構成威脅。

印度不僅對喬治‧布希來說是一個富有吸引力的夥伴，而且對貝拉克‧歐巴馬或約翰‧馬坎來說亦然，因為新德里實行民主政體並尊重法治。相比之下，中國逐漸成為威權體制下的資本主義經濟體，它終有一天不得不調和自由企業制度與拒絕給予自由的政治體制。雖然有其他國家證明了兩者可以共存若干年，但理由斷定，假如中國不推行現代資本主義理應具備的公民個人自由和決策權下放，那中國就永遠不能充分發揮其經濟潛力。

中國在過去 2000 年的大部分時間裡是世界強國，事實上在那其中的大部分時間裡，法國、英國甚至羅馬與之相比都顯得微不足道。我們常常忘記了這一點，因為中國過去 150 年的歷史是個例外，那段日子國內混亂、政府無能、國際地位低下。現在這一切已成過去，儘管還面臨一些問題，但中國現在取得了它應有的位置，而這是有益的。

美國是太平洋大國也是大西洋大國，多年來它一直在期望出現這種地緣政治變化。中國平穩過渡對中美兩國都有利。例如，中國明白，假如它施加壓力使美國撤出該地區並且不再保障日本和韓國的安全，那結果也許會促使這兩個國家設法擁有核武器來保護自己免遭中國襲擊。

利害關係十分重大，但中國人是謹慎的，也是富有創見的。即使這條龍醒來，美國人以及我們其他人要提防但可以放鬆心情。

（《每日電訊報》2008 年 8 月 7 日，何金娥譯）

【附文5】

中國的國際觀從何而來

鄭永年（新加坡國立大學東亞研究所所長）

　　中國和西方世界圍繞著奧運會的種種衝突，表明中國的國際關係處於一個極其重要的拐點。問題已經遠遠超出了一些人所說的中國如何對國際事務做出反應和如何處理和西方衝突。

　　很多中國人開始從這次衝突中認識一個真實的外在世界。他們從對西方的幻想中醒悟過來。他們也不再簡單地認為整個世界會歡迎中國的崛起。

　　同時，對西方來說，他們也面臨一個真實的中國。很多西方人也曾經幻想改革和開放政策能夠促成中國成為一個類似西方那樣的國家。但現在他們也意識到中國是不能被輕易改變的。當中國和西方雙方不再對對方抱有烏托邦式的幻想的時候，雙方之間的互動模式就要發生具有實質性的變化。

　　已經有人提出中國是否會往回走的問題。這樣的擔憂當然並非沒有道理。實際上，世界銀行的研究發現，中國的經濟開放度已經不如以前，在一些方面甚至有倒退的跡象。

　　從歷史上看，中國也有從開放到封閉的經驗。例如在明朝。當統治者感覺到開放的不安全時，就想著往回退。中國歷史上錯失了很多次走出去，最終成為海洋國家的機會。

　　因為中國的經濟屬於大陸型經濟，在相對的封閉下仍然有發展的空間。從開放到封閉，再發展數十年甚至更長時間沒有什麼大問題。但很顯然，當國家最終封閉起來的時候，也就是開始衰落的時候。這種情況是誰也不想看到的。

缺乏遠見導致挫折不斷

不過，往回走的可能性並不太大。這不僅因為中國和外在世界至少在經濟上已經

發展出高度的相互依賴性，往回走的代價極其高昂，而且更因為外在世界也不容許中國往回走。中國唯一和理性的選擇只能是繼續改革開放，以更大的力度走出去，成為真正的世界強國。

那麼，如何避免盲目性而有效地走出去呢？內部的發展非常重要。如果內部的發展停頓下來，走出去就會沒有動力。但是光有內部動力還不夠。要繼續往前走，就要建立國際觀。

國際觀的重要性並不是人人都清楚的。沒有一種能夠反映國際關係大趨勢的遠見，走出去的過程會挫折不斷。

這方面，中國可以從從前的大國崛起過程中學到很多經驗。以美國為例。美國在第一次世界大戰期間開始放棄從前的孤立主義路線，參與到國際事務中來。但如果當時沒有總統威爾遜的國際觀，美國很難很快就在國際事務中扮演一個領導角色。

威爾遜是普林斯頓大學的校長和教授，其所抱有的國際觀在今天看來仍然令人敬佩。此後，國際觀是每一屆總統候選人所必備的。

二戰之後，美國領導西方世界建立了一個新的國際秩序，多邊主義是美國外交的主軸，今天人們所看到的諸多國際組織包括聯合國、世界銀行、國際貨幣基金組織等等都是美國領頭的產物。

相反，冷戰結束以來，美國沒有能夠從冷戰思維中解放出來，從而不能確立有效的新的國際觀。這是美國在國際事務的角色大不如從前的一種主要原因。

並不能簡單地說中國沒有國際觀。毛澤東的「三個世界理論」，鄧小平的「韜光養晦」和「永不當頭」理論，江澤民的「建立國際政治經濟新秩序」到當代領導人的「和諧世界」，這些在很大程度上都體現了中國的國際觀。

但總體說來，這些大多是針對西方所確立的秩序而言的，要表達的或者是中國對現存世界秩序的態度，或者是中國人對世界秩序的一種理想。

隱含在這些國際觀裡的則是理想與現實之間、目的和手段之間的巨大的距離。在實際行為層面看，中國實行的是「跟著走」或者「隨大流」的政策，因此一直處於一種被動的局面。

在西方看來，中國實際上正在演變一種國際保守力量，就是說，中國的意向是在維持現存國際秩序的基礎之上來對之加以改造。因此，當西方提出放棄絕對主權概

念，實行人道主義干預政策的時候，中國至少在原則和理論上加以強烈反對。

領導層要思考國際大問題

中國的崛起正在呼喚中國的國際觀。對國際而言，這種國際觀要回答一系列問題，如要建立一個什麼樣的世界秩序？這種世界秩序所體現的道德是什麼？如何建立？如何處理和現存世界秩序的關係？如何得到大多數主權國家的支持和接受？等等。

對中國本身而言，這種國際觀也要回答一系列問題，如中國要不要走出去？怎樣才能走出去？走出去了以後又如何和當地國家和社會打交道？如何保護走出的利益？如何通過走出去來建立國際新秩序？等等。

對所有這些問題，都沒有明確的答案。在國際層面，中國的國際行為較之國際話語更容易讓人接受。例如中國儘管反對西方人道主義干預的話語，但在行為上實際上在支持著這種話語（如參與國際維和力量等）。

在走出去方面，中國正在付出相當高額的學費。迄今中國還沒有發展出有效的機制引領走出去。中國的對外投資在總體國際資本中還微乎其微，但已經遇到了西方強有力的抵制。可以相信，外在的阻力會隨著中國走出去的繼續而加大。

其實，人們也可以從西方的利益走入中國的過程來領會西方是如何「打開」中國的大門的。整個西方，不僅僅是政府層面，而且還有企業層面、社會層面，都在「打開」中國大門過程中扮演重要角色。

必須指出的是，西方「打開」中國大門是中國主動改革開放和「請進來」背景下進行的。考慮到西方各國對中國的貿易保護主義傾向，中國的走出去要比西方走入中國困難得多。

尤其應當指出的是，中國走出去的主角是政府支持的企業，而中國的社會力量包括非政府組織還處於不發達的狀態。

中共十七大提出「國內」和「國際」兩個大局的問題。這是非常及時和具有遠見的。但是，「國際」這個大局並沒有足夠表現在中國的領導集體和決策方面。主要領導人的重中之重是國內問題，而對國際狀況的關注和思考沒有足夠的時間和精力。

再者，注重於國際關係的領導人的人數也遠遠不夠。

結果是，領導層的國際觀仍然缺乏厚度、廣度與深度。有人說，如果主要領導班

子中再多一些精通國際事務的領導人，那麼中國的國際觀就會有很大的改變。

領導層要思考國際大問題。有了國際觀，中國才能發展出國際領導權。沒有國際領導權，中國只能跟在形勢後面，被動地對國際局勢作出反應。同時，中國和外在世界——尤其是西方世界的關係，會陷於一些具體的利益之爭而找不到有效的解決方法。

很顯然，確立一種能夠推動中國國際領導權的國際觀，並且把這種國際觀體現在領導層的「國際大局」的決策中，是對崛起中的中國的重大挑戰。

（《聯合早報》2008 年 7 月 8 日）

【附文6】

世界看中國與中國看自己

〔美〕裴敏欣（卡內基國際和平基金會高級研究院研究員）
〔美〕戴維·藍普頓（約翰斯·霍普金斯大學教授）

差距不容忽視

正如皮尤調查結果所顯示的，中國國民對國家發展滿意度為世界最高。裴敏欣指出：「中國人普遍認為：第一，中國的國際形象很好；第二，中國的崛起是世界歷史中的一個正面的發展；第三，中國在國際社會中所起的作用是十分積極的。」

然而，國外媒體對中國的報導則「可能負面超過正面」。裴敏欣總結了西方媒體的負面報導所常常針對的問題。除了人權與民主這些「經常性」的批評「項目」以外，「近兩三年，以前在國際形象上能夠為中國得分的經濟發展，也成為西方媒體抨擊的討象。一般的西方民眾認為，中國的經濟崛起造成了西方製造業就業機會的流失，從而感到來自中國的經濟威脅」。此外，許多西方媒體把能源價格猛漲也歸罪於中國；氣候

變化問題上，中國作為世界第一大二氧化碳排放國也承擔了很大責任；中國在非洲的開發援助活動，也在國外被認為是所謂的新「經濟殖民主義」。

面對這種國內外的差距，藍普頓則提供了另外一個視角。他認為，對本國的國際形象的看法在國內外的差距，不為中國所獨有，也不為當代中國所特有。美國也存在這個問題，中國在過去也存在過這個問題。藍普頓舉例說，他在 1976 年來中國的時候，曾看到賓館裡「我們的朋友遍天下」的標語。「那時候中蘇反目成仇，雖然中美關係在逐漸改善，但中國在那個時候的朋友遠沒有今天的多，更不用說『遍天下』了。」

藍普頓認為，一方面，我們不應把一些「利益集團」的聲音等同於國際社會的聲音，因為畢竟不滿意的人群往往是叫得最響亮的。另一方面，「如果我們想一想，人們通常害怕什麼？人們害怕他們不懂的事物，害怕變化太快的事物，害怕龐大的事物。」「而對西方國家來說，中國就是這樣的。所以，在中國崛起的過程中，其他國家出現擔心甚至恐懼的心理也是自然的。」然而，藍普頓也認為，與對中國的恐懼心理的增長相比，中國實力的增長要快得多、顯著得多。因此，「從某種意義上講，中國已經做的很好了。中國要在未來做得更好。」

差距緣何而來

裴敏欣總結了決定一國對他國看法的三個主要因素：事實、價值與利益。「首先，這裡面有一個事實問題：中國到底做了什麼？第二就是價值問題。在事實真相搞清楚之後，對事實的價值判斷在哪裡？第三，是利益問題，即中國所做的事情對他國的利益有什麼影響。」裴敏欣舉印度為例，雖然印度也是第三世界國家，但中國是它「經濟的競爭者、意識形態的競爭者和地緣政治的競爭者」。因此，印度自然會對中國有負面的感覺。

國外看中國與中國國內的自我感覺，為什麼會出現這麼大的差別？首先，訊息不對稱造成了這種差距的產生。「問題是雙方的，」裴敏欣說，「一般來講，任何國家的媒體，包括中國自己的媒體，都是帶著批評的眼光去看待社會的──自己的社會和其他國家的社會。特別是西方媒體對中國的人權和民主的問題非常敏感。而中國國內媒體沒有充分報導世界對中國的看法，或者報喜不報憂。」藍普頓也認為，「中國國

內媒體很少出現對立的觀點。」「對於外國書籍,也只是翻譯出版對華友好的書籍,或刪減掉不友好的部分。」

其次,藍普頓還指出,普通中國人把他們的善良本意當作必然,並很難想像他們可以成為其他國家的「威脅」。裴敏欣說:「中國的一般公眾都認為:我們中國並沒有進行任何的侵略活動;我們跟其他國家做生意,天經地義;我們進入世界貿易體系,你不能把世界市場競爭結果所產生的負面效應都怪罪到中國頭上;再有就是像爭奪能源和排放大量二氧化碳,西方人能做為什麼我們不能做?」「所以,在西方認為的中國起了負面作用的這些領域當中,中國的一般公眾認為這些都不是中國的過錯,並認為西方在使用雙重標準,甚至有妒忌中國的心態。」

再次,藍普頓指出,西方龐大的國防系統與官僚體系,也造成了西方對中國的悲觀估計。美國的國防支出占全世界總支出的一半。這一龐大支出支撐著一個龐大的官僚系統,而這一官僚系統中的官員每天的工作,便是尋找潛在的問題——哪裡可能出差錯?日益強大的中國自然逃不過這種尋找問題的眼光。

重視潛在危害

裴敏欣說:「這種差距存在的害處是比較間接的。現在從中國政府到中國人民都比較關注自己國家的國際形象。辦奧運,最主要的目的之一就是提高中國的國際形象。但只要有這種對中國的負面看法的普遍存在,中國國際形象的提升就面臨著一個結構性障礙。」

同時,「負面印象可能轉化成實際利益的損害。負面印象對那些主張對華強硬路線的政治人物是一種政治支持。」

「目前來講,雖然中國的相對實力已經大大提高但畢竟中國有求於世界大於世界有求於中國。對中國印象最不好的都在西方,而西方國家又是中國最大的貿易夥伴。因此,公眾對中國的負面印象,可以為強硬派的政策提供一定的民意基礎。」此外,西方對華的負面印象也可能為中國的對外投資造成障礙。

消除差距建議

藍普頓說,中國已經在努力傾聽世界的看法,現在能做的就是在政治與外交領

域，以更開放的心理來諮詢他國的意見。當然，世界也應該更好地瞭解中國。此次奧運會期間，美國國家電視台除了轉播賽事以外，也播放了一些有關中國文化特色的小節目。這些都為美國人更好地瞭解中國提供了窗口。

裴敏欣建議，雙方的媒體都要有所調整。「西方媒體對中國的負面報導應該少一點，正面報導應該多一點。同時，中國自己本身的報導，也要報憂多一點，報喜少一點，公正的分析更多一點。那種用『陰謀論』來自我解釋的內容要更少一點」。此外，裴敏欣還建議提高中國在國外的經濟活動的透明度。「因為現在許多國外的負面報導都沒有事實根據，中國自己又不出來主動糾正或反擊，這樣就使許多沒有事實根據的批評變成人家經常引用的所謂訊息來源」。

（《卡內基中國透視》月刊 2008 年 8 月號）

【附文 7】

由「挑戰者」走向「協調」合作的多元化中國外交視角

〔日〕天兒慧（日本早稻田大學研究生院亞太研究所教授）

如何看待崛起的中國，對於今天的國際政治和我國來說是一項極為重要的課題。這也可以轉變成「中國是否會構成威脅」這樣的問題。我過去曾經編輯過一本同名的著作，其中提出應該將國家所具有的「能力」「意圖」以及「形象」三大因素作為衡量威脅的標準。能力是指經濟實力、軍事實力、資源等；意圖可以從目標和戰略來衡量；形象雖然是指他人的看法，但直接對其產生影響的卻是所謂的軟實力。

曾經主張積極推進東亞一體化的渡邊利夫近年對「東亞共同體」的構想卻產生了懷疑，認為這一構想是「錯誤的」「無法實現的」，甚至是「不應該實現的」。其理由可

以歸結為：中國是東亞共同體的主角，「推動東亞共同體的最主要背景因素是中國地區霸權主義」。雖然我與渡邊交情甚厚，但是對於這樣的斷定著實還是有些驚訝。中國本身的經濟、社會和政治結構等正在日趨多樣化和複雜化，坦率地說，提出「中國地區霸權主義」這樣的「威脅論」，是過於靜態地看待了中國的這種巨大變化，是簡單、片面地看待了中國的能力、意圖和形象。

的確，中國的崛起令人矚目，看似一種威脅。2000 年以來，中國的年均經濟增長率為 10.6％，2007 年國內生產總值一舉突破了 3 萬億美元。2000 年時中國的經濟規模僅相當於日本的 1/4，而今已達到 3/4。中國 2007 年的貿易總額為 2.177 萬億美元，外匯儲備超過了 1.5 萬億美元。實際上，2006 年公佈的數據就已經超過了日本。中國的軍費開支也大幅度上升，2007 年約為 562 億美元，而日本僅有 428 億美元。中國的實力已經有了飛速的增長。政治家和智囊團的專家們滿口談論的「負責任的大國」和「具有風度的大國」，其「意圖的增大」已經顯而易見。

對於如何看待今天的中國這樣的問題，我近年來的解釋是：「中國經過了猛烈奔跑並接連追過一個又一個競爭對手之後，現在身體狀況已達到極限，很多部位疼痛不已，甚至開始出血，情況越來越嚴峻。從外表來看，雖然氣勢還在，但實際上更像一個需要護理的馬拉松選手。」貧富差距、空氣和水質等環境污染、拜金主義的腐敗行為、脆弱的社會基礎設施等，已是廣為人知。這些已不僅僅是改革開放的「副作用」問題，而且正在變成國際性的問題。

以黃塵和酸雨為代表的跨境環境污染問題、食品衛生問題、聖火傳遞過程中發生的「西藏騷亂事件」等，都對「崛起的中國」的形象造成了不利影響。此外，5 月 12日還發生了令人震驚的四川大地震。

北京奧運會本應是向全世界展示「中華民族偉大復興」的一次盛會，然而，在此之前，「中國選手」卻出現了腰痛和出血。在接近終點的時候，已必須稍作停頓或者降低速度接受護理。面對沿途伸出手來的國內和國際的援助，「中國選手」該作何打算呢？或許，將奧運會的定位從「展現中華民族的雄風和偉大」轉變為「由大眾參與、與國際社會合作，對受傷的中國進行鼓勵和幫助，體現全民族的支援和世界友誼」的一次盛會，更能體現「泱泱大國——中國」的氣度。帶著這樣的想法，下面我們將討論的是在國際社會中如何看待中國的問題。

面向新的國際秩序的戰略

過去中國把自己界定為「貧窮的發展中國家」，但從 2000 年前後開始，中國開始認為自己是「對世界產生影響的負責任的大國」。2003 年 11 月，作為中國外交智囊成員的鄭必堅在博鰲亞洲論壇上首次提出了「和平崛起」的提法。可以說，中國向世界發出了要和平實現「權力交接」的信號。

雖然中國提出這種秩序構想，在主觀上是極為慎重的，但卻引起了亞洲及美國的警惕。例如，鄭必堅提出的「和平崛起」論被國際上認為是中國希望積極推進國際秩序的變化，中國被視為是「現有世界秩序的挑戰者和破壞者」，在國際上引起了有關方面的不滿和警惕。中國政府敏感地意識到了這一點，立即在正式場合放棄使用「和平崛起」的提法。中國轉而再次採用以前鄧小平時代「和平與發展」的提法。

2005 年 12 月，東亞峰會在吉隆坡舉行，這是歷史上亞洲最高領導人的首次聚會。雖然此次會議的議題是東亞共同體問題，但從會議一開始，中國和日本就在參加國的範圍問題上發生了矛盾。中國提出應該由東盟 10+ 日中韓組成，日本則主張在此基礎上加入印度、澳大利亞和紐西蘭三國。結果，雖然此後在同一時期和同一地點同時舉行東盟首腦擴大會議（東盟與中日韓「10+3」會議）和東亞峰會一事被確定下來，但是中國對建立東亞共同體的興趣大減。一直積極推進東亞一體化的中國社會科學院亞太研究所所長張蘊嶺 2007 年秋季在早稻田大學舉辦的國際研討會上發言說：「與中國接壤的不僅限於東亞，而且也包括中亞和南亞。我們要實現的不僅是東亞的合作，而是要在更大的範圍內實現各種各樣的合作和發展戰略。」

在社會方面更加依賴國際社會

近年來，胡錦濤、溫家寶等中國領導人一直強調要在國內實現「和諧社會」。今年 3 月份全國人大閉幕後不久，進入第二任期的溫家寶總理在會見中外記者時就對今後的形勢做了不太樂觀的預測。溫總理說：「我腦子裡在盤旋四件事情：第一，要使中國的經濟繼續保持平穩較快發展，同時有效地抑制通貨膨脹。目前最大的困難是物價過快上漲和通貨膨脹的壓力。」他坦率地承認在控制物價方面所遇到的困難。實際上，老百姓對物價的實際感受更為強烈，並且越來越感到不滿。一位就職於北京市內中小企業的婦女反映說：「超市豬肉的價格已經是去年的兩倍。食品是非買不可的，

低收入階層的生活實在是艱苦。」她這樣説一點也不誇大。

更為嚴峻的是空氣、水質、土壤的污染以及水和能源的短缺問題。溫家寶總理在《政府工作報告》中指出，過去 5 年中國付出了很大的資源和環境代價，這是經濟增長所帶來的副作用。目前，各地出現了許多群眾因此受害的事件。上海、廈門等發達城市的居民為了阻止政府實施的有可能破壞生活環境的項目，甚至採取了示威遊行等抗議行動。

然而，中國已無法停止經濟的增長。如何在保持經濟增長的同時，逐步解決各項難題，這是中國政府面臨的挑戰。現在光叫喊口號已經沒有用，如果不儘快採取對策，就有可能出現社會的不穩定。事實上，中華全國總工會在 3 月 14 日曾公佈過一項統計數據，其中提到 1995 年以來發生的要求改善待遇和增加工資等勞動糾紛平均每年以 20％的速度增長，2007 年達到了 40.6 萬起。要解決這些問題，必須依靠外國的積極合作和援助。在這方面，日本可以發揮較大的作用。胡錦濤主席 5 月 8 日在早稻田大學發表演講時坦率地提到了中國面臨的難題，他要求國際社會與中國一道採取協調行動，他還特別強調要學習日本的經驗，相互開展合作。

此後的 5 月 12 日中國發生了四川大地震。從媒體的報導來看，房屋、學校、道路、橋梁和大堤等都沒有採取防震措施，由此可見中國的基礎設施是極為脆弱的。中國的危機管理也較為落後，帳篷、毛毯、糧食、醫療等供應不能及時到位，與國際援助隊的合作也出現了很多的差錯。在地震報導中，廣大內陸農村的貧困狀況通過電視畫面栩栩如生地展現在人們面前。如果説北京奧運會展現的是中國作為「泱泱大國」的風貌，那麼四川大地震則暴露出了中國社會極為脆弱的一面。

我在 1976 年 7 月首次訪問了中國瀋陽，當時擁有 80 萬人口的唐山發生了大地震。地震發生後，所有的訊息都被封鎖了，就連每天早晨在賓館能夠看到的《人民日報》也不見了。當然，人們對震源地的受災情況一無所知。只是在幾天後，當我前往瀋陽機場準備前往上海時，才隱約感覺到這不是一場普通的地震。機場內醫療隊排起了長長的隊伍。直到鄧小平時代才得知唐山地震死亡人數為 24 萬人，包括受傷者和財產損失在內，説唐山遭到了「毀滅性打擊」並不為過。然而，中國卻沒有接受國外的援助，通過封鎖訊息來維護國家的體制，這就是當時中國的做法。

與那時相比，在此次四川大地震中，不僅中國媒體到達了現場，而且世界各國的

媒體也都進入現場詳細報導了災情。有關核設施的一些訊息也暴露了出來。儘管中國在決策和軍事等方面依然不公開，不過，與唐山大地震時以及遭遇了熱帶風暴災害的緬甸相比，中國社會已經相當開放了。中國積極地接受世界各國、國際機構和團體提供的大規模的合作和援助，甚至還認真地考慮過讓日本自衛隊也參加救援物資的運輸。改革開放以來，中國在經濟方面與國際社會的相互依存關係日益加深，而今，與國際社會的合作也在日趨深化。國內的民眾積極加入到了抗震救災和重建的行列，積極主動地參加了國家的活動。

處於這種狀況下的地區今後將不得不在社會復興、福利、醫療等方面接受國內外的援助，這些都將會反映到政府的決策當中。在經歷了四川大地震之後，顯示「偉大中國」和「泱泱大國」的北京奧運會也將不得不宣傳與國際社會的聯手合作。駐北京的國際媒體在報導體育賽事的同時，也會積極地報導中國國內的各種話題。中國將會變得越來越開放，與國際社會相互依存的關係將會進一步加深。預計中國將會更加強調與國際社會的協調，作為現有國際秩序挑戰者的姿態會越來越減弱。

當然，市民和青年的民族主義和排外性過激行為和言論也絕不會減少。黨內的保守派勢力也還有一定的市場。因此，可以想像，政府有時會受這些因素的影響，採取非國際協調的做法。2005 年春季爆發的大規模的反日行動和今年春季世界各地發生的留學生保護聖火行動等都是很好的例子。

重視軟實力

與強調民族主義、對外強硬路線、現實外交、重視硬實力的傳統做法相比，近年國際上開始流行軟實力的做法，它強調的是國際主義、對外協調路線和開明的外交。的確，在上世紀 90 年代末以前，中國外交奉行的是比較單純的現實主義政策，體現為「以夷制夷」「遠交近攻」「敵人的敵人是朋友」。然而，進入 21 世紀以來，中國外交已不再基於這種單純的想法。

胡錦濤在 2007 年 10 月召開的十七大上所做的政治報告，重申了「和平發展」和「和諧社會」的路線。很多人開始議論「和平發展」和「和諧社會」的戰略是與中國行使「軟實力」是否有直接的關係？這些是否是中國的長期外交戰略？2007 年 12 月 28 日發表的新華社評論員文章指出：「軟實力是綜合國力和國際競爭力的重要組成部

分。我國要在激烈的國際競爭中贏得主動,就必須在壯大經濟實力、科技實力和加強國防力量的同時,使國家文化軟實力有一個大的提高。今後我們要大力建設社會主義核心價值體系,增強中華民族的凝聚力;加快發展文化事業和文化產業,不斷提高我國文化的總體實力和國際競爭力。」

本世紀以來,中國在世界各地積極推進「孔子學院」的創立,這也是中國全面推進「軟實力」文化戰略的一個重要步驟。2007 年 12 月 11 日,第二屆孔子學院大會在北京舉行,國務委員陳至立在會上說:「目前,已在 64 個國家和地區建立了 210 所孔子學院。此外,還有 61 個國家的 200 多個機構提出了開辦申請。孔子學院已成為海外漢語推廣的基地,外國朋友瞭解中國的窗口,促進中國與世界各國交流、合作的平台。」今後,預計中國將在經濟援助、歷史文化、漢語普及、和平合作等各個方面全面推行軟實力戰略。

不過,我們不能因此就認為中國開始輕視硬實力外交戰略,這是一種誤解。特別是在一些事關國家主權的問題上,中國依然堅持強硬的態度。西藏問題就是一個典型。對於分裂和獨立的傾向,中國政府會堅決採取果斷的行為,這是顯而易見的。在主權和面子問題上,中國是絕不會做出讓步的,積極通過對話解決問題可以看成是中國當局的外交姿態。

在這一點上,今後特別值得注意的是台灣問題。台灣「總統」馬英九在 5 月 20 日的就職演說中呼籲兩岸實現「三通」和共同市場,共同掀開和平與繁榮的歷史新的一頁。對此,北京做出了相當積極的反應。在不遠的未來,兩岸首腦會談實現的可能性非常大。當然,馬英九在「總統」選舉一開始就表明了兩岸關係「不統、不獨、不戰」的「三不」政策,而且,台灣的新一代人已經形成了「新台灣人意識」,中台將不會輕易地實現統一。如何應用硬實力和軟實力,使其產生微妙的效果,這要看今後形勢的發展。

有關國際秩序的根本性問題

不管是使用硬實力還是軟實力,崛起的中國要擴大自身的影響力,就必須搞清楚何謂「國際秩序」。在這一點上,近年議論較多的是所謂傳統的中華秩序論。它與今天西方的公民國家體制的秩序論存在著怎樣的關係呢?

　　歸納起來，其特徵有兩點。一是結構上表現為圓錐形或同心圓形，是一種權威擴散型的等級秩序。創造出權威等級的是文化的修養程度。當然，最具修養的人物是天子（皇帝），其次是中央的官僚、地方官僚、官僚預備役（讀書人和地方名士等）、普通漢人（到此為止是「華」），還有在周邊沒有享受到中華文化的野蠻的人（東夷、南蠻、西戎、北狄等），這種多重文化結構稱為「華夷秩序」。這裡沒有像西歐那樣的國境概念，天子的統治範圍被無限擴大到整個天下。

　　第二個特點是秩序形成過程中的非法制性和主體的多重性。有關建立秩序的儒教的名言是「修身、齊家、治國、平天下」。這裡值得注意的是，個人、家、國家（地方）、世界被看成是多重的，建立秩序不是依靠法律制度，而是修養和教化。天子的理想統治不是採用武力統治的霸道，而是文化的教化和德仁統治，即王道政治。

　　這種中華秩序論的確不同於西歐的秩序論，其中一些內容值得研究。然而，最大的問題是，其價值標準建立在儒教的價值觀之上，而且帶有濃厚的重視上下級關係的權威主義的思維。當然，「華」不是一成不變的，也曾出現過像元朝和清朝那樣由蒙古族和滿族掌權成為「華」的例子。日本史學家就此提出了「華夷變態論」。

　　明治維新以後，日本在建立現代公民國家的道路上突飛猛進，但不久開始推行大東亞主義，力圖建立東亞共同體。日本以己為盟主，視己為具有優秀文化的為政者（等同於「華」），並基於「一視同仁」的儒教觀來試圖統治東亞，這是所謂的日本版「中華秩序論」。當然，目前正在形成的亞洲秩序，正如中國社會科學院日本研究所副所長金熙德所指出的那樣：「東亞正在形成的地區合作或者地區共同體，既不是回歸19世紀以前以中國為核心的『華夷秩序』，也不是20世紀上半葉日本所力爭實現的『大東亞共榮圈』。」

　　問題在於中國人無意中表現出的骨子裡的「華夷思想」。過去，我曾作為日本駐中國大使館「外交官」走訪了中國各地，當我要求見地方領導時，對方會指出：「像你這種身分的人通常是見不到這個級別的領導的。」權威等級的思想現在仍很有市場。如果把這種思想推廣到國際社會中，就會產生「強大的中國」俯視周邊的盛氣凌人的權威關係。不過，毫無疑問，中國正在發生巨大的變化，其主體也在不斷地變化。

能夠被國際社會接受的條件

那麼，崛起的中國怎樣才能被周邊國家乃至國際社會接受呢？

首先，中國本身，還有外部世界的人們都應該充分認識到，前面所提到的各種矛盾和問題都是結構性的，中國唯有與國際社會協調，發展相互依存的關係才能解決這些問題，而且在解決這些問題的過程中，中國與國際社會的相互依存關係也會更加密切。

其次，中國應該學會客觀看待自己，應認識到在「全球化的世界背景下」，「大國化」與「國際協調」是處於表裡一體的關係。換言之，在今後的時代，即使中國變成了大國，那也不會是「綜合性的超級大國」，未來的大國將表現為各有所長的趨勢，有的大國在這個領域比較突出，而另外的大國則在別的領域具有優勢。從這一點來說，大國之間是有可能進行相互間的合作並達到共振效果的。

第三，消除「中國威脅論」的關鍵，不是當局在問題、事件和矛盾爆發時採取「隱瞞」的做法，而是「公開」事實的真相，在解決問題時，即使耗費時間，也要做到讓人能夠接受。在西藏問題、台灣問題和衛生食品等所有的問題上，都應該這麼做。不管口頭上如何高喊「以民為本」，如果沒有實際的行動，那麼最終還是難以取信於民的。

第四，中國和其他國家都應該共同努力，通過大規模的人員往來和訊息交流等增進互信，共同擁有廣泛意義上的價值觀和認同感——實際上這當中包含著政治的民主。上世紀 90 年代末，中國的知識分子曾經發出過「建設亞洲共同的家園」的呼聲。這意味著要在人和民族尊嚴的基礎上，在亞洲創造新的認同感。當我們從深層次來展望時代的大潮時，這無疑是一項極其困難、需要耐力的工作，不過，即便如此，我對此仍充滿信心。

（《論座》月刊 2008 年 8 月號，張海波譯）

第三部分

放下小菩薩　塑偉大之目標

◆王小東

一、時代病相：精英們怎樣營造「活地獄」

媒體精英為什麼這樣卑賤

　　我們時代的病相很多，最突出的有兩個問題：一個問題是精英腐朽對於我們國家凝聚力的巨大損害；另一個問題是思想界、文化界、新聞界知識分子精英的逆向種族主義傾向有時候達到了一種非常可怕的地步。一些大學教師、新聞工作者、文藝工作者等等，像發瘋一樣仇視我們自己的國家。當然他們是有一些理由的，歷史的，現實的。但是有一些理由也不能就此認為發瘋就是對的，發瘋是病，病就是病。也許你的瘋病有理由，是別人害的，比如說讓人踹了一腳，或腦袋讓人打了一悶棍了，腦子出毛病了，但是腦子出毛病，你別認定你沒病，還照樣出來禍害吧？這種「時代精神」的病理性表現，可以說有無數的例子，先舉一個愛滋女的例子。

　　這個故事已是 2004 年夏天的事了。武漢某大學女學生朱力亞被她的巴哈馬籍留學生男友馬浪感染上了愛滋病。這個外國人在被檢查出愛滋病而被遣送回國之前，仍舊不採取任何安全措施而跟她發生了性關係。當她得知自己患有愛滋病時，那個外國人已離開中國，不知死活了。最後是他所在國的駐中國使館工作人員找到朱力

亞告訴她實情的,從此朱力亞失去了一個正常女孩應有的正常生活。另外還要交代一句的是,這個外國人還和多名中國女孩發生過性關係,讓多名中國女孩感染上了愛滋病。

故事如果僅僅到此,我們可以說這只是一個個人的悲劇,我們可以很同情受害者朱力亞,問題是,後來中國的主流媒體大規模介入了。中央電視台王志的《面對面》節目花了兩期來訪談朱力亞,《南方人物週刊》等主流媒體也做了大規模報導,一些專家學者也粉墨登場,熱評此事。他們是怎樣向觀眾和讀者解讀這件事的呢?照我這種沒有多少「文化」的人的想法:首先,應該警告花季少女們注意防止愛滋病;其次,應該嚴厲譴責這個明知自己有愛滋病卻故意傳染給中國女孩的外國「殺人犯」;再次,應該問一問,我們中國和其他一些國家,如美國,好像是有法律懲治明知自己有愛滋病而故意傳染別人的罪犯的,為什麼對於這個外國人只是遣送而已?像我這種「愛商」很低的人,怎麼也看不出這個明知自己有愛滋病卻連個套都不願意戴,就和朱力亞發生性關係(我認為實在沒法說這叫「做愛」)的外國人和她之間有什麼「愛情」可言。當然了,也許朱力亞這邊是有「愛情」的,但在知道了那個外國流氓如此殘害她的生命之後,還在那裡「愛」得如此炫然,在我看來這只能說是一種病態,一種人格扭曲。然而我們的媒體的大部分採訪和炒作的內容卻是關於朱力亞和馬浪之間的「愛情」。司馬平邦在自己的部落格中非常準確地指出,這是「中國媒體的集體性誨淫誨盜」,他的這篇網誌寫得很精采,我引用在此:

> 朱說,雖然馬浪給她帶來了愛滋病,讓她即將過早地離開人世,但她仍然愛著這個巴哈馬帥小夥,而中國的媒體們,則抬著這個愛情至上的女孩的轎子,高聲讚美著這個好不容易發現的「愛滋愛情」。間中,還有一些朱力亞對中國現狀的抱怨,抱怨什麼呢?社會因為她大膽公開了自己的愛滋女身分而不再那麼自在地接受她,她不能入黨了,還假設如果在美國,一定不會這樣,美國多好啊!愛滋病患者可以享受一個正常人的生活。……我也不知中國的媒體們怎麼了。不,首先是中國的姑娘們怎麼了?愛一個給自己帶來愛滋病的外國人,而且這個外國人之前已經知道自己也是個愛滋病帶原者,而沒有在兩人的性關係中採取保護措施,這種良知淪喪的無恥之徒居然得到了一位中國大學的女高才生(朱的外語水平很高,讓她得以被馬浪泡上)如此

執著和不要命的愛，中國女孩的愛情居然這樣廉價，我看到在馬浪消失後，朱力亞還在念念不忘地想著馬浪的好，還在單相思一樣地說只愛這個男人，沒有一點兒恨，而我亦聽說，就是這個巴哈馬浪子已經給6個朱力亞這樣的女孩傳染上了愛滋病病毒。

把對一個惡棍中了心魔一樣的迷戀當成「愛」來粉飾，讓我相信《色·戒》在中國人群裡確實大有人緣，張愛玲說征服女人最好的辦法通過陰道，我不知朱力亞是不是受到這樣的蠱惑，而且似乎也不應以這樣陰暗語句的形容來講一個女人，但這個朱力亞確實讓我想到了湯唯出演的王佳芝。我對王佳芝的概括只有一個字：賤。瘋了一樣愛一個惡棍，因而被生活拋棄，你不要再去找什麼別的原因，你得到的一切可怕後果都是活該的。阿彌陀佛，但我佛慈悲亦懲惡啊！

其次，中國媒體們怎麼了？無論是XXTV，還是《N方人物週刊》（又是南方系），把一個公共新聞媒體的社會良知降低到一個如此地步，把一個帶著明顯犯罪色彩的社會事件包裝成另一個浪漫色彩的人性故事來講述，這就是矇騙大眾，我耐心地看完網上的相關採訪，既沒看到記者對朱力亞經歷的如此荒謬弱智愛情的質問，也沒有對觀眾、讀者的提醒，他們似乎真的被這樣一個如美麗的大煙花一樣美麗（其實如邪惡的海洛因一樣邪惡）的故事所征服了。濫情至此，讓人噁心！媒體是無知呢，還是別有用心？誰讓朱力亞感染了愛滋病？馬浪是否相當於殺人兇手？兇手是不是要緝拿歸案以命抵命？這是不是一件殺人案？如果被害人說「我愛這個兇手」，法律部門就該放棄訴訟的權力？而新聞媒體就要不遺餘力地去把這件殺人案描寫成當代版的「羅密歐與朱麗葉」？我不知道中國法律對有意向別人傳染愛滋病或者其他傳染病有什麼樣的定罪法則，但我相信，這樣的人肯定是在犯罪，而我更認為那些身受其害卻不自覺，反而繪聲繪色把這樁罪案包裝，講給別人的「受害者」也一樣有罪，而讓這樣的罪犯再去誤導不知情者的傳播者（媒體）也一樣有罪，罪同窩藏案犯。我對朱力亞頑強的生命力和固執的愛情觀不得不表示佩服，但對她的糊塗（是糊塗嗎？我也可以把她的這種炫耀式愛情當成變態的報復社會和協同殺人）更表示憤怒，同時，亦對捲入此事件報導中無病呻吟

過的中國媒體表示極大的鄙視！你們知道這樣的報導又會讓多少無知女孩重
走朱力亞之路嗎？

再次，中國的法律怎麼了？到現在，我還沒發現相關法律部門介入此事
（朱肯定是沒有提起對巴哈馬混蛋的訴訟，但作為公共部分存在的中國法律部
門應有主張權力的機會）的紀錄。很遺憾！巴哈馬，一個彈丸小國的一個在
中國領土上散播愛滋病毒王八蛋公民的所作所為與當年日本鬼子在哈爾濱平
房區製造細菌武器有什麼區別嗎？中國的法律是不是因為他是個外國人，就
可以放過這樣一個罪犯？外國人在中國領土上到底還要享受多長時間這樣的
特權——泡中國女人？！這件事讓我們可以重新反思國家對外籍公民在中國
領土上享受到的那些太多的優惠政策。中國人當中或者有一些命賤如斯的女
人，難道中國法律的尊嚴也賤到這樣，可以隨意踐踏？

我很難過地看到，當一個中國女演員因為出演一部為漢奸唱人性讚美詩的
電影被封殺後，一群無聊的北京法律工作者矯情非常地跳出來想替之出頭，
卻看不到一個向中國公民身上傳染了愛滋病毒之後溜之大吉的小國惡棍，居
然沒有任何一個法律工作者會向他發出任何一聲憤怒，倒是由我們的國家電
視渠道向這個惡棍隔江唱起後庭花！我想，這個中文名叫馬浪的愛滋病王八
蛋最後也一定不會有什麼好結果，必死無疑，但我很懷疑這個人臨死之前是
不是真的很痛苦，因為按一個純粹惡棍的邏輯，他的幾年中國之行真的很夠
本，不但玩了中國女人，也「強姦」了這個國家的主流媒體，並且被他「強
姦」的對象們還不停地乞求著，再「強姦」我們一次吧！這是我們經歷最爽
的、最人性的「強姦」了，這就是愛啊！

我幾年前就看到了這個愛滋女生事件，我的第一個反應就是痛感到一個「賤」
字，太賤了！中國的女孩怎麼會這麼賤？中國的媒體怎麼會這麼賤？中國的知識分子
怎麼會這麼賤？中國到底怎麼了？我真正痛感，崇洋媚外可以招來殺身之禍，崇洋媚
外可以殺人，崇洋媚外正在把更多無知的中國花季少女送上患上了愛滋病的外國流氓
骯髒的床，崇洋媚外可以是血淋淋的！朱力亞，這個被媒體和無數網民追捧的不幸女
人既是被害者，又在誘殺別的和她相仿的女孩子。司馬平邦先生質疑得對：「是糊塗

嗎？我也可以把她的這種炫耀式愛情當成變態的報復社會和協同殺人。」這是一件不小的事，但我當時實在太忙了，有那麼多的事情做不過來，實在是「有心殺賊，無力回天」，因此以前也只做過一個簡短的發言，沒有深入做下去。我跟司馬平邦提到了這件事，希望他能夠做一做，後來他做了。但2008年中國的事情太多了，2008年世界的事情也太多了，還是把這件事淹沒了，然而這件事絕不應該被忽略過去。聽說最近又有幾位女大學生步了朱力亞的後塵，被外國人感染了愛滋病，年輕的生命就此葬送。我感到前幾年沒有盡到自己的責任，所以借這個機會把這件事再提出來說一說。

裝蒜的逆向種族主義還要猖獗多久

另外還有一個外嫁女的例子。這個外嫁女網名叫「玉清心」，寫了一篇題為《德國人「刻板」背後的誠信和善良》的帖子，我引用其中的一段：

德國人的刻板在世界上是出了名的，刻板地恪守法律和秩序。幹什麼都十分認真，凡是有明文規定的，大都會自覺遵守；凡是明確禁止的，大概沒人會去碰它。常說德國人的一個笑話：在德國的馬路上，如果紅綠燈失靈了，行人會在馬路上一直等下去，等修好了再過馬路。

從網上看到，美國人買軟體，如果家裡有兩台電腦，就花錢買兩個軟體。我問周圍的德國人，你們也是嗎？他們回答：「是啊，你們不是嗎？」幾年前為適應寬頻網路運行，家裡更新了一台新電腦，同時花了100歐元買了軟體（windows XP）。得知我買了正版的軟體光碟，周圍的中國人都來借，借來借去最後借沒了。後來自己的電腦被病毒襲垮，需要重新安裝運行程序的時候，只得厚著臉皮向熟人借光碟。中國人的圈子裡，告訴我手裡倒是有，還有普通和專業兩種版本，但都是從中國大陸帶過來的，10元人民幣從小販那買來的，肯定是盜版光碟，所以保不齊有病毒或什麼其他毛病。再花上100歐元去買安裝光碟有點冤枉，又不敢向認識的德國人張口，知道十有八九會遭回絕。先生說，試試吧，跟孩子借借看。我聽他在電話裡講我的「過失」，

解釋借東西的原因。擱下電話後，先生告訴我，不行！兒子說，一份軟體就配一台電腦來的，這是消費原則。最後遇到一位電腦高手，幫我清除了病毒，恢復了運行，才算暫時免了軟體光碟的麻煩。當時我的這個難題在電話裡說給了大陸的親朋，後來居然成了笑柄，電話那頭的中國人，沒有一個不笑話這邊的德國人的，認爲德國佬刻板得有點兒不通人情了，算傻到家了。

　　這個帖子明顯是胡編亂造。可以看得出，她對於一些基本常識都不瞭解，就敢胡說八道忽悠人，眞叫人噁心。我只說兩點。其一，一群德國交通信號專家在中德兩國專家參加的會議上說過：德國行人等候紅燈的時間不能超過47秒，否則一定搶行。他們認爲中國的紅燈時間太長了，誰都受不了，所以行人搶行很正常，實際上恰恰是中國的行人太老實了，才能等這麼長時間。其二，買正版 windows XP，只要有證書，盤丟失了是可以再去微軟討要的。再有，既然是正版 windows XP，現在都需要驗證，別人借去是用不了的，（可以算號破解，但也就相當於一個盜版盤了，盜版盤這麼便宜，誰會去借她的？）不像盜版盤，是破解了的，所以誰借去都可以用。文章作者連這個都不知道，應該是從未用過正版軟體的（預裝的另說，但絕不可能是花了什麼100歐元買的，而且預裝盤別人借去也沒用），又缺乏知識——當然還有一種可能性，那就是德國店家賣給她的就是破解了的盜版盤，所以誰借去都可以用，而她被騙了。我沒有資格評論德國人究竟是不是誠信和善良，但這篇文章我能看出來胡說八道的部分，使得我對於她所有的話都很難相信。這個女人在這裡裝什麼蒜啊！編這種胡言亂語出來騙人，眞不知道是什麼動機。可惜的是，網上有很多很多類似的關於外國是「君子國」的所謂「紀實」觀感，而很多中國人還眞相信這些鬼話。我當然知道中國的不誠信現象很多，但我以爲，這種醜惡的逆向種族主義忽悠絕不能幫我們改掉自己的毛病，恰恰相反，它讓很多中國人覺得自己既然是下賤的一群，就一直下賤下去好了。

　　我寫了個帖子，講美國把駐紮在伊拉克的第三步兵師第一旅調回美國本土，這是美國多年來第一次在本土部署作戰部隊。根據美國《陸軍時報》的報導，這次軍隊調換的任務之一是防止國內老百姓發生騷亂，當然還得說點其他任務，如反恐之類。但是美國老百姓普遍認爲這是鎮壓老百姓的，輿論譁然。有人說拿起槍跟他們幹，有人說我要跑到山洞裡面，反正你們逮不到賓拉登，也逮不到我。其實我沒有一點諷刺的

意思，我倒覺得美國老百姓挺可愛的，他們對國家強權保持這麼高的警惕的確是一個優點。也許可能在國家要集中做一些事的時候，這種警惕可能有一點掣肘的妨礙，但對於這種獨立和自由的精神，我是挺尊敬的。我貼了這麼一個帖子，一點沒有嘲笑美國人的意思，可馬上就有人躥上來了，他貼了一個不相干的東西，講英國倫敦奧運會比北京奧運會怎麼好法，說倫敦奧運會把錢都花在大眾健身上面了，說北京弄的都是虛假的。這個話可能是對的，但是跟我的主帖有關係嗎？爲什麼上來貼這個帖子呢？他是覺得你說了美國壞話了，我一定給你找回來，人家就是好。美國做什麼東西都是對的，美國就是太偉大了，不管怎樣美國還是太偉大了！

這不是一件小事。從某種程度講，這些例子表明中國這個國家、這個民族處於危險當中。我們不能過分強調說老百姓跟這群知識分子不一樣，80後跟他們不一樣。我也看到了一方面老百姓跟他們不一樣，80後有自己獨特的思想，但是另一方面，他們也是很容易受這些人左右的，受權威、老師左右的。

我曾經想寫篇關於「洋奴和家奴都是奴」的文章，針砭一下中國一些知識分子的奴性心態。中國的一些知識分子不想當家奴了，他們認爲家裡的主子都是壞蛋，「文革」什麼的傷透了他們的心。可是他們當慣了奴隸，非得另外找一個主子不行，於是又找到洋主子了。他們還眞不像美國人，如前所述，美國人民表現出來的態度是洋奴家奴都不當，這點我很尊敬美國人民。但是中國這幫知識分子非得當奴不可，不當家奴就當洋奴，現在是選擇了當洋奴，這對中國是非常危險的一件事。他們遠比美國人民更忠於美國強權。美國強權在全世界都找不到比這幫中國知識分子更忠於它的人群了。從國際格局的角度說，我們必須看到這一點是美國的長處。我們講中美比較的時候，我們必須意識到美國在軟力量上比中國強太多了。我非常羨慕美國能有這麼多效忠它的中國精英。從根本上講，這根源於中國知識分子的奴性心態，他們得要一個主子，對家裡人，對中國主子失望以後，就非得找一個洋主子。爲了自己心安理得，他們把美國洋主子理想化了。如果你說他們的洋主子一個「不」字，他就要跟你玩命。其實很多話不是我們說的，是美國人自己說的，我只不過是貼到了自己的部落格裡，那他都不幹了，他要跟我玩命：誰讓你貼的？看著他們對美國洋主子忠心到這種程度，我眞的是非常欽佩美國，時至21世紀了，美國竟然還能找到這樣一幫奴才，這麼死心塌地的一幫奴才。

◆宋強

二、自我矮化的哲學這樣大行其道

　　小東、紀蘇這些人，可以說同逆向種族主義鬥了20多年，他們的視野很開闊，思路也很恢弘，而我的題目定在「心理性悲劇」。從日常感受和媒體人的角度，從一個比較低端的落點，講一講墮落的自我矮化的哲學是怎樣在我們國土上扎根的。這些想法跟我的經歷、見識也有關係。

「歹徒與大巴的故事」別解

　　我覺著，一切對於時局、前途最高深的問題先不忙著複雜化。不妨用最尋常的成功學道理和勵志小書的思維路徑，從平衡損益的角度來剖析某種日常性情緒的弊病，這可能對改變我們「無著」的、空落的現狀有一些實在的幫助。我們這個時代典型的心理性悲劇就是狂躁型的憤懣不合作主義帶來的社會和

心理後果。據說，還有人把「論公民的不合作精神」納入學校課本裡去，這個想法我覺得有點扯淡。早幾年我採訪中國著名神童張炘煬的父親，他告訴我說，他的一個心得是不要讓孩子看那種「Q版語文」的時髦讀物，什麼大灰狼其實很有愛心，小白兔其實最不是東西。正說的知識他都沒有理解透，你上來就給他灌輸反著來的、對立的、粗獷的、「解構」的，你不是對孩子不負責嗎？

說到這一點，讓人想到了成人世界裡的「Q版」。2008年出了一個范跑跑，助長了很多人撒嬌的欲念，我聽到有些人在高喊：他說出了我們時代的真相。我說：哦，原來如此，多麼不容易啊！原來要衝破那麼多的禁錮，才告訴我們世間居然還有這般可貴的真相！原來一種正面的道德，正常的倫理，只要是少先隊教育裡曾吸納過的，就是愚民工具，就是該清算的！這種邏輯不也是一廂情願和粗暴的嗎？

我看了鳳凰衛視的節目，對郭先生的表現很失望，但是這個節目的格局和氣氛，注定了他不是表現的問題了。這是注定的，拿枯瘦的道德言說同強大豐沛的市民情懷對決，那會有什麼好果子吃？回過身來再想這個事兒，想一想後來的那些叫囂。什麼叫「范老師勇敢地說出了真相」？什麼「皇帝的新衣」，在這個馬戲表演裡，這個寓言適用嗎？難道標榜一種無恥、實踐一種無恥在當今的中國還需要勇氣嗎？究竟誰是這個國家風氣頹敗的禍首？是一絲不苟地實踐著無恥的人，還是蒼白無力地空喊「道德」的人？我當著鳳凰衛視執行台長的面質疑過這個事，台長是這麼解釋的，老百姓確實很反感那類裝腔作勢的道學家，道學說教對中國的社會太有害了。我覺得台長這句話有點片面性，黃紀蘇說的一句話非常好，傷痕文學的慣性還要延續多久呢？具體地說：就是一句老話，這還是要看主要矛盾、次要矛盾。如果早20年，在王朔的時代，在蛇口把幾個「青年導師」掀下台的時代，這樣反潮流還有意義的話，今天你還這樣彰顯醜陋來對沖正統，理由是它其實有「率真的魅力」，這其實是矯情！這不是教會最純樸的人都去撒嬌嗎？縱容這種肆無忌憚的文化撒嬌，為臆想中的假想敵而憤怒，而耗費情感，從而絕望，拆台，實際效果往往是負面的，往高裡說，是在摧毀民眾的士氣。

我真切地感受到憤懑的摧毀性，無序的憤怒不會讓任何人受益，憤懑對每個人積極情緒的摧毀，對希望的壓滅，對秩序、共識沒有底線的消解、拆除，這一切失敗主義的情緒給我們心理環境帶來了極大的污損。現在普遍流傳的這樣一個故事：

三歹徒劫持一輛大巴，將漂亮女司機拖下車強暴，女司機呼救，眾乘客啞然。唯一瘦弱書生奮起，呼籲，遭歹徒毆打，昏厥。歹徒得逞，女司機復上車，喝令瘦弱書生：「下去！我不載你了！」書生愕然，抗議，終被幸災樂禍之乘客及司機逐下。大巴開動，至一懸崖處直衝下山。車毀人亡。書生聞之，始悟美女怪異之舉動，大哭。

這故事很震撼，對於讀者來說也很過癮，媒體人可能非常憤怒：這為什麼不是真人真事（其實非真人真事也無妨，媒體營造的虛假情感故事，我們見得還少麼）？散播的人很有滿足感，對於大多數受眾來說，不太講求新聞與傳聞的界限，把它當新聞來讀。最可怕的是，它符合心靈的鏡像、心理感應的真實。但是那種透發其中的「憤怒突擊」式的情緒釋放，強化卑劣人性的故事元素的戲劇性編排（其實是一種牽強的編排），有意反映的心理鏡像凸顯著末世的瘋狂，誰看出它的恐怖性？誰能體悟到，我們在閱讀這個故事時，實際上被快感征服？它的喻世效果是什麼呢？我們在不知不覺地陷入女司機和書生「兩情相知」的悲情之中，棄一車的遇難者於不顧，漾起一種自以為崇高的感覺。

這個故事可能是一個孩子編寫的，我並沒有指責作者的意思，但是這種極端幼稚的情感和設置，復仇想像的大快慰會得到如此廣泛的呼應，這就讓人想到，「因為太黑暗，所以我的黑暗有正義性」，這種自以為是的「厚黑」、非人類的心理症狀、不惜「與爾皆亡」、鄙棄社會的潮流暗湧，實在是不愛惜自己，與自己為難了！

我分明聽到，歡呼著那個崩盤的「拐點」滑翔而去的時代凱歌，到處是秘密的喜悅，人人都在等著「好看」，等著分一杯羹；我分明聽到「參議院烏鴉」高華德的聲音在中國的論壇上迴盪：「保衛自由的極端主義不是罪惡！在追求正義中所表現的溫和態度不是美德！」

對內政狀況的不滿，從改革的進步而言，是一個值得肯定的跡象。情緒釋放時代到來，那種瀰漫於民眾心裡的強烈被剝奪感是需要更多理解的，而那個造成被剝奪感的元兇是要清算的！我在一家報紙上談30年改革感受，講了我在90年代中期的一個遭遇。酷暑天，我家那個小區停電，如是反覆，電力部門來了好幾趟都不能解決問題。居民們急了，堵住工程車不讓走，釀成小型群體性事件。我趕忙打市長公開電

話，殊不知，值班幹部呵斥我：你作為一個新聞記者，不同歪風邪氣做鬥爭，反而助長他們的氣焰！從那時起，我認識到一點：官員的傲慢愚蠢，將來肯定會導致大問題。現在，問題層出。依照民眾的情緒審視國策，審視我們的公共政策、我們的國民動員體制，哪怕是象徵性的開始，這也是全民性的勝利。能不能以更積極的、正面的心態迎接這個？能不能從「得分」的角度，抱持一種維護改革開放成果的態度來把握形勢的走向？人總不能靠冷嘲熱諷來打發日子。無厘頭的八方灑怨肯定是有害的，更以「去中國化」的情緒，來支配這種憤怒。圖了爽快，糟踐的是自己。

關於我們社會的黑色幽默

悲劇性的心理現實，往偏鋒裡說，就是有時我們會讓我們被自己的感情所愚弄。20 世紀 80 年代非常有名的一個日本偵探小說大意是講，歹徒綁架了一列火車上的人，跟警方講條件，把贖金搬上火車，每一站我們釋放一批旅客，到了終點，警匪之間再攤牌。小說的結尾是火車到達終點之後，警方回過神來：不好，上當了，被誤導了，擒拿的對象已經溜之大吉了。那些歹徒已經混跡於前面各站被釋放的旅客中離開了車廂。車門口的持槍歹徒其實是乘客扮演的。小說的最後一句話是「恐懼在統治著這列火車」。

這個故事放在現在的環境氣氛裡看，是非常有深意的。

當我們把一個憤怒的對象人格化的時候，我們會想像那列火車裡頭，有人在發抖，我們會獲得一種發洩的滿足，會為可能出現的秩序顛倒而鼓舞。我們料想不到的是，那裡面的人會離棄，會輕盈地解脫。至少在這場心理性悲劇裡，除了極少數的焦點人物外，是普遍的「與我無干」的輕鬆心態。作協代表大會期間，我們在北京請客會友。席間，作家朋友們頗有些「明白人」的議論，會心一笑的表情，引而不發的潛台詞。我和馬松私下感歎：這簡直就像一個寓言。大家挖苦的是一種不祥的體制、一些可笑的事，而這些「明白人」，都在心安理得地享受著北京飯店、宴請、主席團榮位，享受著體制給他們的可以好逸惡勞的平台：住房、創作假、補貼。但是，他們的嘲諷比我們更加犀利！個個都像與己無關似的！那麼，循環下來，我們可能清算誰呢？我們誰也沒有逮著！我們討伐的也許是一個子虛烏有的東西。因為最令人痛心的

是：誰肯擔當？

「空列車」的故事，沒有擔當的「局」，折射出一個國家的心理悲劇。強大的公眾訊息在一座軟牆上附著、掉落，我們找尋那個出口，而那裡發出同樣的疑問：你們在找什麼？

「空列車」的隱喻，令我有一個奇怪的聯想，一個有關我們這個社會的超級黑色幽默。《百年孤獨》裡的馬貢多鎮，不怎麼開化的居民不能忍受電影，因為電影演員的角色置換嘲弄了他們的感情。一個在西部片裡贏得他們尊敬的英雄，剛剛在觀眾的淚水中下葬，又在另一個片子裡以阿拉伯人的形象出現。這讓他們氣得發瘋，於是他們砸了電影院的座椅。這個看似好笑的描寫，讓我注意到了黃紀蘇曾說到的強烈印象，負具體責任的人，在貫徹路線方針政策的同時，又在巧妙地扮演著冷峭尖刻的批評者，都在巧妙地告訴大家：其實我是明白人。這種雙重置換，是不負責任的「聰明人社會」的安身立命的技能。推衍開來說，我們這個社會登峰造極的超級悖論，就是王朔早年間所點到的：一夜之間大家都以受害者的面貌出現，王朔這樣回擊：去你媽的，早的時候你幹什麼去了？王朔這樣罵，可能有點粗線條，可是，看看那些身懷「屠龍術」的媒體人、那些自由知識分子，不正是這樣玩變身的嗎？明明他們是掠奪性「改革」的歡呼者，明明他們是急功近利的價值觀的吹鼓手，明明他們是壟斷資源的得益者和食利階層，然而搖身一變，一切令人不高興的後果都和他們沒有任何關係！他們裝出一副總是在受排擠、總是弱勢聲音的樣子，把30年的圖景、路線圖描繪成他們永遠同老骨董們作戰的「大明英烈傳」。現在出問題了，他們又急匆匆地把中國劃分成爭執著的兩方面，繼續抖機靈，做大義凜然狀，估算著自己未來的得益。在這個資訊發達的時代，他們的選擇性「失憶」是否玩得過頭了一點？

這絕不是激憤之言。

愛國真是「強勢」嗎

清華大學新聞與傳播學院的周慶安告訴我，我們現在根本不缺最具有智慧含量的批評。現在的流程已經發達到這個程度——出了一件事，報紙的評論版會馬上找到對

應的專門人士量身裁衣，有模有樣的公義討伐當夜就出來了，而相比之下，建設性的言論則沒有那麼便捷。

現在的知識分子，實在是太聰明了。

中國的時運，中國的走勢，各有各的說法。按照《南方週末》評論員宣稱的，現在進入了「拐點」。雖然南方報業總愛做出一副龐然大物的姿態，描繪時局圖興，引領先進思潮，風光之盛，動靜之猛，意味之深，端出一副「我上面有人」的俏嬌模樣（讓人想起《武林外傳》裡的范大娘），不免引起其他非嫡系人們的訕笑和妒忌。但「拐點」之說，真是找準了感覺。問題是我們這個「拐點」怎麼一個「拐」？中國不再是昨天的中國，改革開放是不可逆轉的，言論的自由空間擴大了，且讓我們快慰而鼓舞，我們每個人都有責任為現今和未來建言。

可是，我們還是忍不住要扮演高歌猛進時代的「低調俱樂部」角色。因為這種「高歌猛進」是貼著人家的，是一種調子怪怪的極其勢利心態的「激進主義」。因為有這種真實情緒在，起碼在這裡，我們看到了他們根本不想打算掩飾的雙重標準，同樣是民眾高漲的情緒，只看到對內政狀況不滿的強大精神現實的熱切關注，而同樣強大的另一個精神現實──對西方欺凌我們的民眾反應，那種則加以痛斥、辱罵、壓滅、有意地誤讀。是的，痛快地說，有好的民意和壞的民意，一種民意潮流中也具有正面和負面兩方面的性質，民族主義情緒如此，本土憤懣熱情也難免，但是像南方報業這樣長期一以貫之的、完全一刀切的旗幟鮮明，永遠傳承，也是難得的風骨。

這種情緒背後一種令人失望的歷史積澱是，改革開放以來中國人宇宙觀、世界觀的立論和探索，在某些自由知識分子那裡，猶未跳出「河殤」時代的水平。因為有這樣真實的情感路線，對於外國的欺凌羞辱，中國民眾的正當反應理所當然地招惹自由知識分子和時髦人物的不舒服，如芒刺在背，蓄意解讀為「愚昧不開化」「缺乏大國風度」「缺乏全球視野」「中國前進之憂患」。主流輿論和自由知識分子拒斥一切強調國家利益的觀點。對不和諧現狀的憤怒似乎又使這種拒斥有了正義性的依託。它的通俗版本，它的現實映照版本就是我的朋友質問我的──（西方）羞辱了誰？這個國家是誰的？你的？我的？這種對撞，王小東就活生生領教過。2008年上半年，一家省級電視台對「抵制家樂福」做了一個話題 PK。一個海歸藝術家跳起來大罵：「你這是討政府的好！你們就敢抵制家樂福，別的你們敢抵制嗎？」他最為精采的一句就是：「現在

大多數人都愛國，愛國是強勢，你愛國是站在強勢一邊，作爲知識分子，你愛國是你的恥辱！」且不說誰討了政府的好。這種表演就是簡單粗暴，愚不可及的簡單粗暴。

這種不求上進的簡單粗暴比比皆是，更粗俗的版本就是這樣的對答：

「爲什麽西藏人大會的民族主義情緒是值得肯定的？」

「因爲他們追求民主自由。」

「爲什麽中國人的民族主義情緒是令人鄙夷的？」

「因爲他們腦殘了。」

「爲什麽世界上那麽多人都反對我們，難道他們也有自己的道理？」

「我們當然要反思，因爲他們很可能有自己的道理。」

「爲什麽海外華人中有那麽多人都義憤填膺，難道他們也有自己的道理？」

「沒有，因爲他們都腦殘了。」

「藏獨人士運用自己的權利抗議火炬傳遞，是不是對自己權利的正常行使？」

「那當然，民主社會嘛。」

「中國公民運用自己的權利爲火炬傳遞助威，是不是對權利的正常行使？」

「正常？一幫腦殘。」

想起一個有意思的小問題：愛國眞是「強勢」嗎？至少在媒體的把持者那裡，在「高等華人」的裁判下，是強勢嗎？王小東和那位海歸藝術家的對決，後來兩人都在部落格上有說辭，然而，新浪部落格的編排是揚抑分明的，指控王小東的文章擺放在顯眼位置上，而王小東的反擊文章被摁在角落裡，到後來看到沒有扭轉海歸的不利局面，乾脆把王小東的文章從首頁拿下去。留下那位反對民族主義的海歸一人在顯眼位置。這種拙劣的「拉偏架」，宋曉軍看不下去了，打了電話給新浪部落格，告誡他們不要太過分，版面編輯這才不情願地改正過來。

回到開始用的那個列車的比喻，黃紀蘇講到的一種感覺是非常對的，我們遊走在一種慣性之中，還在像祥林嫂那樣說「傷痕」，還在說「解放束縛」，是不是該說點別的？

這是一個文化心理上的悲劇，也是記憶的悲劇。記憶的悲劇導致歷史觀的自我矮化，這個「功德」，該歸功於誰呢？

◆宋強

三、自由民主「先賢祠」裡的
先生們在販什麼私貨

誰在消解我們的「共識底線」

比起「腦殘」的罵罵，比起某些網路編輯，大報在清算民族認同情緒方面自然要高明得多。可是在這裡我想潑一瓢冷水：那些急於想在自由民主的先賢祠裡佔據一個牌位的先生們，能不能不那麼性急，能不能少考慮一下「得分」，而多想一下「得道」。像賀衛方先生所點明的，少販一些私貨。功利心太盛容易露尾巴，排排坐，吃果果，你按照自己的口味遴選的「公共知識分子」，究竟能不能進入先賢祠，尚在未定之數。你不高興的人，裝著沒看見；你高興的人，慷慨上位，這就錯了一著。你給未來中國預備的自由民主先賢的譜系，起碼是有毛病的，打一派拉一派，算什麼自由的精神呢？不妨反省一下，為什麼某些好話，漂亮話，某些高調，從《南方週末》道出，會激起不忿，引發訕笑，可能受了一些委屈，可你不能

總指責批評你的人都是在仗勢欺人。你要試著去理解人家，因為在人家心目中，你的品質是可疑的；你的遊走路線是怪誕的；你在「得道」方面，是欠缺的。有了這些遭遇，至少說明你做得不夠好。楊帆最近說：我的批判態度，明擺了說就是「對事也對人」。這話確實挺實在。訊息膨脹、花樣翻出的時代，大家看膩了一些表演，不知為什麼覺得不懇切，感覺空落，研究一下你的來路，剖析一下是否偽善，挺正常。對事對人，《儒林外史》就是這麼搞的，大家也沒覺得有什麼不妥。20多年前，吳亮、程德培到我們學校搞講座，沒有太多高深理論，講了很多作家的個人細節，聽眾有些不滿足，覺得有點庸俗化，記得吳亮還當場做了一些解釋，解釋說我們熟悉這些作家，不是架秧子擺資歷，而是一種分析。我覺得他們那種新批評其實不低級。當然，當年的他們是一團和氣的「對事對人」，和今天我們主張的有區別。

現在看來，對某些利令智昏的自由知識分子，對事也對人，可能更接近他們的真相。已經在民間聽到這樣的說法了：誰誰誰很牛逼，被美國人關注著，他太有名了，弄他，中國方面得掂量掂量。口氣是很豔羨的，給人感覺，原來榮華富貴還有這麼一個進身途徑。這種感覺我並不陌生，朋友說過一些事，親歷的事情，為什麼沒有發表出來，也沒有作為批評誰的論據，就是考慮到要講求辯論道德，不能把人家私下不希望眾人知道的話拿來作為依據。但是有這種黑幕黑話，（現在也不是了，公開說出來了，謳歌美國大兵的讚美詩，中國知識分子「聯名」聲援美國打伊拉克，不都是這一類貨色嗎？）有這種真實性情緒，要讓大家知道，比如說這一類的吹牛：中國照著西方要求的路徑改革，是逼出來的，不然要面臨「外科式打擊」的風險。還有德高望重的先賢看到美國人地毯式轟炸別國，流露出的悵然若失：怎麼不給中國也來這麼一下啊？

這種心態，不能不說恐怖！

對事對人，當然不是揭隱私。薪火傳承，一碼兒下來，你的觀點都散播在公眾記憶裡，你的一貫情緒都在你的紙面上（不說什麼「紙背」了吧）。美國經濟出了大問題，當年國內忽悠得特別厲害的很多時髦人物在那裡裝聾作啞了。好像到今天為止，一直在批評他們的人做得挺厚道，沒有人拿昨天的材料來折磨人。說到這裡，我想起一個笑話。三四年前，一家人物週刊來訪談，記者拿「說不」裡的預言來挪揄我們：「看，這麼些年，美國沒有出大問題，你們有什麼反思沒有？」採訪登出來，說是我說的，「至少美國在我心目中倒掉了」。哎呀，這話確實有點那個，又無賴又蠻橫。好多

人來問，我到處解釋賠情。其實美國「出大問題」的具體分析也不是我做的，具體的時間表更不是我們的能力所及，別人做了，也允許別人調整吧？「美國何處去？」我們現在對這個問題已經不感興趣了。回到正題，在國際政治這麼險惡的當口，南方報業的「拉偏仗」表演，還不夠好瞧的嗎？西藏騷亂，聖火傳遞，法國作怪，還有地震與釋迦牟尼，在這一系列話題面前，南方報業總是表現得這麼陰陽怪氣。這種陰陽怪氣，有人還覺得費解，我說其實一點不費解。老百姓說的：「就你最能！」「一撅臀就知道你要拉什麼屎！」誤讀了他們嗎？可能對具體的作者來說，不能太深納，但對這個輪盤來說，要「點─面─點」的看。一個電視台的老總對我說：南方報業想幹什麼？你看，總有人幫他們圓場，「其實不是這個意思」「其實不是那個意思」，我看他們就是那個意思！有意思的「意思」多了，再看不出來「意思」，實在是太辜負他們的一片丹心了！

所以，人們一旦看到《南方週末》居然也能批達賴，就感覺怪異。再一細品，哦，原來有另外一個腹稿，是在寒磣我們自己的事兒呢！大家都在失笑之餘，歎這思路妙。《南方週末》歷來樂於抒發對內政的憤懑，矢志不渝，可是，因為有人批了達賴，你就一定要從別的地方找回來，是不是有些太「搞」呢？

拷問《南方週末》：心術過盛的「事大主義」

前一時期，清華大學的周慶安，因為人家在「張丹紅事件」上說了幾句話，說西方媒體也有陰暗面。《南方週末》大義凜然，忘了是抓住個什麼邏輯欠嚴密，批周博士「孤證走遍天下」。是，人家「孤證走遍天下」，就你最聖明！只要是寒磣中國人的，你拿來運斥的豈止是「孤證」，說得不好聽，有的那就是無證亂點卯啊。什麼歷史不歷史，「歷史」在他們這幫精英這裡就是一種情緒道具。事實真相服從於心理真相。早些年，「南周」一篇很轟動的文章《史學家的風骨》，搞了一個考證，話裡話外的意思就是，上海外灘公園的「華人與狗不得入內」是根據意識形態需要編造出來的。「考證」一番後，用很克制很婉約的口吻來教訓人，那口氣分明是說──啊呀，我終於揭露了一個驚世大騙局，但我還是願意饒讓三分：編造被侮辱被損害的歷史，

妖魔化西方列強殖民主義，大不該啊。這篇東西拋出來了，大概很是得意洋洋，那個時代的言論時髦，就是一個孤證推翻一個時代遺產；可是殊不知有人偏偏不服，查了一些舊書，胡適、魯迅、李大釗、周作人、方志敏，還有不少的洋人，都提到過「華人與狗不得入內」這塊牌子！莫非，這些故人都預先知道新中國要搞這個虛假展覽，無端編造別人侮辱你、損害你的歷史，穿過時間隧道來為假證湊趣？反駁的文章處境很寂寞，因為是一家小報，陣容也不豪華，由你自生自滅去，誰叫你掉書袋。《南方週末》也不曾做點補救。這也不奇怪，補救就糟了，就是不講「風骨」了，太不符合「政治正確性」了。近親繁殖，不知不覺形成奇異的想像，奇異的語系，論證萬物，進入自說自話的「化境」，就是這個語系在作怪。他們的語系裡，沒有第五縱隊，沒有美萊屠殺，沒有吳庭豔，沒有三K黨，沒有南非和羅得西亞的種族主義；他們的語系裡，有的是矮化的格瓦拉，有的是可憫的丁默邨。他們很有品位，也很有改革性，然而他們的語系是事大主義的語系，是被勢利心態毒化的「知性」。縱論世界，講到柏林牆的倒掉，討伐那個昂納克，意味深長地補一句：昂納克因為他的歷史罪孽，無處容身，最後接納他的國家，是「皮諾切特的智利」。——「皮諾切特的智利」向布爾什維克的昂納克伸出橄欖枝！這不是驚人的無知嗎？不管在你的情感判斷裡，昂納克有多麼可惡，你也不能想當然把他和反共的皮諾切特拉郎配啊。智利接納昂納克是因為在皮諾切特的反民主時代，昂納克的民主德國庇護了很多智利的民主人士，在軍政府下台後，智利民選政府出於報恩的厚意，接納了前民主德國領導人。這完全是另外一個意味的歷史插曲，而這個史實在精英嘴裡，按照他們腦海裡的等式，按照他們的自以為是，完全顛倒了個兒來說！——還要繼續解讀下去嗎？在他們的思想邏輯和情感邏輯裡，等號等式，不是天然定規好了的嗎？哪怕胡謅八扯都要把他們的邏輯編圓了！早些年，皮諾切特終於遭到清算，我對一位西班牙媒體朋友說：「你們的法院夠矯情的，千里迢迢給皮諾切特發傳票。佛朗哥統治時代殺了那麼多人，大規模侵犯人權，也沒有看到你們追究誰。」做得對，告別仇恨，裡外不同。遺憾的是，我們有些中國人是反著來的。同情南方報業集團的人，口口聲聲他們因為「還原一種常識」而付出代價，不幸被暴民圍毆（他們也許忘了，這裡所說的「暴民」，不久以前可能都是以同樣的激情支持他們的公眾。）如果說都是這樣抖機靈的「常識」，未免太菲薄，也顯得心術過盛。我自10年前，為什麼在南方系的「讀史」前駐步？就是這樣的抖機靈，

這樣的冒牌貨「學理」，令我「酒肉眼前過，蒼蠅心中留」。所以誰也不要說，我有意在誤讀這家大報，還是前面那位老兄說的好：有意思的「意思」多了，再看不出來「意思」就太辜負他們了！

王小波的匹茲堡大學校友 Yaomi 談過這樣的感受：

「南周」的特色，在於它喜歡報導兩類事物，一類是國內的悽慘故事，以體現民生疾苦；二類是和 ZF 和自由主義有關的……歌頌西方世界，主要是美國的意識形態。

我認為這兩類報導都有其價值，但「南周」在操作上暴露出極其嚴重的問題。「悽慘故事飢渴症」所催生的忽悠……例如，關於妓女苟麗被害的故事，關於妓女教師某某的故事。……苟麗當妓女的緣起和她的具體生活情態，按照「南周」的描述，都非常怪。再看看這個故事的主要新聞來源，就不奇怪了。這個故事的新聞來源是誰呢？苟麗的丈夫。大家可設想一下，一個靠妻子賣身生活的男人，現在妻子在妓院裡被嫖客殺死了，記者來採訪他，他會說什麼呢？……只可惜了「南周」的記者，一向崇拜美國卻不知道，像苟麗丈夫這樣的人，在美國被稱為「皮條客」，本身就是犯罪……

屢次拿歷史說事，而且作假作到了歷史頭上，混淆是非，不但解構中國人的政府認同，甚至解構中國人的民族認同和家國認同……「南周」登載龍應台的文章，公然挑戰中國人的底線。龍應台說丁默邨是被冤枉的，因為丁曾經和「奸匪」（誰都清楚龍說的奸匪是誰）作戰，所以對民國是功臣而非漢奸。

……談八國聯軍的文章。主要是談八國聯軍在天津搞拆遷賠了拆遷戶經濟損失的故事。我本人覺得雪兒的這篇文章立論沒什麼意思，因為你要說八國聯軍的拆遷理性，比較的對象應該是清政府。我從未看到過清政府搞野蠻拆遷的歷史紀錄，所以由此得出八國聯軍尊重私有產權很無聊。雪兒部落格裡有兩張珍貴的歷史照片：第一張是八國聯軍搶劫來的銀子堆成小山；第二張是天津的順民拿著小旗子走在八國聯軍治下的大街上。我認為雪兒把兩張照片並列做到了平衡報導的要求；而「南周」在登載雪兒文章的時候，很有意

思地刪除了第一張，只保留第二張順民照片。我不能不說，「南周」其實比
CNN 要 CNN 得多。

南方報業「自我人格」的塑造，依附於繞舌、魔方和訊息整合的「催眠術」來引
得歡呼，這一套手段已經非常嫻熟，已經是融入血液的「自覺」。爲什麼有這樣的自
負？因爲確實有大情懷的依託呀，他們一邊玩著「去」歷史的把戲，拒絕一切友善；
然而，對於那個彼岸，他們又是媚態十足的。

「開民智」表象下的摧毀

一句話，正如王小東所說的，親美，逆向種族主義，就是他們的情感邏輯起點。

普遍的心理悲劇也是記憶的悲劇，這個例子我說了很多，對每一個凡人而言，首
先是我們從歷史悲情中走出來的心態，中俄都有教科書風波的反覆，對於俄羅斯恢復
國歌原版、恢復一些傳統的國家儀典，重提歷史自豪感的做法，中國憤懣秀明星會撇
嘴，會用非常陰毒的語言去挖苦。可見幫美國人當鸚鵡，無恥到什麼程度！連遮羞都
不想要了！媚外派也不是逢外必「不反」，你看他們罵俄國，罵伊朗，罵查維茲，寒磣
哈馬斯，那個慷慨激昂喲，唯恐西方人不知道：你是沒被「洗過腦」的，唯恐洋大人
不知道你是中國人中的「紳士」。難道不能反躬自問你是不是太勢利眼、太不地道了
嗎？你沒有經過俄羅斯的深重災難，你沒有經過被國際資本大大地涮了一把的窩囊的
昨天，你沒有因國家失去尊嚴而絕望，你當然可以舒舒服服地在氣候不壞的中國罵俄
羅斯人「愚昧」。獨立與國家尊嚴，不再成爲這個時代的普遍的焦慮，這個嚴肅的課
題，在我們的心目中，等於不存在；它的歷史遺產不足珍惜，爲了活躍我們的思維，
甚至可以唱很多反調，它的領袖人物、圖符、象徵，盡可以損毀，民族認同、家國認
同，盡可以「去」。

這個悲劇，有人以控訴之名，以「開民智」之名預演。

大約十年前我曾這樣講過──

「這個心理現實在俄羅斯演化成一場全民的歷史性悲劇。俄羅斯的青少年一代人，

已經不知道歷史上還有蘇聯，不知道還存在過偉大的紅軍和偉大的太空計劃，曾經有過的大國式的榮耀已經從教科書和各種主流敘述中消失了。蘇聯的幾十年在他們心目中還剩下什麼呢？暗無天日，比法西斯還法西斯的萬惡歷史，像畜生般活著的人民。蘇聯並不是看不見摸不著的事物，它的美感曾被記載在書本上和音樂作品之中，但是這些事物不存在了。

「記憶已經被修改，列寧格勒變成了聖彼得堡，一切有關榮耀的印記煙消雲散，這難道不是一種全民族的歷史悲劇嗎？蘇聯的歷史存在被描述成一個陰謀，一部充滿了穢亂和血腥的宮廷秘聞錄，這是獵奇文學的搞法，而不是正確對待人類文明歷史的做法。

「我沒有太多的義務為蘇聯的歷史辯護。但是，至少從蘇聯的土崩瓦解中，我們親眼目睹了一種統治性敘述取代另一種統治性敘述的神奇過程。封殺歷史、竄改記憶、修正常識，統治性敘述的妙用就是這樣的。不是此就是彼，歷史哪有那樣淺薄？我談一下個人觀點，我就不相信。尼采說過的，國家本身是一種『惡』，老百姓和官方之間確實存在著思想上的信仰冷戰，這種信仰冷戰導致了國際共產主義運動的嚴重挫折。然而，當西方的主流敘述取代傳統的敘述方式時，我們何嘗不是體會到了一種新的暴力呢？莫非蘇聯時代許多了不起的事物都是克格勃工廠一手導演出來的幻象？……」

現在，大家愛引用奧威爾《一九八四》中的一段話：「誰能控制歷史，誰就控制了未來；誰能控制現實，誰就控制了歷史。」並且順勢論證：「記憶的控制、刪除、改造與編織是我們時代的最大悲劇。」說得好！難道「不是此就是彼」的飛天跨越，才是有良心的歷史觀？我們老講一個詞「浮躁」，這是不是浮躁呢？如果按照這個邏輯，我們這些五六七「零」出生的幾代人都白活了，都是機器兒童了！只要對這種蓄意的竄改和構陷提出不同意見，或者依照一些現成的經驗作出判斷，或者對過去表達出一些理解和善意的態度，就不得了，就要打滅！這個話題很寬泛。我這兩年做「記憶」工程，覺得很有價值。著名作家池莉講了一個比較具有啟發性的故事，她在指導女兒寫作文的時候，發現女兒對「青青的瓦」根本不能理解。女兒疑惑地問：媽媽，什麼是瓦？她這才恍然大悟。她由此感歎說：現在我們居住的城市裡到處高樓林立，青青的瓦已經變成一個遙遠的帶著鄉村氣息的故事。——歷史在發生著怎樣的輪迴，呈現著怎樣的逆差？在封閉和匱乏的年代，我們賦予那些奢侈的、屬於未來的事物一種美妙的色彩、一種可笑的設定。而物質和訊息得到充分滿足的今天，古舊的事物被

自然遺棄，變成了一個遙遠的帶著鄉村氣息的故事。

有一種流行的說法，30多年來中國社會的變化超出了過去變化的總和。一個簡單的比方，在很多新詞彙誕生、湧現的時候，很多詞彙在消失，這是不可阻擋的歷史規律，但是，如果像「愛」「國家的尊嚴」「忠誠」「人生價值」「工作著是美麗的」這些詞彙也變成一種古舊的、可笑的概念的話。我們就需要回溯這一段歷史，梳理我們的記憶，避免心理悲劇繼續上演下去。

◆劉仰

四、他們永遠是精神上的侏儒

　　一位朋友說起中國的股市，不免痛心疾首，他在股市裡損失了幾十萬。相信與他有同樣經歷的中國老百姓不在少數，據說中國股民目前還有 4000 萬，最高峰時總人數差不多有一個億。這麼多中國老百姓的財富，爲何就煙消雲散了？這些財富究竟去了什麼地方，並不是一件容易說清的事情，但是，看看是誰把中國老百姓拚命拉進股市，並以各種各樣「先進觀念」「國際慣例」向老百姓灌輸股市賺錢的方式，也許能使人們看清一點眞相。中國的股市、金融是最美國化的領域，是被來自美國的「海龜」們最高密度把持的領域，或者可以說，中國的股市、房市、金融領域是經由在中國的買辦們，與美國經濟聯繫最爲緊密的領域之一。

　　改革開放 30 年了，到了今天，當美國的金融危機開始危害全世界的時候，我們不得不問一個問題，中國改革的目標，究竟是要建立一個獨立自主的模式，還是要變成美國的附庸？

當人們說中國的教育現狀問題很大的時候，想一想，當初乃至今天，是誰把美國式的教育當成最好的教育模式，並向中國大力引進？當人們說中國的醫療造成老百姓看病難的時候，想一想，當初是誰大力主張以美國爲榜樣，對中國的醫療制度實行改革？當人們對中國的房市怨聲載道的時候，想一想，當初是誰把「中國老太太和美國老太太」的故事變成中國房地產的心理推動力？一個很明顯的事實是，中國改革開放30年來，凡是對美國模式頂禮膜拜、仰承鼻息的領域，改革的結果幾乎毫無例外是中國老百姓遭殃。

獨立自主的中國與依附美國的中國，差別不僅僅在於意識形態方面，而且在社會財富的轉移和聚集方面。看看那些在各領域功成名就的親美人士，他們自己哪個擔心子女的教育問題？他們有很多辦法把自己的孩子送到西方去上大學，甚至有美國人主動給他們辦理，最後還拿著洋文憑回國，搶走了中國最賺錢的、最有權力的社會管理位置。看看那些投靠美國而先富起來的人，有誰擔心自己看不起病？有誰擔心自己買不起房子？而在這一切的背後，實際上就是中國的國家利益被親美的買辦們出賣了。

當人們說中國的污染極爲嚴重的時候，是誰把中國變成美國的加工廠，以至於中國製造得越多，污染越嚴重，美國越賺錢？當中國人辛辛苦苦賺了一點錢，是誰又讓中國人用幾億件襯衫去換一架美國飛機，卻不願對中國自己發展大飛機進行投資？當中國積累了一些外匯儲備，又是誰將這些外匯變成巨額美國國債，讓中國窮人把血汗錢借給美國富人？還合演了人民幣對美元單獨升值的「無奈」？並且在美國金融危機中讓中國的財富受到重大損失？

當中國人對社會財富的兩極分化不滿的時候，是誰在說中國人有「仇富心態」，並爲富人們竭力辯護？有多少社會精英們領著美國各種基金會的課題費，做著中國社會各領域的研究？有多少中國的官員、學者、媒體人士，由美國出錢，到大洋彼岸，一次次集體出美差？或者自己花著中國老百姓的錢，爲美國經濟作貢獻？當中國人痛恨腐敗的時候，是否還記得一些親美人士曾經說過：腐敗是經濟的潤滑劑。一位中國某著名高校的著名學者還大放厥詞說：腐敗對於社會、經濟的發展即使不是最好的，也是次優的，第二好的。如今，當全中國人民對腐敗痛恨不已的時候，他們又搖身一變，將腐敗說成是體制僵化的結果。說實話，讓那些「僵化的老土」們去搞金融腐敗，我還真懷疑反對將中國美國化的「老土們」是否有這個知識和能力。同樣是一所

中國著名大學的著名學者，被美國總統接見後激動不已，竟然說出「中國應該分裂，應該做美國的殖民地」這樣的高論。還有著名學者公然宣稱，中國就該「給美國當孫子」。與閻崇年主張「中國各民族應該融和」相比，誰更像漢奸？

中國需要改革是不容置疑的，但是，中國的改革必須結合中國的實際，以中國老百姓的幸福生活爲第一目標。在改革開放之前，中國存在著對馬列理論教條化的現象，如今，中國某些精英們，對於美國的方方面面，也同樣存在著嚴重教條化的傾向。他們不顧中國的實際狀況，硬生生地將中國綁到美國的戰車上，其中一些人是靠出賣中國利益的得利者，另一些人是不明眞相的附和者，以爲他們所描述的美國天堂眞的能在中國出現，卻不願想想，所謂美國天堂是如何建立起來的？如今，當美國天堂開始轟然倒塌的時候，他們還寄希望於眞有所謂上帝會獨獨鍾愛美國。

中國的改革開放，要瞭解包括美國在內的一切現代化發展道路，也是應該的。在這樣的學習、瞭解過程中，某些人產生親美的思想也很正常，但是，將親美變成依附美國，將美國模式作爲中國改革開放的唯一出路，並且將親美勢力變成社會主流，將凡是反對盲目崇拜美國的意見和人士，都扣上「反對改革」「民族主義」「專制獨裁」等危言聳聽的帽子，這是極不正常的現象。這些極端親美的精英，這些爲了美國而大肆傷害中國國家利益的買辦們，嘴裡高喊著自由、民主，實質上是不折不扣的洋奴。這些洋奴不光使中國的經濟變成美國的附庸，在思想和人格上，也成爲美國的附庸，在洋人面前，他們永遠是精神上的侏儒！

◆黃紀蘇

五、睜大了眼看未來：復興傳統不能走歧路

近代以來，中華帝國體系的大廈頹然倒地，鼠奔狐竄，我記得頭些時看一篇談 19 世紀末泰國脫離中華體系、扎英國懷裡的文章，悲涼之情油然而生。傳統決堤般流失，多少精金美玉失而不可復得，西方什麼樣的瘋三都來大搖大擺地登門入室。弱國不單沒有外交，也沒有歷史，沒有文化，沒有藝術，甚至沒有男人。 20 世紀末以來保守主義情緒潛滋暗長乃至起家樹譽，無論哪種版本，的確都有可同情之處。應該說，中國經濟的持續增長（就算水分很大），畢竟為重新看待自己、看待西方提供了必要的物質基礎。有了這個基礎才敢定睛看看過去，才敢放開膽子想想中國和人類的未來。

回首整個 20 世紀，我們大部分時間混得跟無照攤販似的，東投西靠，哪兒有現在這條件？現在想想林琴南、胡先驌他們對西化發了點牢騷，其實也不算怎麼過分，竟被仁人志士圍毆痛殲。我懷疑英文法文中是否有「遺老遺少」這樣的詞

彙，我想即便有，也沒有現代漢語中那種活人穿壽衣的感覺。這是失敗者的命運，不怪抱樸守拙的一方，也不怪激進奮發的一方。今天看到一些人寬袍大袖粉墨登場，無論是祭孔還是什麼「漢服」運動，覺得好玩之餘，也未嘗不感到一分欣慰，因為中國總算有了擺弄這些的國勢了。這是事情的一個方面。

事情還有另外一方面。這 100 多年的現代化的確是資本主義世界體系強加給我們的，為此我們付出了慘痛的代價。但同時，也要承認，光靠傳統我們走不出近代大危機，還要靠現代化。你喜歡柏油馬路也好，不喜歡柏油馬路也好，那是必由之路，花蹊柳徑是走不出去的。數理化誰愛學啊，但你得揣上它，這樣才走遍天下都不怕。另外，我們也要承認，現代化在相當程度上也是一種內在於我們的東西，它符合人類絕大多數包括中國人對舒適、清潔、快樂、富裕、健康、長壽、便捷這類古老而恆久的價值追求。坦率地說，沒有西方擴張，我們或遲或早也要走上這條路。頭些日子翻閱《廁所的歷史》，非常有趣。按照當時西方遊記的說法，清代的北京是一座臭烘烘的城市（巴黎、倫敦也好聞不了多少），抽水馬桶以及城市排汙系統的普及，歐美、中國乃至全世界，的確是得益於工業文明的歐風美雨，雖然鴉片炮艦也是那陣風雨送來的。西方文化，特別是其中的科學技術和工業在這方面的貢獻是了不起的。因為了不起，他就唯我獨尊，就多吃多占，就欺壓其他民族和文化，這樣就引起後者的反抗。這反抗包括了學術、文化上對「西方中心主義」的批判。這批判的基本立場和大方向是對的：自由落體運動放之四海皆準，但你西方的社會人文經驗包辦不了全世界的事，還差得遠呢，別太膨脹了！不過凡事過猶不及，如果因為批判「西方中心論」而不分青紅皂白，把科學、理性也一網打盡，那你是走不了太遠的。毛澤東早說過，要防止一種傾向掩蓋另一種傾向，很多事情的確需要兩頭想，多想兩來回。

關於西方知識體系中的科學技術跟中國傳統知識中相關部分（以及世界其他各處的所謂「民族科學」或地方性知識）的關係，我曾跟友人討論過中西醫的例子。友人認為中醫的思想方法屬於整體論，應高於尚處在原子論的西醫。我理解他的出發點，但覺得這樣的說法失之偏頗輕率。其實世界各民族前現代階段的知識，都有整體論的傾向。西方的醫學知識走出這種整體論，應該說一種提高和進步。偶爾讀到上世紀 60 年代出的《醫學常識問答》。問：民間「十滴血一滴精」說法有沒有科學根據？答：沒

有，因為根據化驗，精液的成分基本為水，餘下為少量蛋白質之類，因此「縱欲傷身」的說法沒有科學根據。

那時的西醫的確停留在原子論的初級階段。但今天的西醫已經不這麼看問題了，它找出了精液與免疫之間的內在聯繫，認為房事過度會導致免疫力的下降。這樣的西醫知識，便與瑞大叔、西門慶這路人活不長的民間經驗握手言和，盡棄前嫌了，而且是在一個更高或更深的認識層次上。

關於西醫「頭痛醫頭，腳痛醫腳」的說法，似是而非。這個現象今天與其說是醫學認識上的事實，不如說是醫療體制上的事實。一個患者左手發麻，西醫會讓他查神經，查頸椎，查心臟，查腦血管，而不會攥著他的手不放──會攥著他的錢包不放。心臟虛弱，西醫也會把原因找到兩三尺之下的腿部肌肉。由於分析多了，分析深了，知識就從經驗上的簡單相關升級到複雜的因果聯繫。原子主義或許仍是今天西醫的現狀，但肯定不是它的趨勢，它的趨勢是從原子論走向更高的整體論。相比之下，中醫的「整體論」因為沒有經過一個非整體論的過程，基本還在《金匱要略》那兒原地踏步，屈指一算已踏了近兩千年了。「文化保守主義」老前輩陳寅恪說中醫「有可驗之功，無可通之理」，應是平允之論。物理學進步了，化學進步了，生物學進步了，但都沒有深化中醫對疾病和健康的認識，它還是「陰陽五行相生相剋」那一套。由於「理」停滯不前，它在某些「功」上相對於西醫的優勢遲早也會喪失。總之，應該對中國與西方、對傳統與現代化做新思考，但一定要守住「實事求是」命門，不要把這100多年辛辛苦苦取得的進步都思考沒了。

◆黃紀蘇

六、大目標從哪裡誕生

邪裡邪氣的「文化」與公民精神的文化

中國這100多年處在劇變當中。劇變社會裡，大家在巨大的內外壓力下匆匆趕路。五四那一代精英的感覺就是國亡無日，著急上火，看什麼都像中國的病根，看漢字、中醫、舊體詩、京劇什麼什麼的都不順眼，覺得中國都是它們害的。那時候他們罵中國罵得很激烈也很過頭，但並不幻滅，你從他們文章中讀不出破罐破摔來。他們認為只要找對路，搬掉路障，實現了現代化，一切就都會好起來。到1949年由亂而治，中國從近代危機裡第一次伸出頭來，揚眉吐氣，信心大增。全民族在工業化、現代化道路上日夜兼程。文化上要建設底層文化，要「古為今用、洋為中用」，也是不小的抱負。但因為時間短，建樹不多，也不牢固，後來政治上往極左一偏，又把取得的一點成績，如京劇現代化之類全賠進去了。「文革」破產，使整個中國革命名譽掃地，並進而殃及中國幾千年的文化歷史、山川人民。文化精英經歷了近代以來最深刻也最膚淺的幻滅，所剩無幾的靈魂後來又被市場社會洗劫一空。你看那幫名導演名演

員，別看一個個幹得挺歡，不少人懷裡揣的都是外國護照。這年頭揣哪國護照本來用不著指責人家，但起碼這說明他沒看好中國，對中國的命運沒有擔待，只想同甘不想共苦。作為普通人，追漲殺跌、買績優股拋垃圾股都很正常。問題在於他們不是普通人，他們是文化精英。很可惜，這些精英徒有精英的派頭和行頭，靈魂上比小市民還小市民，簡直就是一幫亂哄哄的精神股民或價值難民。他們幹得再歡，也不過是個文藝包工頭、打工仔，趕緊撈點名利「回家過年」——趕上風吹草動，他們一撒鴨子全沒影，留下的淨是爛尾樓。再造中國文化的歷史使命，肯定不是這樣的肩膀承擔了的。這樣一群精神上的叫花子，由他們做文化藝術的領頭羊，能是什麼結果呢？這30年的文藝當然有成就，但這成就跟中國的走勢和氣勢不成比例。中國本應該出現偉大得多的文藝。

就說傳統戲曲吧。上個世紀60年代京劇現代化再創輝煌的氣象早已蕩然無存，沒完沒了老是《三岔口》《穆桂英掛帥》，現代生活也只能演點計劃生育什麼的。古不能為今所「用」，結果就是滅亡，於是大家紛紛擠進「非物質文化遺產」的標本盒或收容所去求「生」，一種了無生氣的生存。外來的話劇，這30年來在藝術上沒有完成民族化，思想上基本上沒有走近過當代社會政治生活的前沿，這些年更成了插科打諢的去所，對中國人的精神世界談不上多少貢獻。音樂劇都是《貓》《西城故事》的生搬硬套，毫無中國氣質，像當年《洪湖赤衛隊》那樣動人心弦的，半個也沒有。繪畫兩點成一線，從畫家的工作室直奔富翁的客廳，跟集郵、炒普洱茶可以分在一個小組了。再說電影，改革開放初期有些電影像《牧馬人》《天雲山傳奇》還能把人民自己的傷心事，哭給人民自己看，而今天那些「大導演」淨組織中國歷史文化向西方賣淫慰安——西方一看中國還這副德行，覺得又安慰又安全，可以繼續猥褻，接著欺負了。詩歌越混越沒樣，好像都不是不足掛齒，而是說著丟人了。唯一有些起色的是電視劇，那也是靠廣大勞動婦女，也就是大媽大姊們坐鎮電視機前把關，創作、製作方才不敢在審美上胡來。小說就沒這福氣，讀者中不少沒吸毒但勝似吸毒的小資白領，他們逼著作者按照他們的嗜好，編些烏煙瘴氣的東西。總的說來，這30年文藝的成就不可能沒有，但也真不是多大，一身邪、戾、匪、哆、妖氣，有愧於這個滄海桑田的大時代。

中國的經濟明明爬到了五樓六樓，可「上層建築」還窩在地下室裡，這是中國社會突出卻不顯眼的一個矛盾。在全世界的文化生產鏈中，中國現在相當低端，每部大片都要打造新款美妞送坎城威尼斯，那是生產鏈最低端的賣兒賣女。真正高端的文化

產品是要形成我們自己的理想信念、社會關係、生活方式、發展道路、審美標準。有了這些東西，外國人才來取經而不是來嫖妓。所以，要樹立大抱負、提升軟實力、改良社會、重建人心、促進文化藝術的產品升級，應該是未來若干年中國社會特別是文化思想界的一個重要任務。現在這撥所謂的大腕，他們佔據著最大的資源，但凡做出一點垃圾來，就通過強大的資金和權力進行媒體運作，忽悠全民認購。中國文化要真正復興，這些文化藝術的「領軍人物」要麼改邪歸正，要麼下崗出局。他們是這30年的社會文化、社會心理的產物，他們已經完成歷史使命了。中國不往前走則已，中國的文藝不向上走則已，要往前向上，就憑這些人，憑他們這副敗家喪氣的樣子，走在隊伍前頭肯定是要耽誤事的。

解決這個問題的資源在哪裡呢？我們先不說文化，先看看體制。今天的文藝體制大致分三塊：一塊是政府機構，一塊是商業市場，一塊是公民社會。

高速發展的經濟讓政府財源滾滾，花起錢來大手大腳，往往一台晚會就花出去幾千萬，組織一場什麼「文藝國際研討會」就是幾百萬。那些國家院團還有組委會之類，給人的感覺是，除了錢什麼都沒有——倒也不一定是他們特別有錢，而是說他們有了錢也弄不出像樣東西來。納稅人那麼多錢被他們拿去設了那麼多獎項，請了那麼多評委，擺了那麼多酒席，考察了那麼多山山水水，結果撒出去的人民幣倒是種出點什麼沒有啊？其實問題不在藝術家，也不在院團領導，他們都挺值得同情的。問題的根子在於沒有大抱負的體制的日益僵化，款撥得越多，事辦得越差。你說他拿錢沒辦事那肯定是冤枉他，說他辦少了事也是冤枉他，但說他辦了跟沒辦差不離就沒冤枉他。他們用人民幣搭彩虹橋，堆砌「今天是個好日子」，沒有一點自我批評、自我警戒的能量和氣量，使得一個民族靈魂建設的文藝淪落為指甲油或精華素。文藝的許多部分是需要錢的，但文藝最珍貴、最核心的部分與錢無關，那不是富出來的，是苦出來的。

如果說國家院團這一塊是除了錢什麼都沒有，那麼商業市場這一塊則是除了錢什麼都不認。原來好多人覺得只要一市場化，藝術上的問題全都迎刃而解。這七八年我觀察了戲劇和電影，還真沒看出來，看到的是每下愈況。跟好萊塢接軌的那些商業大片，什麼黃金甲、無極之流，真就是錦盒裝的垃圾。他們哪一部都掀媒體狂潮，哪一部都成天下笑柄。戲劇劇場這些年市場化的結果也出來了：各個劇場的那台上和台下就跟組織了互助組似的，你教我無聊，我幫你下流。最盛行的就是戀愛加搞笑，因為

投入低產出高啊。演員就差下台一人按住一個觀眾做癢癢肉的工作了。觀眾幾年下來差不多被改造成隻會笑的劇場動物。記得有一回在一個挺大個的劇場裡看戲，台上的幽默感差極了，但台下的癢癢肉卻發達極了，滿場樂得前仰後合，叮叮噹當都快把椅子背兒砸劈了。有時候台上明明演的是段悲情，照理該哭，但台下非笑不可，笑得演員導演哭笑不得。所以起碼目前來看，市場一樣擔當不起重建中國文藝的重任。不過，現在電視劇看樣子進入了良性循環，呈現出市場積極的一面。

我比較看好的是第三塊——公民社會。公民社會不光是非政府組織，還包括很多並沒有比較穩定的組織，因此無須向民政部申請註冊的關係、組合和活動，包括民間那些一塊野營的爬山的，一塊演戲的評戲的。週末你去公園看看，老百姓自己載歌載舞，唱著唱著就跳起來了，看著看著就加入進去了，那氣氛比國家大劇院過癮多了。目前網路其實就是中國最大的公民社會。部落格的社會含義是人人辦報紙辦雜誌。人人辦電視台的日子也快了。多少個人部落格、論壇、MSN、QQ形成了大大小小的圈子，並不斷地伸頭探腦，從虛擬走向現實。寫詩的，攝影的，聊電影的，交流音樂的，傳統的生活類別它幾乎一個不少，傳統沒有的它也造出來了，而且許多都跟市場無關，跟宣傳部門不挨，而且越玩人越多，越弄水平越高。這十幾年網路可真解放了不小的文化藝術創造力和生產力。就說傳統文藝現代化吧。那些年網路上像王佩寫的對子，王小山寫的快板，生香活色，靈動天成，真讓人叫絕。這就是公民社會的文藝，真比國家那塊有活氣，比市場那塊有靈魂。群眾自發的藝術，才不管什麼市場份額，也不爭什麼金雞金蛋獎，它沒必要為了一鳴驚人而狗急跳牆把自己弄得怪物似的，反倒顯出一種深刻的從容和優雅。我原來在朋友那兒看過她祖上留下來的書畫，都是文人墨客間裡互相解悶的，根本不是那些裝腔作勢的書畫家可以比的。老百姓不在那道，不吃那飯，也不受那管，因此倒更可能接近藝術的兩個境界：自由和自然——你看有些簡訊的文學水平多高啊。這些年公民社會對文學藝術的參與一直在進行。再說流行音樂吧，不少音色如崔健和田震的那種嗓子，原來是不入「流」的，但卻在公民藝術的天地裡得到發展壯大，最後體制也只好擴大修訂自己的「美學」，開門請人家進來。人家也是一方天地，你把人家關屋外，其實是等於把自己鎖屋裡。網路上的群眾參與造成了文藝上的大民主，像《一個饅頭引發的血案》，像很多非常有新意的作品，對官、商文藝形成了競爭和壓力。作為第三方面，雖然目前還在造反起事的階

段，鬧鬧哄哄，副作用也不小，但公民社會參與造就未來中國文藝的大趨勢是明擺著的。2009年山寨版春晚雖然流產了，但卻是一個再明確不過的信號。

我絕沒有貶低國家與市場、把公民社會當靈丹妙藥的意思。其實三者本身各有特點。特點而已，用得恰如其分就是優點，過猶不及就成缺點。一個比較理想也還算現實的格局應該是讓國家、市場、公民社會三足鼎立，讓它們揚長避短、形成良性競爭與合作的混合文藝體制。按說這三樣東西目前也都並存，但現在的社會指導理論，卻沒把混合體制當成一個長久的家，而是一個臨時的店——也沒準就當成髮廊裡屋的那張野鴛鴦的床呢。站資本那邊的，他們惦記的是「大資本小政府」，是希望中國改成中華股份有限公司，誰錢多誰控股，看這幫當官的還吃誰！當官的說了：想什麼吶？改公司也是我當董事長，現在大家先練習著管書記叫「老闆」吧，啥時候叫順了啥時候改名，改得成算我吃自己，改不成接著吃你！從無數個案去看，如今官和商的關係真是夠沒勁的，要麼是狼狽為奸，要麼是你吃過來我滅過去。這怎麼行呢？所以我們希望公民社會加入進來，起點好作用。我想起那幾年全國大學生戲劇節，劇協資助了30萬塊錢，他們進行公益基金式管理，營銷上借用了市場的手段，排了40部戲，在幾個劇場裡熱熱鬧鬧了近一個月，末了還剩了幾萬塊錢。廉潔、效率、群眾參與、自我實現，應有盡有了。這件看似不大的事情還有一層不小的意義，那就是公民社會改良了政府，借鑒了市場，形成了三者間的良性關係。

樹立大抱負，捨棄小吟味

中國要有大目標、大抱負，而不是小吟味、小情調。中國的精英，尤其是政治和文化精英，應該建立起這個自覺。

遙想當年，秋收起義毛澤東率領百十來人上井岡，靠的就是大目標、大抱負，沒這東西，這小股人馬在近代大漩渦裡一圈就轉沒了，連個泡都不會冒。《張學良回憶錄》裡說，北伐軍所向披靡，打得直系、奉系落花流水。有天張大帥把少帥找去研討這件事，大帥說：小六子，我想不明白，咱要槍有槍，要炮有炮，還有獨一份兒的德國山炮團，轟他們不就得了唄……咋就轟不動呢？少帥說：爹呀，咱是有槍有炮，咱

有德國山炮團人家沒有，但您想過沒？人家有三民主義，咱沒有啊！大帥不服：「三民主義」啥玩意兒啊，我還「五民主義」呢！過了兩天大帥又把少帥叫去：小六子，你說得對！咱還真缺個「三民主義」啥的。東北的高粱莛子老子還沒吃夠，咱撤！「三民主義」是什麼？是大目標、大抱負、大是大非！有了這些，就有民心，有力量，有方向，那些土軍閥不服氣還真不成，所以國民黨一路就起來了。共產黨也起來了，靠的是兩次世界大戰和上世紀30年代經濟危機所鼓蕩起來的世界社會主義的天風。我頭些日子見過朝陽區的一位老太太，95歲了，還辦學校、寫書法、不戴眼鏡刻剪紙，真是個老神仙。她是解放後朝陽區文化館第一任館長，輔仁大學學教育的。解放後那陣兒，她說早上起來六點鐘一推門——「革命」去了，晚上九點鐘一拉門——「革命」回來了，下工廠，跑基層，沒日沒夜。像這樣不計成本，豁出性命的，那個時代大有人在，結果很快就改變了國家一窮二白的面貌。有了大目標，人的精神狀態就不一樣，走路都有彈性。沒有大目標，東也不是西也不是，走走人就走懈了。到了「文革」，老太太說，壞了，一定是奸臣當道了，要不怎麼我敬佩的好人都成壞人了呢？甭革命了，回家吧。中國革命為中國人樹立的大抱負大目標，到「文革」盛極而衰，民心士氣被造反、串聯、鬥批改揮霍光光的。到了「文革」後期，整個風氣開始低迷，社會開始用小情小調來反彈極左政治。夏威夷吉他彈奏的《划船曲》、劉淑芳女士演唱的《寶貝》在青年中廣為流行。劉女士那一句「我的小寶貝啊！啊！我的寶貝！」對於聽者的影響，用當時一首革命歷史歌曲中的歌詞說，就是「摺倒一個，俘虜一個」。「文革」結束之後，小平同志審時度勢，對大目標大抱負做出了歷史性的調整——他明白沒大目標還是不行的。他說，解放全人類的事就先放一放吧，來個短期點的、實際點的——國民經濟翻兩番，每人錢包鼓兩鼓，先鼓後鼓都得要鼓！那時候劉曉慶這樣的歌星影星一天能多掙五毛錢，就覺得像是活在童話小人書裡了。所以，甭管先鼓後鼓、讓錢包鼓了再鼓的目標，一個「鼓」、一個「先」，的確給了普通中國人極大的推動，大家狼奔豕突，都想當那「先鼓」的。這個目標當然有代價，代價出自先後之間的距離。按小平同志原來的設想，大家都還在同一個馬拉松方陣裡，彼此頂多差個十步八步。沒想到剛跑到一半，前後就差出好幾里地，後面的連前面的背影都看不見，看不見背影人就會絕望，就可能出事。另外，這個目標還有個局限性，局限性出在「一」鼓、「兩」鼓上的數字上，這種數字化的目標，哪怕就是「七」「八」，也都還是

相對容易實現的。容易實現當然也算優點，但同時也是缺點。太容易實現了，人就容易進入酒足飯飽的狀態，酒足飯飽的狀態就容易導致提籠遛鳥、逛八大胡同的行為。今天的精英碰到老同學翻來覆去是那幾句話：「車也有了，房也有了，啥都有，沒急沒慌的，連褲襪都不鬧事，時不時還得帶著威而鋼去找小妹提提神兒。」總之，精英無精打采腐朽成這樣，說明既有的目標該調整了。不調整振奮不了精神，進入不了狀態，凝聚不了力量。中華民族在世界文明史上還需要跨出一步，她需要動力，動力來自目標。

現在腐朽分兩路：一路是奔西方的後現代；一路是沒落貴族牡丹亭。因為他們都是窮人，沒有別的可效仿，只有一個是洋腐朽，一個是原來的腐朽，就是牡丹亭那一路。

中國應該成為一個價值多元的社會，小情小調、旁門左道，甚至腐朽沒落的東西也應有存在的空間，一個健康的社會理應如此。同性戀、雙性戀讓他們戀去；裸奔找個人少的地方讓他們奔去；像李銀河博士把「虐戀」說得精美絕倫，也沒問題，就是音量別太大了。有那些特殊嗜好的人關上臥室門，拉上窗簾，用小鞭子、小刀子、小鑷子切磋技法、創新美感，只要是願打願挨、不出人命，社會不應該干預他們。但同樣，他們也沒必要老跟沒這嗜好的社會大眾兜售那套東西，說這才叫「先進文化」呢，這才美得高級呢！社會的主流不能跟他們走，跟他們走中國就完了。中國還要往上走，往上走要靠天足，而不是靠小腳——《采菲錄》裡記古人玩小腳，也玩出《美學》上下卷了。中國這麼大的人口規模、歷史規模和文明規模，既然進入了世界歷史，你就得有大的作為，不然就得出局。

現在的文學家、藝術家，從個人來說，大都還挺有想像力，挺有情趣的。但這麼多年的世界觀、人性觀和美學觀教導他們，凡有大目標、大抱負的不是傻子就是瘋子，只有小吟味、小情調、小玩鬧才貨真價實。於是他們苦練「縮身功」——把上半身差不多縮沒了，光剩下頭那兩部位了。就說這「下流話」吧，老的跟少的學，男的向女的學，你追我趕，看誰先把嘴練成肛門。結果很快，他們真的變成了老百姓心目中的傻子、瘋子加混子。哪家孩子要從事文藝，家長不急得飛簷走壁呀！

張文木有句話說得挺好：個人的崛起要搭乘民族的崛起才事半功倍。個人跟民族的關係是風箏跟風的關係。如果民族的天風浩蕩，風箏一下子就上去了。天風沒有，您拽根小線跑得上氣不接下氣，也只能跑出個相對二三級風來，風箏也就五六米高。所以對我們來說，就要立中華民族的大志，要對人類做更大貢獻！

◆王小東

七、猥瑣心態支配下的文化世相

論白岩松不如宋祖德

中國如果沒有了大目標，文化上就剩下扯淡了。有個大報的記者採訪我，讓談談宋祖德的問題。他們的切入點是所謂的「偽道德衛道士」和「侵犯名人隱私」。我說，要是從這樣的角度切入，那你們和宋祖德也沒有多大區別——究竟有幾個人拿宋祖德當道德衛道士？大家看宋祖德主要是看他扯淡，開開心。現在的媒體一個勁向下三路看齊，正經事不談，光扯淡，才使宋祖德這樣的人應運而生。但要我說，既然是扯淡，宋祖德比白岩松強。宋祖德是明著扯淡，可白岩松明明是扯淡，卻還裝出一本正經的樣子。比如他報導陳雲林見馬英九，說是「細節很重要」，細節是很重要，可他給我們的是什麼細節？兩個人的眼神！要說兩個人的眼神確實非常特殊，這也算是新聞熱點，其實根本就沒有什麼太特殊的，完全是沒話找話，這難

道不是扯淡嗎？

中國在文化上的衰敗不應該只限於上個世紀80年代以來的這30年，衰敗的過程比這個要早得多。鴉片戰爭以來，我們確實被人家在物質上打蒙了，打蒙了以後，大多數人喪失了所有自信，趕緊模仿。而那些沒喪失信心的，如遺老遺少，他們也沒說出什麼有見識的東西來，不值得稱讚。要學是對的，可那麼著急地學，咱們可以想像，肯定學不太好，要接軌，很難接，是有一個過程的。

日本在文化上倒沒有衰敗到這個樣子。日本應該說變了很多，模仿西方的也很多，但是沒到我們這個地步，還有一些原創的、本土的、民族的東西。包括我們自己以為的中式流行文化，如港台流行歌曲，還不完全是西方文化，它的源頭主要是在日本，日本成了東亞黃種人文化的源頭。

卡拉OK就是日本人發明的，歐美是跟日本學的。日本還是有相當一部分是原創的。比如繪畫，東山魁夷，人家學了西方畫又保持了東方精神，咱們拿得出這樣的畫家嗎？真的拿不出來！從物質文化角度去解釋，日本受的打擊比中國輕，站起來比中國快，比較快就恢復了自信，比較快就比中國有錢，文化要來自於物質的相對充裕，當時日本也不闊但是比中國有錢。

中國有原創性的東西，坦率地說是在毛澤東時代。那個時代我們也沒錢，但因為隔絕了，我們只能自己玩自己的，倒玩出原創性來了。中國歌曲日本人會唱的，除了「文革」歌曲幾乎沒有。我聽到過日本人很豪邁地唱「文革」歌曲，什麼《下定決心，不怕犧牲》《東風吹，戰鼓擂》。很多日本人一句中文不會，但是這些歌他們能用中文唱出來，字正腔圓。我絕不是說要回到「文革」去，我只是講一個文化現象，文化傳播有自己的規律。

日本人會唱「文革」歌曲，當然跟日本當時的學生運動是有關係的，但是不得不承認，「文革」歌曲未必優雅，卻有自己獨特的特色，你可以把「文革」歌曲看成一個種類。當時也還有一些音樂是比較優雅的，比如說《紅色娘子軍》的音樂就並不壞，而且後來這些音樂被電影大量反覆引用，就說明這些音樂是成功的。

改革開放之後，大家說中國人在精神上垮了。這種「精神上垮了」我看也不完全是引進了國外物質文化的緣故。說改革開放後我們精神上垮了，首先是「文革」當中精神上已經垮掉了。「文革」中出了好多問題，所以精神上已經垮掉了。這個過程，

嚴格講是精神上先垮，物質文化在後面，而西方精神文化附在物質文化上跟進來。

還有，所謂的高雅文化，比如《杜蘭朵》那些東西，讓那些所謂的高等中國人去附庸風雅，但是流行文化不得不考慮東亞文化的特點。東亞文化還是有她的純眞性的。中國流行文化主要源頭在日本，不喜歡日本人是另外一回事。

我認爲，大目標對於文化的原創性是非常重要的。毛澤東那個時候就有這種大目標，是否完全正確是另一個問題，但大目標沒有以後，精神上頹喪了，在這樣的情況下是不可能出現站得住腳的文化產品的。

我再重複講一遍，就是百年奧運這事。「奧運會是中國百年夢想」這個口號提得相當糟糕！奧運會是件好事，辦得也不錯，中國人感到自豪也是眞實的，但如果說奧運會是中國的百年夢想，就不是事實了。中國百年一開始的夢想是救亡圖存，救亡圖存成功之後有一段的夢想也是在全世界除暴安良，解放全人類。

舉辦奧運會是中國後來幾十年的夢想，那麼到了現在，中國還得有大的夢想才可以，要比奧運會這個夢想大一萬倍。一些官員講的話也很讓人瞧不起，比如說「奧運會是前所未有的挑戰」，從什麼時候開始算的？「前」指的是什麼時候？是昨天嗎？要是昨天到今天這麼說也對，可你甚至不要說八九十年，就算說個50年，好像也不是中國面臨的前所未有的挑戰。無論是國內、國外，中國面臨的挑戰在這幾十年中比奧運會大一萬倍的有的是。記得當時中國申奧成功之後不久，一個德國記者來採訪我，用非常蔑視的口氣說：這次你們申辦成功了，你們一定自豪得不行了。我當時一拍桌子說：「你懂個什麼？中國作爲屹立在世界上幾千年的超級大國，辦過多少比奧運會大的事！不講幾千年，就講最近幾十年，中國辦過的事比奧運會大的有的是，抗美援朝跟聯合國軍打不比奧運會大嗎？」他當時就傻眼了。

改革開放這事不比它大？三峽工程也比它大，「神五」「神六」「神七」不比它大？汶川地震這個挑戰不比它大？奧運是件好事，大家也高興，但是最起碼我們的精英應該明白，奧運會就是玩玩，玩得好點，高興高興是個好事，僅此而已。我們中國的百年夢想就這玩意兒，也太沒出息了。這種猥瑣心態，老往下走，姿態放得越低，越庸俗越好，這個必須改。

精英們怎麼扭曲中國人民的精神面貌

我把「韜光養晦」這個問題也稍微說一下，這裡面也有個人經歷的問題。那次關於我們寫《全球化陰影下的中國之路》那事，把喬良給請來了，喬良對我們寫的書特別有意見，說我們現在應該韜光養晦，應該潛伏，當時我跟喬良說了，我說戰術上可以潛伏，戰略上是不能潛伏的。因為戰略涉及到幾年或者幾十年，怎麼潛伏？潛伏只能綁住自己的手腳，啥事不幹，這叫潛伏嗎？潛伏是準備打擊敵人的，但這是自縛手腳啥都不幹。

什麼東西往低了降，我們就特低，中國古人有一句老話，「取法乎上，得乎其中」，這是「取法乎下」啊！「取法乎下」，能得什麼玩意兒？得的負數，這是有問題的。中國這種普遍的風氣，「取法乎下」這個東西要扭轉，我們不能把老百姓看太低了，老百姓未必喜歡「取法乎下」的東西。

這裡再講一下所謂「中國人的劣根性」的問題。就拿這次汶川地震來說，把它跟美國紐奧良的卡翠娜颶風做一個對比。這個故事我還是聽南方報業集團的攝影記者講的，咱們都知道南方報業集團在理論上是親美的，是逆向種族主義的，絕對不是民族主義的，但是這個記者只講看到的情況，不講理論。他說的是綿陽的那個大體育場。他說：「進去以後一看，中國人就是守紀律（當然守紀律也可以說是優點，也可以說是缺點）。幾萬人的體育場，裡面井井有條，男人都住在邊上，婦女孩子在中間，沒有任何騷亂和不守秩序。」他還說：「官方的老一套組織手法是管用的，在面對災難時，就是能起到一個好作用。經過這麼大的震災，原來的組織系統是找不到了，但是很快就從基層重新建立了黨支部，形成了一定的秩序。再一個就是官方的各級宣傳部門，挨著一個一個點來找榜樣、樹典型，這事還真管用。」

當中國的普通老百姓面對危機的時候，他們的抗擊打能力、組織能力遠遠強過美國紐奧良的民眾。紐奧良出現了當街強姦、輪姦、搶劫，所以軍隊要拿著槍進去，見一群人圍著就認為是暴徒，就朝頭頂上方打，叫你趴下，作為預防措施。看到這樣的對比，你說到底是中國國民素質高還是美國國民素質高？在應對危機的時候，誰的力量更強？我告訴你，絕對是中國的民眾力量要比美國紐奧良的民眾強。

關於范跑跑的事，我碰到了一些去了現場的志願者，他們說教師當中像范跑跑這

樣甩了學生先跑的，他們只聽到這麼一例。這幫知識分子給范跑跑找理由，說人到那個時候都害怕，都跑。我也不知道我在那種情況下害怕不害怕，我可能也害怕。但無論如何，事實是像范跑跑這樣的教師絕無僅有，而像譚千秋這樣的教師卻有許許多多。

范跑跑後來發了帖子，劉仰跟他談了很長時間。他承認，發這個帖子是故意的，尤其是把「即使是親媽也不救」那段話加上去更是故意的，過去根本沒有這麼想，寫的時候想一定要加上去，寫這句話的意思就是刺激一下大家所謂的虛偽的道德神經，他就是這目的。

中國的普通老百姓，平時在思想層面上也很容易受到精英們的誤導，往下三路溜，但是在危機壓力到來的時候，他們的本能反應是很優秀的，素質相當高，遠遠高於歐美民族，這是中國文明幾千年積澱出來的高素質，已經融化到了基因中、血液中。

有些人一聽你說中國老百姓素質比歐美民族高，又要跳起來了，他們馬上會提出隨地吐痰的問題。我舉一個親身經歷的事。我去英國，在泰晤士河邊，看到滿地都是口香糖的痕跡，菸頭、菸盒等等，實在是挺髒的。口香糖的痕跡肯定比單純的痰跡難刷掉，據說英國政府每年要花好幾千萬英鎊來刷這個痕跡。講素質對比，我們可以把泰晤士河邊跟上海黃浦江邊比較一下。我們不能講黃浦江邊上比泰晤士河邊上乾淨，其實這兩個地方差不多。但是黃浦江邊的人口密度比泰晤士河邊的高得多，那麼上海市民，以及到上海去的遊客人均造成的骯髒和污染，肯定比英國少多了。你說哪個國家的國民素質更高？

我把這個見聞貼到網上，又有一些人躥出來，說我去的肯定是倫敦窮人區。我告訴他們，從我住的地方步行到女王居住的白金漢宮只要20分鐘，如果你說女王也是窮人，女王住的是窮人區，那我也沒話說了。

隨地吐痰是壞事，不管外國人在這方面做得怎麼樣，我們都不應該隨地吐痰。但是你們有什麼根據，有什麼理由把這件事拿出來作為中國國民性比外國人低劣的證據？汶川地震中，中國老百姓所表現出來的高素質，你們為什麼就熟視無睹？

◆黃紀蘇

八、錢鍾書：

輕薄浮躁文化氛圍裡誕生的「泰斗」

其實我們的用意根本不在個人，我們是通過具體的人來看一個時代、一段歷史，不妨把這幾十年文人的譜系簡要地捋一捋。

先說錢鍾書。我第一次知道他的名字是上世紀 70 年代末，當時我父親去歐洲參加那裡的漢學家會議，帶回來不少資料，其中有一本俄文書，說是翻譯中國一個作家的小說，叫「圍城」，譯者託父親把書轉給作者，作者叫錢鍾書，一個很陌生的名字。我父親把書寄給他，他回了封信，信不長，好像淨是打趣的話，忘了怎麼說的，大約是「爲國爭光」什麼的吧。我略感詫異，因爲我爸並不認識他。後來不久他就成爲知識界的泰山北斗了，這比電視劇《圍城》讓蹬平板車的都知道他可早了小十年。

他的躥紅在中國社會的山河巨變中有深刻的根據。 20 世紀 20 年代興起的中國革命在「文革」時期被推上高峰，接著跌下了深谷。於是這個革命的一切迅速褪去了原本誘人的光

澤。而西方，這個小時候覺得黑咕隆咚幾盞昏暗路燈的所在，一下子大放光明。大家普遍的感覺是被革命忽悠了，如今人財兩空，得趕緊改邪歸正，跟西方師傅好好學手藝，再不曠課逃學了。記得1977年天安門廣場群眾一圈一圈開什麼「民主討論會」，我們那圈黑眼睛、藍的確良圍著一雙藍眼睛、綠衣裳（我後來碰巧知道那是個澳大利亞海員，大概是來天安門廣場看熱鬧順便泡妞的），大家結結巴巴向他打聽中國向何處去。我記得有人跟他請教「政治體制改革」的事情，還問周圍人誰知道「體制」英文怎麼說，當時「黑眼珠」你望我，我望你，最後都慚愧地垂下了眼簾。

這個場面其實是那個時代的縮影。當時中國知識分子對西方的一舉一動、一顰一笑，都以玄奘譯經的態度認真咀嚼、仔細鑽研。想想在這種情況下，人群中忽然背著手走來一位同胞，說了一段英文，接著又說了一段法文，接著又是德文，大家能不傻麼？於是他再接再厲——義大利文、古希臘文、拉丁文，把「藍眼」都聽得溜圓，大家能不瘋麼？這是錢鍾書暴得大名的原因之一。還有一個原因，中國革命轉為改革開放，文化思想上雖然不少人扔掉老主義投奔了新主義，但一般知識分子打心眼裡對「義理」有些瞧不上了，具體的知識相對升值，這跟清初樸學的興起是差不多的道理。梁曉聲多年前發表的一篇文章說，自己寫的另一篇幾百字的文章用了三四十個希臘典故，想想也沒什麼勁，無非是想說明本人也是讀過點書的。王蒙當時也向文學家發出了「文學學問化」的呼籲。當時的小說報告文學不由分說，上來就是一則《辭海》條目，就跟給孩子取名查《現代漢語詞典》一樣。大家後來提高了點水平，散文雜文又都以《世說新語》打當頭炮了。在這種普遍的文化氛圍裡，錢鍾書能不是巨匠麼？那一代讀書人急於擁有卻還沒擁有的古今中外各種小擺設，都快把四卷本的《管錐篇》擠爆了。

黃裳先生對錢的定位客觀而中肯，說他是位學人兼才人。錢的確不比這高，但也不比這低。錢夫人楊絳先生回憶當年在清華園初識錢鍾書的情景，錢當時就表明了胸無大志、唯願終生向學的心跡。對此楊很認同，兩人遂結百年之好。錢的學問平心而論是頗有可觀的，首先像他這樣博覽群書而過目不忘的，當世還真找不出幾個，當然有了孤狗、搜狗這樣的助手之後尋常人也有可能達到那個境界，但這兩樣利器在他生前都還沒普及。當然了，不少人批評他沒有建立大的理論體系，但就文史的既有傳統而言，能在浩如煙海的文獻中把材料找出來，功勞真的已經不小了。而且他做的都是

很基礎性的工作，投入了生命歲月——用他的話說，屬於「冷淡生涯」。他的勞動是應該肯定的。

但錢的文學創作，的確沒夏志清捧得那樣高。他只是個戴著鐐銬跳舞的才子，練的娶青妃白、烹文煮字的手藝，津津樂道於小世界的雞飛狗跳，氣象不能算大——他給胡喬木改詩詞，自己也頗慨歎「仁人之詩」與「詩人之詩」的區別。歷來文藝作品的評價，作家的境界懷抱都是要算在內的。其實這境界也會直接影響到作品的藝術質量。舉個例子，魯迅說：「婚禮不過是同居的廣告。」何等的簡括有力！錢鍾書的連類比喻一般是沒完沒了，一直連到讀者都誇「他可太有想像力了」才肯罷休，這跟愛打扮的娘們一天換八套衣服沒什麼兩樣。魯迅的比喻是為了更有效地表達思想、說明問題，而錢則是在表演才藝。一繁一簡，反映出境界的高低。其實錢先生的現代漢語寫作相當匠氣，多少於此有關。倒是看他的古文比較舒服，古文比較程式化，誰寫都跟小老頭似的，個性相對容易掩藏。

錢無論作為一個學者還是文人都算是不錯的，而且也沒聽說他坑過誰害過誰、幹過什麼缺德事。只是把他當作「泰斗」，卻多少說明那些年社會文化的某種病態。在一個胸無大志的時代，錢這樣的人很容易領袖學林，就像清代的阮元。不過平心說，由他坐第一把交椅，真夠對得起當代文化史了。在這個周老虎三聚氰胺的年代，哪天韓寒做了文壇祭酒的可能性也不是沒有，或者上面愣派個人事處長來當文聯主席，不也得接著麼？錢先生到晚年頗悔少作，是可以理解的。但輕薄亢躁的當代文壇偏就拜倒在他的「少作」前，也是可以理解的。

◆黃紀蘇

九、王朔熱：
民族精神下行期的典型症候

前文提到錢鍾書，再看看王朔。我頭些日子寫的《市場社會的樣板人》提到了他：

上世紀 80 年代中期，商品經濟如潮如湧，已顯出了擁有未來的氣勢。不同於還要拜盧梭爲師的劉曉慶，王朔以小說《頑主》爲即將上場的市場社會縫製了一面迎風招展的會旗。旗下的嘎雜子琉璃球一個個靈氣十足，精神百倍，讀書的當官的都不放在話下，而是踩在腳下。這樣的場面不但高於生活，而且還先於現實。在現實中，在現實的價值體系中，從牛仔褲西瓜堆裡鑽出來的第一撥商人階級，他們的經濟地位和社會地位還有一段差距，此時一腳高一腳低，看著跟一頭沉似的。

王朔的出現同樣跟中國革命的命運也有著不解之緣。別看他

在小說裡老寒磣正統，其實他出身於最正統的那個階層——「革軍」（除了「文革」中幾年，可以與「革幹」合併同類項，合稱「革幹革軍」），這在《陽光燦爛的日子》裡交代得一清二楚。軍功階級是前 30 年的領導階級，更是「文革」十年的特權階級。但這個革命在後毛澤東時代沒混好，被一幫知識分子拐跑了，革幹革軍的絕對落差雖不大，相對落差卻不小。這相對落差足以讓王朔在感情上「重上井岡山」，也就是回到中國革命的起點，但這回不是「打土豪，分田地」，而是開公司倒買賣——開那種「三 T 公司」跟造反差不多。他筆下的「頑主」可以說是農會積極分子的轉世靈童。王朔的作品代表了沒落特權在市場社會重新崛起的願望，是有正當性的。頭兩年流行的《懺悔無門》，書中主角李春平也出身軍功階級，跌得也不輕，混到在單位做保安還蹲了大獄，末了竟然跟大他近 40 歲的好萊塢老太太「闖關東」「走西口」去了，成為這 30 年社會變遷中最離奇、最慘烈的個人故事。在一個起伏升沉不定的社會裡，破落地主、破落貴族跟貧下中農或城市貧民之間的距離，常常也就是一步半步的事。「頑主」這個社會形象很快就獨立於具體創作者的社會存在，而成為一個新興商業階級挑戰官、學既得利益的集體符號了。商業階級那時剛從西瓜堆、牛仔褲堆裡嶄露頭角，有個半外號半小名的「倒爺」，「老總」或「民營企業家」是它做大之後才贏得的尊稱。

文學上，王朔的確獨樹一幟。他的語言生動活潑，充滿了街頭巷尾氣息。對於「倒爺」群體很有限的歷史積累和社會視野來說，這樣一種「沒膝大衩式」的表達形式，既本色又大方，既誇張又從容，穿著它出入既得利益的派對或舞會特別有衝擊力，富於行為藝術所追求的「顛覆性」。中國是一個社會流動極快的國家，底層在不斷地混入上層，邊緣會持續地擠進中心，王朔語言也許能長期為這更廣大的群體提供一種「去你們媽蛋」的表達工具和世界觀呢。其實，這些年盛行的那種小玩鬧的網路文風裡便可以看得到王朔的影響。那些流裡流氣的 80 後文學不好說都是王朔一人下的蛋，但他的 DNA 不用親子鑒定也看得出來。王朔的這種「文化價值」若能兌換成文學價值，我不知道能不能折合一個半個老舍。但僅就文學語言來說，他確實比眾多在老舍這棵大槐樹下一坐坐一輩子的「京味小說」「京味戲劇」高出一頭不止。那些人模仿的，是還只有百萬人口的舊北京，而王朔要表達的，是一個經歷要豐富得多的新北京。

放在大一些的視野中，像王朔這類文章，其奪目的褊狹、冒煙的歪才，實在是一個民族捨棄大目標、收縮大情懷後進入精神下行期才有的症狀。他筆下的世界不是

「僞君子」便是「眞小人」，除了「丫的」還是「丫的」。沒有「眞君子」的世界也許是眞實世界某一片段的寫眞，不可能是它恆久的本相——那樣人類社會早散架了。他的作品缺少歷史與未來的縱深感，他只在當下翻觔斗，因此他只是一個過渡人物。頭一段網上報導他批評一個叫郭什麼的 80 後作家搞抄襲。當年他鼓吹「我是流氓我怕誰」下的蛋，如今孵出「眞流氓」來了，對比之下，原來自己也只是「僞小人」或「打折流氓」。「僞小人」或「打折流氓」是 80 年代文化的特產。那時的世界觀和人生觀所規劃的未來社會是個小人社會，於是有些「眞君子」不管三七二十一，挽起袖子，放開喉嚨，就像當年謳歌道德理想國那樣謳歌化糞池下水道。這導致了他們日後人格的極度分裂。還有一些「眞君子」看了未來世界的藍圖，發現自己到了那時候只能住收容所和精神病院，想還是快快改「邪」歸「正」，規規矩矩做個「眞小人」得了。但學好難，學壞也不容易。於是由電影、小說、詩歌、先鋒戲劇、報告文學開辦的「眞小人」補習班、速成班、自修班、強化班應運而生——主校區當然還是社會。學壞要靠努力，也要靠天分，尤其要靠童子功。這些半路出家的「眞小人」冤枉花了好些學費，到頭來淨是半成品。

當過「右派」又當過文化部長的王蒙，80 年代初曾寫過一篇文章談《青春萬歲》。他感歎道：我們白白兜了一大圈回到了原處，如果理想主義再扔了，那就什麼都不剩了。我當時讀了眞挺難過的，也很尊敬他，我理解那一輩人的無奈和失落。後來他可能想通了，越混越有意思，一會兒「轟動效應」，一會兒「躲避崇高」，快馬加鞭地跟墮落的時趨沆瀣一氣。看著他一把年紀，跟著王朔那些人屁股後面貧嘴呱舌，特別像公園裡笨手笨腳的老太太學探戈狐步，又何苦呢？其實他打打太極拳就挺好的。

文人普遍的失魂落魄，其直接後果就是寫出來的東西品相太差，淨是些雞零狗碎、根本不入賞鑒的東西。他們還說什麼「放逐」不「放逐」的，自己就沒高看過自己。這當然有大時代的原因，也有個人的原因。小文化想必也起了作用，就說王蒙吧，他的遣詞派句，眞比老成點的初中生還幼稚，但他居然覺得好得不成，亦一怪事。恐怕得向小文化找原因了，他們是不是有個互助組定期相濡以沫，把彼此吹暈，就不得而知了。記得他當文化部長後報紙採訪他，他說，自己小女兒曾說：爸，就您，還當文化部長?!——這樣的火眼金睛，應該選拔去做質檢局局長，甚至是他寫的組織部中新來的年輕女部長才對呀。

◆黃紀蘇

十、王小波的「門下走狗」們，應該長進長進了

　　王小波的小說我真沒讀過什麼，讀的基本上是上世紀90年代登在《南方週末》或《讀書》上的文章。應該說，他的文字有一般學者所沒有的聰明，我年輕時很愛看羅素的文章，王顯然受過他的影響。另外，他能把身段放低，自己不過是人生道邊的一名看客，坐著觀望，蹲著指點，比那幫老在高音區不下來的精英要可愛不少。其實還不僅僅風格，他的一些觀點，我也有所同情。比如他諷刺海外左翼留學生，說他們放暑假回國探親，順路主張一通「社會主義」，然後打飛機回美國繼續「資本主義」。讀了令人莞爾一笑，這樣說固然不全面，但也沒瞎說。海外的左翼學人，由於利害關係不在這兒，他們所持立場、所提主張便往往透著一些輕巧和便宜，而且那洋腔洋調本身，坦率地說，也夠「右翼」的了。上世紀80年代有位台灣來的歌手叫侯德健的，記者請他說台灣（其實就是聲討台灣），他回答說，我要批評台灣就回去批評，既然在大陸就批

評大陸，當然沒必要那麼拘泥，但這股敢豁的勁兒挺讓人佩服。王小波對中國的現實不滿，橫挑鼻子豎挑眼，這本來沒錯，讀書人就應該不滿，有不滿才可能有社會的改進。但王的不滿又真的有點病態了——跟愛之深責之切還不是一碼事。對病態的東西，我能理解甚至諒解，但我不會喜歡。他筆下的中國從古到今好像一無是處。他既然以理性自居，怎麼就不能理性地想想，中國真差成那樣，能混到今天麼？讀他字裡行間的情緒，感覺就像貧苦家庭的子弟，由於扒富人家窗戶見過了世面，便成天摔門摔碗，罵罵咧咧，怨他爹多此一舉，夥同他媽把自己綁架到這麼個破地方。他有句詩，「走在寂靜裡，走在天上，而陰莖倒掛下來」，我的感覺是他太不把中國這塊天地當回事了，純粹是破罐破摔，在祖國的語言文字上隨意小便。當然，不同人會有不同的解讀——小波的未亡人李銀河女士就覺得這句詩美不勝收，想必有她特別的理由。記得還看過他的一篇文章《百姓·洋人·官》，以小時候都玩的遊戲「剪刀·石頭·布」做比——說的是「政府」「百姓」「西方」之間一物降一物的羅圈關係，寫得挺漂亮，但對同胞百姓的那種刻毒令人反感。中國一直是國際關係中的弱者，對西方發點不滿的聲音，怎麼就招來他們這樣的挖苦呢？

　　沒過多久他就病逝了，大家覺得非常惋惜。小波活著的時候他的名字一年也聽不到兩次，等他死了之後，一天到晚老聽人說起他。臧克家那兩句詩稍微改改，放他身上倒挺合適：活著的時候約等於死了，死之後超過了活著。我對王小波多了些瞭解也是近兩年的事，因為認識了一位朋友，她從前是王小波迷，現在是王小波專家。據她的調查，小波在美國陪讀，過得相當狼狽，好像在大學的漢語部混了個學位文憑。這位朋友對王有深入的瞭解、激烈的批評。她覺得小波十分可憎，慘成那樣還美化美國、忽悠中國。我倒覺得小波挺可憐，不妨多些同情。我是這麼想，在中國這樣的性文化裡，一個男的娶了個李銀河那樣冒尖的老婆，就相當於娶了一把尺子和一根鞭子，合一塊就是一位「女版馬俊仁」——日夜提醒自己的不足，日夜驅趕自己馬不停蹄。有一天那尺子、鞭子——也就是女千里馬——一個大躍進躍到了美國，你說小波跟進還是不跟進呢？不跟進吧，「留守男士」的苦果不好下嚥；跟進吧，那可就是進高壓鍋——他們夫婦是社會、家庭、兩性方面的專家，對此應該比誰都清楚。別看王小波外表五大黑粗，裡邊想必也是「玻璃易碎」的傳統文人心性——據說插隊雲南邊陲的日子裡曾在月光下、鏡子上用藍鋼筆打過不少詩稿。80年代中國還沒崛起，中國

留學生在美國社會中的地位可遠不如他們當年上山下鄉的地方。但男女還有很大的差別，美國的性別文化跟中國差別不大，基本上也是男的往下娶，女的往上嫁——我也用數學形式表達一回：$M \geqq F$；$F \leqq M$。這種性別文化，對於處在北美社會底層的中國留學生群體的影響，雖沒到家家著火、對對冒煙的地步，但變化是切膚的，痛苦是銘心的。女的，只要確實是女的，沒聽說有嫁不出去的；稍有點模樣的，嫁不到中產白人總可以嫁到新加坡、馬來西亞。男的則往下再沒女人了，有也淨是橡膠的。他們只能靠死啃硬拚數理化，一點一點改變命運了。陪讀的小波，他的壓力只會更大，不會更小。小波那些年從這家中餐館到那家中餐館，終日在廚房裡與雞腿雞翅、菜板菜刀為伍，這樣的生涯對於他這樣家庭出身精英、本人成分精英、不但讀書還打算寫書的人，究竟算是怎麼回事呢？這個問題我不知他開瓜切菜的時候想沒想過，如果想過，但願他沒有切著自己的手指。

我過去讀過以色列小說家寫的一部移民史詩，講一群知識分子上個世紀初從俄羅斯來到以色列，船到碼頭，這些靈魂工程師像碎石子一樣被傾卸在社會最底層。他們白天「曳尾於塗」，為牛為馬，夜晚爬上沙丘，靠著棕櫚樹，把自己如歌的心事一件件攤在星月下晾曬。其實今天躺在工棚裡、蹲在馬路牙子上的農民工，其中也有這樣情感豐富的鄉村知識分子，我多少年前就碰著過，有個在家具店蹬板車的給我送書櫃，他喜好文學，正學英語，我最後送他一本英漢詞典。心與境的強烈反差所造成的緊張，從來都是文藝寫作的原動力。不是說志得意滿的人幹不了文藝，但他們幹起來確實沒精打采，幹出來的東西缺少活色生香，就像莎翁筆下的那個私生子把自己與嫡出兄弟做的比較：播種我的時候，我爹心突突亂跳；播種他的時候，老頭都快睡著了——收穫能一樣嘛！小波不缺生活的刺激，他的文學創作我不瞭解，但猜想是屬於不寫就瘋的那類。

他死時剛40來歲，正當盛年。一個人在這個年歲上雖然內心世界已大體佈置就緒，但也還可能吸收、整合新的社會人生經驗，這對於一個劇變社會的記錄者、思考者和表達者來說尤其重要。你要是跟不上時代和生活的變化，你就不能實事求是，就會被甩在後面。坦率地說，文化思想界很多人認識上還在十一屆三中全會的會址原地踏步，踩出的坑夠把自己活埋的了。中國社會已經走了那麼遠，但很多作家依然沒走出「文革」的陰影，依然祥林嫂似的沒完沒了說「傷痕」，依然在唱80年代的「人性

解放」之歌。如今十四五歲的小丫頭一個個早都「解放」得跟風流寡婦似的了，文化人應該睜開眼睛、面對現實、唱點別的了吧？90年代中期之前大勢如此，小波也只能在那個框框裡載歌載舞。我不知道，如果他還活著，這十年會不會給他的精神世界帶去新的視野，給他的創作帶去新的機會。我總覺得他人生最後一二十年的經歷，應該能營造出比傷痕文學更廣大、更豐富的世界。小波已矣，我們不必過多要求他什麼了，批評也可適可而止，因為時間已經對他夠苛刻的了。倒是王小波眾多的「門下走狗」還來日方長，真希望他們揀王小波的長處學學，長進長進，別老衝自己的民族反咬一口了。

◆王小東

十一、王小波是我們這個時代
最虛僞、最醜陋的神話之一

　　王小波的神話是我們這個時代最虛僞、最醜陋的神話之一。破除這個神話乃是功德無量之事。哪怕一時半會說服不了所有的人，但對於一個神話，只要能夠把懷疑的種子播撒下去，只要這些種子確實是事實，這個神話離破滅也就不遠了。我當然也曾有心於此，只是苦於抽不出時間來，也苦於我就是讀不進王小波的那些我認爲是垃圾的文章。然而，我有幸認識一些曾經是王小波的粉絲，或者與他距離不遠、卻認清了這個神話的本質的朋友，他們來做這項工作比我更合適。

　　當我轉貼了一篇很明顯是影射王小波夫婦的文章後，激起了一些糾紛。網友 Alex 對我說了一番比較中肯的話：「看來王先生對小波的意見很大……我認爲小波不是弱智。他的見解確實很一般，但不知道王先生讀過他的小說沒有，那才是他的成就所在。相比歐洲，小波對美國的讚揚其實有限（或者說很隱蔽），他文章中排出的座次是：歐洲－美國－中國。據我所

知，他去歐洲只是度假，接觸到的東西很少，這也有利於他後來對歐洲的『建構』。小波對中國的一些批評是有道理的。可惜不知出於什麼樣的考慮，他硬是把這種批評和對歐美的讚揚結合起來了，產生了很糟糕的效應，這一點被許多人利用。朱某某把小波對西方文化的推崇簡化成『歐美理性』，就是一例。小波本性善良，這是如今許多『自由主義者』不具備的。雖然他死之前說中國要有自由主義就從他開始，但我想這十來年發生的事情，身居地府的小波若是知道的話，也許會向中國的立場靠攏的。」

坦率地說，王小波的小說和散文我讀不下去，從這個角度說，我對他沒有太多的瞭解，所以也談不上「意見很大」。但有一點很清楚——他在美國被人欺負慘了，卻不知道憤而進取，回國來只會破口大罵中國人，並且給中國人描繪一個虛假的歐美，這是騙子行為，這一點被我看到了，我很鄙視他。

王小波寫的東西我讀過的只有他的幾封書信，還有一兩篇罵中國人的文章，主要是從他與我的一些朋友之間的對罵得知的。但正如柯南道爾所說的，「要知道一個雞蛋是臭的，你不用把它完全吃下去」。無論他的小說和散文寫得如何，我就是認為他是一個臭雞蛋，因為他的臭味我聞到了。而且他的臭味把我熏得吃不下去，所以，我對於他的臭味也提不出太多意見來，我只能發別人辨析他臭味的文章。

網友 Alex 說：「是的，這一點確實很可惜。小波的個人經歷，在留美學生中是比較有代表性的。後來他策略性地避開了這一點，大談民族劣根性，這是他的一個污點。但是我對小波的瞭解比較多，所以對他更加同情。小波畢竟沒有吃洋人的剩飯，還是遠遠強於現在的什麼民主鬥士、自由戰士之類的人物。當務之急就是要給這些美國培養出來的『自由人』排排毒，讓老百姓看看中國人在那邊的真實遭遇。自己不知自強，一萬年都是給別人打工的料。中國的洋奴太多了，雖然絕大多數都不承認自己是洋奴。」

王小波的親弟弟都被美國人殺害了，棄屍街頭——據美國警方估計他死前掙扎了很長很長時間，十分痛苦，在這麼長的時間中，沒有一個路過的美國人救他。這件事發生在王小波死後，但他弟弟在美國的悽慘生活則是他生前就知道得十分清楚的。本來，王小波具有最真實的個人經歷，據你們說也具有很好的文筆，來告訴中國老百姓中國人在那邊的真實遭遇，可他又幹了一些什麼？你們說說，你們怎麼能讓我不鄙視他？

在王小波這種人的影響下，今天，十幾二十年過去了，在美國的中國人還是活得

這副德行。我一個朋友的朋友，前些日子去美國，在舊金山，四個早就在美國定居的朋友和他一起去吃飯，碰到一個白人，毫無緣由打了他們當中一個人一拳。這哥們見狀要上去用拳頭或語言理論，被那四個定居的死命拉住。回來，五個人沉默不語。最後剛去的這哥們說了一句：原來你們過的就是這種日子啊？那四位臉色鐵青，最後迸發出來，不是大罵美國人，而是大罵中國人劣根性，中國人不文明。這些人都是「王小波」，我永遠鄙視他們。

◆劉仰

＿∥∥∥∥ 十二、一個正常的社會，動物性還是少一點為妙 ∥∥∥∥∥

很多年前，我兒子上幼兒園時，被小朋友稱為「劉鬧鬧」。因此，「范跑跑」「郭跳跳」這兩個2008年使用頻率很高的媒體用語，與幼兒園小朋友的習慣用語、智力水平有一拚。

我對於范跑跑的整體情況不太瞭解，只能對他在地震後的小事說點看法。范跑跑這件小事，肯定要涉及道德問題，也肯定要涉及自由問題。批評范跑跑的人總離不開道德標準，維護范跑跑的人也離不開個人自由、個人權利。這兩個問題在人類歷史上爭論了很長時間，所以，我就把這件小事放大了說說。

范跑跑的行為及其理論依據屬於個人自由的範疇。有些自由主義的擁護者也批評范跑跑的「自由」根本不是真正的自由，彷彿范跑跑玷污了他們心目中的自由。這種觀點似乎在說——你的自由不是自由，我的自由才是自由。到底什麼是自由，最終又變成抽象概念的思維操練。其實，只要看看范氏「跑跑自由」產生的背景，大概可以清楚一點。

范氏「跑跑自由」屬於歐洲近代主張個人權利、個人自由的大潮流，站在一個純粹「自然人」的立場，沒有多少可指責的地方，很多西方理論大師，很多年以前就主張過，不算新鮮。但是，這一個人自由觀念產生的背景是歐洲中世紀宗教道德嚴厲管制後的道德幻滅，因此，這個自由觀念就有點特殊。歐洲中世紀在上帝的名義下，對人們的世俗生活制定了很多道德規範的約束，例如，性生活只能爲了繁殖後代，不能爲了享樂，因此，夫妻之間性生活，連衣服都不能全脫，諸如此類的很多。可以說，在歐洲中世紀，有一個極爲嚴厲的道德權威，或者說，存在一個很不以人爲本的普世道德。歐洲近代史上自文藝復興、啓蒙運動開始，出現的各種關於個人權利、個人自由的理論，都是在這個背景下產生的。

由於極爲嚴厲的宗教道德權威的存在，因此，反對這一道德權威的自由主義不免也用力過大。通俗點說，宗教道德權威加上社會等級制度對個人自由控制得太嚴，自由主義的反抗也就超級強大，出於矯枉過正、物極必反的規律，反抗中世紀道德權威的個人自由，在很多方面確實是走得太遠了。在需要革命、需要變革的年代，以極端對付極端，是一個常見的規律。因此，由於歐洲中世紀道德權威過於嚴厲，自由主義的極端反彈就變成不要任何道德約束的「自然人」的天然自由。范跑跑的自由，無疑是接受了那個時間點上的自由，從曲線的角度說，就是道德最低點，自由最高點。

但是，身處現代的范跑跑，接受歐洲幾百年前的自由觀，明顯是落伍了，沒有跟上祖師爺前進的腳步。一個社會總是需要道德的，幾百年前的自由觀，經過幾百年的自由實踐，造成很多不良的社會現象，因此，在西方祖師爺那裡，對於老式自由已經有了很多反思和具體矯正。這也是范跑跑的自由，被某些自由主義者批判，說他是玷污自由的原因。因爲，幾百年後的新式自由，與幾百年前的老式自由確實是不一樣的。這種不一樣主要體現在兩個方面：

第一，公共道德對個人自由的限制。老式絕對自由年代裡的很多自由，漸漸重新被道德約束，例如，性行爲在家裡可以很自由，但是，在公共場合則不能很自由。上個世紀60年代，隨著嬉皮士在歐美的蔓延，公共場合的性行爲差一點變成普遍化的習俗，最終還是被打壓下去。現在，雖然在一些天體營、裸體海灘，還殘存著一些公共場合性自由的痕跡，但畢竟要受到相當的限制。從另一個角度看，雖然公共道德制約了公共領域的自由，但是，在隱私權的名義下，個人領域的自由限度還是很開放的。

現在不會有人要求男女私下性行為的時候，像歐洲中世紀一樣，不能脫光衣服了。因此，經過幾百年的時間，老式自由經過變化，現在與新式道德產生了一種平衡。在曲線上說，自由降低了，道德提升了，有一個互相的讓步。范跑跑的第一個失誤在於，沒有很清楚地看清老式自由已經不時髦了。

第二，職業道德對個人自由的限制。經過幾百年老式自由的實踐之後，人們發現，光是用公共道德限制個人自由還不夠，公共道德只能在公共場合有用，在很多非公眾的職業場合，個人的自由也需要限制。其實，職業道德並不是新鮮事物。早在古希臘時期，希波克拉底的「誓言」，可以算作最早成熟的職業道德。然而，由於中世紀宗教所規定的普世道德非常強大，因此，在那個年代，職業道德往往混在普世道德之中，沒有凸顯出來。現代社會的職業分工比古代要多，職業道德的規定和約束，在公共道德弱化的情況下，地位越來越高。范跑跑的第二個失誤就在於他忽視了祖師爺們已經提升了職業道德的新動向。

從上面的分析可以看出，范跑跑被批判的原因，一是把幾百年前老式的個人自由，放大到現代公共社會加以推銷；二是在需要職業道德的地方，依然傻乎乎地宣揚老掉牙的骨灰級「自由」。所以，范跑跑在自由觀上，真的沒有與時俱進，沒有跟上祖師爺的前進步伐，也許是訊息不靈、眼界不廣的原因。那麼，為什麼還有這麼多人贊同范跑跑，甚至還拚命維護范跑跑的權利呢？在我看來，這是因為中國近代的自由主義者，出於實用主義的目的，對於中國歷史產生了普遍的誤讀。這也許是故意的，也許是無意的。

看看100年前，甚至到今天，對於中國古代道德墮落、道德虛偽、道德腐敗的種種批判，幾乎沒有一樣不是歐洲歷史上批判宗教道德權威時，使用過的情緒，使用過的比喻，使用過的言辭，使用過的角度。毫不誇張地說，中國近百年來，批判傳統道德的自由主義完全照搬了西方批判宗教道德權威的思路和手段。他們實際上把中國古代的道德傳統等同於歐洲中世紀的宗教道德權威了。在今天看來，如果說歐洲老式自由主義是用錘子在砸房子，中國的自由主義就是用同一把錘子在砸雞蛋。他們沒有區分，中國的道德系統與歐洲中世紀的宗教道德權威是有很大不同的。例如，歐洲有處於社會最上層僧侶等級，中國沒有這些享受特權的職業道德家階層；歐洲的等級制度非常僵硬，中國的等級制度比他們柔性得多，等等。

簡單來說，中國古代的道德系統沒有歐洲的宗教道德那麼嚴厲，沒有那麼非人性，因此，如果說歐洲幾百年前的老式自由把宗教道德打得半死不活，那麼，這把破壞性過於巨大的武器，則將中國的道德毀滅到奄奄一息的地步。但是，這種毀滅道德的行為並沒有讓中國人真正獲得自由，也就很難讓中國人通過實踐，對於這種老式的西方自由獲得應有的反思。更為奇特的是，上個世紀有很長一段時間，中國人居然還借用了歐洲宗教道德權威的方式，對個人自由實行了嚴厲的打擊。造成的結果是中國幾乎處於既缺乏道德，也缺乏自由的狀況。身處這種狀況的范跑跑們，便很短視地重新祭出幾百年前歐洲祖師爺的老掉牙武器，試圖解救中國同胞於水火之中。這就是有一些人支持范跑跑的原因。

因此，如果站在向西方學習的立場，范跑跑也應該學點新的，不應該只學老掉牙的，在地震這種場合，他更應該顯示職業道德，而非幾百年前的老式自由，所以他錯了；如果站在發揚傳統的立場，范跑跑只強調個人權利，放棄道德的行為，讓本來已經很短缺的道德，在一個極為重要的關鍵場合嚴重缺席，所以他也錯了；如果站在中西結合，取長補短的立場，范跑跑更是兩頭不沾邊，兩邊不討好。

不管怎麼說，從總體上看，中國社會現在的道德力量，不是太多，而是太少。范跑跑們要向西方學習，這不算錯，但是，應該針對中國社會的現實需要，學習並應用一些真正有用的東西。生搬硬套別人的理論，別人自己都意識到錯了，已經在改正、彌補了，范跑跑們的眼光還那麼短淺，別說中國人要批評，恐怕西方老師們也不會讚賞吧。

再說，沒有一個人是真正擺脫文化、社會的「自然人」，因此，所謂「自然人」的權利，最多只能做一個參考，不能做標準。從沒有社會關係、沒有文化背景的「自然人」，推導出理論上的天然權利，很多時候，與動物的本能差不多。比方說，地震之類災難發生時，動物一般都四散逃開，拿什麼道德教育牠都沒有用。當宗教道德權威把人變成木偶的時候，用人的動物性，撒嬌式的、惡作劇式的反抗，確實還有點意義。但是，在一個正常人的社會裡，這種動物性還是少一點好。

◆ 黃紀蘇

十三、這個時代的學術腐朽

如此離譜的學術進口商

上個世紀上半葉，中國學術思想界出了梁啓超、梁漱溟、郭沫若、呂思勉、潘光旦、錢穆、陳寅恪、費孝通這些傑出人物，他們都學有根基，富於眞知灼見，能成一家之言。新中國時期，學術思想的確出了問題，馬克思主義作爲一種社會思想本來是有強大解釋力的，可一旦成爲教條，反倒束縛了我們對社會的認識。

這 30 年，學術界按說夠熱鬧的了，以中國社會 100 多年來的九曲九折的巨變，社會神經感受到的刺激應該是夠強烈了，學術思想的原動力應該是不成問題的。但爲什麼看不到多少有原創力的東西呢？當然，回到世界體系內，跟著英美重新當學徒，這是一個比較根本性的原因。既然當學徒，就沒有自己的東西，東西都是師傅的。其實這個問題在毛澤東時代也存

在，馬克思主義也不是中國的，那時中國不過是跟著西方另一位師傅當學徒而已。所以從大的歷史視野來看，只有到中國完成了現代化的重生再造，走到了世界的前列，讓師傅離休下崗，中國的學術文化才可能真正出現大的氣象。

但話也得從另一頭說，人文社科跟自然科學還不一樣，它具有很強的地方性、民族性，其普世的程度要遠遠低於後者。你跟外面的師傅學是能學到一些東西，解決共性的問題，但完全屬於你自己的那部分，你是沒有師傅的，你只能把自己當師傅。1840 年這一跤，中國真是摔蒙了，天旋地轉，看誰都像師傅。本來「中體西用」放人文社科這塊比放哪兒都合適，晚清民初這批讀書人，從小讀的「四書五經」《史記》《漢書》，他就是想全盤西化，把中國這個「體」當狗扔了它也要自己找回來，魯迅就是例子。青年學子對他說，你對舊東西掌握得那麼圓熟，我們覺得你真棒！魯迅說，這是哪兒跟哪兒呀，那些東西我不是想扔扔不掉嘛！當時就是想扔，連著中醫、中國戲、中國字什麼都扔，但這些東西哪兒那麼容易扔掉的？所以到後來又提「民族化」「民族氣派」，提「馬列主義普遍真理與中國具體實踐相結合」，提「古為今用，洋為中用」。按說順著這個路子是可以走出中國特色的社會科學的，你想那會兒帝、修、反都不要，可不只剩自己了麼？但到末了連自己也沒剩下——「文革」時期沒有學術，因為不要的東西太多了，營養嚴重缺乏，把自己整得骨瘦如柴，一切都談不上了。

八九十年代的這撥知識精英由於生在封、資、修被統統取締的年代，「四書五經」還真沒讀過，讀的淨是《半夜雞叫》，他就是想中體西用也無從下手，更何況他們再也不想中體西用了。我有個朋友上世紀 70 年代末在北大歷史系讀書，他說：這四年什麼都沒讀，娘的光讀外語了——還沒讀出來！他的情況當然極端了一點，但也挺有代表性。就舉外語為例吧。在一個正常的社會裡，會七八國外語的在大眾眼裡也就是「挺神乎」一主兒罷了，跟我們看人用腳穿針引線的感覺應該差不太多，會讓我們佩服，但不會讓我們自卑。前面說到錢鍾書從 80 年代的學術界熱到 90 年代的全社會，其中一個重要原因就是他會好多種外語。我想中國也有會好多種地方方言的人，但就沒有流傳出來成為佳話。其實就是會斯瓦希里語、越南老撾語，甚至俄語、西班牙語也沒什麼用，還是得人均 GDP 高的那些國家的語言。從這裡我們看到當時那種社會心理、學術風氣的經濟基礎，簡單說，就是美元跟人民幣 1：8 的比例。我們再說第三個原因：幹西學批發商、零售商、廣告商、運輸隊致富快。80 年代出國，省一頓飯就能帶

回件小玩意，小玩意別看個頭不大影響很大，往家裡一擺，女同學見了就很可能就變成女朋友。當時經常聽到，有學者出國爲了多帶些小玩意回來，頓頓方便麵，由於營養跟不上，回國下飛機都是抬下來的。學者們去西天取經，取回美元馬克和大好前程，被鮮花繞著，聚光燈照著，媒婆堵著，飄飄忽忽，哪兒還記得什麼「中體西用」啊，他只恨自己這「體」生得不對，不幸生在了黃河兩岸，只能站在黃土高坡上臨風做自我批評，說黃土地上的體制不好，文化不好，人種不好，歷史不好，地形地貌全都不好。都不好，怎麼辦呢？一些有宏偉政治抱負的說，那就讓我們把東土改造成西天吧。另一些人說，那得猴年馬月了，咱還爭取直接移民西天得了。他們在爭取移民的過程中發現，西天千好萬好就是使館簽證處不好——不是所有人都給簽。

時代尷尬：接軌接出了鬼

不讓簽也沒關係，他們照樣跟西方接軌。因爲摸著黑接，有時會接出妙趣橫生的結果來。隨便舉個例子，我原來幹《中國社會科學》英文版的活兒，有回碰到一篇稿子，談的是中國文學，裡面有這麼個詞兒「世界新質生存母體關懷傾向」，一看頭就大了。我找到作者說：這要譯成英文，估計你也是從英文翻譯過來的，你能不能把原文告訴我？他說：我也是抄來的，不知道原文怎麼說。我說：那你就用家常話給我解釋一下。他說：你就自己解釋了吧。我說：是新生活麼？他說：沒錯，沒錯，就那個意思。作者其實挺樸實的眞是個好人，根本不是咋咋呼呼的新新人類，而且40來歲，本來是能好好說話的，但他說現在學術界就吃這套——顯然也是被逼無奈。這路東西，90年代以來在史學理論和文藝批評中比比皆是。我有回瀏覽雜誌看到什麼「A層面上的D線效應」「B層面上的F線效應」，還以爲是說二極管什麼的呢，其實說的是中國話劇。學者們走到這一步還眞不是學習西方，而是冒充西方了，因爲西方好像也沒到這地步。北京開的那家連鎖店「加州牛肉麵大王」，總部據說在加利福尼亞，歷史據說有一兩百年。有愛吃這麵的去加州想嘗回正宗，一打聽根本沒這麼個店。前些時香港有位大陸出去在國外繞了一圈繞到那兒的政治學者丁學良教授，他批評中國的經濟學家夠國際學術水準（也就是在國外什麼雜誌上發表了多少文章）的不過五人，當時引

起軒然大波，於是我對這個人便有了印象。有次等車買了張小報，上面正好有篇文章介紹他是中國「能品洋葡萄酒」的第一人。後來我又看到一篇報導，講他從安徽山溝到社科院馬列所，再到哈佛大學的成功攀登之路，也眞是個人奮鬥的一個小典範啊！他塡出生日期只能塡出年和月來，因爲家裡當年窮得買不起日曆，父母只記得他呱呱落地、嗷嗷待哺的那段日子大雨傾盆，估計是盛夏。最近，我轉到他的部落格上瀏覽了一下，見他寫的文章也跟《管錐篇》似的淨是括號加外文，再一看那外文淨是power、freedom、people之類，都是嚇唬安徽失學農民兄弟的。本來從底層向上奮鬥，特別値得大家的理解和同情，因爲它體現了一種公平的精神，也給社會帶來生機和活力。但像這樣把自己奮鬥成一個蹩腳的「高等華人」，就不太有意思了，而這種情況在今天的學者群體中，可不能說是少數現象。由這幫「睡覺打領帶」的學人出任教授、博導、學科帶頭人，你又怎麼能指望中國很快能出現有原創力、有「自由之精神」、符合中國實際、能夠指導中國發展的學術文化呢？

　　前一段時間，中國政法大學一個男老師被男學生當堂砍死，原因據說是因爲一名女學生。這件事情的始末原委還不完全清楚，但從網上報上披露的消息也能看出大概來。這位老師40多歲，來自湖北鄉下，在法國留學多年，自覺血管裡流的已經是「法蘭西血液」，要以紅格子褲的另類穿戴，把自己打造成大學校園的一道浪漫風景。這還不夠，他還給女學生們寫「徐志摩體」詩歌，還在課堂上跟學生誇耀自己法文比中文強，還在家裡舉辦法國葡萄酒鑒賞派對，那感覺就好像他一生下來就被法國人抱養了似的。他從底層上來，想快點獲得上層社會的身分標誌，這沒什麼不對。但不幸的是，他弄了個法式徽章，法國不就是多風流韻事嘛。──要是英式、德式也不至於這樣的結局。他正値中年，心未必不花，但也未必多花。不過既然佩戴了「地中海紅帆」的法蘭西徽章，他就不能不花，不花別人會說他那徽章是管人借的。於是寒光一閃，血花四濺。可憐他夫人懷孕5個月，也可憐那個男學生的貧苦父母省吃儉用，剛把孩子培養成人。這個悲劇的背後顯然有崇洋文化的因素。

　　話說回來，上世紀90年代末以來，學術的洋奴化應該說稍稍好了點，原因比較簡單──學者領到的人民幣多了。國家發放的科研基金幾千已經不叫錢了，動輒幾萬幾十萬，那都是億萬勞動者辛辛苦苦幹出來的，用老話說就是「民脂民膏」。怎奈被貪心

學者蜂擁而上、須臾而盡——胡謅一篇誰也看不懂、誰也不會看的《科學發展之我見》就騙去了西部好幾家農民一年的收入！某單位的領導就對下面的學者推心置腹說：小錢（科研基金）你們自己去騙，大錢我幫你們（到財政部）去騙。這些年搞的科研基金，在多大程度上成就了中國學術的健康發展，在多大程度上導致了知識精英對人民資產的搶劫，這是一個值得探討的問題。

學術腐敗如今已嚴重到了見慣不怪、沒人拿它當回事的程度。由於學術的腐敗，讀書人越來越沒讀書人的樣子，一個個看著像官場上的小秘書、市場裡的小商販。小時候，商店賣東西的見小孩子淘氣就嚷嚷說：學生，學校是這麼教你的麼？那時社會對讀書人的道德水準是有較高期待的。如今誰還把讀書人當回事呢？他們也沒把自己當回事，社會的化糞池裡，他們不算最如魚得水，但也夠能撲騰的了。從歷史上看，讀書人怎麼也都還算是社會中比較健康的力量，帶著棺材上任，國亡自沉的可不盡是讀書人麼？相對於其他群體，讀書人成天「上下古今」，本來最有可能超越自身經驗和利益，最有可能截斷惡的鏈條，打破墮落的循環，成為前面說過的、社會改良的啟動基金。但今天，你看他們或一頭扎當權者懷裡，或歪坐在資本家腿上，或一人一夜、被兩主兒輪包。我真納悶，他們怎麼會腐朽得這麼神速呢！

◆王小東

十四、切勿去學香港「管家文化」

　　50 年後人們再回頭來看，中國今天學術思想的貧乏，包括文學，就會看得很清楚。這幾十年中，中國壓根就沒人，沒有像樣的作家，沒有像樣的思想家。錢鍾書，韓寒，算個什麼？他們被吹成這樣，其實沒有任何像樣的原創性東西，最多耍一點小聰明！中國的學術界、文化界在精神上跪著，怎麼可能出現原創性的人物呢？原創是需要站著的。

　　我曾經聽到一個笑話：哈貝馬斯來了，大家爭著誰先跟他握手，真沒出息。所以我群發了一個郵件，問：哈貝馬斯是誰？居然就有人躥出來說：你太沒學問了，你都不知道哈貝馬斯是誰！他居然看不出我這個話的諷刺性。

　　跟哈貝馬斯握一個手又有什麼了不起？動不動「三哈」——哈耶克、哈維爾、哈貝馬斯。把「三哈」敬成這樣的一個知識階層，怎麼有自己原創的東西呢？

　　過幾十年來看的話，我們的後代會為這個時代的思想貧乏

感覺丟臉和恥辱：什麼都沒有！錢鍾書寫了《圍城》《管錐篇》《談藝錄》，那算是什麼了不起的東西？一般般罷了，就被捧成這樣。韓寒更不靈了，無非就是賣了一個80後的偏門。

關於制度對於思想原創性的影響，我曾想寫一篇文章，叫做「香港的管家學術」。因為我跟香港人接觸，有一個特別深刻的感覺，就是他們所謂的「學術」，95%是引用外國說法，外國甲怎麼說，外國乙怎麼說，外國丙怎麼說，天干地支他們全用完了，還不夠。然後自己的5%說一件什麼意義都沒有的事。可我們中國大陸還跟著學，還以為西方學術標準就是這樣。咱們憑良心說，西方學術今天扯淡的也不少，可還不至於到香港這個程度，包括像拉美國家我也接觸過，他們中的一些人畢竟還是一說就直接說問題，一說就說到關鍵。

為什麼叫管家學術呢？我們知道香港教授工資非常高，在世界上應該屬於數一數二的高工資，比美國教授工資高多了。我認為這是英國殖民的結果——英國深諳殖民之道，他們大概非常清楚，中國人非常敬重讀書人，連寫字的紙老百姓都會給你收起來，送到文廟去燒掉，所以把知識分子高薪養著，是深得民心的。但是有一條，你是奴僕，你有自己獨立思想是不行的，我養著你，讓你穿光鮮的衣服可以，但是不能想事。想事得英國人自己來，這個是主子幹的活。主子想完了告訴你，你翻譯成中國人能聽懂的話。可實際上他們連翻譯都沒做好，中國人聽不懂。我碰到一個官員從英國培訓回來，說中國知識分子怎麼把英國人挺明白的話都翻譯成聽不懂的。我說這就是叫故弄玄虛，其實他自己連很簡單的道理都沒弄明白，所以就故意雲山霧罩地翻譯出來，讓你看不透他。

大陸跟著香港的路子走，有對西方盲目崇拜的原因，也有中國制度本身的原因。它跟英國殖民者的想法差不多，我覺得這確實是一個悲劇。英國殖民者跟你不是一個民族，但是中國官員們跟我們本來是一個民族的人，實在不應該把大陸學術也搞成「管家學術」了。

香港「管家學術」本來是最糟糕的一種學術，現在大陸都學了這個。高校老師寫的論文，99%全都是廢話，什麼意思都沒有，生造了一堆不沾邊的概念，然後把這些概念這麼擺那麼擺，繞來繞去，排列組合，就算是「論文」了。更可笑的是，一些畫評家，辛辛苦苦品頭論足，寫完最後一字以後，回頭一看，自己看不懂了。中國大學

教授寫出來的文章也會出現這種離奇的現象，寫完以後自己也看不懂了，不知道自己想說什麼，因為本來啥也沒想說，就是扯淡，騙錢！中國現在學術界摻假比三鹿屬害得多。網上說笑話，三鹿是往三聚氰胺裡摻奶粉，其實當今中國的學術就是在三聚氰胺裡面摻奶粉，到最後基本上沒摻奶粉，就全是三聚氰胺了，直接拿三聚氰胺當奶粉賣了。

要說這個世界上，社會科學方面的大師應該出在中國，因為中國的社會變動是世界上最大的，它是個大舞台。所有大的戲劇，其實都在中國舞台上，集中在很短的時間內上演了。記得那次我罵丁學良：「中國經濟學家可能很差勁，但是有一條，人家是實戰打出來的，你丁學良算個什麼東西啊，你打過實戰嗎？你說別人不合格，你沒有資格。」那次我跟楊帆在部落格中國說：「罵也得我們罵，你沒有罵的資格，因為這是我們主子之間的事。主子可以罵主子，你一個管家罵主子，你懂什麼啊？」

中國人在這 100 多年裡打了多少仗，上演了多少大戲劇，西方、美國怎麼可能跟中國比呢？但就是這幫所謂的「主流精英」，把我們對於本土的認識，都說成是沒有價值的。這一點連余英時（雖然他自己的問題也很嚴重）都看不過去了，他說根據他自己的經驗，中國人在西方能有點出息的，一定能解決中國的問題，說中國的話。

西方學術也有很差勁的，當然比「管家學術」強一點。我們還記得 1996 年有個「索卡爾事件」——紐約大學的量子物理學家艾倫·索卡爾攢了一篇完全胡說八道、杜撰好多概念的偽論文，寄給一家著名的文化研究雜誌《社會文本》，標題是「超越界線：走向量子引力的超形式的解釋學」，想檢驗一下編輯們在學術上的誠實性，結果編輯還真給登了。登出來以後，這個年輕的物理學家哈哈大笑，說我玩你們呢，我這文章都是胡說八道，一點意義都沒有，假的，你們說你們的學問是真的嗎？你們有鑒別能力嗎？知道哪個有意義，哪個沒意義？

一個民族、一個社會如果有一個大目標要幹大事，你會發現，這種扯淡的事我沒工夫扯。我們要幹實事，一是一，二是二，包括一些理工科學術腐敗也會立即穿幫。比如 2006 年引起極大震動的漢芯造假事件。如果真的有一個大目標，做漢芯我不是為了報喜，而是按照目標一步步上，要量產，那一下就穿幫了。量產你總不可能拿美國的晶片來把字磨掉了吧？那成本也太高了。所以大目標這個東西其實很重要，當真的設定一個大目標，這種扯淡，這種假冒偽劣，立刻穿幫。

◆黃紀蘇

十五、火燒樓垮，又到了想像未來的時候

　　金融、保險、房地產的英文字頭依次為 F、I、RE，正巧湊個英文「火」字，於是便有了這外號似的「火燒經濟」。「火燒經濟」以其空手套白狼的泡沫稟性，這些年風風火火，把全球資本主義經濟燒得紅紅旺旺。但它最近一個跟頭就出了事，出事的地點就在樊綱博士的所謂「彼岸」（見《南方週末》2008 年 8 月 28 日《還要多少年才能到達彼岸？》），也就是全世界無數船隻，從夢想小紙船到樹皮艇到龍舟，日夜漂流的目的地。彼岸五大投行垮塌的煙塵像巨大的黑旗冉冉升起。火燒業轉眼化為火葬業，而且火勢洶洶，撲向實體經濟──美國、英國的汽車公司紛紛減產或停產。華爾街的牆上隱隱約約現出了幾個數字，觀者都說像「1－9－2－9」。

　　這場火究竟會燒多大、燒多久？當然只有他年回首時才可能歷歷在目。這次資本主義經濟危機會像 1997 年的亞洲金融危機或千禧年初的網路泡沫經濟那樣，一時亂雲當頭，繼而風

流雲散，豔陽高照麼？或許它標誌或預告了世界政治經濟格局將發生的根本性變化麼？難道世界歷史眞的峰迴路轉——資本主義剛說要終結它，就被它給終結了麼？這是本次危機再加上近年來其他方面如能源形勢、新興經濟體崛起所帶來的地緣政治的變化等等，帶給我們的懸念。最近正好要編一期雜誌，便帶著這個懸念囫圇瀏覽不少文章和帖子。至於讀後感，可概括爲「似曾之局、未定之天」八個字，也就是說，還看不出誰終結誰。但既然未來又說不定了，對未來想像便又可以開始了。

事情的直接起因在美國，在於美國的泡沫火燒經濟，準確地說，在於這個經濟跟實體經濟的不正常關係。著名國際金融、投資專家麥加華（Marc Faber）幾個月前曾這樣調侃這種關係：

> 聯邦政府給每人 600 美元的退稅。如果拿這筆錢去沃爾瑪消費，錢歸了中國；如果拿它買汽油，錢歸了阿拉伯；如果買電腦，錢歸了印度；如果買水果蔬菜，錢歸了宏都拉斯、瓜地馬拉、墨西哥；如果買好車，錢歸了德國；如果買些莫名其妙的破爛，錢歸了台灣。這錢怎麼花也不歸美國經濟。把錢花在美利堅土地上的唯一辦法，就是喝啤酒嫖妓女。只有這兩樣產品屬於美國製造。我可是從我做起。

說美國人不事生產自然是誇張了。美國人也生產，但他們生產的跟收穫的實在不成比例。成千上萬人沒掙出那麼多錢，卻要住那麼大的房。解決這個矛盾、實現「居者有其屋」的理想本來有正當的財富再分配途徑——政府和富人有錢出錢，有房出房就是了。但他們選擇了歪門邪道，通過打包再打包、擔保再擔保，以眼花撩亂的組合，什麼 ABCP、ABX、CBO、CDO、CDS、CLO、CMBS、CPDO、MBS、SIV（按姓氏筆劃爲序），把白條炒成金條，向看花了眼的全世界兜售——因爲利太大，發行這些玩意的公司也都忙著收購。這就是「金融工具」「金融創新」之類的本義，跟我手機裡經常收到的來自「李先生」辦理什麼「發票轉帳業務」的簡訊其實意思差不多。馬克思早說過，資本主義隔一陣就要發一回金融狂想症，也就是不幹活幹賺錢，賺大錢。

關於這次金融危機本身，上海證券公司研究員陸一的《美國政府：爲重建制度信用「改寫資本主義」》解釋概念，講述過程，分析性質，一五一十，明白平靜，顯見的行家裡手。我讀他的簡歷居然是中文系出身，中國社會近幾十年河東河西，變化之劇，把不少人送到誰也想不到的地方，這又是題外的慨歎了。新左派學者韓德強幾個月前的演講《當前國內外經濟形勢及成因、趨勢》從更宏觀一些的角度對戰後資本主義經濟向金融危機的有機演化做了生動、風趣的講述。作者十年前在對薩繆爾森經濟學的研究中便預報了 2010 年前後的世界性金融、經濟危機。德強從前喊「狼來了」都是在高音區，這回「狼」終於來了，他在音量、音高上反倒相當克制，則爲知人閱世，添了一則有趣的材料。

我想世人未必看不出火燒經濟所包含的賭博詐騙性質，只是他們不太敢於做出評價。沒準人家代表了最「先進生產力」呢？前不久中國的精英還在各個飯局上聊什麼「國外一流人才幹啥？幹金融！」欽佩之色讓人想起不安心三農的阿Q說起城裡小烏龜能「把麻將又得精熟」。民族主義經濟學家王小東的那篇《是一個時代的結束，但絕不僅僅是華爾街》稱得上明心見性，這也是他一貫的文風。王文有一個重要觀點：這類賭博詐騙經濟是一個國家下行而絕非上升的標誌，因此，青春年少的現代中國應該向實實在在的經濟，特別是製造業求發展，沒必要跟著八卦師傅走太極步，奔溝裡去。像韓、王這樣被主流經濟學邊緣化的學者，他們所致力的向公眾把事實說明白的事業在中國特別可貴，因爲如今上檔次一點的打家劫舍都經過「專業」「學術」的化妝，人家搶了你，還笑你不懂。

比起中國的「精英」，美國的精英倒更像精英。火燒經濟怎麼回事，他們不但心知肚明，而且還居安思危。赫德森與詹森的對談《火燒經濟要火熄》就說了這麼一段話：

美國的戰略家們已經討論了大約 30 年：其他國家是否會而且啥時候會起來反對美國白坐車（即通過現行金融體制不幹活幹賺錢——紀蘇注）。可我們無法預料他們什麼時候會這麼做，他們真做的時候我們才能知道。所以我們只能該怎麼幹就怎麼幹，直到遇到反抗。到目前爲止，我們還沒遇到什麼反抗。美國有各種各樣的應急預案，但其他國家似乎沒有什麼明確的預案。他們只

是被動反應，而不是積極主創。

拉瑪‧巴蘇德范的《金融‧帝國主義‧美元霸權》對於成全美國無票乘車而且一路暢通的美元霸權體制做了一番歷史回顧。至於這個體制所造成的現實後果，作者說：

> 今天，約66%的外匯儲備是美元儲備，約25%的外匯儲備是歐元儲備。美元
> 的持有人被牢牢地釘死在現在的位子上，因爲美元拋售將導致美元幣值急劇
> 下跌，他們手裡握有的美元價值會縮水。

這話說白了就是，世界不單要供寄生蟲好吃好喝，還得跟寄生蟲同生共死。這種豈有此理的世道雖然可以捆住「利益攸關方」的手腳，卻捆不住人們對更合理、更公正的世界政治經濟新格局的想像。美籍華人廖子光先生最近回國忙得不亦樂乎，我聽過他的演講，在友人家向他提問過，還在網上讀到他領銜的致世界領袖的公開信，他就呼籲大家一起想像美元霸權的終結。

對未來的想像依賴於現實的苦難，二者是泉與湧的關係：苦難多深，噴湧就多高。社會主義應該說是近代以來對未來的一次最大想像，它生於不公、長於不平，蔚然大興於20世紀兩次浩劫之後而成爲億萬人浩浩蕩蕩的普世追求。但它不到數十年即被外部環境和自身弊端所壓垮，那垮塌聲既來自被拋棄的社會經濟制度，更來自失神的目光、冷卻的血液，來自對未來世界關閉了的想像。記得俄羅斯前總理切爾諾‧梅爾金90年代曾說（大意）：我們想得夠多的了，沒什麼好想的了，就順眼前這條道路走吧！全世界這幾十年大概也都這麼看的——連公園遛彎的退休工人都這麼看，大概也就只能如此吧。但畢竟，實踐是檢驗真理的唯一標準，世界順著那條「終結歷史」的盲道走著走著就走到火燒樓垮的地方，不由得世人不睜開眼睛繼續想像未來。

應該說，對當代世界資本主義體系最有力的剖析、最深刻的批判仍然出自社會主義思想——這種事沒法指望葛林斯潘。那方面的聲音，不出事的時候沒人愛聽，既然出事了，那就應該聽聽。很多人會都堅信此次金融危機屬於資本主義的「偶感風寒」，傑克‧拉斯姆斯卻在《日趨加劇的全球金融危機：從明斯基到馬克思》指出，那是資

本主義治不好的職業病或基因病，他說次貸、當前金融總危機以及此前的其他金融危機，都反映了同一個內在動力，投機和超級投資是資本主義金融體系固有的長期趨勢。

尼克‧比姆斯《資本主義的世界性危機和社會主義的前景》代表了社會主義大家族中托洛斯基那一支，即所謂第四國際的立場和思路，該文對釀成此次金融危機的資本主義體制的揭露可謂有理有據、酣暢淋漓。托洛斯基主義的特色，在於它超民族國家的視野和國際主義的立場。應當承認，在一個全球化到如此地步的世界裡，許多根本性問題的解決的確離不開國際的視野、價值、胸襟和行動，而且這樣的情況只能越來越普遍。不過，在這個資本主義全球化的時代，民族國家仍然是這個世界劃分利益的最基本單位，仍然是保衛弱小民族、後發國家利益的最重要工具。比姆斯這篇東西，我讀其文而玩其義，感覺他們所關注的「工人階級」的利益主要還是西歐、北美工人階級的利益。這樣的「國際主義」是有局限的，對於第三世界發展中國家的理想主義者缺乏感召力。解決這個缺憾，希望不要等到第五國際。

彼得‧伊文思《另一種全球化》的上下姊妹篇，不但在理論上，還在各種社會運動以及制度創新（如拉美的「參與式預算」）的層面上闡述了「反霸權主義的全球化運動」的意義。相對於托洛斯基派的國際主義，伊文斯介紹的「另一種全球化」倒是勾勒了一幅更寬闊、更實事求是、容納了更多利益關係的畫面。例如作者就能夠承認：整合地方性和全球性訴求的時機尚不成熟，在付諸實施之前多流於空談。作者也敏銳地發現「南半球國家的一位敢於冒生命危險、挺身面對致命對手的地方人士，很有可能一轉過身就背叛了他自身的利益，只是期望得到福特基金會的一筆贊助經費」。他還指出民族國家在「反霸權全球化」運動中可以起到積極作用。

透過這些文字，我們看到，國際社會主義作為改造現行國際體制的重要力量，總的說來，還停留在小股勢力分頭起事的階段，距離「一呼百應，匯成天下大勢」還相當遙遠。這其中的根本原因前面說了，在於現行體制的危機還不夠劇烈。此外，各路社會主義自身所暴露的弊端也還需要有效地糾正，留下的教訓還需要充分地汲取和消化，畢竟，敗過一次跟一次沒敗過，機會是很不一樣的。

塑造未來世界新格局的潛在力量還有方方面面，其中能源形勢、新興經濟體的崛起最令人矚目。資本主義的生產和消費方式及其所依據的社會價值、人性前提，已經

將人類帶進了越走越窄、幾乎沒有退路的能源峽谷，一場你死我活的廝殺已經排兵佈陣，爲期不遠了。當然第一批倒下的，會照例是弱者和窮人。福特・倫奇和班傑明・瑟瑠爾《生物燃料與窮人挨餓》對生物燃料的來龍去脈做了客觀的分析。作者指出：長期以來，主導生物燃料行業的並不是市場力量，而是政治和一些大公司的利益。生物燃料問題的本質在於富人要從窮人腸胃裡開採石油。除非工程師紛紛搖身變作魔術師，相信能源問題在不久的將來會以更無情的方式進一步激化世界資本主義的矛盾。

再說新興經濟體的崛起。「經濟體」而非「政治體」「社會體」「文化體」「價值體」的說法富於諷刺意味。的確，到目前爲止，這些新興國家無一不是現行體制內的優等生或跳班生，新人與老闆之間的矛盾衝突只在資源分配的比例份額上，他們似乎不會給現行體系帶來多少質的變化——至於引發什麼就不好說了。其原因在於它們沒代表別樣的文明模式，原因的原因則在於別樣而有號召力的文明模式在現實中還沒出現——除了在過去和在書裡。新興經濟體的重要成員包括印度和俄國。印度國際戰略家拉賈・莫汗發表過一篇《面對挑戰，印度尋求政策的連續性》（原載於《外交事務》）。這篇文章顯然是爲華盛頓政治精英出謀劃策的，作者談到印度雖然一向宣傳不結盟，但已決心加入美國的「民主同盟」；雖然沒有怎麼跟伊朗爲難，但關係不過爾爾，跟美國的盟友沙烏地才稱得上密切；雖然近年跟中國關係頗有改善，但想抑制中國崛起的心思其實跟美國一模一樣。他希望下屆美國政府對崛起的印度繼續給予重視和信任，這樣「新德里在全球重大問題上與華盛頓合作的前景就越發光明」。

另外還讀到一篇俄羅斯學者季米特里・特列寧的《俄羅斯希望美國少點意識形態》。特列寧的文章讀起來感覺有種喝過伏特加酒的坦誠和豪爽——那畢竟是打退了拿破崙、打垮了希特勒、率領半個地球跟另外半個周旋了半個世紀的大國。他說：俄羅斯眼下沒想讓美國縮回老窩，那不現實，「莫斯科甚至在一定程度上接受華盛頓的領導」；但美國也別以霸主自居，要懂得給對手留空間，學會「共存共榮」。這篇文章不長，警語妙語不少，例如，要是美國把在國內實行的民主也往國際上推廣推廣，要是俄羅斯把在國際上宣揚的民主也往國內落實落實，那就圓滿了。又如，美國的頂峰已經過去，俄國也剛九死一生從山頭跌到山腳，俄羅斯人很願意跟美國分享自己新近獲得的智慧。

特列寧還講了一句發人深思的話，他說，莫斯科已拋棄了任何意識形態，擁抱了

實用主義。這話其實概括的是一種更普遍的現實。放眼世界資本主義體系的異己分子，有意識形態的沒力量，有力量的沒意識形態。這個體系所發動的掠奪無一不旗幟鮮明，所造成的災難無一不放諸四海。而對它的抵抗，聽得到的大都吞吞吐吐，不知道在說什麼；看得見的基本上躲在國境線裡側，彼此誰也不敢聯手。前面說了，就以往幾十年的歷史走勢而言，這種局面不僅自然，而且當然。如果這走勢蹚過後還能接著走，那麼反體制的力量退而結網可矣。但如果這體系經此次危機真的混不下去，那就需要為不一樣的未來有所準備，包括建立普世的價值和遠大的抱負，包括設計從地方割據走向再造世界歷史的長遠路線圖。無論什麼情況，想像一下未來總是不錯的。

【附文1】

中國前途之辯

前言

（孔哲文　《中國安全》季刊主編）

在本期中，我們繼續就有關中國前途問題的展望進行討論。我們曾用同樣的濃墨重彩在這幅巨大的畫布上作畫：中國的宏大戰略、其綜合國力的構成、中國與世界保持接觸，以及中國在獲得大國地位的時候有可能為世界提供什麼樣的「思想」或價值觀體系。

我們現在把重點從中國國情的大局轉移到有關這個國家動力源泉的細節問題上：中國軟實力的演變、其經濟前景、該國的民族主義趨勢、對外政策，最重要的也許還有世界如何看待所有這一切。

由於奧運聖火的光芒照耀著中國，所以世界都看到了什麼？中國肯定已經竭盡全力辦好這屆奧運會，花費了鉅資，並對其批評者們做出了重大讓步。但是在新的建築物和社會動員的驚人展示的表面背後，中國繼續展開了使主觀看法與現實情況實現和諧的努力。在中國信心不斷增強的表面背後，存在著民族主義可能的過激行為。中國的影響力和國力的增強使鄰國感到不安；中國不斷拓展的全球利益帶來了更加積極地實施對外政策方面的必要性。

在本期中，各位作者探討中國在實現這些目標的努力方面的成功與失敗。這些文章並非有關中國未來發展方向的結論性分析。它們的成功是在於加深了這種討論，開拓了我們的視野，最重要的也許還有，提出了更多的問題，以便於我們考慮完成瞭解中國及其命運這一複雜的任務。

軟實力與中國的對策

（李明江　新加坡南洋理工大學拉惹勒南國際研究院助理教授）

在國際政治領域學者專家的思想交流方面，「軟實力」一詞已經風靡世界。重點

尤其在於中國，原因很簡單，就是因為中國驚人的崛起及其不斷擴大的影響力。有關這一問題的看法多種多樣。評估結果各異，從認為北京的軟實力很薄弱和毫無希望，到認為中國正在演變成在世界範圍對美國軟實力構成主要挑戰的國家都有。有關採取對策的建議也跨越很大範圍。一些分析人士對中國的外交活動持謹慎歡迎態度，而另外一些人則堅決主張對中國影響力的增強採取對抗措施。各種觀點的鮮明對比部分地來源於有關軟實力現有構思方面的漏洞，以及由此產生的對中國軟實力方針的誤解。本文努力闡明這些問題。

何為軟實力？這一概念是約瑟夫·奈提出的，其理論上的欠缺「臭名昭著」。這種欠缺導致了一個模糊的概念框架。儘管如此，許多分析人士還是採用了。很少有人對界定軟實力的基本準則或標準持有異議：就是通過吸引力而不是高壓手段或者掏錢來獲得你想要的東西的能力。仍然不清楚和存在嚴重爭議的是，什麼因素產生了吸引力？

在這一對策影響下，分析人士傾向於把重點放在實力的某些來源——文化、價值觀和對外政策——上面，以此作為分析一國軟實力的起點。然而，這一對策的缺點是明顯的。人們何以把文化和價值觀與對外政策相提並論，就好像前兩者並不是一國對外政策的一部分？這一點並不清楚。此外，人們認為理所當然的還有，實力的這些來源並不是高壓性的。

這一假設在現實中並沒有得到事實的支持。此外，採取這一對策的人們往往把思維能力方面的因素同物質因素相分離，而這樣做在現實世界中幾乎是不可能的。最後，如果不考慮社會背景，那毫不誇張地講，討論軟實力就是毫無意義的。在現實生活中，正如許多批評者所指出，沒有任何實力來源是軟性的。在某些情況下，文化和價值觀可以被輕而易舉地用於採取高壓手段。相應地，經濟和軍事實力也可以用來產生吸引力。

文化並非總是具有吸引力。必須承認，任何文化都包含對他人來說完全無法接受的成分。只有在一個社會顯示出自身文化的良好部分，同時對可能會使外界人士感到厭惡的方面加以輕描淡寫，文化才變得具有吸引力。此外，如果一國企圖把本國的文化規範和價值觀強加給別國，文化就變成了硬實力。歷史上這種「文化帝國主義」或侵略性的文化對外政策的例子很多。

另一方面，經濟和軍事實力可以成為令人羨慕和吸引力的來源。許多人都認為，

這種實力實質上是硬實力的一個來源。只需想像一下，當包括美軍在內的外國軍隊前來實施救援的時候，遭到 2004 年海嘯襲擊的人們有什麼樣的感想。如果軍事實力從本質上講是硬實力，就很難想像，日本政府為什麼會允許美軍駐紮在日本領土上。包括約瑟夫‧奈自己在內的許多批評者斷言，伊拉克戰爭使美國在世界上的軟實力大大削弱。假如軍事實力僅僅是硬實力的一個來源，那麼我們如何解釋這種批評所包含的因果機制？

所有這一切都讓我們得出一個結論：任何實力來源都不具有軟實力或者硬實力的內在屬性，其之所以變成一種或者另外一種實力，僅僅取決於一國（或者其他行為主體）如何發揮自己的實力。文化和價值觀之所以是需要考慮的重要變量，是因為它們包含著與社會關係相關的原理或者規範——實質上就是一個行為主體如何發揮自己的實力。文化和價值觀之所以重要，還因為它們在國際政壇上發揮作用的時候，往往與物質因素相結合。

把實力的來源區分為軟和硬流行做法無法解釋中國行為方面最近的發展趨勢。在中國發展軟實力的過程中，文化扮演的角色頂多也是邊緣性的。首先，必須承認，並非中華文化的所有要素在國際上都具有吸引力。例如，國際上對中國崛起感到的不安，涉及到許多人擔心可能影響著北京的世界觀的中華文化對社會等級制度的注重。中國官方的數據表明，多年來中國的國際文化貿易一直出現巨額逆差。然而，正如許多人——甚至中國的懷疑論者——所指出，一個半世紀以來對文化傳統的破除已經把中華傳統文化搞得一塌糊塗。雖然人們能夠辨別出中國文化獨具特色的某些社會規範，但是總體而言，中國社會，尤其是年輕一代已經西化。

中國文化當中對外國人來說仍然具有吸引力的主要是名勝古跡和文化上的象徵。但話說回來，就連主張「中國威脅」論的人也羨慕長城，並欣賞其他中國的象徵或者表演。

西方正在出現的一種擔憂是，中國崛起將對西方的自由民主制度構成嚴峻的挑戰。這種擔憂毫無根據……正如許多人所指出，就市場經濟和國際經濟政策而言，中國的現代化方針實際上包含著華盛頓共識的許多要素。

此外，由於中國方針的不足之處，例如污染、腐敗和收入差距顯示出來，其他發展中國家是否會指望中國為自己的發展道路提供指導是有疑問的。研究中國政治的人

應當意識到，過去 30 年中國政治經濟的發展軌跡起源於中國的歷史和具體的社會、政治與經濟國情。一種幼稚的做法是斷言，其他國家能夠複製中國的發展模式。更為重要的事實是，中國自己正在經歷一場深刻的轉型，在政治和經濟上都是如此。實際上沒有任何靜止的社會經濟和政治發展的中國模式。今天的中國在方方面面都與 5 年前截然不同。10 年或 20 年以後的中國肯定也會與今天的中國迥然不同。中國模式在發展中國家當中所激發的，也許是這些國家的精英階層有關如何把西方的處方與中國的經驗相結合的思考，以尋求保障自由、同時確保卓有成效的治理的一種政治—經濟制度。

中國在世界上的軟的影響力之所以增強，實質上是由於北京幾十年來在對外政策方面的實力的軟運用。從一些角度可以觀察到這一點。中國有意識地做出了努力，以融入到現有的國際體系中。它在與其他大國的關係方面保持了一種非對抗的做法，通過行動和言論使世界其他國家對其和平崛起感到放心，解決了與多數鄰國之間的邊界爭端，並努力維護本地區和平穩定的環境。此外，北京還積極地參與了多邊活動，把暫時無法解決的爭端擱置起來，並在國際經濟活動中謀求共贏。當然，人們能夠很容易地找到一些例子來說明中國敢作敢為。但總體而言，一種看法是公平的，這就是中國以一種謹慎和考慮周全的方式發揮了自己的威力。這是其軟實力的最重要的來源。

因此，中國軟實力的最重要成就是北京能夠防止形成在戰略上遏制其崛起的任何國際聯盟。它之所以能夠這樣做，主要是因為它謹慎小心地運用了自己的威力。要評估中國軟實力的未來命運，我們需要考察各種因素，而不是研究中國所擁有的某些國力來源的性質。這些因素會促使或者阻止中國的決策者以軟的方式發揮威力。

軟實力像硬實力一樣，是一個關係概念。一句很風趣的話抓住了要領：「是中國打贏了伊拉克戰爭。」當一個大國在國際政壇上失敗的時候，世人自然會指望另外一個大國提供智慧或者解決辦法，以使世界改觀。這令人回想起中國文化中對「和平」和「和諧」的注重，以幫助構築光明的未來。在今後幾十年裡，中國的這種憧憬不僅會對中國，而且會對國際社會構成最為突出的挑戰。

軟實力，艱難的選擇

（戴維·藍普頓　美國約翰斯·霍普金斯大學國際關係高級研究院中國研究項目主任）

在進攻性現實主義的世界上，問題全都歸結為硬實力，即在國家間關係的叢林中

採取高壓手段的能力。然而，蘇聯的崩潰為中國領導人提供了一種與此不同的教訓，向其證實了他們10多年來已經採取的一項戰略的正確性。在他們的發展戰略中，獲取經濟和思想實力（總稱為「軟實力」）是構築大國地位的基石。高壓性實力會被忽略，但在國力——威力、資金和智囊——的均衡組合中，它會扮演一種相稱的角色。

高壓性軍事實力的過度獲取具有在所有有心人看來都顯而易見的雙重危險——中國領導人認真研究了蘇聯的遺骸。首先，把人才和投資轉而用於獲取軍事實力使得蘇聯的國內經濟嚴重缺乏滿足人民經濟需求的能力，從而侵蝕了政權的合法地位。蘇聯解體時，實際上幾乎沒有任何人由於這起事件而死亡，儘管解體後的經濟暴跌使現在俄羅斯人的預期壽命縮短。其次，建設這樣一個窮兵黷武體制的行為所形成的反對莫斯科的國際聯盟使之自食其果，從而促使該政權更為失衡，並使國內虛弱的合法地位問題進一步複雜化。

1978年實施改革開放政策之初，北京實際上毫無選擇，只得奉行一項不以高壓手段為基礎的戰略。13年後蘇聯的解體使鄧小平和中國的精英階層堅信，這一選擇總的來說是明智的，儘管局勢並沒有保持靜態。不過波灣戰爭、軍事革命、科索沃戰爭、對台獨的擔憂，以及「9‧11」事件發生後美國政策中的一些要素，在一定程度上使北京進一步認識到高壓式實力的重要性，儘管它也謀求保持自身實力工具組合中總的平衡。

由於上世紀90年代中國的發展戰略，包括其不斷增強的軍事實力取得驚人的成功，所以中國精英階層斷定，他們需要讓外部世界對其意圖進一步感到放心，以防止對抗性的聯盟形成。由此我們就談到中國的「軟實力」資源和戰略。認識中國「軟實力」最卓有成效的途徑是什麼？中國獲取它的涵義又是什麼？為了表明我的做法，我們需要對軟實力下一個寬泛的定義。此外，軟實力對美國來說具有一定的硬涵義，尤其是在保持美國的國家競爭力和美國同世界其他國家的關係問題上。

看待軟實力的一條途徑是把它當作經濟上的誘因和思想力量的結合。後者即知識、文化、精神、領導能力、創新和合法地位等資源所形成的實力形式。這些資源使一國高效地界定和實現自己國家目標的能力得到增強。至於中國不斷增強的軟實力的經濟方面，這一實力主要由於中國是外國直接投資的一大獲取國，它擁有世界其他國家所競相爭取、世界上增長最快的、龐大的國內市場，作為對外投資者，中國還擁有不斷增強的實力，包括持有將近1萬億美元的美國債券。

　　然而，正是在軟實力的思想意識層面，人們發現了中國實力尚未獲得充分評估的地方。中國具有一個可以培養大批富有才華的領導人的範圍廣泛的體系。才華橫溢的領導人不僅出現在黨政機關中，而且越來越多地出現在企業和私營部門之中——公司的招聘日益成為一個全球範圍，而不僅僅是全國範圍的過程。在中國的發展方略中，首先實現的是穩定和發財致富，而政治自由化則將在某個不確定的未來時期實現。與許多美國人願意承認的相比，這一做法在發展中國家當中具有更大的吸引力。中國的創新能力（在一些而不是所有方面）很可能會被低估。此外，中國的文化吸引力是毛澤東幾乎完全忽略、但中國當今的領導人十分重視的一項資源。正如其不斷增加的世界範圍的衛星和光纜通信以及中國文化產品日益受歡迎所表明的那樣——儘管這些成就是從一個很低的基礎上起步，中國通過自己的傳播渠道與世界其他國家溝通的能力不斷增強。

　　但也有不利的一面。在中國綜合國力增強的同時，全球人口當中不斷增多的一部分對中國國力及其增強在各方面產生的效應感到某種不安——從亞馬遜河流域的熱帶雨林問題到尚比亞工人的流離失所和惡劣的工作條件。儘管如此，肯定會給人們留下深刻印象的是，中國 30 年來實現了全球影響力的巨大增強，而這種變化所帶來的全球範圍不安情緒的加劇程度則較小。與中國很弱小的時候相比，它現在擁有較強的實力，因此願意與中國合作的國家大大增多。

　　由此我們就談到第二個問題——中國的軟實力對美國來說意味著什麼？首先，美國必須增加自身軟實力的存量，不僅在經濟，而且在思想方面。我所瞭解的每項比較性全球民調都顯示，8 年來在世界各地，美國的規範性實力減弱了，但我認為這一點可以通過健全的政策來克服。美國經濟現在所傳播的是全球性減速，而不是全球性增長。要實現增長，人們越來越多地指望中國，儘管中國經濟也並非沒有嚴重問題。

　　華盛頓，更為寬泛而言還有美國公民，都需要重建經濟和思想競爭力的結構。例如，中國正積極地在全球範圍倡導有關中國的語言和文化的學習，並在外語方面培訓大批年輕人，以便他們能夠在各國民眾自己的語言勢力範圍內展開競爭。我們需要實行的學校教育是能夠培養下一代，使之與中國（和印度）40％精明的、注重教育、投資率很高的人們競爭。20 世紀，這兩個國家在大多數方面曾經基本上處於全球體系之外，而現在它們卻培養了大批高技能的技術人員和研究人員，迅速增加研發開支，建

設了牢固的運輸和通信基礎設施。在我們使用每下愈況的公路、橋梁、過時的空中交通管制和內陸導航系統的時候，中國卻正在修建比地球上任何國家都要多的高速公路和公共交通系統。雖然中國僅僅把國民生產總值的5％左右用於醫療保健，而美國在這方面的開支接近17％，但是美國卻遇到競爭力方面的問題。簡而言之，美國需要提高國民的儲蓄率，以便進行這些急需的巨額投資。

總之，中國的軟實力使美國必須做出一些艱難選擇。中國的變革使美國必須實施變革。正如漢斯・摩根索幾十年前所說：一國的國力並非一成不變，而是相對的。這意味著，不僅一國的失誤能夠削弱其國力，而且如果佔據主宰地位的強國躺在功勞簿上，以為自己的實力和別國的弱點都是永恆的，那別國的成功也能造成這種結果。

多樣化

（麥艾文〔Evan Medeiros〕　蘭德公司資深政治學家）

評估中國在全球範圍的積極活動可能是一項令人困惑，實際上也是一項艱巨的任務。中國的商人和外交官如今似乎遍佈全球，從非洲的邊遠地區到中東和平進程談判中都有他們的身影。這種「新型外交」自然而然地引起了人們對中國作為一個新興全球大國目前和今後意圖的日益關注。許多國際決策者都在提問：中國將如何發揮自己不斷增強的國力和影響力？

回答這個問題並不像許多人所認為的那樣困難。

有一個簡單但卻有用的框架可以用來瞭解中國在全球積極活動的目標和涵義：這就是「多樣化」概念。中國正處於實現其繁榮、安全和地位來源多樣化的過程中。這部分是由於別有用心，但部分也是為了填補空缺。這一方針正從根本上改變國際社會與中國以及相反方向上的關係。重要的是，這也對美中關係的前途產生舉足輕重的後果。

首先，中國正在實現其經濟繁榮來源的多樣化。改革開放的早期階段，經濟增長的外部來源主要是與美國、日本和西歐等少數工業發達的經濟大國之間的貿易和投資。最近10年，中國領導人認識到，保持較高水平經濟增長（從而維持共產黨的統治）的唯一途徑就是更加積極地到國外尋求新的市場、投資、技術和資源。中國對能源供應和具有戰略重要性的礦藏日益增長的需求在這一趨勢中起著帶頭作用。

有關這種經濟多樣化的指標很多。中國在東亞地區內部貿易的增長速度10年來一

直超過與任何其他地區之間的貿易，目前，這一貿易占中國貿易總額的最大份額。中國已經成為包括日本、韓國和澳大利亞在內的東亞大多數經濟大國的最大貿易夥伴。中國對非洲和拉美的出口10年來增長到原先的10倍以上，而這種出口在中國總出口中所占百分比也增加了1倍以上。

其次，通過與各種實力中心和國際機構發展新的關係和拓展現有的關係，中國正在實現其安全來源的多樣化。不僅通過與發達國家，而且與發展中國家以及重要的地區組織建立「戰略夥伴關係」和「戰略對話」，中國正在改善其雙邊關係。中國在世界上的幾乎每個地區都對多邊機構採取了積極的應對，在一些情況下，它還在從前並不存在這種機構的地方創建這種機構。

中國利用這些機制使各國對其意圖感到放心，展示了中國崛起所帶來的好處，最終還擴大了自己的影響——這種影響往往涉及獲得打入市場和獲取資源的機會。事實上，中國在多邊外交博弈中已經變得嫻熟得多，而這正是美國長期以來鼓勵中國積極接受的事物。

這種安全方面多樣化的結果是，在安全方面，中國減輕了對與美國等少數大國之間穩定和積極關係的依賴。中國現在產生影響力，避免自己的行為受到制約，並獲得了機動能力，以便在各種來源當中進行選擇。

第三，中國還正在拓展其國際與合法地位的來源。對於一個具有普遍受害者心態（中國遭受日本和西方列強剝削的歷史仍是其國家認同的重要部分）、並迫切希望獲得承認、被視為全球經濟和政治動力源泉的國家來說，在國際社會獲得相應地位是中國外交的一項核心目標。

中國在幾十年裡都依靠粗略的衡量方法作為這種尊重和地位的基礎：幅員遼闊、人口眾多、歷史悠久、作為一個亞洲大國的傳統、在聯合國安理會中的理事國地位，以及擁有核武器等。

現在，中國轉而突出其25年來的經濟成就，並表示願與別國分享這些成果。中國領導人還正在緩慢地改變自己的外部形象：他們正在放棄把國際事務看作反對「霸權和強權政治的鬥爭」的觀點，而是採取一種較為和解的看法，即強調「和平、發展與合作」，以及創建「和諧世界」。中國還仍是主張不干涉別國內政原則最有影響的國家。這在發展中國家當中是地位的一項核心標誌。對許多中國人來說，舉辦2008年奧

運會幾乎是中國作為得到認可的世界大國「俱樂部成員」而復興的終極成就。

　　中國的多樣化過程對美中關係，尤其對美國的對華政策產生深遠後果。在中國改革時期的前 25 年間，美國的政策在鼓勵（有時是脅迫）中國接受與貿易和投資、武器控制、防止核擴散和地區安全事務相關的國際規則和規範方面扮演了核心角色。美國的政策當然不是中國在毛澤東時代以後國際化過程中的唯一因素，但通過展開內部辯論，它起到一種催化劑作用；通過賦予中國國內的變革倡導者以權力，它使現有的辯論更為激烈。

　　在兩國關係正常化以後的幾十年裡，華盛頓實際上利用了北京要求與美國建立穩定和積極關係的願望，以爭取改變中國在各種國際問題上的政策和做法。中國的決策者們過去常常說，美中關係是「關鍵的關鍵」——這反映了他們的一種看法，即美國對中國的經濟發展核心目標，最終對其恢復大國地位，都具有核心重要性。

　　但所有這一切都在改變。由於中國的經濟繁榮、安全和地位的來源變得更為廣泛（與此同時美國在世界上的合法地位急劇衰落），中國領導人不再像以前那樣一味地關注美國的看法。北京不再那麼願意迎合美國的偏好，而是更能抵制華盛頓的壓力，甚至產生抗衡力量。因此，美國的傳統做法，即主要依靠雙邊外交來影響國際行為，面臨著新的局限性。

　　美國需要更新其策略。要從制訂一項在內容和實施上都具有更為強烈的多邊性質色彩的政策做起。美國的政策必須反映一種現實情況，即通過一個範圍廣泛的國家聯盟，通過利用各種機構與制度、規範和規則，尤其是中國人認為合法、有效和具有普世價值的東西，對中國的影響就會十分有效。在與這些行為主體合作的情況下，通過各類渠道，美國影響中國外交的機會就會大得多。

　　採取這一方略並非易事，但從潛在回報看，做出額外的努力還是值得的。用一項傳遞給中國的合理訊息把一系列具有連貫性的行為主體聯合起來，是一項複雜的挑戰。許多國家在對華關係方面都具有不斷擴展的種種權益。因此，一些國家不願對中國提出挑戰。鑒於中國在多邊機構中越來越有效的斡旋，所以這件事的難度會更大。另一方面，中國在全球範圍的積極活動也為國際社會提供了更多施加影響的機會。利用這些機會，可以左右中國的國際行為。

「可以預測未來的」水晶球

（李敦白〔Sidney Rittenberg〕　中國共產黨最早的外籍黨員、著名的美國友人）

在最好的情況下，也只有先知或水晶球才能預測任何一個國家的未來。我既不是前者，也不擁有後者。但是，由於在中國社會中生活過35年，還有28年作為顧問經常來到中國，所以憑藉自己的經驗，我感到自己能夠就中國的前途問題做出一些猜測。

如果我們看一看兩千年來有記載的中國歷史，就會有兩項特徵凸顯出來：一項就是始終不渝地維護中國的統一。在相反方向上產生不斷的拉力的是中國暫時的分裂，淪為不同的王國，陷入叛亂、反叛、農民起義和革命。

今天的中國領導人不得不強調中國的這種凝聚力，以便提供一個穩定的平台，來指導國家為實現經濟繁榮與民主已經闡明的目標。普遍的思維定式可以用一句格言來描述：「小心老實人發火。」老實人就是中國的民眾。他們能吃苦耐勞，而且必須這樣做，在國家發生變化的時候，他們甚至還能夠容忍嚴重的不公正。但有一個強度的極限。達到這一極限，結果就可能是從前的秩序遭到徹底毀滅。

這意味著要應付激起人民怒火的具體的挑戰。官員的貪污受賄、暴戾的地方官員非法搶佔土地、肆無忌憚的企業家對農民工的殘酷剝削、警察鎮壓採取和平方式的批評者、日益拉大的城鄉收入差距、環境遭到破壞，以及實施真正的民族自治。這些僅僅是其中的少數實例。

在一個發展中國家，很少有人對存在這些邪惡感到吃驚，尤其因為這些醜惡現象甚至也存在於許多發達國家。但是，人民要求其領導人竭盡全力來糾正這種錯誤。因此，擺在中國領導人面前的首要挑戰是向人民表明，自己正在竭盡全力，在解決這些問題的同時，他們也十分關心底層社會的需要和需求。

這不僅涉及結果，而且涉及過程。就後者而言，中國領導人迄今為止的工作是成功的。其例證不僅包括國家主席和總理在不戴隔離檢疫面具的情況下看望SARS病人的電視報導，還有中國領導人出現在今年新年除夕，冬季暴風雪來臨時，被困在公共汽車和火車站的人們當中，以及他們趕赴四川地震災區親自參加營救和救災工作。這些行動對中國年輕一代如何看待自己的領導人產生了質的變化。無怪乎，美國皮尤研究中心的民調結果顯示，中國是公民對自己國家發展方向感到滿意所佔比例最高的國家。

30年來的務實改革和政治改革反映出現任領導集體的本質及其應付擺在自己面前

的挑戰的對策。他們不再是出身於游擊隊戰士或者學生當中的激進分子。今天占壓倒多數的領導人都是工程師出身。他們是建設者，而不是意識形態專家。此外，他們的核心口號也不再是：「年輕人，為國家、黨和社會主義犧牲你們的個人目標吧！」這是毛澤東領導時期所體現的精神。現在最重要的座右銘要求領導人關心民眾疾苦，考慮到領導集體所做的每件事可能會對他們產生什麼影響。

一個切題的事例是，胡溫領導集體上台後不久就顯示出國家戰略的明顯改變：雖然很高的 GDP 增長率仍是重要的，但 GDP 必須使公共福利在不破壞環境的情況下得以實現（引進「綠色 GDP」觀念作為地方領導人晉升的一項依據）並穩步提高，也不應當忽略「精神價值觀」。

其結果是，當今的政府是中國歷史上第一個鼓勵人民更多地購買而不是儲蓄的政府。當代中國在幾千年頑固的閉關鎖國之後已經加入了世界的行列。雖然中國仍處於自己形式的政治民主演變過程中，但中國人所享有的個人自由超過了中國歷史上的任何時候。他們享有選擇就業、就學和住所的自由，想到哪裡旅遊、經商、參加宗教活動（儘管是在規定的限度內）都可以，也可以隨心所欲地提出批評和表示不滿（只要他們不發表重要的反對派觀點，或者組織起來直接反對黨的政策）。

因此，在宣佈實施多黨民主或者新聞自由方面，現在是什麼因素阻止了中國領導人？這部分可能是由於文化革命浩劫之後的創傷綜合症。但也有另外一些原因。由於中國人口眾多，受教育的水平也低，民主方面也缺乏經驗，還有千百萬城市失業人口和超過 1.5 億的農民工。所以與倉促行事，冒著像戈巴契夫統治下的蘇聯所發生的那種社會崩潰的風險相比，更為明智的做法可能是漸進性和自下而上的變革。十分可能的情況是，假如中國的其他政黨明天「合法化」，其中最炙手可熱的就會是日里諾夫斯基所領導的那種極端民族主義政黨：排外、排斥商界和反腐敗的。這樣的政黨一旦上台，接踵而來的就可能是全新水平上的腐敗。

中國真正的積極變化正在實現的過程中。中國政治改革最佳前景的產生是通過改革派和保守派之間的激烈博弈，其中包括許多曲折，甚至還有反覆。我親身體驗了大規模的迅速變革給中國帶來的大躍進和文化革命等災難。

一件事情是確定無疑的。這種變革的發生不會是通過對奧運會的批評。獲得奧運會的舉辦權是北京的最大成就，象徵著中國加入了世界的行列。奧運會已經成為幾乎

所有中國人都感到自豪的一個普遍來源，無論是在城市還是農村，也無論老少。在中國人舉辦的奧運會中攪局肯定會激起他們的怒火和仇外情緒，並使誤解和摩擦加重。批評中國侵犯人權是公平的做法，但是請勿打擾這項世界體育盛會，否則就會冒著使中國反對改革的強硬派地位得到加強的風險。

最後，我認為，中國的現任領導人本質上是善良的、勤勤懇懇的。但他們並不擁有絕對的權力，也不能產生魔術般的奇蹟。他們面臨著嚴峻的挑戰，而且任勞任怨。他們明白，擺在 21 世紀人類面前的任何重大問題，在沒有所有國家，尤其是中美兩國之間合作的情況下，都不能得到解決。這種認識處於中國目前對外政策的核心。

（《中國安全》季刊 2008 年夏季號尹宏毅譯）

【附文2】

中國的崛起

〔美〕唐納德・斯特拉斯海姆

（加州大學洛杉磯分校安德森管理學院訪問學者）

鑒於今天的中國與 25 年前相比有了翻天覆地的變化，想要預測中國 25 年後是什麼樣子可能是愚蠢的。但是目前正在中國發揮作用的一些重要力量似乎會長期存在下去。

有三點可能是有目共睹的。首先是中國的工業化、城市化進程會繼續，大城市的規模會繼續擴大，還會有大批人口流向這些城市，隨之而來的是，中國農村地區人口還會繼續減少。第二是人口結構的變化，中國人口老齡化來勢洶洶，中國人變老的勢頭比目前的工業化國家（美國、歐洲國家和日本）要快得多。與此同時，中國的性別比例會發生變化，年輕女性的人數遠遠少於年輕男性。第三是中國在各個領域都完全

成為全球事務的參與者，尤其是在經濟方面。

在表面現象之下，可能存在著種種壓力，其中包括：建設與發達國家完全不同的經濟體系；中國政府的現代化與職業化以及它與人民的關係；改革中國的能源政策；應對環境退化構成的已經達到危機水平的挑戰。關於後者，一個未知的因素是，政府能否做出轉變：北京能發揮必要的領導才能，讓老百姓做出改變，從而避免讓國家陷入環境災難嗎？這是一件極其困難的事情，但是當前可以斷定，中國的生存本能會決定答案是肯定的。

人民推動的改革

要從指令經濟徹底轉變為在很大程度上（不過遠非完全）由市場驅動的經濟，這是一個複雜的過程。中國領導人設法完成了這一過程並讓中國國內生產總值在過去 29 年裡保持著 9.7 ％的增長率，為此他們應該贏得讚譽。西方人沒有想像到中國會創造這樣的成績：讓有史以來數量最多的一群人的生活水平出現了最大幅度的提升。

中國的成功產生了意義深遠的影響。中國公民的生活水平在逐年上升，因此他們認定「富裕增長」要比「貧困停滯」更讓人滿意也就不奇怪了。不僅如此，他們還將財富的不斷增長與改革舉措及市場經濟活動聯繫在一起。中國領導人和其他地方的統治者一樣，把繼續掌權作為重中之重。他們認識到，如果經濟停止增長，他們就會受到指責。因此，政府會想盡辦法保持當前的增長水平。事實上，任何會嚴重影響到經濟發展勢頭的變革都對北京領導層構成了極大的威脅。

中國人——和大多數人一樣——想要的無非是工作、賺錢和消費，此外還要成功參與全球經濟。但是隨著新近擁有的財富的不斷增長，他們現在也想享受並利用新獲得的自由，儘管他們享受的自由還不夠完善。此外，他們希望政府辦事得力、關心民眾疾苦並承擔起應該承擔的責任。不過，對於中國老百姓來說，放在主要地位的仍是「讓我們賺錢」，而不是「我希望能夠投票」。

在廣東改革的開始時期（1978—1990 年），中國推行的是一心發展經濟的策略。中國經濟發展的基礎是一大批受過良好教育、工作勤勉、報酬低下的勞動力，這些人已經對中國經濟灰心喪氣了幾十年。中國的目標是，利用人為操控的、匯率低下的貨幣來降低中國的勞動力和製造成本，削弱全球競爭對手的競爭力，從而佔領全球製造

業市場，首先是低科技含量的製造業市場。逐漸積累起來的財富為城市基礎設施建設提供了資金，並讓農村地區的富餘勞動力進入城市，在製造工廠、建築工地和服務行業尋找就業機會。

農村地區就業的不充分和機會的匱乏促使相對來說靈活機動的年輕人離開家鄉，前往城市，同時並沒有造成農業總產值的下降。這樣說來，在不斷發展的城市中心，所有的生產活動都是100％的增值，推動著經濟的增長並增加了需求。然後在城市中獲得的收入寄回了農村，提高了農村的可支配收入。有利的匯率和國內巨大市場提供的商機與國內的生產活動相結合，吸引著外國資本進入中國，同時帶來了管理和技術人才以及高新技術。不斷增長的外匯儲備讓中國和中國的銀行在全球經濟中有了進一步的影響力，並讓中國的國有行業和一些特定的公司得到巨額補貼，從而妨礙外國公司參與中國的經濟活動並發揮影響力。

在中國近10％的國內生產總值增長率中，大約有1％是勞動力的增長，9％是生產力的增長。後者在很大程度上是因為農村人口向城市地區的大規模移動，從而從沒有就業的零生產力狀態轉變為擁有高產值和高生產力的工作。但是這一切能無限期地持續下去嗎？

大規模移民與百萬人口大城市

1983年，大約有兩成中國人口住在城裡，另外八成住在農村。到今天，這一比例基本上是45％住城裡，55％住鄉下。到2033年，城鄉比例將達到67％對33％左右——更接近西歐和美國的城鄉人口狀況。在過去15年裡，每年平均有1700萬人從農村移居到城市。在目前的人口與經濟狀況下，這一移民速度很可能繼續保持20年左右，然後逐步放慢。中國已有大約100個城市的人口超過100萬。這些城市會變得越來越擁擠，於是對基礎設施建設不斷提出新的要求。

重慶、深圳、上海等中國大城市與加爾各答、達卡、拉各斯等許多世界其他地方的大城市相比，不同之處在於，你在這裡看不到大多數人掙扎在生存線上的情景。在其他國家的大城市裡，會有四分之三的居民只能勉強餬口。但在中國，大約同樣比例的城市人口不僅有工作，而且收入也在穩步增長。中國的大城市在發展中國家裡獨樹一幟，而且這種狀況很可能延續到2033年。

在中國，從農村遷移到城市的主要是青壯年，他們把年邁的父母留在了農村。遷移的人是最優秀最聰明的，也最有可能後來賺大錢。遷移的結果是使收入差距更大更明顯──城裡人比農村人更有錢。但實際情況並非完全如此。我們並不驚訝地看到，新搬進城裡的年輕人按時把增加的一部分收入寄給種田的父母，結果雙方的生活水平都提高了。這就是公眾對收入差距拉大的不滿並沒有在中國成為特別熱門的話題的主要原因。

這一過程之所以能實現，是因為即使是那些既沒有工作、也缺乏生存技能的進城務工人員，也會發現原來有蓬勃發展的基礎設施建設在迎接他們的到來。到今天為止，北京領導層依然會不時提到基礎設施投資對促進經濟增長的重要作用。在過去十年左右的時間裡，實施這一城鄉大戰略的方法雖然有所改進，但其總體框架基本沒有發生改變。

2033 年，這個大戰略可能依然在成功實施中，只是有了少許改動。在未來 25 年裡，中國必須改變對貿易的嚴重依賴，貿易應讓位於國內需求和目前尚未成熟的服務業。中國的經濟增長速度必將放慢，但雖然達不到過去 25 年近 10 ％的平均增速，中國似乎還是可以繼續維持 6 ％至 7 ％的水平。中國已經積蓄了可自行支配的大量資源，積累了管理以國有經濟為主體的中國經濟的經驗，建立了具有長遠價值的全球關係網。

我們還應當牢記，中國農村的低成本勞動力資源再過幾十年也不會枯竭。但到 2033 年，中國的勞動力人數將停止增長，人口老齡化將日趨明顯，此後的發展前景將更類似於工業化國家，而不像我們近幾十年在勞動力成本低廉的新興經濟體所看到的那樣。

全球化對抗控制權

從中國政府的角度來看，控制權是至關重要的。控制權向來都很重要。但現在出現了兩難的局面。

中國想要成為全球經濟圈的正式成員，想被當成「大人物」來看待。但這就意味著要遵循大人物的規則辦事，而不能遵循北京所偏愛的地方規則來辦事。政府官員坐在會議桌邊決定這決定那的模式依然深得北京喜愛；但全球化意味著要放棄控制權，

把許多事情的決策權——定價、生產、投資、產品種類——交給市場那隻無形的手。這種事情不討人喜歡，但卻是參與世界經濟將要付出的代價。

考慮到中國對「集體利益高於個人自由」思想的偏愛與鍾情，中國顯然會做出讓經濟規劃凌駕於混亂的全球（或本地）市場的決策。在美國，集體利益常常讓位於個人自由。在中國，兩者的重要性排名幾乎永遠都是相反的。筆者並非要進行評判，只是想指出兩國的不同。這些特徵（政府控制權、國有經濟相對於民營經濟的主體地位、集體利益）一直是過去25年的主旋律，而且未來的25年很可能會依然如此。在這裡，變化可能會隨著時間的流逝在小範圍內逐步展開，而不會以急轉直下的方式出現。

我們常常聽到批評中國的人警告說，另一場類似於上世紀80年代末的風波可能即將爆發，導致中國經濟被再次孤立於世界之外，中國人民將再次陷入經濟停滯的泥沼。這種設想不太可能成為現實。雖然一直存在各種各樣的不滿，但無論是政府還是任何大利益集團都認為這種衝突的結果是兩敗俱傷。穩定與「和諧社會」（北京現在的時髦用語）比造成破壞性後果的實質性退步要重要得多。如果發展與希望繼續存在的話，雙方可能在未來許多年裡都會堅持目前這種規避風險的立場。

中國在北京奧運會開幕前就告知全世界，維護控制權與穩定是第一要務，中國人希望在不爆發動盪與混亂的情況下順利舉辦奧運會。沒有發生任何具有影響力的示威活動，甚至連賽場看台上都沒有出現過任何對某位運動員或參賽國表示支持的橫幅。奧運會開幕後不久，北京就宣佈允許人們在市內三處公園舉行抗議活動，只要抗議者進行登記、拿出抗議計劃等等。所有出席奧運會的人肯定都認為奧運會取得了成功，而中國得出的經驗就是：控制是管用的。這意味著中國很可能更加堅定地以自己的想法進行社會與經濟建設——以國家為中心，以控制權為實施特色。

中國正努力建設一個行之有效的管理架構，培養一批有能力、有素質、能禁得起時間考驗的公務員。中國共產黨與政府公務員及政府機構之間的界線一如既往地模糊。中國似乎無意改變這一現狀，黨政交叉的現象很可能延續到可以預見的將來。很難讓中國人有興趣斷絕過去，朝著西方式的政治制度的方向發展。更重要的是，北京挑選領導班子的體制基本上遵循精英管理主義，至少中國人是這麼認為的。這完全是一個領導集權體制，如果想爬到頂層就必須依靠關係得到多數人的認同，必須有效利用遊戲規則，必須發展自己的核心支持者，必須開創並宣傳自己的思想，必須影響到

更高一層的領導。來自外圍的思想，無論是左翼還是右翼的，一般都會很快消亡。鑒於中國在全球地位和經濟實力上的成就，鑒於大多數人生活狀況的改善，我們有充分的理由相信，中國將在未來許多年裡堅持原來的做法。

維護市場

中國正努力創建一系列現代化經濟管理手段，支持其在全球越來越大的影響力。目前，金融是中國最薄弱的環節。中國現在的貨幣「政策」更應該被稱為貨幣「決議」。只要北京堅持掌控銀行系統，不願把資源配置的工作交給市場，而不是政府官員，那麼中國創建經濟管理手段的夢想就幾乎無法實現。在未來幾年裡，全球化的要求將奮力推動中國往這一方向發展。但目前來看，中國的資產配置狀況遠非市場規則能控制得了的。這表明迄今為止發生了太多效率低下的事情。假如資產配置通暢順利，中國現在的經濟增長水平該是多麼驚人啊！

中國的股票市場在透明度、報表要求、誠信度和規則執行度方面依然遠遠落後於世界水平。股市在最近幾年獲得了長足發展。很難想像中國在其他方面取得成就時，可以不用改進股票市場。一個透明的現代化管理體制很可能需要多年時間才能在中國建立起來。不過，公眾希望現在的管理部門內部是些素質高、能力強、訓練有素、反應敏捷、清正廉潔、認真負責的官員。這樣的體制正處於建設當中，而且這似乎是不可逆轉的。中國在世界經濟中的參與度越高，管理體制就會變得越發重要。毫無疑問，到2033年，中國將在這一方面取得重大進步。

西方遊客來到中國，常常看到的是喧囂都市裡的繁忙工地與消費人群，看到的是車水馬龍不斷、行人通勤匆忙的景象，就以為資本主義已經在中國全面開花了。資本主義雖然在中國有了發展，但被局限在北京精心擬定的框架中——而且並不一定符合西方資本主義的特點。國家根據那些眾所周知、毋庸置疑的規定，借國有企業之手，控制著中國經濟的大塊領域。籠統地講，中國認為這些行業具有「戰略重要性」——軍火、電力、汽車、電信、煤炭、航運、石油與石化產品、鋼鐵等等。在所有這些行業裡，針對外國企業的基本規則就是「不要主動找我，我有事會找你」——如果我們需要你們參與的話。北京正努力尋找外國朋友，幫助自己進一步走向世界，進一步把這些國有企業提升至世界水平。但是在這一單向思維的引導下，我們很難想像這樣的

中國企業能夠掌握世界領先技術，能夠打入世界領先行業。只有當赤裸裸的現實證明中國的計劃行不通時，中國才可能改變這種打造一流國有企業的想法。

中國的國有企業強調的是先「國有」、後「企業」。企業高級管理層與負責人（無一例外都是共產黨員）由黨來任命。進行戰略和營運決策時都必須考慮各種因素——增加群眾就業與收入，提升中國在世界上的長期競爭力和獨立性，促進地方經濟發展，促進技術進步，為公共預算增加稅收收入。國家可以——而且確實給予這些企業稅收優惠和補貼，對非國有競爭者給予處罰。有一點可以肯定，任何一家海外跨國企業都不可能成為中國國有企業的主要競爭者，除非中國相信此類競爭是有好處的。中國企業（在海外的）知名度低的一個原因就是，只要北京不願意讓外國公司在國內發揮重要作用，其他國家就不準備讓中國企業有所作為。因此，雖然與過去相比，市場在中國經濟中發揮了更大的作用，但國有部門的主導地位不太可能在未來幾年內受到威脅。

主權財富基金作為外交政策

中國巨額貿易順差使全球貿易形勢完全失衡，其嚴重程度是多年來或許是數十年來從未有過的。造成如此大貿易順差的原因是，中國的低成本、充足的勞動力、技術和人才的引進以及由北京操縱、而不是由市場決定的貨幣幣值。

後果之一是，外匯儲備激增，其中部分轉投入一種主權財富基金——中國投資公司（CIC）。在中國近 18500 億的外匯儲備中，約有 2000 億撥給了 CIC，投向海外。在未來幾年中，中國的外匯儲備中可能會有多達一半將用於這個目的。中國未來幾年中如何使用這些資金對全球會有潛在的巨大影響。這筆財富給中國帶來了機會，使它可以利用這些資金將影響力拓展到全世界的任何國家，使在全球公司和不動產中擁有的所有權股本不斷增加，並獲得技術和人才，而這些如在國內開發培養的話，需要數十年的時間才能完成。未來數年如何使用這一財政實力仍然有待觀察，但無疑中國認為這筆不斷增加的外匯儲備使它在全球經濟社會中獲得了巨大的影響力——一種它不會輕易放棄的影響力。

中國是一個可與美國並駕齊驅的占主宰地位的經濟體，它還可能會成為一個軍事上的超級大國。看來設想任何其他的結果是沒道理的。在經濟領域，中國是世界貿易

組織的成員國，同時也是其他許多多國機構的成員，並在行為方式上還開始表現出所有全球性大國的特點——「禮貌傾聽，但我行我素」。北京完全認識到，自己與日俱增的經濟重要性在繼續強化著它捍衛自己利益的能力。因此雖然使中國更全面加入全球社會是有益的，但是未來數年中這種一體化未必會使中國變得更加順從。

這一長遠戰略的部分內容是與全世界國家建立關係。在非洲，中國覬覦那裡豐富的、尚未開發的原材料，這些資源對未來數十年中國經濟的發展是必不可少的。過去幾年中，中國在非洲已投資約 150 億美元，並且承諾還要追加 200 多億美元，用於援助、基礎設施和貿易金融。中國問題觀察家都認為，中國密切與非洲的經濟關係是中國經濟增長和發展的長遠計劃的重要環節。有些人擔心，從中國堅持不懈關注非洲市場與資源中，可以嗅出新時代殖民主義的氣息。但是迄今為止，無論是中國還是非洲看到更多的是共同點而並非衝突。鑒於非洲的經濟困境令人絕望，而中國有現成的財富，很難想像它們的關係從現在起的 25 年中不會比目前的更緊密。

與此同時，日本和中國之間歷史性的敵對關係近幾年來有所改善，似乎未來甚至會進一步改善。當然，以往的摩擦依然存在。但是隨著時間的推移，南京大屠殺的傷痕、日本帝國主義和二戰侵華留下的創傷漸漸被淡忘，而隨著新一代領導人打牢根基，當前的考慮不可避免會佔據主導地位。就日中關係而言，現代經濟上的共同利益戰勝了以往地緣政治上的分歧。中日兩國領導人之間的仇視是眾所周知的，它源於歷史。但是在 2008 年，無論是中國還是日本在經濟領域看到的共同點要遠遠高於它們在地緣政治上看到的分歧。

說到台灣，今天涉及的依然是「台獨」與「台灣省」的針鋒相對。長期以來，這一直是潛在的地緣政治衝突點的關鍵。但是時間將治癒所有創傷，此刻共同的經濟利益意味著隨著時間的推移，雙方將會逐步調和。在中國加強經濟關係的同時，應該記住，這些交往和幫助通常都包含著不承認台灣是獨立實體的附帶條件，以進一步阻止任何台灣脫離大陸的可能性或獨立的傾向。

或許借用一個不敬的比喻，台灣對大陸而言就相當於長島對鄰近的紐約市——一個經濟上的後續體。台灣經濟的未來越來越與大陸密不可分，然而它很小，完全可以被納入整體而不會造成更廣泛的影響。台灣島享有的自由或許對大陸會產生實質性影響，這是一個浪漫的想法，但並不切合實際。

中國與美國、歐洲、拉美、澳大利亞和中東的關係現在以及未來都將受一些嚴重受市場驅動的綜合因素的左右。在上述任何一種情況下，最近或不久的將來都不可能發生軍事衝突，因為經濟利益目前佔據主導地位。在每種情況下，各國或地區的相對作用隨著時間的推移都將繼續發生變化，它們抑或視彼此為市場，抑或視彼此為資本、技術、人才、原材料或製成品的來源地。

中國人口老齡化

在上世紀 70 年代，中國認為，要想在提高國內生活水平方面真正取得進展，就需要限制出生率。其結果，今天中國人口老齡化速度驚人，超過有史以來的任何一個國家。1975 年，走在大街，迎面走來的行人的年齡很可能是 20 歲，而今很可能是 32 歲，而到 2033 年，很可能是 42 歲。

排除外來移民，中國人口目前的自然增長率是每年 0.6％，美國是 0.9％，日本是 0.1％。假設目前的趨勢繼續的話（我認為完全有可能），到 2033 年，中國人口增長率將為零。或者可從人口中少年受撫養人口（0～14 歲）與老年受撫養人口（65 歲以上）的比例變化著手進行考慮。25 年前，中國少年受撫養人口比老年的多 4 倍。現在這一比例大約 2.5：1。到 2033 年，中國少年和老年受撫養人口的數量基本持平。到那時，勞動年齡的人口大約是少年和老年非勞動人口合起來的兩倍，由於中國可能缺乏現成的儲備財富以供那時所需，那麼肯定會對實際工作的人加大徵稅力量，以負擔這些不工作的人。對這個問題，中國強有力的計劃體系似乎完全有能力解決，但要想解決這個問題，又不使一代人與一代人間的不友好情緒激化到影響穩定的程度，將需要非凡的領導才能和政治技巧。

比中國人口老齡化速度更驚人的是以下這一事實：這一過程開始的時候中國仍然是一個非常貧窮的國家——受政府強制性減少出生率計劃的推動，並且取得了其他貧窮國家無法比擬的成功。即便中國大幅提高了生活水平，人口仍可能在生活水平或發展水平上大大低於歐美國家的情況下開始走向老化。中國獨生子女政策帶來的一個越來越明顯的副作用是，性別結構發生了變化，男孩數量大大超出女孩的數量。這證實了那種希望頭胎（現在是唯一的子女）是男性的習俗偏好。許多報告表明有幾個省的男孩女孩之比是 130：110。

現在還很難說到 2033 年中國人口性別結構會是什麼樣的，但目前看來不平衡性的確會比現代史上或許任何大型社會都要大，其後果尚不明朗。

能源和商品安全

由於中國約一半的能源消費依賴進口，因此中國對能源自給自足的渴望並不奇怪。不過，儘管擁有開發再生能源的重要計劃，在提高能效方面也取得了進步，但是直到 2033 年甚至更遠，中國在能源方面仍將嚴重依賴於進口。

中國不斷變化的能源政策表明了今後 25 年這一領域將是什麼樣子。目前，石油占中國能源來源的不到 25％，北京在設法限制石油用於運輸以及作為石化產品材料。這看起來非常可行，但是即便如此，中國還是會從國外進口更多石油。煤是中國最主要的能源來源，占能源消耗的約 70％。中國蘊藏著豐富的煤，但是，環境目標要求大規模使用清潔煤技術，或者減少煤的使用。

中國發起了全球最大的核電站計劃，打算新建 40 個 1000 兆瓦的核電站，並在 2015 年前投入運行。日前，中國擁有 11 個正在運行的核電站，其所提供的電量僅占中國能源總量的 1％。核電肯定會是中國未來能源業的重要組成部分。

中國是全球最大的水力發電國家，然而，該國還有很多的水力資源尚未得到開發。不過，由於非常擔心環境問題──這在很大程度上是由於龐大的三峽工程所引發的──水力發電僅占中國能源總量的 5％，而且今後似乎不太可能有大幅度的提升。

相比之下，可再生能源現在成了北京官員的關注重點。這包括風能、太陽能、地熱和有機燃料。如果到 2033 年前可再生能源成為全球各地能源供應的重要組成部分，那麼中國肯定不會被遠遠落在後面。

然而，撇開這一點，今後 25 年中國能源政策不可分割的一部分是獲得可靠的外國燃料資源。這一政策包括字面意義上的燃料（石油、煤、天然氣）和工業燃料（鐵礦石、銅、礬土）。中國過去 10 年的出口和工業化政策顯然是奏效的，但是，它使得中國需要從海外獲得大量──而且是越來越多的──燃料和原材料，而且是年復一年。對這些資源流入的任何破壞都將立刻使中國經濟受到巨大影響。

北京正在從兩方面解決這一問題。首先，中國的國有企業正在設法獲得並建立合資企業，或者與全球各國拉近關係，以解決其長期依賴性。例如，中國正設法在伊拉

克和奈及利亞獲得石油，在巴西和澳大利亞獲得鐵礦石和鏊土。這些提議通常都會得到很好地回應。由於有政府的支持，中國國有企業在財政上是有保障的，並且會答應（當然只是含蓄地）其外國合作夥伴可以較為容易地進入中國龐大的市場。其次，中國的國有資金變得更加著眼於全球。主權財富基金、中國投資有限責任公司和社會保障基金都將目光投向了海外採購和投資期較長的合資企業。對於全球許多擁有豐富礦產資源的地區而言，與中國建立關係可能會給它們帶來巨額的收入、大量的新技術和人才，以及高收入的就業崗位。

中東和非洲是中國最為關注的兩個地區。但是，中國成為新的殖民大國的可能性似乎還很遙遠。北京在這場資源競賽中的首要目標只是使老百姓的飯桌上有東西可吃。目前，中國在低技術製造業中處於全球領先地位，到了 2033 年，中國將會在全球進出口關係網路中稱雄，但是融入全球經濟也帶來了某些挑戰。

一個簡短的歷史註腳：1973 年，全球第一次石油危機時油價長了 3 倍，沙烏地阿拉伯坐擁全球最大的自然資源財富。相比之下，當時的中國卻陷入了文化大革命的泥沼，經濟發展停滯，人民吃不飽穿不暖，政局混亂，讓人看不到一絲希望。35 年後的 2008 年，情況卻發生了大逆轉。中國社會和經濟發生了翻天覆地的變化，經濟增長迅猛。中國人民基本上都有自己的工作，衣食無憂，對於他們的生活方向感到滿意，對於未來非常樂觀。而沙烏地現在的經濟狀況則是完全讓人看不到希望，仍單純坐擁非常有價值的自然資源。這些黑金活生生被浪費掉了，沒有為其帶來可持續的經濟利潤。失業仍非常普遍，製造業幾乎不存在。

中國面臨的極大挑戰

中國的環境正在以驚人的速度迅速惡化，而且所有人——全球其他國家、中國各級政府、企業精英以及各行各業的人們——都知道。只需看看北京奧運會前媒體以及中國全國上下對於北京污染程度的關注，這一問題的嚴重性就可見一斑。中國的普通百姓對於污染問題最為清楚，他們是日益嚴重的污染的最前沿的受害者。除非污染問題特別是地下水污染問題立即得以解決，否則災難即將到來。要解決這一問題，需要高昂的成本，這會削弱中國在全球的競爭力。但是，生存的本能意味著，環境保護和治理將成為 2033 年前北京的工作重點。

放下小菩薩　塑偉大之目標

不過，最近中國領導人強烈地意識到，這種狀況不能再繼續下去——50年來對環境的忽視使得中國成為地球上最髒的國家。世界衛生組織表示，中國有一半以上的人口無法獲得適於飲用的水。全球20個污染最嚴重的城市中有16個是中國的。中國一半以上的污水未經任何處理就排放了。再循環的概念對於大多數中國人來說依然很陌生。

環境的惡化成為社會不滿最常見的催化劑。因此，北京開始認真對待環境保護和治理問題，現在終於開始採取行動了。

不幸的是，國內沒有哪家公司有能力處理環境問題，那是因為直到最近，環保問題才被提上日程。中國開始越來越多地求助於外國公司來幫助它解決日益嚴重的污染問題。在環境問題上，中國應該被認為是無罪的。由於對環境的忽視使得全球經濟變得越來越危險，面對防止今後的進一步破壞以及糾正過去的錯誤行為的雙重挑戰，中國正在勇敢地面對。我相信，中國人民能夠成功地使政府更加關注環境問題。

然而，一個重要問題使得這一良好意圖變得複雜起來：北京可能頒佈了很多環境法令，但是，這些法令很快就會受到忽視。這種情況必須要杜絕。北京承認，這個問題非常普遍，不僅僅是在環境治理方面，隨著中國與全球經濟的聯繫變得日益密切，這個問題也變得越發尖銳。如果不立即採取應對措施，這一問題很可能會成為今後25年的重大障礙。

政策是關鍵

展望25年後的中國，最重要的不是經濟增長或發展的數據，而是政策方向。不斷更新的中國人口統計數據讓人一目了然。工業化、現代化和城市化的全面推進一直非常成功，且似乎仍將在政府的掌控之中，私有經濟在其中則扮演著輔助而非主要的角色。除非出現重大失誤，否則中國在全球事務、經濟和戰略領域發揮的作用要比現在重要得多。然而，可能阻撓這一進程的會是什麼呢？

在可見的未來，那些最密切關注中國的人需要注意兩種可能性。首先，中國的改革是不是由內部開始的，源於新的利益、目標、評價或問題，並預示政府將走向不同的方向？還是與之相反，中國改革是由於國際社會考慮到這一世界人口第一大國的發展會損害其他國家的利益，因而對其施加壓力或反對中國在全球扮演更重要的角色？在中國，中央政府的規劃非常重要，在這種制度下，分析人士應該可以按照規律發現

線索，為改革進程提供預警和指明機會。

中國的經濟現代化正全速前進，人民和政府在大方向上基本一致。經濟成就遠比人們的其他願望、領導層的其他目標重要。我的估計是，中國在未來25年的變化將比美國、日本、歐洲或任何一個工業化國家都大。之前提到的收入增長、城市化、現代化、工業化及人口老齡化似乎已是大勢所趨。北京將努力保證進程的順利推進。當然，這是它的如意算盤。

隨著中國改革的進行，人們的希望和對政府的期望也會水漲船高。政府在向人民提供服務時需要更加熱心、更加負責和稱職。我認為這點可以實現。意外和干擾在所難免，但北京應對這些問題的能力似乎正在變得越來越老練。

我認為，中國在25年後會成為領先於美國的世界大國，這將標誌著世界強弱秩序的鮮明變化。10年前，美國是獨一無二的超級大國，讓哪一國躋身「二國集團」還需一番斟酌。而到2033年，在世界經濟秩序中，中國可能會毫無疑問地居於首位，美國則位居其次。

我們希望，美國政府和美國人民能開始思考這種具有分水嶺意義的轉折意味著什麼，並思考應對的方式。然而，美國日益嚴重的黨派之爭以及美國政府顯然欠缺的應對能力（除了在出現危機時）並不令人鼓舞。華盛頓長期存在的問題不能得到有效的解決。而在中國，問題會浮出水面，不管有效與否，至少能得到解決。

中國可能會繼續強調「更廣泛的利益」，而不是「個人自由」，這與美國自1776年以來主張的先後次序正好相反。而且，隨著中國佔據世界領導者的位置，它很可能會向非洲、拉丁美洲和亞洲其他地區成功輸出「更廣泛的利益」這一主導思想。你盡可以想像這對民主體制意味著什麼。隨著時間的推移和經濟增長與發展問題的出現，我們將聽到更多的「北京方案」，而不是「華盛頓共識」。然而對我們而言，關於如何引導、刺激和維持經濟發展的不同理念相互較量，會更多地帶來希望，而不是恐慌。

（《世界政策雜誌》季刊2008年秋季號，李鳳芹、郭明芳、許燕紅、舒靜譯）

Canon 19

中國不高興
——大時代、大目標及中國的內憂外患

作 者	宋曉軍　王小東　黃紀蘇　宋強　劉仰
總 編 輯	初安民
責任編輯	陳思妤
美術編輯	黃昶憲
校 對	吳美滿

發 行 人	張書銘
出 版	**INK**印刻文學生活雜誌出版有限公司
	台北縣中和市中正路800號13樓之3
	電話：02-22281626
	傳真：02-22281598
	e-mail：ink.book@msa.hinet.net
網 址	舒讀網http://www.sudu.cc

法律顧問	漢廷法律事務所
	劉大正律師
總 代 理	展智文化事業股份有限公司
	電話：02-22533362・22535856
	傳真：02-22518350
郵政劃撥	19000691 成陽出版股份有限公司
印 刷	海王印刷事業股份有限公司

出版日期　2009年4月20日　初版
ISBN 978-986-6631-78-8

定價　350元

中文繁體版由北京共和聯動圖書有限公司授權本社在台灣地區獨家發行

Copyright © 2009 by KONGHONG (BEIJING) BOOK CO., LTD.
Published by **INK** Literary Monthly Publishing Co., Ltd.
All Rights Reserved
Printed in Taiwan

國家圖書館出版品預行編目資料

中國不高興：
大時代、大目標及中國的內憂外患／宋曉軍等著.
--初版，--臺北縣中和市：INK印刻，
2009.04　面；　公分--（Canon;19）

ISBN 978-986-6631-78-8（平裝）
1.中國大陸研究　2.時事評論
574.107　　　　　　　　　　98006210

版權所有・翻印必究
本書如有破損、缺頁或裝訂錯誤，請寄回本社更換